내 사랑, 바퀴벌레

이상문 장편소설

세상 모두가 당신을 싫어해도
당신은 내 사랑입니다.

차례

　꿈을 꿨다. 아니 그것은 꿈이 아니었다. 이 순간 눈 앞에 펼쳐진 진짜 행복이었다. 새하얀 웨딩드레스를 입고 하객들의 부러움 섞인 시선을 한 몸에 받으며 나를 향해 걸어오던 그녀가, 순백의 날개를 달고 영광의 빛을 발하며 신조차도 질투할 아리따운 모습으로 나에게 다가오고 있었다. 무척 아름다웠다. 그녀를 바라보는 것만으로도 행복했고 너무나 눈부셨다.

　젠장! 정말 눈부셨다. 갑자기 눈앞에 번진 강렬한 햇빛 때문에 꿈에서 깨어났다. 따가운 햇볕이 침대를 비추자 나는 베개 속으로 얼굴을 파묻었다. 그때 창가 쪽에서 부스럭거리는 소리가 들렸다. 단잠을 깨우는 치명적인 소리였지만 매일 아침 기다리던 소리이기도 했다. 곁눈질로 창가를 보자 햇빛을 막아주던 커튼이 아침을 맞이하려는 누군가의 손에 걷히고 있었다. 창가 앞에 서 있는 사람이 누군지 바로 알아차릴 수 있었다. 그 사람은 바로 내 꿈속에 등장했던 순백의 여인이었다. 신조차 질투한 여인! 창가를 통해 들어오는 강렬한 햇살이 그녀를 부드럽게 감싼 안은 뒤 부드럽고 아리따운 실루엣을 내게 보내왔다. 처음엔 눈이 먼저 다음엔 자연스레 몸이 반응했다. 눈앞에 서 있는 그녀 외에 모든 빛은 마치 후광처럼 모두 내 쪽으로 쏟아져 내렸다. 햇살도 눈 부셨고 그녀도 눈부셨다.

"은서야"

　내가 잠긴 목소리로 그녀의 이름을 부르자 그녀가 돌아보았다.

"눈부셔."

　나는 눈살을 찌푸리며 웅얼거렸다.

"일어났어?"

미소 띤 은서의 말에 나는 일부러 대답하진 않았다. 이 순간 그녀의 아리따운 실루엣을 바라보는 것만으로도 이 몽롱한 아침을 견디는 게 황홀했다. 큼지막한 흰색 와이셔츠 한 장을 걸치고 서 있었지만 엉큼한 햇빛은 그 안을 파고들어 감춰 둔 그녀의 아리따운 몸매를 낱낱이 공개해주었다. 은은하게 드러난 봉긋한 가슴과 완벽한 에스라인까지 내다비춰주니! 오! 정말 아름답고 황홀한 나의 아침을 유혹했다. 눈부심에 황홀감을 감추며 고개를 반대편으로 돌렸다. 따스한 햇볕을 등지자 얼굴에 시원한 그림자가 드리워졌다.

천천히 눈을 떴다. 흐릿한 시야에 불룩 솟은 하얀 베갯잇이 가장 먼저 눈에 들어왔다. 곧이어 깔끔하게 정돈된 아담한 거실 풍경이 들어왔는데 전체가 옆으로 누워있었다. 그때 바로 눈앞에서 알 수 없는 움직임이 포착됐다. 하얀 베갯잇과 확실하게 대비되는 짙은 갈색의 무언가가 꼼지락거리며 기다랗게 서 있었다. 나는 다시 눈을 껌뻑였다. 그러자 시야가 훨씬 또렷해졌다. 다시 껌뻑였다. 이제 그 사물이 무엇인지 확연히 구분할 수 있었다. 눈앞에 서 있는 건 바로 바퀴벌레였다. 집게손가락만 한 바퀴벌레가 베갯잇 위에 두 발로 서서 나를 빤히 쳐다보고 있었다. 잠시 서로를 인지하는 정적의 시간이 흐르면서 멀뚱멀뚱 바라보기만 했다. 그러다 어느 순간 잠이 확 달아나면서 바퀴벌레가 얼마나 추악한 곤충인지 불현듯 깨달았다.

"으악!!! 바퀴벌레다!! 바퀴벌레!!! 아-아!!!"

너무 놀란 나머지 나는 침대에서 벌떡 일어나 길길이 날뛰었다. 내 고함에 놀란 은서가 창가에서 눈을 떼고 돌아봤다.

"왜 그래? 무슨 일이야?"

이번엔 진심으로 그녀의 물음에 답해 줄 정신이 없었다.

바퀴벌레가 내 행동에 민첩한 반응을 보이며 베개 밑으로 빠르게 기어들어 갔다. 나는 온몸을 부르르 떨며 잽싸게 베개를 낚아챘다. 그러자 그 밑에 웅크리고 있던 바퀴벌레의 엄청난 몸체가 고스란히 드러났다. 와! 크기가 무슨 슈퍼 풍뎅이만 했다. 나는 베개 끝머리를 붙잡고 바퀴벌레를 향해 사정없이 내리치기 시작했다. 나의 현란한 베개 질에도 불구하고 바퀴벌레는 날렵한 몸놀림으로 온 침대를 누비며 피해 다녔다. 그러고 나서 나를 농락하듯 침대 밑으로 사라졌다.

"악! 어떻게 우리 집에 바퀴벌레가 살 수 있지?"

발을 동동 구르며 온몸을 관통하는 오싹한 전율에 몸서리가 쳐졌다. 바퀴벌레가 정말 싫었다. 전 세계를 통틀어 끔찍한 혐오 동물보다도 광활한 우주만큼이나 바퀴벌레가 싫었다. 온갖 더러운 세균의 온상인 바퀴벌레 따위가 정말 싫었다.

은서는 침대 위에서 호들갑을 떨며 펄쩍펄쩍 뛰고 있는 그를 바라보고 있었다. 그런 모습을 보고 있자니 막 웃음이 터질 것 같았다. 문득 그라면 충분히 그러고도 남을 거란 생각이 들었다. 그런 모습조차 귀여워 보였다. 바퀴벌레 한 마리 때문에 아침부터 침대 위에서 방방 뛰고 있는 이 남자! 바로 한 달 뒤면 나의 배우자가 될 사람, 박현수였다.

우리는 결혼식만 한 달여 남겨두고 있었을 뿐 그냥 부부라고 봐도 무방했다. 이미 동거하며 지금까지 함께했던 시간처럼 이후에도 계속 행복할 거라 믿었다. 남들처럼, 여느 신혼부부들처럼, 알콩달콩 깨가 쏟아질 정도로 당연한 행복 속에 살아가리라고 믿었다. 평범하지만, 행복한 삶을, 꿈속에서 느꼈던 달콤한 삶들을.

하지만 정말 그것은 꿈일 뿐이었다.

은서와 나

내가 은서와 함께 사는 아파트는 이미 20살이 넘은 허름한 아파트였다. 하지만 젊은 신혼부부가 처음 살기엔 꽤 나쁘진 않은 아담하고 괜찮은 아파트였다.

"아 소름 끼쳐. 바퀴벌레가 어떻게 우리 집에 들어온 거지?"

거실 한 가운데 있는 식탁에 앉아 내가 말했다.

"어떻게 우리 집에 바퀴벌레가 살 수 있냔 말이야?"

5년 전 이곳으로 이사 온 나는 집을 꾸미는 취미가 없어서 몇몇 기본 가구들만 들여놓은 거 외엔 딱히 뭘 꾸미지 않았다. 그래서 거실은 꽤 간소하고 단출했다.

"정말! 말도 안 돼! 아. 더럽고 불결해. 어떻게!"

은서는 내가 앉은 자리에서 등을 마주 선 채 토스트를 굽고 있었다.

나는 혼잣말로 계속 불평했다. 그러면서도 식탁 위에 놓인 하얀 접시를 집어 들고 종이행주로 가장자리 끝부분을 빙그르르 돌려가며 말끔히 닦았다.

"어련하시겠어요? 오빠는 조금 더러울 필요가 있어."

은서의 말에 닦던 접시를 멈추고 고개를 돌아봤다. 그러자 프라이팬을 든 은서가 식탁으로 다가왔다. 프라이팬 안에는 바싹하게 구워진 토스트가 담겨 있었다.

"어어……. 지금 뭐 하는 거야? 프라이팬 빨리 들어! 빨리!!"

프라이팬을 그대로 식탁 위에 내려놓는 은서의 행동에 기겁한 내가 소리쳤다. 식탁 위에 냄비 받침대도 없이 프라이팬을 내려놓다니! 화들짝 놀란 은서가 반사적으로 프라이팬을 들어 올리자 나는 그 사이로 잽싸게 냄비 받침대를 밀어 넣었다.

"미안. 깜빡했어."

은서가 무안한 듯 웃으며 프라이팬을 내려놨다.

나는 태연한 척 그녀의 사과를 받아들이며 좀 전에 닦아 놓은 접시를 건넸다. 이후 아무 일 없는 척 그녀의 눈을 피하며 앞에 있는 유리컵을 집어 들고 가장자리를 다시 닦기 시작했다. 나는 내가 생각해도 쪼잔하리만치 깔끔했다. 식탁 위에 놓인 수저통은 수저와 젓가락 놓는 위치가 따로 정해져 있었으며 방향은 항상 같아야 했다. 휴지, 냄비 받침대, 수저통 외에 지저분해 보이는 것은 모두 식탁에서 치워져 있었고, 그것들마저도 항상 같은 자리에 있어야 했다. 다른 곳도 마찬가지였다. 냉장고는 칸마다 종류별로 음식과 재료들이 따로 놓여있었으며 정해진 자리에서 벗어난 적이 없었다. 거기에 같은 종류라 할지라도 음료 같은 경우 모양과 색깔에 따라 자리 배치를 따로 해놨으며 한 치의 오차라도 보인다면 바로 원래 자리로 되돌려놓았다. 마찬가지로 싱크대, 개수대, 찬장까지 모두 같은 방식이었다. 컵은 컵대로, 밥그릇은 밥그릇대로, 국그릇은 국그릇대로 각자의 종류와 크기, 모양에 따라 군인들이 각 맞춰 놓은 듯 반듯하게 놓여있어야 했다. 나도 내가 하는 행동에 대해 정확한 이유를 모르지만, 그냥 지저분한 게 보기 싫었다.

"또 토스트야?"

내가 노릇노릇 바싹 익어 맛있어 보이는 토스트를 내려다보며 말했다.

"왜? 싫어?"

뿔난 은서가 뭐가 불만이냐는 표정을 지어 보였다.

"먹기 싫으면, 관두던지."

"아니야. 먹기 싫기는…."

이어 닦은 컵을 식탁 위에 내려놓으며 자리에서 일어나 냉장고 쪽으로 향했다.

"그래도 결혼하면 아침밥 한 번…."

내가 걸어가며 혼잣말처럼 중얼거렸다. 그러면서 냉장고 앞에 멈춰서 슬쩍 은서의 눈치를 살폈다.

"그럼 오빠가 아침을 직접 차려 먹던가?!"

"들렸어?"

분명 속으로만 생각했는데 표정으로 들렸나 보다.

"보수적이고 결벽증에 바라는 건 많고, 나는 왜 오빠를 좋아하게 됐을까?"

은서도 혼잣말처럼 크게 말했다.

눈치를 보던 나는 재빠르게 냉장고 문을 열었다. 문을 열자 문 안쪽이 제일 먼저 눈에 들어왔다. 두 번째 칸에는 종류별로 가지런히 놓여있는 잼 통들이 보였다. 딸기잼, 포도잼, 사과잼 등이 한 치의 오차도 없이 문 안쪽으로 모두 붙어있었고 서로의 간격이 눈짐작으로 1센티미터씩 떨어져 있었다. 그런 모습을 보자 왠지 기분이 뿌듯해졌다. 나는 유통기한을 확인하고 딸기잼을 꺼냈다. 그리고 바로 밑 칸 구석에 바짝 붙어있는 900 ML 1등급 우유 팩도 유통기한을 확인한 뒤 꺼내 식탁으로 돌아왔다.

은서가 매일 보던 표정으로 내 모습을 바라보며 물었다.

"뿌듯해?"

"그럼! 뿌듯하지."

내가 의기양양한 표정으로 대답했다.

은서는 내가 이런 모습을 보일 때마다 결벽증이 병적으로 심하다고 말했다. 내가 보기에도 나는 결벽증이 심했다. 하지만 이건 정신질환이 아니라 아토피나 가려움증 같은 만성질환이었다. 남에게 피해를 주지 않을뿐더러 어느 정도 나 자신을 통제할 수 있다고 믿었기 때문이다. 그리고 다행스럽게도 그런 걸 모두 이해해주는 연인을 만났으니 이 사실은 하늘에 감사해야 할 일이었다. 바로 그날 우리의 아침 식사는 이렇게 시작됐다. 나는 은서의 유리컵에 우유를 먼저 따라줬고 내 유리컵에 우유를 채웠다. 잼 통에는 두 개의 숟가락이 들어있었는데 그 이유는 생각한 대로가 맞다. 우리는 각자 숟가락을 가지고 잼을 덜어 토스트에 발라 먹었다. 그러다 문득 토스트 한쪽에 검게 탄 부분을 보자 갑자기 속이 메스꺼워졌다. 그 시커먼 색깔이 바퀴벌레의 모습을 머릿속에 재현시켜줬기 때문이었다.

"아, 거지 같은 바퀴벌레."

내가 혼잣말로 뇌까렸다.

"밥 먹는데 자꾸 바퀴벌레 얘기할래?"

이미 토스트를 한 입 베어 문 은서가 바퀴벌레 씹은 표정으로 쳐다봤다. 나는 아랑곳하지 않고 말을 이었다.

"아니, 만사 제쳐두고라도 그 바퀴벌레는 오늘 안에 잡아야 해. 그 크기 봤어? 와. 무슨 엄지손가락만 해. 아니 더 커! 미국산인가 봐. 아니면 공룡알에서 막 깨어났을지도 몰라. 바퀴 케라톱스라고? 들어봤어? 아마 삼엽충의 후손일지도 모르는데. 그놈, 그냥 놔뒀다간 순식간에 불

어날 거야. 낮에 슈퍼 가서 바퀴벌레약 좀 사 와야겠다. 낮에 자기가 약
좀 사다 줄 수 있어? 안 되면 세스코 같은 그 뭐냐 바퀴벌레 잡는 회사
같은 데라도 전화해봐야지."

"고작 한 마린데? 전화까지 하려고?"

은서가 먹던 토스트를 내려놓으며 말했다.

"한 마리든 두 마리든 수백 마리든 상관없어. 그딴 것들은 지구상에
서 싹 다 박멸해 버려야 해. 더러운 해충 같은 것들은 싹 다 말이야! 아,
생각만 해도 끔찍해. 아우, 불결해!"

내가 치를 떨며 토스트를 한 입 베어 물었다.

"알았어. 알았으니까 이제 바퀴벌레 얘기는 그만하고 토스트나 먹자.
응?"

그제야 나의 바퀴벌레 얘기는 일단락됐고 잠시나마 오붓한 식사 시
간이 찾아왔다.

"아, 맞다. 그건 그렇고 오늘 일찍 올 수 있는 거지?"

은서가 언제 오붓했냐는 듯 심각한 표정으로 물었다.

"갑자기 그건 왜?"

갑작스러운 물음에 진짜 답을 몰랐을 뿐인데, 그녀의 표정 변화가 심
상찮았다.

"정말. 몰라서 물어?"

뭔가 중요한 일인가? 망했다. 당황스러웠다. 정말 아무 기억도 나지
않았다.

"음. 뭐더라. 아, 그게…. 바퀴 케라톱스의 진화론 얘긴가…."

아직도 내 머릿속엔 뿔 달린 바퀴벌레의 모습밖에 떠오르지 않았다.
바로 그때 갑자기 내 얼굴로 빨간 물체가 출렁이며 슬로우 모션으로 날

아왔다. '처-억'거리는 질퍽한 소리와 함께 좀 더 질펀한 끈적거림이
오른쪽 콧등과 볼 사이에 느껴졌다.

"어라, 괜찮아?"

생각했던 것보다 너무 잘 맞아 은서도 흠칫 놀랐다. 은서가 숟가락에
떠 놓았던 딸기잼을 내 얼굴로 던진 것이었다. 잼은 흐물거리는 젤리처
럼 내 볼을 타고 중력에 이끌려 아래쪽으로 흘러내리고 있었다. 나는
그 자리에서 부동자세로 굳은 표정을 지어 보였다.

"오빠, 삐진 거 아니지? 일부러 그런 건 아닌데, 미안하네."

은서가 내 팔뚝을 검지로 쿡쿡 찌르며 물었다.

"저기…. 이런 거 내가 젤 싫어하는 거 알잖아."

나는 굳은 표정을 유지했다. 그러자 은서가 미안함에 고개를 끄덕였다.

"많이 미안하지?"

"어. 그런 거 같아. 미안해."

"그럼 있잖아…"

나는 잠시 뜸을 들였다.

"핥아줘."

내가 음흉한 표정을 지으며 혓바닥을 날름거렸다.

"뭐?"

"내 얼굴에 남은 쨈 다 핥아줘!"

그러자 은서는 먹고 있던 토스트마저 내 안면을 향해 내던졌다.

"돌았나, 직접 핥아먹으세요!"

* * *

나는 세면대에 몸을 수그린 채 얼굴을 씻었다. 그리고 고개를 들어

거울을 바라봤을 때 문득 오늘이 무슨 날인지 깨달았다.

'그래, 맞아. 그게 오늘이구나.'

오늘은 은서의 부모님이 시골에서 올라오시는 날이었다. 그동안 은서는 개인적인 일 때문에 차일피일 밀어두었던 결혼 준비를 부모님이 올라오시는 오늘부터 본격적으로 마무리할 계획이었다. 앞에서 언급했듯이 우리의 결혼식은 이제 한 달 앞으로 다가와 있었다. 이미 신혼살림은 당분간 이 아파트에서 그대로 살기로 했고 예식장도 이미 예약을 잡아놨으니 이제 부모님이 올라오시면 예단이나 한복 같은 자잘한 부분들을 은서와 같이 준비할 예정이었다.

이 얘기를 2주 전쯤 들었던 기억이 어렴풋이 생각났다. 나는 그날 은서에게 직접 그녀의 부모님을 모시러 가겠다고 약속했고 그때 덥석 해버린 이 가망성 없는 약속이 얼마나 어리석었는지 깨달았다. 나는 거울을 통해 물방울 맺힌 얼굴을 뚫어지게 쳐다봤다. 내가 이런 생각을 가망 없다한 이유에는 내 직업 때문이었다. 나는 은행원이었다. 이제 만 5년 차지만 누구보다 일찍이 실력을 인정받아 은행에서 가장 유능하고 촉망받는 직원이었다. 현재 연봉은 5,400에 매년 매겨지는 연말 실적에 따라 가장 많은 상여금을 챙겨가는 은행원이기도 했으며 직급은 일찍이 대리직을 맡고 있었다. 하지만 은행이란 직업이 오전 9시에 오픈하고 오후 4시에 문을 닫는 특수성에 불구하고 영업 종료 후 처리해야 할 일이 산더미같이 많아 늦은 시간까지 일하는 경우가 허다했다. 그날그날 모든 업무 마감을 당일로 처리해야 했고 각종 장부 및 서류정리와 자신의 고객들을 관리하는 것도 일의 일부였다. 이런 자질구레한 일들 때문에 정시에 퇴근하는 경우는 손에 꼽아야 했으며 가끔은 정말 바쁜 경우, 자정을 넘기는 일도 비일비재했다. 게다가 오늘은 월요일이었다. 월요일은 금요일과 더불어 일주일 중 은행에서 가장 바쁜 날이었다. 앞뒤로 주말이나 쉬는 날이 끼어 있는 날은 항상 은행 안이 사람들로 북적였다. 오늘 은서의 부모님을 태운 고속버스가 저녁 8시 20분쯤 터미널에 도착하기로 예정되어 있었다. 만약 내가 모시러 가야 한다면 퇴근 후부터 최소 30분 정도 소요될 수밖에 없는 촉박한 시간이었다. 걸어서 출근할 정도로 집에서 가까운 직장이었지만 집 앞에 있는 주차장까지 가려면 대략 15분 정도가 소요된다. 그 후 아파트 주차장에 주차되어 있던 차를 가지고 다시 터미널로 가려면 넉넉잡아 30분, 좀 밟는다고 해도 20분이었다. 안타까운 건 그 시간대가 퇴근 시간이랑 맞물려 그마저도 장담할 수 없다는 것이었다. 만약 그게 가능하더라도 그러려면 최소한 7시 50분에는 은행에서 나와야 한다는 얘긴데, 불가능했다. 그나마 결혼식 핑계로 이리저리 구슬려본다 해도 개인적인 업무가 마감되지 않았을 땐 거의 불가능했고 가능하더라도 그 확률은 12% 이하였다. 가능한 경우는 직업의 특성상 오늘 내가 마무리 짓지 못한 일을 누군가에게 맡기고 그 일을 맡은 누군가는 반드시 끝마쳐 놔야 한다는 것이었다. 그렇다면 내 일을 남에게 부탁해야 한단 소린데 정말 그것만은 죽기보다 싫었다.

지금 은서는 거실에 혼자 남아 남아있는 토스트를 마저 먹고 있었다.

마음이 찹찹했다. 나는 양치질을 하기 위해 살균 건조기 뚜껑을 열고 파란색 칫솔을 꺼냈다. 그리고 옆에 달린 받침대에 뒤집혀 있는 치약을 손으로 집었다. 그때 치약을 짜려던 순간 울컥 흥분했다.

'아, 이걸 몇 번을 얘기했는데.'

치약에 새겨진 상표명 가운데 부분이 움푹 찌그러져 있는 게 보였다. 이것은 치약을 짤 때 가운데 부분을 눌러 짰다는 얘기였다. 분명 별일 아니었지만 나는 매일 아래서부터 차근차근 짜고 올라가는 게 좋았다.

특별한 이유는 없지만 가끔은 이런 사소한 사건 때문에 말다툼이 있곤 했다. 항상 결론은 그녀가 내게 맞춰주는 식으로 끝났지만 말이다. 그렇게 몇 주가 지났고 은서는 무심코 치약 한가운데를 다시 짜서 쓴 것이었다. 분명 쪼잔해 보일지도 모르지만, 같이 살려면 이건 말해야 한다. 하지만 조금 전 그녀의 부모님 모시러 가야 하는 일 때문에 생긴 내 잘못도 있으니 난 할 말이 없었다.

"저기, 은서야."

조심스럽게 그녀를 불렀는데 대답이 돌아오지 않았다. 그러자 톤이 높아졌다.

"은서야! 치약 있잖아."

그때 은서가 말허리를 자르고 들어왔다.

"알았어, 다음부터 밑에서부터 짜서 쓸게."

언제나처럼 답을 알고 있는 은서의 대답이었다. 그녀의 목소리에는 실망감이 잔뜩 묻어났다. 이건 내가 원하던 대답이 아니었다. 내가 이렇게 쏘아붙이면 은서는 저렇게 맞받아쳐 줄 수 있는 멋진 여자였다. 결국 내 말을 들어주는 편이었지만 언제나 자기주장을 멋지고 논리적으로 펼친 뒤 마지못한 수긍해주는 것이 우리 싸움의 전형적인 방식이었다. 하지만 이 대답은 마치 내가 그 대답을 강요한 것처럼 그녀의 목소리는 너무나도 침울하게 가라앉아 있었다. 이 한기는 화장실 타일보다도 훨씬 더 차가운 침묵으로 다가왔다. 이 달갑지 않은 침묵을 깰 수 없는 게 안타까웠다. 하지만 하는 수 없이 무덤덤한 척 치약을 아래서부터 짠 다음 칫솔에 바르고 입에 물었다. 그리고 힘을 주어 양치질을 시작했다.

* * *

나는 푸른색 와이셔츠에 검은색 양복을 입고 허겁지겁 남색 넥타이를 맨 채 현관으로 걸어 나왔다. 그 시각 은서는 설거지에 열중하고 있었다.

"은서야, 오늘 일찍 올게."

나는 다시 한번 장담할 수 없는 약속을 내뱉었다. 그래도 그것이 효과가 있었는지 아니면 그녀가 마음을 고쳐먹었는지 앞치마에 손을 닦으며 내 쪽으로 돌아왔다.

"어이구, 이제야 생각나셨어요?"

은서가 내 넥타이를 매만져주며 말했다.

"칠칠치 못하게 이게 뭐야, 잘생긴 얼굴 맵시 안 나게. 넥타이는 삐뚤빼뚤하고"

넥타이를 바로 잡아준 후 은서는 양복 깃도 매만져주었다.

"은서야?"

"응?"

살며시 고개를 든 은서가 나를 올려다봤다. 그러자 갑자기 그녀의 둥그스름한 이마가 현관에 달린 센서 등에 반사돼 반들거렸다. 그 반들거림 속에선 오묘한 아름다움이 묻어났다. 갑자기 그 아름다움을 포획하고 싶다는 생각이 들었다. 그래서 나는 기습적으로 그녀의 이마에 입술을 가져다 댔다. 짧은 순간이었지만 입술 안에 포획된 아름다움은 달콤한 맛이 났다. 오래도록 음미하고 싶은 마음을 뒤로한 채 재빠르게 입술을 뗐다. 그리고 바로 현관문으로 향했다.

"갔다 올게."

현관문을 열고 나가면서 나는 은서에게 손을 흔들어 출근 인사를 건넸다. 그런 내 모습을 바라보던 은서도 기분이 한결 좋아졌는지 활짝 웃으며 손을 흔들어주었다.

"조심히 다녀 와."

출근 인사를 주고받은 후 나는 다시 문을 열고 나가려다 말고.

"아, 까먹은 게 있다."

은서에게 다가가 그녀의 귀에다 대고 속삭이듯 말했다. 나의 태도에 은서의 얼굴에는 달콤한 귓속말이라도 기대한 듯 한껏 상기된 표정이었다.

"저기, 있잖아."

"어…."

"식탁 위에 남은 토스트 말이야. 꼭 치워야 해. 안 그럼. 벌레 끌어. 알았지?"

식탁 위에는 프라이팬에 먹다 남은 토스트가 그대로 놓여있었다.

"뭐야? 그게 다야?"

"어!"

내 말에 잠시 어이없다는 표정을 짓던 은서가 이내 실소를 터뜨렸다. 그녀가 웃고 있는 사이 내가 그녀의 입술을 덮쳤다. 그리고 들릴 듯 말 듯 나지막하게 속삭였다.

"사랑해."

"나도…. 사랑해."

은서의 입술이 파르르 떨려왔다.

마지막 모닝 키스를 마치고 이번엔 정말로 현관문을 열고 나갔다.

"이젠 진짜 갈게."

마지막 인사와 함께 손도 흔들면서.

출근하는 내 모습을 바라보며 은서는 터지는 웃음을 참지 못했다. 하지만 그 미소 속엔 행복이란 단어가 향기처럼 묻어났다.

첫 만남

　3년 전 어느 겨울, 우리의 첫 만남은 하얀 눈이 우수수 떨어지던 어느 12월의 마지막 날 밤이었다. 정말 부끄럽고 민망한 그 특별한 밤 이후 다음 날 아침 눈을 떴을 때 은서는 실에 둘둘 말린 거미의 먹잇감처럼 온몸이 비닐로 휘감겨져 있었다. 더욱 큰 문제는 이곳이 내가 아는 집이 아니었다. 모든 게 낯설고 당혹스러운 상황에 알 수 없는 남의 집에서 추레한 아침을 맞이하고 있었다. 그렇다고 내가 어젯밤 클럽에서 낯선 남자와 원나잇을 했던가? 그건 아닐 거다. 나는 클럽 가서 춤추고 노는 것을 즐기지 않는다. 그것만큼은 자신할 수 있었다. 대신 술 때문에 처한 상황이라는 것은 부인하지 않겠지만 말이다.

　은서는 이 집에 살던 낯선 남자와 어떠한 일면식도 없었다. 하지만 문제는 기억나는 게 하나도 없다 보니 그가 해준 이야기를 곧이곧대로 믿을 수밖에 없었다. 그것이 왜곡되었다고 해도 말이다. 그의 말을 바탕으로 어제의 상황을 재연해보자면 내가 그날 새벽에 그에게 전화했다는 것이다. 전화번호도 모르는 낯선 남자에게 어떻게 전화를 할 수 있단 말인가? 분명 믿고 싶지 않았지만, 통화 기록이 남아있으니 그것 또한 어쩔 수 없었다. 그의 말대로라면 내가 전화해서 혀 꼬인 발음으로 이런 말을 했다고 한다.

　"여보세요? 아. 아 대답하라. 오버? 여보세요?"

"누… 구세요. 지금이 몇 신데."

잠이 덜 깬 그의 목소리가 들렸다.

"아, 아. 대답하라. 오버. 여보세요. 대답하라니까. 확 그냥. 죽을래?!"

"저기… 이봐요. 여기 있어요. 그런데 누구신데. 이 밤중에 전화를…."

"아, 거기 계-시네요. 히히. 사암 삼 칠 삼아 사 칠, 칠뜨기 오 번 맞으시죠?"

"예?"

"숫자 넷, 삼 곱하기 칠은 삼에 사 짜는 칠뜨기처럼 오번 맞으시냐고요? 오버?"

"아니, 한밤중에 뭔 장난 전화를!"

"조기요. 당신 차 라이르 켜졌어요. 라이르가 켜져 있다고요!"

"예? 뭐라는 거야? 뭐라고요?"

그가 핸드폰을 끊으려던 찰나 문득 무언가 떠올랐다.

"라이트! 라이트! 지금 나랑 눈싸움하고 있는데 저놈이 부릅뜨고 눈 한번 꿈쩍 안 하고 있다고요! 알아요? 와서 이것 좀 꺼주세요. 눈빛이 너무 강렬해서! 오! 안 돼!!"

"뭔 소리예요? 대체, 왜 그래요?"

문득 그의 머릿속에 헤드라이트가 켜져 있을지도 모른다는 생각이 스쳤다.

"오! 온몸이 타들어 갈 거 같아요. 오! 햇빛을 보면 안 되는데, 빨리 와서 이 불 좀 꺼줘요. 제발. 이렇게 내 몸이 산화되고 마는 건가. 오! 오! 갓!"

"알았어요. 지금 바로 내려갈게요."

"너무 오래 지체하지 말아 주세요. 오래 쳐다보고 있으니까 내 눈도 하얘지는 거 같아요!"

그렇게 남의 차와 눈싸움하는 어처구니없는 여자로 우리의 첫 만남이 시작되었다. 은서가 아는 기억은 다음 날 아침, 그의 방, 낯선 침대에서 눈뜬 이후가 첫 만남이겠지만 현수에겐 12월에 어느 칠흑 같은 밤, 아파트 주차장에서 만난 은서가 그의 첫 만남이었다.

* * *

현수가 주차장에 내려왔을 때 은서의 모습은 감히 상상할 수 없을 정도였다고 한다. 이건 오롯이 그의 기억에서 비롯된 이야기니, 그의 기억에 의지해야 했다. 추하지는 않았는지 정말 말 그대로 귀여웠는지는 알 수 없다. 다만 이야기를 다 듣고 난 후 그날 느꼈던 오글거림은 지금까지도 생생하게 기억하고 있다. 그의 말에 따르면 당시 나는 차량 맞은편 화단 끝에 쭈그리고 앉아 헤드라이트 불빛을 매섭게 노려보고 있었다고 한다. 거기다 혼잣말을 계속 중얼거렸다고도 했다. 지금 생각해도 정말 소름 끼치고 부끄러워 돋은 닭살을 대패로 밀고 싶은 심정이었다.

"야, 눈 안 깔아? 이게 얻다 대고 눈을 부리라고 지랄이야! 오호라, 이것 봐라. 눈 하나 깜빡 안 하네. 아! 눈 아파. 이런 양심도 없는 새끼가. 너 반칙이야. 눈깔에다 어디 투명 보호막을 씌우고 레이저를 마구 쏴대! 확! 그냥! 내가 정말 봐주는 줄 알아. 아으! 그냥 눈깔을 확 후벼 파줄까 보다!"

분명 이런 말을 했다고 한다. 하! 그리고 자리에서 일어나 헤드라이트를 향해 손가락을 V자로 만들어 쑤셔대는 시늉도 했을 것이다.

"이봐요. 괜찮아요?"

검정 파카에 검은 운동복 바지, 검정 슬리퍼를 질질 끌며 그가 나타났다. 얼굴만 빼고 온통 까맸다. 술기운에 검은 남자에게서 묘한 매력이 느껴졌는지도 모르겠다. 중간 키에 곱상한 얼굴. 커다란 특징은 없지만 나름대로 깔끔하다는 인상이었다.

"어라, 누구세요? 아. 맞다. 조고 당신 차에요?"

은서가 혀 꼬인 발음으로 말을 꺼냈다.

"네, 감사합니다. 헤드라이트가 켜져 있다는 걸….'"

"헤헤, 감사는 뭐 대신 저놈 눈깔 좀 빨리 꺼주시면 안 돼요? 확! 그냥 뽑아버리기 전에."

은서가 헤벌쭉 웃었다.

"네, 그럴게요. 옛날 차라 오토로 안 해놔서….'"

그는 차로 다가가 문을 열고 라이트를 껐다.

은서는 여전히 입을 헤벌린 채 히죽히죽 웃고 있었다. 젠장!

"이제 됐어요. 괜찮아요?"

그가 차 문 너머로 물었다.

"헤헤, 내가 이겼어요! 눈싸움에서 내가 이겼다고요!"

그의 말대로 그날의 은서는 정말 행복해 보였다고 했다.

잠시 후 그가 다시 차에 타 시동을 걸었다. 부르릉 소리와 함께 성난 황소처럼 차의 엔진이 점화됐다. 소리도 엄청나게 컸다. 그런데 그다음 목격담은 차마 말로 꺼내기도 민망해서 바늘구멍이라도 있다면 정말 숨고 싶었다. 엔진소리에 놀란 은서는 갑자기 벌떡 일어나 그 자리에서 싸움 자세를 취했다고 전해 들었다.

"뭐야! 깜짝이야! 우 씨! 이젠 덤비겠다는 거냐? 그래. 덤벼 봐! 훅-훅-덤벼! 덤벼 보라고! 이 멧돼지 같은 놈아!"

그다음엔 춤까지 쳤단다. 그의 말에 의하면 택견 스텝을 밟았을 거라고. "이크-에크 덤벼라! 이크-에크-이크-에크! 훅-훅-이크-에크-에라!"

무슨 말을 더하랴. 이것이 현수의 기억 속 은서라는 여자와의 첫 만남인 것을. 제기랄! 그렇게 은서는 그 자리에서 극구 말렸음에도 불구하고 10분 동안이나 택견 춤을 신명 나게 쳤단다. 아…. 그 후에도 기운이 남아돌았는지 10분을 더 온 동네 아파트 주차장을 돌아다니며 서리 낀 차의 유리창마다 자신의 이름을 쓰고 다녔다고. 그러다 결국 지쳐 쓰러져 어느 순간 철퍼덕 주차장 한가운데 꿇아떨어졌다고 말해주었다.

현수는 그 자리에서 이 여자를 어떻게 해야 하나 별의별 생각을 다 해봤다지만 정작 사는 곳을 알아낼 방법이 없었다고 했다. 12월의 추운 겨울밤 이 상태로밖에 놔둘 수도 없을뿐더러 결국 자기 집으로 데려가 재우는 걸로 결론을 내렸다고. 이것도 은서의 기억엔 없으니까. 흑심인지 정말 순수한 마음으로 그랬는지는 전혀 알 길이 없었다. 그가 하는 얘기론 지금도 그때만큼 순수한 때가 없었다고 결백을 주장하니까 말이다.

은서는 진정한 알코올 쓰레기였다. 그건 현수도 마찬가지였다. 그런데 그날 왜 그렇게 술을 마셨을까 기억을 더듬어본다면 그날은 연말모임이라고 해서 친구들끼리 술을 마셨던 날이었다. 은서는 영화 시나리오를 쓰는 작가였다. 아니 정확히 말하자면 아직 데뷔하지 못한 풋내기 시나리오 작가 지망생에 불과했다. 현재도 계속 글을 쓰지만, 그 당시엔 대기업 통신사에 입사해서 회사원으로 일하고 있던 때였다. 어려서부터 독서와 영화 보기를 취미 이상으로 좋아했고 자신만의 이야기를 써서 다른 사람들에게 감동을 주고 싶다는 생각이 컸다. 누군가 자신이 쓴 이야기에 울고 웃으며 감동하여 손뼉을 쳐준다면 그것보다 보람된 일이 또 어디 있을까 생각하며 학창 시절을 보냈다. 게다가 어릴 적에는 그 재능을 인정받아 학교나 교육청에서 주최하는 여러 글짓기 대회에서 다수 입상하기도 했다. 그러나 현실은 녹록지 않았다. 고등학교에 입학한 후 학교 공부에 치이면서 서서히 꿈이 틀어지기 시작했다. 그리고 고리타분한 사회적 분위기에 이끌려 소위 명문대라 불리는 영문과에 입학했다. 그런 결과 뜻하지 않게 대기업 통신사 사원으로 입사했고 그 후 2년 동안 정말 적성에 맞지 않는 일을 억지로 하며 버텼다. 이게 정말 내가 꿈꾸던 행복한 삶일까? 나는 잘살고 있는 걸까? 어느 날 문득 그런 생각이 들기 시작했다.

그날 이후 답답한 마음에 친구들과 술을 마시며 문제를 상의해 보기도 했다. 하지만 각박한 세상에 세뇌되어 버린 그들의 답변은 대부분 긍정도 아닌 묘한 부정의 부메랑이 되어 돌아왔다.

'웬만하면 그냥 다니지, 그러냐? 그 좋은 델 왜 그만두냐? 갑부 하나 꼬셔서 결혼이나 하던지!'

왜 사회에서 혼자 낙오되려 발버둥 치고 있는지 이해가 안 간다는 표정들이었다. 더 나아가 꿈에 관한 얘기를 꺼냈을 때 반응은 더욱 냉담했다.

"원래 내 꿈이 글 쓰는 거였거든. 일 그만두고 글이나 한번 써볼까?"

대부분이 농담 반이었겠지만 정신 나간 년이란 소리까지 들어봤다. 어설프게 재간된 자신들의 사회적 기준에서 벗어난 상대방을 짓밟는 그런 싸늘한 눈빛들이 싫었다. 대답은 떨떠름했지만, 눈빛은 항상 같았다.

'네까짓 게 무슨 글이냐? 인제 와서 그게 되겠냐? 글은 아무나 쓰냐?'

지금도 친구라도 남아있는 그들의 떨떠름한 표정들은 잊을 수 없다. 하지만 내가 지금처럼 일을 때려치우고 편안하게 글을 쓸 수 있었던 것 중 하나는 순전히 나를 믿어준 그가 있었기 때문이었다. 헤드라이트가 맺어준 그 인연이 내 삶을 송두리째 바꿔 놓았다.

그날도 친구들과의 연말모임에서 술을 마시며 무미건조한 얘기를 주고받고 있었다. 그리고 그 대화들은 결국 같은 방식으로 흘러가 위로는커녕 냉담과 멸시의 눈빛에 깊은 상처를 받았던 날이었다. 결국 1차에서 술자리를 박차고 나와 난생처음 깡 소주를 마신 날이기도 했다. 이런 날이었는데 처음 만난 남자 앞에서 신명 나게 택견 춤이나 추고 있었다니. 참, 사람 일은 알다가도 모를 일이다.

아 그리고 다음 날 아침에 일어났을 때 내가 누에고치처럼 비닐에 돌돌 말려 있었던 이유는 그가 나를 자기 집으로 데리고 온 뒤 성별이 다른 종이라 바닥에 재울 수는 없었다면서 고민 끝에 침대에서 재우기로 했다는 것이었다. 하지만 차마 더러운 옷이 벗길 수는 없었고 창고에 있던 대형비닐을 가져다가 침대 위에 두 겹으로 촘촘히 깔고 눕혔다고 했다. 이후 침대가 더러워질까 봐 아무것도 안 덮어줬더니 밤새 이리저리 뒤척이며 비닐을 이불 삼아 몸에 말았을 것이라고도 했다.

분명한 건 은서의 기억 속엔 존재하지 않는 사실이었다. 그러니 이 모든 일은 그의 입을 통해 나온 전언이었고 그게 살을 덧붙여 과장되게 부풀려졌는지 아니면 빙산의 일각처럼 이벤트가 빠진 이야기로 그나마 심의에 안 걸릴만한 것들만 골라서 말해줬는지 그 말고는 아무도 몰랐다. 단지 지금도 그때 생각만 하면 모든 것이 부풀려졌기만을 바랄 뿐이었다.

현수의 출근

6월의 초하루, 첫 출근날인데 벌써 이번 여름은 불볕더위가 될 거 같다. 이미 작열하는 태양 아래 초여름은 고사하고 푹푹 찌는 한여름 날씨로 불타고 있었다.

나는 출근길을 재촉해보았지만 찌는 더위에 발걸음은 더디기만 했다. 뜨거운 태양 아래 고개 숙인 채 지그재그로 박혀있는 보도블록만 내려다보며 걸었다. 살짝 목을 조여 오는 넥타이도 최대한 느슨하게 풀어 헤쳤다. 집에서 15분 거리의 직장을 걸어가는데 이미 온몸이 땀으로 송골송골 맺히기 시작했다. 그래도 다행인 점은 바로 옆 도로에서 벌어지는 출근 대란에 끼어들지 않아도 된다는 것이었다. 지점이 서울 도심지가 아닌 외곽지역이다 보니 훨씬 수월하게 출근했고 집 근처이기 때문에 차량 없이 도보로 출근할 수 있는 이점이 있었다.

오전 8시가 조금 지난 시각, 나는 아직 셔터가 내려져 있는 은행 건물의 정문을 지나 옆에 따로 나 있는 하얀 쪽문을 열고 안으로 들어갔다. 문을 열고 복도로 들어서자 바로 오른쪽에 화장실 입구가 보였다. 거기에는 청소부 아주머니가 대걸레를 밀며 청소하고 있었다. 나는 아주머니에게 인사한 후 걸음을 재촉해 은행 영업장 안으로 들어섰다.

내가 다니는 은행은 그리 크지 않았다. 도심지 외곽에 있는 지점으로서 실내는 아담했고 은행원은 30명 정도 일하는 중소 은행이었다. 지금 내가 서 있는 창구 라인을 기점으로 왼쪽에는 은행원들이 사용하는 영업장 오른쪽은 고객들이 대기하는 객장으로 나뉘어 있었다. 엄밀히 말하자면 영업장 쪽이 3 대 2 정도로 조금 더 컸다. 이미 은행 안은 반이 넘는 직원들이 출근해 각자 자신이 맡은 담당구역을 청소하고 있었다. 한 여직원은 대기실 냉장고에 요구르트를 채웠고 어떤 여직원은 은행 내 모든 컴퓨터를 부팅시키고 다녔다. 또 다른 여직원은 창구 앞에 슬로건이 쓰인 표찰을 닦고 있었다. 그 사이로 은행 슬로건이 슬쩍 보였다.

'온 누리를 대표하는 최고의 은행'

'누리 은행은 세상에 중심에서 고객님을 섬깁니다.'

바로 옆에선 또 다른 직원이 검정 대리석으로 된 창구 주위를 꼼꼼히 닦았다. 지금 보이는 것처럼 은행 내에는 여직원이 많았다. 본점이 아닌 이상에야 다른 은행들과 마찬가지로 남녀성비는 여직원이 약간 우세했다. 게다가 30여 명 중에 계약직이 절반에 가까이 됐으니 많은 응대 업무의 특성상 어쩌면 당연한 처사였다.

"좋은 아침!"

나는 누군가를 특정하지 않은 채 뭉뚱그려 전 직원을 상대로 인사를 건넸다. 그러자 사방에서 다양한 반응들이 쏟아졌다. 피로가 덜 풀린 목소리로 반응을 보이는 이가 있는가 하면 그냥 눈길만 슬쩍 주는 사람도 있었다. 다만 오늘이 월요일이라 그런지 대체로 피곤해 보이는 건 어쩔 수 없었다.

"좋은 아침이야! 박 대리."

누군가의 내 어깨를 툭! 쳐서 돌아보자 그 자리엔 이 대리와 김 과장이 나란히 서 있었다. 두 사람 다 나보다 키가 작았다. 은행에서 두 사람은 홀쭉이와 뚱뚱이로 불렸다. 머리가 살짝 벗어진 이 대리가 옆으로 퍼진 몸매로 비슷한 키였지만 비율상 좀 더 작아 보였다. 그에 비하면 2대 8 가르마의 김 과장은 상대적으로 깡마른 몸으로 막대사탕처럼 보였다.

"좋은 아침이죠. 날씨가 생각보다 좀 더운 것만 빼고는."

내가 영업용 미소로 방긋 웃어 보였다.

"역시 신혼이 좋은가 봐. 오늘 같은 날도 자넨 입이 귀에 걸려 있으니 말이야."

김 과장이 말에 이 대리가 히죽였다.

"그러게, 나 같으면 주말에 마누라한테 치여, 다음날 상사한테 치여, 실적 못 올려 일거리에 치여, 만날 치여 살다 또 맞는 똑같은 월요일인데 말이야."

이 대리가 김 과장을 쳐다보며 말했다. 서로 상극인 몸매만큼이나 직급 차이도 났지만 둘은 회사 내에선 둘도 없는 친구 사이였다. 진급시험 때마다 밥 먹듯이 낙방하는 만년 이 대리 비해 김 과장은 단번에 합격해 과장으로서 일찍 승진한 사례였다. 둘 사이에 항상 미묘한 감정선이 존재했지만 대체로 반말하는 이 대리에 대해 김 과장은 별로 신경 쓰지 않았다. 그래서 그런지 넉넉한 풍채와는 달리 항상 상대적 열등감에 휩싸여 있는 건 속 좁은 이 대리 쪽이었다.

"3년만 지나 봐. 아니 3년이 뭐야 2년만 지나도 아주 못 봐준다고. 주말이라도 다 같은 주말이 아니지. 아기 낳고 나면 운동은 하지도 않으면서 살 안 빠진다고 허구한 날 징징대고 그 망측한 튜브를 왜 만날 주물럭거리는지!"

말하는 도중에 얼굴을 찌푸리며 자신의 튜브를 만지작거리는 이 대리의 모습을 보니 어처구니없다는 생각이 들었다. 더 망측한 놈이 남 말하는 꼴이라니.

"그러기 시작하면 이제 밤은 무섭고 무게는 더 무거워지지."

김 과장이 웃으며 맞받아쳤다.

"맞아, 마누라는 원수가 될 테고."

다시 이 대리가 맞받았다. 마치 20세기에 두고 온 개그처럼 서로 저질만담을 주고받았다. 그때 뒤에서 친근한 목소리가 들려왔다.

"미리 겁주시는 거예요?"

목소리만 들어도 누군지 금방 알 수 있었다. 그는 내 입사 동기인 강석진이란 친구였는데 훤칠한 키에 운동도 꾸준히 한 다부진 체격이었다. 슬쩍 내 어깨에 팔을 얹으며 말을 이었다.

"아직 결혼도 안 한 숫총각한테."

"숫총각? 동거하면서 숫총각은 무슨. 지나가던 발바리가 코드 안에 팬티 챙겨 입는 소리 하고 있네. 이제 곧 지옥행 열차에 탑승하려니까 미리 조언해 준 것뿐이야."

뚱뚱이 이 대리가 말했다. 순간 불도그와 같이 처진 볼살에 한 방 먹이면 얼마나 출렁일까 궁금해졌다.

"뭐, 그럴 수도 있고 아닐 수도 있고 그건 살아봐야 하는 거 아닌가요?"

석진이 한 발 앞으로 다가서며 거드름스레 말했다. 그러자 이 대리의 넙데데한 얼굴에 검은 그림자가 드리워졌다. 석진의 얼굴이 그보다 하나는 더 위에 있었다. 움찔한 이 대리가 한 발짝 물러났다.

"아침부터 뭐 하자는 거지?"

기분이 살짝 상한 김 과장의 목소리였다.

"아무것도요."

석진이 양손을 들어 보이며 한 발짝 뒤로 물러났다.

"말조심하게. 자네."

여전히 경직된 얼굴의 김 과장이 말했다.

"네, 그러지요."

석진이 씩 웃었다. 누가 보면 무례해 보일 수 있겠지만 솔직한 성격이 매력적인 친구였다.

"으흠. 요즘 젊은것들이란. 가세."

심드렁한 표정으로 뚱뚱이가 홀쭉이를 데리고 자리를 떠났다.

"왜 그래, 월요일 아침부터?"

내가 물었다.

"아무것도 아니야. 그냥 저 뚱보 자식이 하는 게 맘에 안 들어서."

"내버려 둬. 저 몸으로 처자식은 먹여 살리는 것도 바쁠 텐데."

"그냥 자리만 차지하고 앉아있으니까 그렇지. 일은 더럽게 못 하고 허구한 날 빈둥거리는 데다가 은행에서 주는 후생 복지는 다 챙겨 먹고 회식 자리에선 돈도 안 내, 꼬박꼬박 참석은 다 해. 연봉은 무슨 외제 차 한 대 값에다가 덩치로 인원수만 채우고 있으니 이건 뭐 어여쁜 신입사원 보기가 하늘의 별 따기 같다고!"

진지하게 이어가던 석진이 '어여쁜'이란 단어에 강세를 주며 씩 웃었다.

그러는 사이 복도 쪽에서 유리문을 열리고 또 한 명의 여직원이 들어왔다. 누리 은행의 상징인 푸른색 조끼에 흰 블라우스, 푸른색 치마를 입은 여직원이었다.

"안녕하세요. 좋은 아침이에요."

그녀가 나를 보며 활짝 웃는 얼굴로 인사했다. 누리 은행의 마스코트. 보통 남자들이라면 침을 질질 흘릴 만큼 매력적인 여자였다. 몸매로 따지자면 모델 뺨을 벌써 여섯 번 쳤을만큼의 아름다운 몸매를 가진 소유자이기도 했다.

"나한테는 인사는?"

그렇게 까칠하던 석진의 말투가 달팽이 기어가듯 나긋나긋해졌다.

"오셨어요?"

그녀가 고개만 까딱하며 건성으로 대답했다.

"오셨어요? 그게 끝이야?"

석진의 얼굴에 실망한 표정이 역력했다.

"에이, 선배 왜 그래요. 무안하게."

그녀가 애교 섞인 말투로 석진을 안심시켰다. 그러자 언제 그랬냐는 듯 석진의 얼굴에 화색이 돌았다. 그녀의 이름은 한윤주였고 우리를 직급 없이 부르는 몇 안 되는 은행원 중 하나였다.

"그건 그렇고. 화장은 다 마친 거야?"

정말 진지한 표정을 지으며 석진이 물었다.

"왜요?"

"아니야."

석진이 피식 웃었다.

"선배! 뭐 문제 있어요?"

약간 날이 선 윤주의 말투에 내가 그만 고개를 돌리고 피식 웃어버렸다.

"아니, 그게 아니라. 속눈썹이 한쪽만 붙어있어서 그래."

석진의 말에 잠시 어리둥절해하던 윤주가 손으로 눈 주위를 천천히 더듬어보았다. 그리고 한쪽 속눈썹이 없는 걸 확인하자 깜짝 놀라 눈이 휘둥그레졌다. 순식간에 볼이 붉게 달아올라 잠시 어찌할 바를 모르던 윤주는 원망 어린 도끼눈으로 석진을 노려본 뒤 잽싸게 뒤돌아서 들어온 유리문 열고 사라졌다.

"왜 날 째려본 거지? 내가 뭘 잘 못 한 거라도 있나?"

석진이 어리둥절한 표정으로 내게 물었다.

"좋아한다는 놈이 그렇게 골탕 먹이냐. 몰래 따로 얘기해주던가."

내 말에 석진은 황당하다는 표정을 지었다.

5분 뒤 윤주가 속눈썹을 붙이고 돌아왔다. 나는 그녀의 속눈썹이 잘 자리를 잡았는지 빠르게 눈을 흘겼다. 그런데 그 아래 위치한 그녀의 크고 까만 눈동자를 보니 새삼 그녀가 매혹적인 사람임을 확인시켜줬다. 문득 그녀의 눈에서 형언할 수 없는 빛깔을 지닌 은서의 흑갈색 눈동자가 떠올랐다. 내가 은서를 좋아하는 수많은 것 중 우선순위를 매기자면 바로 그 흑갈색 빛깔의 오묘한 눈동자였다. 지금 보고 있는 윤주의 왕방울만 한 눈은 아니었지만, 그 깊이만큼은 지금까지 내가 본 광활한 우주보다 깊었다.

"윤주야, 이 오빠는 다 널 아껴서 그런 거란다."

석진이 느글거리는 눈빛을 날리며 말했다.

"그런 건 몰래 얘기해주는 거지. 그렇게 대놓고 쪽 주는 게 아니라고!"

화가 잔뜩 난 윤주가 말했다.

"미안, 담부턴 안 그럴게."

석진은 윤주에게 호감이 있었다. 우리 쪽 은행에 널리 쓰이는 은어로 같은 은행 사람끼리 결혼하면 '대체' 다른 은행 사람이랑 결혼하면 '환희' 라고 불렀는데 그가 노리는 건 바로 '대체'였다. 그런데 얼굴이나 혓바닥에 버터를 너무 발랐다.

"선배, 제발 그 느글느글한 눈빛 좀 어떻게 안 돼요? 부담스러워 죽겠어요."

대신 그녀는 이글거리는 눈빛을 가진 내 친구를 좋아하지 않았다.

"당신이 부담스럽다면야, 기꺼이 거둬드리지요."

고개를 숙인 석진이 실망한 시늉을 해 보이며 뻑뻑해진 눈을 비볐다. 나는 불쌍해진 친구의 등을 토닥여주었다. 막간의 콩트가 끝나고 내가 진지하게 물었다.

"윤주야. 조회 몇 시에 한댔지?"

"8시 30분이요. 지점장님이 2층 소회의실에서 간단하게 한대요."

예상대로 조회는 간단하게 끝났다. 저번 주에 있었던 CS 교육(친절 교육)에 대한 복습과 제작 년부터 신설된 누리 은행의 자회사 온 누리 생명의 방카슈랑스에 대한 몇 가지 강조사항뿐이었다. 새로운 상품이 나왔다거나 특별한 일정은 없었다. 실적에 대한 압박과 할당 포인트에 관한 얘기는 여전히 빠지지 않았지만 말이다. 회의를 끝마치고 모든 은행원이 '누리, 누리, 화이팅!'이라는 구호를 힘차게 복창한 뒤 1층에 내려와 각자 자리로 돌아갔다. 이제 매일 아침 8시 50분에 방송될 지겨운 친절 방송만 듣고 나면 곧 손님을 맞을 준비를 마치고 은행의 하루를 일과를 시작하게 될 것이다.

은서의 시나리오

은서는 동네에서 유명인으로 통했다. 아직 데뷔 못 한 풋내기 작가지만 은서라는 이름은 그날 이후 명성이 자자했다. 가장 최근에 일어났던 일을 하나 풀자면 어느 날 분리수거를 하러 가던 차에 무심코 그녀의 이름을 크게 불렀던 적이 있다. 나는 이미 분리수거를 하는 중이었고 조금 늦게 내려온 은서가 보이자 그녀를 향해 이름을 크게 불렀다.

"은서야! 여기야. 여기!"

그러자 순식간에 주위에서 분리수거를 하던 모든 사람의 시선이 은서에게로 쏠렸다. 순간 우리는 무슨 영문인지 몰라 서로 어리둥절한 표정으로 바라보았다. 몇 분이나 지났을까 다시 분리수거를 시작한 사람들의 시선이 연신 왔다 갔다 은서에게 머물렀다. 그 모습이 너무 궁금했던 나는 옆에 있던 아저씨에게 조심스레 물어보았다.

"저기요, 아저씨. 왜 사람들이 우릴 계속 쳐다봐요?"

"정말 몰라서 물어요?"

"네."

"저 아가씨 이름이 은서라고 했나?"

"네, 제 이름이 은서예요."

옆에 있던 은서가 자신을 가리키며 답했다.

"맞아요. 바로 그 이름, 내 차에도 두 번이나 쓰여 있었다고요!"

"아….."

그 순간 불현듯 이유를 깨달았다. 바로 그녀의 특이했던 술버릇이 답이었다. 술도 잘 못 마시는 은서였지만 술만 취하면 아파트 주차장 자동차 유리창에 자신의 이름을 사인처럼 새기고 다녔던 술기운의 흔적들이, 그녀의 얼굴은 몰라도 이름만큼은 모두가 자연스레 알게 된 이유였다. 그 사실에 당장이라도 분리수거 통 안으로 뛰어들어 숨고 싶었다. 동시에 부끄러움과 웃음이 봇물 터지는 듯 밀려와 세상에서 가장 빠른 속도로 분리수거를 마쳤다. 곧이어 아파트로 뛰어 들어가면서 민망함에 연신 지나가는 사람마다 '죄송합니다.'를 연발하며 고개를 숙였다. 그렇게 간신히 엘리베이터를 타고 집 앞에 도착한 우리는 현관문을 열고 안으로 들어갔다. 힘겹게 현관문을 닫는 순간 우리는 참고 참았던 웃음 폭탄을 터트렸다. 어찌나 참았던지 한 번 터진 웃음은 그치지 않아 눈물이 앞을 가렸고 은서는 방바닥을 데굴데굴 구르기까지 했다. 배꼽을 움켜잡고 서로를 바라보며 미친 듯이 웃어댔다. 그렇게 얼마나 웃었을까 갑자기 뱃가죽이 당기고 아팠다. 그러다 문득 의문이 들기 시작했다. 분명 사람이 그런 행동을 보이는 데에는 이유가 있었을 것인데 은서는 왜 남의 자동차 유리창에 자신의 이름을 새기고 다닌 걸까? 정작 당사자는 그런 행동을 한 이유에 대해서 명쾌한 해답을 내놓지 못했다. 그나마 추측해보자면 가장 가능성 있는 시나리오는 그녀의 직업에서 찾을 수 있을 것 같았다. 영화 시나리오 작가! 물론 작품으로 먹고산다지만 명성으로 일하는 직업을 가지다 보면 어느새 자신의 이름을 알려야 한다는 강박관념에 사로잡혔을 가능성이 있다. 의식하진 않아도 잠재되어 있던 무의식중에 자신의 존재를 알리고픈 집착이라고나 할까? 원인이야 어찌 됐든 은서라는 이름으로 동네에선 유명 인사가 되었으니 소기의 목적은 달성한 셈이었다.

비닐에 쌓인 채 내 침대에서 깨어난 이후 은서는 통신사 사원으로 1년간 직장을 더 다니다 그만뒀다. 그사이 나는 은서의 고민 상담을 들어주게 되었고 막연한 확신 하나가 생겼다. 내 벌이만으로 그녀를 먹여 살릴 수 있을 거라는 뜬금없는 자신감이었다. 조만간 고액연봉자 대열에 합류할 거라는 유능한 은행원의 허영심이라고 해야 하나? 정작 중요한 건 내가 은서를 평가할 능력자가 아니었다. 그녀의 친구들처럼 깎아내릴 능력도 없었으며 그렇다고 과소평가할 만한 자격이 있는 것도 아니었다. 다만 나는 그녀를 믿어줘야 했다. 그리고 기를 살려줘야 했다. 이유야 어찌 됐든 그냥 믿어주고 싶었으니까. 그녀의 직업적 성패는 나에겐 그렇게 중요한 것이 아니었다. 나의 반려자가 될 그녀의 행복이 더 중요했으니까. 은서가 통신사를 그만두고 따로 살다가 내 권유를 받아들여 현재 사는 아파트에서 동거를 시작하게 되었다. 평수가 큰 아파트는 아니었지만 남아있던 작은 방 하나는 그녀의 작업실로 꾸며주었다. 그렇게 우리가 동거한 지 1년의 세월이 흘렀고 이제 우리는 결혼을 앞두게 되었으며 그녀의 첫 번째 영화 시나리오도 완벽한 타이밍처럼 완성됐다.

은서의 첫 번째 시나리오의 제목은 〈이별 여행〉이었다. 나는 바쁜 직장 생활 탓에 예전처럼 자주 영화를 보진 못했지만 매주 토요일 오전 가까운 영화관으로 달려갔다. 함께 영화를 보고 점심을 먹으며 오늘 본 영화에 대해 열띤 토론을 주고받는 게 우리 주말 데이트의 시작이었다. 그렇게 우리는 서로의 취미를 공유하며 직업적 매너리즘에 빠질 수 있는 은서에게 나는 대중의 시선으로 신선함을 제공해주는 조력자 역할을 자처했다. 그래서 은서가 첫 번째로 소재를 선택했을 때 조력자 적인 측면에서 걱정된다는 의견을 피력하기도 했다.

일단 그녀가 선택한 소재는 파격적일 순 있으나 신선하진 않았다. 예전 기사에서 한 남자가 죽은 아내의 시체를 싣고 몇 개월 동안 자전거 여행했다는 실제 사건에서 영감을 얻어 쓰기 시작했다고 말했다. 그런데 실제로 등장하는 주인공은 7살 여아였고 불치병에 걸린다는 내용이었다. 이게 얼마나 진부한 이야기인가. 몇몇 겹치는 영화들도 눈에 밟혔다. 아직 은서의 마지막 탈고 본을 읽어보진 못했지만, 그동안 옆에서 지켜보며 지겹도록 들었던 터라 대충 전체적인 이야기는 짐작할 수 있었다. 분명 쉽지 않은 길일 텐데 요즘처럼 시시각각 급변하는 시대에 신인 작가의 데뷔작이 드라이한 드라마라니 자치 잘못하면 이 정공법이 진짜 다큐멘터리 같아 보일 수도 있었다. 어느 날 정말 궁금했던 나는 잠자리에 들기 전 왜 이런 소재를 택했냐고 물어봤다.

"오빠, 혹시 시나리오 작가들이 예전에 가장 많이 보는 프로그램이 뭔지 알아? 〈인간극장〉이었어. 거기엔 우리가 살아가는 삶의 이야기가 나오거든. 솔직히 소재는 그렇게 중요하지 않아. 결국 그 안에 인간이 필요하거든. 모두가 생각하고 사랑하고 정을 나눈다고. 어떤 상황이든 인간이라면 삶을 지속하게 되어 있어. 그것이 힘들고 가난할지라도. 〈인간극장〉에 나오는 사람들은 그저 평범한 사람들이야. 아니 어쩌면 조금 더 기구한 운명을 타고난 사람들이라고 해야겠지. 하지만 거기에 나오는 사람들은 인간이 추구할 수 있는 행복의 한계를 끌어올려 주는 힘이 있어. 그것이 사랑으로 통하든 정으로 통하든 말이야. 우리의 삶은 생각보다 그렇게 화려하지 않다고. 사소한 것에는 삶을 행복하게 만들어주는 마법 같은 게 있어. 그런 사소한 것이야말로 진짜 행복한 삶인 거지. 식상? 진부해? 맞아. 식상하고 진부할 수 있지. 게다가 상투적인 것도 맞아. 그건 나도 인정해. 하지만 그 안에서 진정성이 제대로 담겨 있다면 나는 충분히 통할 수 있다고 믿어. 지금까지도 그래왔고 앞으로도 그럴 테니까. 세상은 그렇게 쉽게 변하지 않아. 겉으로 빠르고 화려해질지언정 사람들의 감정은 그대로일 테니까. 그래서 내가 사람 냄새나는 이야기를 쓰고 싶다는 거야. 진심으로 가득한 사람들의 이야기 말이야."

진심 어린 그녀의 언변에 내가 해줄 수 있는 건 묵묵히 응원해주는 것뿐이었다.

* * *

벽에 걸린 전자시계가 오후 4시를 가리켰다. 이어 정문 셔터가 내려가고 청소 아주머니는 이미 객장 내 대기실 안에서 바닥을 쓸고 있었다. 영업시간이 끝나고 한쪽에선 은행의 자회사인 온 누리 생명에서 나온 여직원이 홍보용 팸플릿과 서류들을 정리하고 객장 안에는 몇몇 고객들이 남아 마무리 업무를 보고 있었다. 이후 그들마저 퇴장하자 행원들이 앓는 소리와 함께 기지개를 켜는 모습이 보였다. 이것은 곧 재개될 2차 업무전쟁을 위함이었다. 그사이 각자 업무를 빠르게 마친 보험사 여직원과 청원경찰이 행원들에게 인사를 하며 퇴근했다. 그들을 부러운 시선으로 바라보던 텔러(출납계원)들은 다시 업무로 돌아와 2차 업무전쟁에 대비하며 뼈마디들을 시원하게 늘어지도록 스트레칭을 해줬다. 텔러들 앞에는 계산기, 계수기, 스피드(돈 셀 때 손가락에 바르는 크림), 도장, 인주, 필기도구 등이 놓여있었고 한쪽에는 20개 단위로 묶인 동전 통과 100장 단위로 묶인 5만 원권 지폐와 만 원권 지폐 다발이 수표와 함께 시재 바구니 통에 담겨 있었다.

그 무렵 나는 은행의 마지막 고객을 배웅해주고 있었다. 고객을 보내고 돌아오는 길에 은행 내 상황을 둘러봤다. 분명 오늘이 월요일이긴 했지만 무슨 이유에선지 고객들은 많지 않았다. 오후 4시에 영업 종료하고도 남아있는 고객들을 응대하다 보면 5시를 넘기는 경우도 허다했다. 하지만 오늘은 이 고객이 마지막 고객이었다. 자리로 돌아가는 길에 몇몇 행원들이 급히 화장실로 향했다. 아마 마감 시간에 몰려든 고객들을 상대하느라 참았던 것을 해결하러 가는 중일 것이다. 게다가 온종일 돈을 만져야 하는 직업의 특성상 텔러를 포함한 몇몇은 고약한 돈 냄새에 찌든 손을 깨끗이 씻어줘야 하는 점도 있었다. 몇 분 뒤 다시 돈을 만지는 한이 있더라도 말이다.

내 책상은 창구에서 7m 정도 떨어진 곳에 칸막이를 등진 채로 자리 잡고 있었다. 우리 은행의 경우 2년에 한 번씩 부서별로 자리를 옮겼고 5년을 채우면 다른 지점으로 발령이 나곤 했다. 간혹 상급자의 경우 5년 넘게 남아있는 일도 있었지만, 직원 대부분은 이런 인사발령에 따라 움직였다. 나 같은 경우에는 입사 첫해 예금계의 텔러로 시작해서 카드 계로, 현재는 대출계로 옮겨 업무를 맡고 있었다. 예금계에서 카드 계로 옮겨가는 과정은 말이 인사발령이지 거의 스카우트를 당한 거나 마찬가지였다. 첫해 창구에서 텔러로 있으면서 어느 정도 은행 일에 익숙해진 나는 이듬해 누리 은행 전체를 발칵 뒤집을 만한 엄청난 실적을 올렸다. 그해 카드 신규 가입만으로 3만 5천 건 찍어 전국의 누리 은행을 통틀어 한해 가장 높은 실적을 올린 행원이 되었다. 그 후에도 계속 승승장구하며 그에 버금가는 실적들을 쌓아갔고 지점에선 최우수 행원을 도맡다시피 해 연말 여행상품은 물론 각종 부상품까지 많이 받아 동료들에게 나눠주기도 했다. 그런 모습이 다른 행원들에겐 시기와 부러움의 대상이 되기도 했다. 내가 은행에서 가장 촉망받는 직원이 된 데에는 짧은 시간 내에 목표치를 훨씬 웃도는 어마어마한 실적을 올린 것이 가장 컸다. 예금계에 있을 때 카드 실적도 그렇지만 우리 은행에 수신(예금) 평잔(통장의 남아 있는 예금의 평균잔액)이 좋은 고객들을 꼬드겨 한창 펀드가 유행할 때 크로스 셀링으로 많은 이익을 보게 만들어줬다. 게다가 거물급 인사들을 좀 끌어들여 직접 PB 룸과 연결해주는 역할도 했다. 어찌 보면 사업수완이 좋은 편이었고 천성적으로 사람을 대하고 다루는 일에 능숙한 편이었다. 이런 복합적인 성격으로 사람을 상대하는 은행 일에 누구보다 완벽하게 적응할 수 있었다.

내 자리로 돌아온 나는 대출계 행원끼리 모여 오늘 하루를 정리하는 회의를 했다. 회의에서 주된 내용은 고객들의 불만 사항이 많이 늘었다는 점이었다. 저번 주 은행에서 기준금리를 낮췄는데 그 때문에 대출계 쪽에서도 금리에 대한 변동이 있을지도 모른다는 얘기가 흘러나왔다. 하지만 우리 쪽은 오히려 소폭 올랐다. 그 말인즉슨 기존 대출자들에겐 큰 부담이 될 수밖에 없었다. 그래서 오늘 걸려 올 상담 전화나 고객들을 상대할 때 한마디 듣는 것 정도는 각오하고 있어야 했다. 그런데 결국 3년 차 남자 행원 하나가 고객과 사소한 말다툼을 벌이는 사고가 일어나고 말았다. 당시 곧바로 달려 나간 나는 싸움을 중재하고 고객에게 사과한 뒤 돌려보냈다. 한데 3년 차 남자 행원은 지금도 분이 덜 풀렸던 모양이다.

"그 사람이 먼저 욕했다고요. 다짜고짜 반말부터 깠는데."

그러면서 아직도 흥분을 가라앉히지 못하고 있었다. 가끔은 은행원도 사람인지라 온종일 그런 말을 듣다 보면 격해지는 경우가 종종 있었다. 분명 각자의 감정 조절이 필요한데 그걸 절제하는 게 쉬운 일은 아니었다. 하지만 대출 또한 일종의 은행원으로서의 서비스업이었기 때문에 서로 좋게 끝내는 게 최선이었다. 결국 언제나 그렇듯 그 행원에게 다시는 그러지 않겠다는 다짐을 받아내고 평소 매일 하던 고객 만족도를 높이기 위한 롤플레잉 연습을 이어 나갔다. 이후 매일 같은 레퍼토리로 실적 얘기가 나왔고 저번 달 은행의 전체실적이 좋지 않았던 관계로 이번 달엔 각자 할당될 포인트 증가와 실적 압박이 더 심해질 거라는 암울한 얘기로 회의를 마쳤다. 우리는 각자 자기 자리로 돌아가 서류들을 처리하기 시작했다. 정신없이 일하다 보니 벌써 저녁 7시가 훌쩍 넘었다. 그동안 한참을 수그리고 있던 내 목에도 뻐근함이 전해졌다. 나는 고개를 천천히 빙그르르 돌리며 목운동했다. 목뼈에서 우두둑 소리가 났다. 그때 내 시야에 영업장 한가운데서 은행 업무가 아닌 다른 작업을 하고 있던 팀장과 석진이 눈에 들어왔다.

나는 허리를 꼿꼿이 세운 채로 온몸으로 스트레칭을 하며 자리에서 일어났다. 잠시 머리도 식힐 겸 그들 옆으로 걸음을 옮겼다. 책상 위에 올라서서 천장에 손을 붙인 채 작업을 하는 석진과 그 아래 팀장이 석진을 올려다보며 지시하고 있었다.

"팀장님, 뭐 잘못된 거 있어요?"

내 물음에 전형적인 상고머리를 한 팀장이 나를 돌아봤다.

"환풍구에서 물이 좀 떨어지네."

그 말에 나는 천장을 올려다봤고 석진의 손 주위에 누렇게 변색 된 환풍구가 보였다. 하지만 실제로 지금은 물방울이 떨어지진 않았다.

"팀장님. 거기 테이프 좀 주세요."

석진이 아래로 손을 뻗으며 말했다.

나는 주변을 둘러보고 책상 위에 놓여있던 테이프를 집어 석진의 손에 넘겼다.

"고맙다."

석진이 테이프를 건네받고 다시 작업에 들어갔다.

"좀 전에 4월 실적 나왔던데 이번에도 자네가 1등 했더군."

팀장이 말에 나는 무덤덤하게 대답했다.

"그래요? 이번엔 실적이 안 좋아서 못 할 줄 알았는데…."

"아니야. 실적이 하향 조정된 거지. 저번 달은 비수기라서 전체적으로 실적이 안 좋았어."

"그럼 이번 달엔 압박 좀 받겠는데요."

내 말이 끝나기 무섭게 석진의 목소리가 들려왔다. 위를 올려다보자 작업에 열중하느라 고개는 돌리지 않은 채 말했다.

"이것만 붙이면 당분간은 문제없겠는데요. 특별히 크게 망가진 데도 없고 대지진이 일어나지 않는 이상 제 생각엔 1년은 끄떡없겠어요."

그 말에 팀장과 나는 환풍구를 올려다봤다. 석진이 웅얼거리듯 말을 이었다.

"그나저나 나는 저번 달 완전 죽 썼는데 어떻게 만회해야 하지."

바로 그때 뒤쪽에서 핸드폰 진동 소리가 들려왔다. 소리의 진원지는 내 책상이었다. 나는 곧바로 작업장을 뒤로한 채 자리로 돌아와 핸드폰을 내려다보았다. 책상 위에서 부르르 떨고 있는 핸드폰의 발신자부터 확인했다. 순간 문득 떠오르는 것이 있었다. 액정에는 7시 31분이라는 시간과 함께 이미 화가 잔뜩 난 은서의 이름이 얼굴처럼 떠 있었다. 순간 뜨끔했다. 오늘은 장인, 장모님이 올라오시는 날이었고 지금은 급하게 그들을 모시러 가야 하는 순간이었다. 잠시 숨을 고르고 통화버튼을 눌렀다.

"안녕, 자기!"

통화음 너머에서 익숙한 자동차 소음이 들려왔다.

"지금 어디야?"

간결하게 호칭을 생략한 은서의 말투에서 날 선 미묘함이 전파를 타고 넘어왔다.

"어라? 지금 차 안이네. 어디. 갔다 왔어?"

18년식 하얀색 소렌토를 운전하며 블루투스 낀 은서의 모습이 그려졌다.

"지금 서울 나갔다 오는 길이야. 시나리오공모전에 시나리오 내고 왔어."

"정말!? 그거, 다음 주부터 접수라고 하지 않았나?"

은서가 블루투스 이어폰을 매만지며 말했다.

"아니야. 내가 정신이 없어서 날짜를 잘못 계산했나 봐, 이번 주까지 접수가 아니라 마감이더라고. 다음 주부터 심사고."

"그래? 다행이네. 접수도 했겠다. 그럼 이제 전 세계를 매혹 시킬 최고의 작가 이은서의 데뷔만 남았던가? 이거 미리 사인이라도 받아서 쫙 돌려야 하는 건데. 안 그래? 은서 작가님?"

칭찬은 고래도 춤추게 만든다 했으니 나는 VIP 고객을 대하듯 아첨을 좀 떨었다.

"그럴지도 모르지. 나도 세상 한 번 발칵 뒤집어 보려고. 두고 봐!"

은서의 자신감 있는 목소리엔 의욕이 가득 차 있었다.

"그래서, 언제 퇴근해?"

그녀가 물었다. 드디어 올 것이 왔구나.

"저기 은서야. 정말 미안한데. 내가 좀 할 일이 남은 거 같아서 말이야. 어쩌지? 오늘은 정말 시간이 안 될 거 같은데…."

내가 말끝을 흐리자 은서의 음성이 차갑게 돌변했다.

"오빠! 아침에 나랑 약속하지 않았어? 직접 모시러 간다며!"

"아, 근데. 그게 있잖아. 직장 일이란 게 내 맘대로 안 되잖아."

그때 환풍구 작업을 마친 팀장과 석진이 내 쪽으로 걸어오고 있었다.

"무슨 소리야? 그냥 하루만 빼달라고 그래. 아니 몇 시간 일찍 퇴근한 다고 말하면 되잖아. 오빠 위치면 그 정도는 할 수 있잖아."

나는 쩔쩔매며 다급하게 말을 끊었다.

"은서야. 그럴 수 없다는 거 알잖아. 업무 끝나고 나서가 더 바쁜 거 잘 알면서 그래."

내 표정은 울상이었다. 멀리 전파 너머의 은서가 나보다 더 심각할 거라 생각됐지만 그래도 내 안위가 더욱 걱정되는 건 현실이었다. 그때 다가오는 팀장의 얼굴에서 '쩔쩔매는 내 모습을 봤을까?'라는 의문이 일었지만 잠시 그 생각은 제쳐두기로 했다.

"미리 얘기했으면 될 거 아냐? 뭐가 그렇게 힘들다고. 아니지, 오빠는 처음부터 갈 생각도 없었어. 안 그래?"

격앙된 은서의 목소리에 뭐라 할 말이 없었다. 그때 틈을 비집고 팀장이 말을 걸어왔다.

"어이, 박현수 대리."

팀장의 목소리에 당황한 나는 소매로 식은땀을 닦음과 동시에 반대 손으론 핸드폰 스피커를 가렸다. 순식간에 일어난 일이었지만 심장박동 수가 기하급수적으로 증가했다.

"마누 님께서 찾나 봐? 바쁘면 가봐. 오늘은 내가 특별히 봐줄게."

팀장이 묘한 뉘앙스를 풍기며 속삭이듯 말했다.

"은서야, 잠깐만."

"아니에요. 아직 처리해야 할 게 좀 남아있어요."

그러자 손에 들린 테이프를 만지작거리던 석진이 옆에서 거들었다.

"야, 이런 날이 어디 있어? 팀장님이 선심 쓸 때 가봐야지. 남은 건 내가 처리해줄게. 오늘 내 업무 다 끝났거든."

갑자기 이 사람들이 왜 이러지?! 나는 내 일을 남에게 맡기는 게 죽어도 싫었다. 시간은 벌써 7시 40분을 넘어가고 있었다. 하지만 지금 당장 이것저것 남은 것들을 빠르게 정리하고 나간다 쳐도 장인, 장모님이 도착하기 전까지 집으로 돌아가 다시 차를 몰고 터미널로 간다는 게 불가능했다. 현 시각, 차는 은서가 몰고 있었고 서로의 편의를 위해 그편이 훨씬 나아 보였다. 결국 그 생각이 내가 선택한 운명의 시초가 되었다.

"아니야. 됐어. 거의 다 끝났는데. 뭐."

내가 석진에게 손사래를 치며 거절했다. 곧바로 다시 핸드폰에 대고 은서에게 작은 목소리로 말했다.

"미안해, 은서야. 아무리 생각해도 시간이 안 될 거 같아."

은서의 씩씩거리는 숨소리가 바로 옆에서 들리는 것 같았다.

"대신 자기가 아버님, 어머님 모시고 와. 내가 근사한 레스토랑 잡아놓을게. 알지? 우리가 자주 가던 그 패밀리 레스토랑 있잖아? 거기서 아버님, 어머님 대접하는 걸로 하자. 알았지? 진짜 미안해."

"됐어! 오빠는 정말…."

은서의 거칠어진 음성이 실망감을 되로 삼키며 끊어졌다.

"알았어! 끊어."

결국 은서는 마지막 한마디만 남기고 전화를 끊었다.

믿음에 반한 실망과 사랑으로 쌓인 신뢰가 한순간에 무너져 내리는 순간이었다. 이 한마디가 은서의 마지막이었다. 더는 통화음 너머로 어떠한 말도 듣지 못했다. 갑자기 어둠 속에서 마지막 남은 초가 다 타 버린 것과 같았다. 삶이 죽음으로 바뀌고 희망이 절망으로 타락하는 순간 그녀는 어둠 속에서 혼자 남아 공포를 되로 삼키며 두려움을 이 한마디에 꾹꾹 눌러 담았다. 이 목소리가 살아생전에 내가 들은 은서의 마지막 목소리일 줄이야. 꿈에도 생각지 못했다. 달콤해도 모자랄 판에 증오와 고독이 가득 찬 외마디 비명 같은 이 한마디가 마지막이었다는 것을.

나는 핸드폰을 내려놓고 앞에 서서 나를 바라보는 팀장과 석진을 쳐다봤다. 내 이마엔 땀이 송골송골 맺혀있었다.

"어이구. 보내준대도 안 가다니 너도 참 별종이다."

석진이 말했다. 뒤이어 팀장도 한마디 거들었다. 후에 그 말이 내 심장에 비수가 되어 날아올 거란 것을 짐작하지 못한 채.

"마누 님 말 허투루 듣지 마라. 그래야 나중에 후회 안 해. 내 말 명심하라고."

"네, 그럴게요."

뒤늦은 후회에 대한 그럴싸한 변명일 뿐이었다.

* * *

은서는 전화를 끊자마자 블루투스 이어폰을 귀에서 빼내 보조석으로 집어 던졌다. 이어 옆 차로를 살핀 후 차량이 보이지 않자 급하게 핸들을 꺾고 유턴을 시도했다. 그러자 타이어에서 날카로운 소리가 들려왔다. 아스팔트 위에는 시커먼 스키드마크가 새겨지며 소렌토는 그녀의 기분을 대변하듯 빠른 속도로 버스터미널을 향해 달려갔다.

5

사고

해가 졌다. 그러자 맹하(孟夏)의 계절도 무색하게 반짝 더위는 해를 따라 저만치 물러났다. 어둠이 잠식한 세상은 언제 그랬냐는 듯 선선하다 못해 쌀쌀했다.

나는 은행 건물 옆 철문을 열고 밖으로 나왔다. 밖은 생각보다 추웠다. 항상 이맘때쯤 벌어지는 극심한 일교차는 마치 열정과 냉정 사이, 열탕과 냉탕 사이를 오가는 것 같았다. 이제 막 8시 30분을 넘어가고 있었다. 지금쯤 은서는 이미 부모님을 만나 내가 예약해놓은 레스토랑으로 오고 있을 것이다. 역시나 예상대로 은서에게서 톡이 왔다.

지금 출발해.

나는 톡을 받은 후 잠시 전화를 걸어볼까도 생각했지만 오늘은 그냥 화가 풀리도록 놔두는 편이 나을 것 같았다. 하지만 그때 내가 전화를 걸었더라면 '지금 우리의 운명이 바뀌지 않았을까?' 생각해본다. 후회막급이었다. 나는 마음을 다잡고 레스토랑으로 향했다.

은서는 정확히 8시 16분에 고속버스 터미널 앞에 도착했다. 소렌토를 갓길 주차장에 세워두고 곧바로 건물 안으로 들어섰다. 허름한 터미널 내부에는 20명 남짓한 사람들이 승차장 주변을 서성이며 기다림에 지쳐 있었다. 은서는 전주에서 올라오는 고속버스 승차장으로 향했다. 8시 20분, 간신히 제시간에 맞춰 도착했다. 은서는 곧 들어올 고속버스를 기다리며 대기실 의자에 앉아 TV를 봤다. TV에선 정장의 여성 앵커가 서해 백령도 부근에서 남북한이 군사훈련으로 신경전을 벌이고 있다고 전했다.

잠시 후 고속버스가 승차장 입구로 앞머리를 들이밀었다. 은서는 버스가 다 정차하기도 전에 하차 지점으로 나갔다. 짧은 기다림이었지만 오랜만이라 살짝 설렜다. 버스가 정차하고 문이 열리자 연세 지긋하신 노부부가 먼저 내려왔다. 뒤이어 바로 은서의 부모님이 모습을 드러냈다. 은서는 오랜만에 만나는 부모님 보자마자 덥석 안았다. 잠깐이었지만 순간적으로 벅찬 행복감에 몸을 맡겼다. 이내 감정이 추스르고 부모님의 얼굴을 다시 보니 늙고 수척해진 모습이 한눈에 들어왔다. 순간 눈물이 핑 돌았다. 내가 사랑하는 사람들이 나이 들고 초라해져 가는 모습을 바라보며 아무것도 해줄 수 없다는 것이 착잡했다. 그녀의 부모님은 왜소한 몸으로 과도한 짐 보따리를 바리바리 싸 들고 왔다. 결혼식까지 한 달 동안 같이 머무를 생각이라 짐이 상당했다. 아마 한 달 치 옷부터 잡다한 음식까지 가지고 올 수 있는 건 전부 싸 왔을 것이다.

"현수는?"

예비 사위가 보고 싶은 엄마가 물었다.

"바빠서 못 왔어."

"그래? 그럼 얼른 가자."

사위 먹이려고 잔뜩 싸 온 짐을 들고 아쉬운 표정으로 서 있는 부모님을 보니 다시 화가 치밀어 올랐다. 평정심을 유지하려 애쓰며 부모님의 짐을 받아 들고 터미널을 빠져나왔다. 이어 짐을 모두 트렁크에 싣

고 나자 손이 한결 가벼워졌다. 부모님이 먼저 뒷좌석에 올라타고 은서
는 돌아와 운전석에 앉았다. 화는 누그러뜨렸지만, 전화는 걸기 싫어서
톡만 보냈다.

지금 출발해.

  같은 시각 은서의 흰색 소렌토 뒤로 검정 마세라티 한 대가 따라붙었
다. 마세라티 안에는 돈깨나 있어 보이는 젊은 남자 셋이 타고 있었다.
왁스로 떡칠한 머리에 가죽 재킷 입은 운전자와 배기팬츠와 뉴욕 양키
즈 야구점퍼, 그리고 스키니 진에 미국 성조기로 도배된 후드티까지 앳
돼 보이는 세 남자는 값나가는 명품들로 치장했다. 가죽 재킷이 핸들에
얹은 손목에는 이탈리아 명품 불가리 시계가 반짝였다.
  그때 마세라티 뒷좌석에 앉아있던 성조기 후드가 말했다.
  "오! 마이 갓! 와썹! 맨! 마더 퍼커! 예!"
  그러자 가죽 재킷이 뒤를 흘깃 돌아보며 소리쳤다.
  "시끄러워 죽겠네. 입 좀 닥쳐 봐. 영어도 못 하는 새끼가 왜 만날 영
어로 지껄이는 거야!"
  보조석에 앉아있던 야구점퍼가 끼어들었다.
  "네가 참아라! 저 새끼 원래 저러잖아. 좆도 아는 건 하나도 없고."
  "그러니까 더 어이가 없잖아! 저 새낀 외국물을 10년이나 처먹었으
면 뭐라도 좀 배워왔어야 할 거 아냐. 만날 욕만 처해대고 머리엔 좆도
들은 건 없어서 양키 년들 좀 후리고 다니더니 어째 한국말도 잊어먹었
어. 완전히 미친 새끼야!"
  가죽 재킷이 기가 찬 듯 말했다.

"놉, 지랄! 좆까지 마라!! 블론드 베이비들! 나만 보면 질질 싼다니까."

후드티의 말에 가죽 재킷이 비비 꼬는 시늉을 하며 인상을 찡그렸다.

"오우 쉣! 저 저질 멘트는 10년 전이랑 하나도 변한 게 없냐."

"내가 보기엔 저 새끼 외국 나가서 구라만 배워왔다니까."

야구점퍼가 실실 쪼개며 말했다. 바로 그때 가죽 재킷이 브레이크를 밟으며 속도를 급하게 줄였다. 차 안에 있던 세 남자가 너나 할 것 없이 앞으로 툭 튕겨 나갔다. 뒤에 있던 후드티는 앞 시트에 이마까지 부딪혔다.

"쉣!! 왓 더 헬!"

그들 앞엔 18년식 흰색 소렌토의 브레이크 등이 점멸을 반복했다. 그 SUV의 운전자가 바로 은서였다. 퇴근 시간이 겹치기는 했지만, 도로에는 생각보다 차량이 많지 않았다. 그렇다고 마냥 한가하기만 한 것도 아니었다. 추월 차로로 넘어가려 해도 퇴근 시간이라 1, 2차선 모두 비슷한 속도의 달리는 차들이 존재했다. V8 트윈 터보 엔진의 배기 소리를 뽐내며 달리고 싶었던 그들 앞에 은서의 차량은 단순 고철 덩어리에 불과했다.

"아이 씨-발. 뭐 하는 거야! 짜증 나게!"

칼치기에 실패하자 가죽 재킷이 욕을 내뱉으며 클랙슨을 연신 울려댔다.

"맞다. 그 소나무는 잘 크고 있어?"

운전 중이던 은서가 돌아보며 물었다.

"소나무? 말도 마라 네 아빠가 얼마나 아끼는지, 이름까지 지어줬더라고?"

뒷좌석에 앉은 어머니였다.

"뭐라 지었는데?"

"은서 나무라고" "뭐야 나랑 이름이 같아? 그럼 내 쌍둥이 동생인가?"

은서도 자기 말이 웃긴 지 피식했다.

"어떤 풍파가 몰아쳐도 홀로 꿋꿋이 서 있는 모습이 보기 좋더라고. 네가 좋아했던 나무기도 했고 서울 간 딸내미 생각하며 이름을 지어줬지."

진지한 표정으로 아버지가 말했다.

그 당시 은서의 소렌토는 평균 60㎞를 유지하며 도로 위를 달리고 있었다. 그때 갑자기 뒤에서 날카로운 클랙슨 소리가 마구 울려댔다. 상당히 신경질적인 소리였다. 은서가 룸미러로 뒤의 상황을 살폈다. 소렌토 뒤에는 바짝 달라붙은 검은색 외제 차 한 대가 상향등을 깜빡이며 좌우로 추월하려 하고 있었다. 신경질적인 클랙슨 소리에 놀란 것은 은서만이 아니었다. 뒷좌석에 앉아있던 부모님도 함께 놀라 가슴을 쓸어내리고 있었다. 순간적으로 은서는 뒤에서 알짱거리는 저들의 몰상식함에 짜증이 났다. 어디서 굴러먹다 온 놈들인지 부모 하나 잘 만난 덕에 외제 차를 끌고 다니며 안하무인으로 운전하는 양아치 새끼들. 자기들이 잘난 줄 알고 거드름과 허세로 가득 찬 저런 놈들을 보고 있으면 정말 짜증이 솟구쳤다. 그냥 급브레이크를 밟아 추돌사고로 보상이나 받아볼까 하는 생각도 잠깐 들었다. 하지만 외제 차라는 이유로 보상보다 수리비가 더 크게 나올 수도 있고 다른 문제가 더 커질 수도 있었다. 더욱이 오랜만에 딸 보러 먼 길 올라온 부모님을 생각하면 더더욱 그럴 순 없었다. 부모님 얼굴에 드리워진 공포와 두려움 때문에라도 일을 크게 만들 필요는 없었다. '참는 자에게 복이 있나니' 성경 말씀을 믿어보기로 했다.

"야, 총 있지?"

"뭔, 총?"

"아이! 시발! 아까 그 총 있잖아. 엊그제 인터넷에서 산 거."

가죽 재킷이 야릇한 미소 지었다.

"그걸 지금 왜!?"

살짝 당황한 얼굴의 야구점퍼였다.

"저년. 겁 좀 주려고."

"여자야? 운전자가?"

"야! 운전하는 것만 봐도 모르겠냐? 시발 빨리 꺼내 봐. 성능 좀 확인해 보게."

음흉한 가죽 재킷의 턱짓에 야구점퍼가 알았다는 듯 고개를 끄덕이며 뒷좌석을 돌아봤다. 그러자 후드티가 기다렸다는 듯이 M-16을 빼닮은 모의총기 하나를 뒷좌석 바닥에서 들어 올렸다. 개머리판에서부터 총구까지 팔 길이만 한 총기의 모형은 실제처럼 완벽했다.

"굿! 아이디어!"

후드티가 야구점퍼에서 모의총을 넘겨주며 눈을 희번덕댔다.

"진짜 할 거야?"

총을 건네받으면은 야구점퍼가 살짝 불안한 표정을 지었다.

"당연하지. 인터넷에서 300만 원 주고 샀다면서! 그럼 시험해봐야지?"

가죽 재킷이 의미심장한 미소를 날리며 살며시 브레이크에 발을 올렸다. 마세라티의 속력이 살짝 줄었다. 가죽 재킷은 운전석에서 보조석 창문을 직접 열며 음흉한 미소를 지어 보였다.

"이거 진짜 미친놈이네. 이거 탄알이 쇠구슬이라고. 완전 박살 날 거야!"

여전히 불안한 표정의 야구점퍼가 말했다.

"걱정하지 마. 절대 안 깨져. 너 차 유리가 얼마나 두꺼운지 몰라? 2중 접합유리에 선팅, 강화유리라서 절대 안 깨진다고. 걱정하질 마라."

야구점퍼는 확신이 서지 않았다.

"내기할까? 깨지나 안 깨지나?"

가죽 재킷의 말투에서 비열한 희열이 느껴졌다. 뒷좌석에선 이미 흥분한 후드티가 몇 안 되는 영어와 욕을 남발하고 있었다.

"그래도… 이건 좀…?"

야구점퍼가 말끝을 흐렸다. 한동안 잊고 살았던 일말의 양심 같은 게 꿈틀거렸나 보다.

"미친 새끼 겁먹었냐? 이 새끼 옛날엔 진짜 개쫄이였는데 아주 얌전해졌네. 쫄았냐?"

가죽 재킷이 슬슬 약을 올리며 이죽거렸다. 기분이 언짢아진 야구점퍼가 흥분하기 시작했다. 친구 사이에선 자존심이야말로 일말의 양심보다 중요했다.

"좆 까 시발! 그래 까짓거 해보자! 얼마 내기할래? 백?!"

동시에 딸그락거리는 수십 개의 쇠구슬이 담긴 탄창을 총에 끼웠다.

* * *

그 무렵 레스토랑 앞에 도착한 나는 문을 열고 안으로 들어섰다.

"어서 오십시오. 손님. 예약하셨습니까?"

곧바로 미소 띤 매니저가 나를 향해 다가왔다. 나는 그렇다고 답했다. 입구 앞에서 잠시 기다리자 아르바이트생으로 보이는 여직원 한 명이 다가와 나를 홀로 안내했다. 레스토랑 안은 이미 많은 사람이 저녁을 즐기고 있었다. 여직원은 창가 쪽에 있는 4인용 테이블로 나를 안내했다. 테이블 위에는 Reserved(예약석)라고 적힌 흰 푯말이 놓여있었다. 나는 마지막까지 친절을 베푸는 여직원의 안내에 따라 자리에 앉았다. 그녀가 미소를 지어 보이며 테이블의 푯말을 치웠다.

* * *

마세라티와 나란히 차선을 달리고 있던 봉고 한 대가 살짝 속도를 줄였다. 그 틈을 놓치지 않은 가죽 재킷이 잽싸게 마세라티의 머리를 집어넣었다. 화들짝 놀란 봉고가 클랙슨을 울렸지만, 관심 없는 마세라티의 엔진소리는 더욱 요란해질 뿐이었다. 숨통이 좀 트인 가죽 재킷이 가속페달을 밟으며 속도를 높였다. 금세 은서의 소렌토를 따라잡은 마세라티가 옆 차선에서 보조를 맞추며 나란히 달렸다. 그 사이 야구점퍼는 이미 모든 상상을 마쳤다. 쇠구슬이 소렌토의 유리창에 박혀 와장창 깨지는 장면을 상상하며 흐뭇한 미소를 짓고 있었다.

은서는 규정 속도를 준수하며 힐끔힐끔 룸미러를 통해 요란한 마세라티의 상황을 예의주시하고 있었다. 그때 갑자기 마세라티가 차선을 변경하는 모습에 안도의 한숨을 내쉬었다. 그러나 그것도 잠시 은서 옆에 다시 나타난 마세라티를 보자 심장이 덜컥 내려앉았다. 악마같이 시커먼 마세라티가 양옆 창문을 모두 연 채 소렌토 옆으로 바짝 달라붙었다.

"어이! 아줌마! 집에 가서 발 닦고 잠이나 자! 왜 차는 끌고 나와서 방해 질이나 하고 지랄이야! 집에 가서 밥이나 처하던지! 애나 보지! 안 그래? 하하!"

그들이 히죽히죽 웃어대면서 은서의 소렌토를 향해 소리쳤다. 은서는 순간 소름이 끼쳤다. 운전석에 앉아있는 야바위꾼같이 생긴 얼굴에서 얼핏 폭력의 그림자가 보였다. 게다가 보조석에 앉아있는 깍두기처럼 생긴 놈은 기다란 총까지 들고 있었다. 총?! 모의 M-16 총구가 은서가 앉아있는 운전석을 겨냥하고 있었다. 순식간에 공포의 상황에 놓이다 보니 이젠 저놈들의 짓거리가 장난인지조차 구별할 수 없었다. 이미 불장난을 넘어선 거 같았다. 총기 휴대가 불법인 나라에서 총을 들고(진짜인지도, 가짜인지도 모르지만) 저렇게 설치는 미친놈을 보고 있자니 순간 머릿속에 끔찍한 공포가 불현듯 스쳐 지나갔다. 요즘 미국에선 하도 총기사고가 많이 일어났고 그때마다 총을 쏜 범인들의 얼굴이 뉴스에 등장했다. 마치 저들의 얼굴이 그들과 많이 겹쳐 보인다는 게 더 소름이 끼쳤다. 잠시 잠깐이었지만 그 짧은 찰나의 순간에 머릿속에선 온갖 악의적인 파노라마가 필름처럼 돌아가고 있었다.

* * *

나는 레스토랑에 혼자 앉아 창가만 바라보고 있었다. 얼마나 시간이 흘렀을까 이제 누군가를 기다린다는 것이 지겨워질 때쯤 시계를 들여다봤다. 9시 5분이었다. 예약한 시간이 5분 지났다. 이제 5분밖에 안 지났는데 마치 누군가 수동으로 시간을 조작하는 슬라이드 필름처럼 1분 1초가 더디게 흘러갔다. 애꿎은 물만 홀짝이며 원치 않았지만, 시간을 부여잡은 것처럼 전화기만 꼭 진 채 만지작거리고 있었다.

* * *

삶을 살면서 죽을 순간을 고를 수만 있다면 그것은 그나마 행복에 속했다. 자신이 죽을 순간을 예측할 수 없다면 그것은 아무것도 대비하지 못한다는 뜻이었다. 세상에 남겨질 모든 사람에게도, 세상을 떠날 자신에게도, 어느 쪽 모두에게도 믿기 힘든 충격적인 슬픔을 안겨줄 뿐 그 이상의 것은 아무것도 없었다. 지금은 아니었다. 은서에게 지금, 이 순간이 자신에게 주어진 운명의 시간이 아닐 거라고 믿고 싶었다. 아직 세상에 아무것도 해놓은 게 없는 바로 지금은 아닐 거라고 믿었다.

은서는 빠르게 룸미러를 통해 후방 시야를 확인했다. 뒤차와의 거리가 생각보다 상당히 멀어 보였다. 룸미러의 작은 시야 속에는 겁먹은 채 앉아있는 부모님의 모습도 눈에 들어왔다. 두 사람은 서로를 의지한 채 두려움을 달래고 있었다. 은서는 다시 한번 마음을 다잡았다. 그러자 서서히 삶의 향기가 죽음을 압도하는 것을 느꼈다. 은서는 정해진 운명처럼 자연스럽게 가속페달에서 발을 뗐다. 그러자 결승선을 향해 나란히 달려가던 소렌토와 마세라티의 치열한 경쟁이 마치 마세라티의 손을 들어주는 듯 보였다.

야구점퍼는 보조석 문 위에 총구를 걸치고 소렌토의 운전석 유리창을 겨누고 있었다. 그의 눈에 얇게 선팅된 유리창 너머로 한 여자의 공포 어린 얼굴이 어렴풋이 보였다. 잠시 한 인간의 두려움 섞인 눈빛을 마주하자 일순간 자존심 부린 객기가 얼마나 보잘것없는지 허망함마저 느껴졌다. 장난이라는 전제하에 시작한 희열이 변질하고 있었다. 야구점퍼는 총구만 겨눈 채 쏘지 않았다.

은서의 소렌토가 갑자기 큰 폭으로 뒤로 밀려났다. 순식간에 마세라티와 소렌토 사이에 커다란 틈이 벌어졌다. 양아치 3인방의 고개가 모두 뒤로 물러난 소렌토로 향했다. 그때 갑자기 그 공간을 봉고가 쏜살같이 비집고 들어왔다. 낯익은 그 봉고였다. 바로 마세라티가 앞질렀던 봉고였다. 화들짝 놀란 가죽 재킷이 봉고를 피해 급하게 핸들을 꺾었다. 그러자 마세라티가 크게 휘청였다.

"이런 시발! 저런 개 같은 새끼가!"

가죽 재킷이 급하게 핸들을 바로 잡으며 욕을 내뱉었다. 마세라티가 휘청이는 사이 야구점퍼도 순간적으로 들고 있던 모의총을 놓칠 뻔했다. 다행히도 밖으로 튕겨 나갈 뻔한 총을 극적으로 구조했다. 하지만 총을 지켜내면서 내민 팔뚝에는 차량 문에 긁힌 상처가 가득했다. 상처를 보자 야구점퍼는 잠시나마 나약해졌던 자신을 한껏 추슬렀다. 다시금 양질의 양아치로서의 본능을 마음껏 뽐내고 싶어졌다.

"쉣 더 퍽! 갓 뎀!"

뒷좌석 후드티는 다시 한 번 앞 좌석 헤드레스트에 얼굴을 부딪쳤다.

봉고는 복수에 성공했다는 듯 속도를 높이며 마세라티의 옆을 빠르게 지나쳐갔다.

"너 잘 걸렸다! 저 새끼 잡아! 완전 박살을 내주겠어!!"

원조 양아치로 돌아온 야구점퍼가 흥분하며 소리쳤다.

"이야 이제야 정신 차렸나 보네. 예전 모습으로 돌아와서 반갑다. 친구야!"

가죽 재킷의 얼굴에도 다시 악마의 미소가 드리워졌다.

"미친 새끼! 지랄하지 말고! 빨리 밟기나 해!"

"오호라! 아이 러브 유다! 씹새끼야!"

흥분한 가죽 재킷이 다시 마세라티의 엔진에 연료를 퍼붓기 시작했다.

* * *

불쑥 나타난 웨이터가 빈 잔에다 물을 따라 깜짝 놀랐다. 벌써 물만 다섯 컵째 마시고 있었다. 나는 그에게 다시 한번 고맙다는 인사를 한 뒤 조금만 더 기다려달라고 말했다. 그러자 웨이터는 다시 영업용 미소를 지어 보이고 홀 속으로 사라졌다. 얇게나마 남아 남아있던 조바심이 슬슬 바닥을 드러내고 있었다.

나는 만지작거리던 핸드폰을 집어 들었다. 이젠 기다리는 데도 지쳐갔다. 오랜 기다림은 아니었지만, 그녀의 기분을 고려해서 전화하지 않았지만 이제 굳이 그럴 필요는 없을 것 같았다. 원래 예정대로 도착했더라면 은서는 이 자리에 앉아 오순도순 이야기꽃을 피우고도 남을 시간이었다. 나는 다이얼을 액정에 띄우고 1번을 꾹 눌렀다. 전파상으로 들려오는 신호음은 불길함을 잔뜩 머금은 것처럼 꺼림칙하게 들려왔다. 거칠고 불길한 음을 듣고 있는 것만으로도 오만가지 생각이 들었다. 그 소리는 영영 끝나지 않을 것 같았다. 불길함을 예고하는 전주곡 같다고 해야 할까. 지금 당장 소원이라도 빌라면 이 전주곡을 꺼달라고 애원할 것이다. 하지만 불행히도 그럴 수 없었다. 은서는 전화를 받지 않았고 음성사서함으로 넘어갔다.

* * *

은서는 마세라티가 속력을 내며 달려가는 것을 보자 십년감수한 숨을 전부 내뱉었다. 잠깐이었지만 잠시나마 죽음의 그림자가 자신과 부모님에게까지 스치고 지나갔다고 생각하니 싸한 전율이 가슴속을 훑고 내려갔다.

'신이시여, 감사합니다.'

은서는 자신의 운명이 여기서 끝나지 않았다는 것에 대해 진심으로 감사했다.

마세라티에 동석한 양아치들은 이미 정신 상태가 반쯤 나가 있었다. 이미 극도의 흥분상태에 도달해 있었으며 마약을 한 것처럼 몽롱한 희열감마저 느끼고 있었다. 엔진 성능을 최대로 폭발시켜 금세 봉고를 따라잡았다.

"오호라!!! 저기 있다! 개자식! 날려버려!!"

이 외침과 동시에 모의총에서 발사된 다발의 쇠구슬이 봉고의 옆면을 통탕 통탕 때리기 시작했다. 한밤중에 도로 위에 퍼지는 둔탁한 소리는 전쟁터를 방불케 할 만큼 커다란 소음을 만들어 냈다. 그만큼 모의총기의 위력은 생각보다 강력했다. 봉고의 푸른색 철판 곳곳이 움푹 패기 시작했다.

"와! 죽이는데! 이거 완전 지대로야!"

흥분한 야구점퍼가 탄창을 다시 갈아 끼우며 말했다.

그사이 황당한 폭격을 당한 봉고 트럭의 운전자는 당황스러웠다. 나란히 2차선을 달리고 있는 그들에게서 도망치기란 쉬운 일은 아니었다. 게다가 엎친 데 덮친 격으로 봉고 앞에는 대형버스가 가로막고 있었다.

야구점퍼가 재장전을 마치고 봉고를 다시 겨냥했다. 이번엔 차체 말고 유리창을 기필코 부수겠다는 다짐까지 하며 정조준했다.

"잠깐!"

그때 뒤에 있던 후드티가 갑작스러운 제안을 건넸다.

가죽 재킷과 야구점퍼는 관심 없다는 듯 눈길을 흘렸지만 정작 제안을 듣자마자 번뜩 호기심이 동하고 말았다.

"헤이 브로! 위 저 트럭 말고 앞에 가는 버스 박살 내는 거 어때?"

"뭣 하러?"

"버스 윈도에다가 마구 갈겨대면 뒤따르던 트럭도 브레이킹 될 테고 아까 뺏한 것도 마저 할 수 있잖아. 그리고 버스 업셋 하면 왠지 대박 해프닝 같지 않아!?"

후드티의 만연한 표정에서 이제 교활함까지 보였다.

"그니까 버스 창에다 냅다, 전부 후려갈기자고?"

흥미를 느낀 야구점퍼가 말했다. 후드티가 고개를 끄덕였다. 잠시 침묵이 흐르고 그들 사이에 별다른 이야기가 오가진 않았지만 이미 서로 암묵적 합의가 도출되어 있었다. 흥분과 재미 그리고 남을 괴롭히는 오르가슴까지 동반한 다분히 싸이코 적 기질이었다. 가죽 재킷이 가속페달을 더 밟아 봉고를 앞질러 갔다. 야구점퍼는 봉고의 창문을 향해 손가락 모양으로 총을 만들어 쏘는 시늉을 해 보였다. 일종의 경고였다. 마세라티는 흰색 바탕에 주홍색 줄무늬가 새겨진 1012번 버스 옆으로 다가갔다. 야구점퍼가 다시 모의총을 들어 올리고 버스의 유리창을 바라봤다. 그의 눈에선 이제 쾌감을 넘어선 살의까지 번뜩였다. 옆에 있던 가죽 재킷과 후드티마저도 간접적이지만 같은 생각으로 절정을 맛보고 있었다.

"야! 유리 깨지면 넌 100만 원 줄 준비나 해. 알았어?"

야구점퍼가 가죽 재킷을 돌아보며 말했다.

"지랄하지 말고 쏘기나 해! 어서."

"자, 그럼 간다!"

마세라티가 포효하며 속도를 좀 더 올렸다. 급속도로 올라가는 RPM 소리와 함께 요란한 굉음이 버스의 유리창을 강타했다. 야구점퍼는 차체의 뒤쪽부터 앞 유리까지 마구잡이로 총질해댔다. 와장창 깨지는 소리와 함께 버스의 유리창이 와르르 안쪽으로 무너져 내리기 시작했다. 모의총의 위력은 상상을 초월했다. 테러리스트들이 사용해도 무방할 정도의 강력한 파괴력을 지니고 있었다. 마세라티의 탄력을 이용한 광적인 총질이 마지막으로 운전석 유리창까지 박살 냈다.

"언빌리버블!!"

"완전 초대박이야!"

그때 갑자기 버스의 앞머리가 마세라티 쪽으로 꺾여 돌기 시작했다. 갑작스러운 총격에 버스 운전기사가 핸들을 급하게 꺾었다. 타이어가 바닥에 짓이겨지면서 엄청난 굉음을 냈다.

"시발! 좆됐는데! 밟아! 빨리!"

야구점퍼가 휘둥그레진 눈으로 총구를 걷어드리며 소리쳤다. 놀란 가죽 재킷이 가속페달을 끝까지 밟았다. 마세라티 쪽으로 무섭게 틀어져 들어오는 버스의 앞머리가 차량의 뒤꽁무니에 살짝 걸렸다. 퉁하고 마세라티가 휘청하더니 도로 위에서 90도로 크게 틀어졌다가 다시 제자리를 찾았다. 간신히 버스와의 충돌을 피한 그들은 삶의 경계선을 넘어 안전지대로 들어섰다. 더는 그들에게 위험 요소란 없었다. 나머지는 객기가 만들어놓은 끔찍한 지옥 덫에 선량한 사람들이 걸려들 일만 남았다. 처참한 지옥 속에서 모종의 살인자들은 그렇게 유유히 사건 현장에서 빠져나갔다.

버스는 완전히 통제 불능상태로 마세라티와의 충돌과 상관없이 계속해서 틀어졌다. 이제는 완전히 2차선 전부를 바리케이드처럼 막아버렸다. 그 순간 갑자기 버스가 옆으로 드러눕기 시작했다. 달리던 탄력을 못 이겨 그만 뒤집히고 만 것이다. 버스 안에 있던 승객들은 비명을 질러댔다. 처절하고 구슬픈 소리가 밤하늘에 울려 퍼졌다. 버스가 드러누우면서 안전띠를 매지 않았던 사람들은 반대편 바닥으로 곤두박질쳤다. 버스는 드러누운 채로 엄청난 굉음과 스파크를 튀기며 나가려던 방향으로 계속해서 밀려 나갔다. 바로 뒤따라오던 봉고 또한 급브레이크를 밟았지만, 안전거리를 유지하지 못했다. 봉고는 철판으로 도로를 긁고 있는 버스의 밑동을 그대로 들이받았다. 쾅! 하는 굉음과 함께 샴쌍둥이처럼 버스와 봉고가 철썩 달라붙어 같이 밀려 나갔다. 봉고와 버스 사이에서 시커먼 연기가 피어올랐다. 검은 연기의 양은 상상을 초월했다. 도로 위를 순식간에 시커멓게 뒤덮을 정도로 엄청난 먹구름을 사고 현장 위로 마구 뿜어내고 있었다. 뒤이어 뒤따라오는 차량이 끼익하는 마찰음을 내며 연쇄 추돌하기 시작했다. 부딪히고 또 부딪히고. 삽시간에 도로 위는 아비규환이 되었다.

이건 재앙이었다. 자연재해도 아닌 양아치들의 객기가 부른 어처구니없는 참사였다. 돌이킬 수 없는 장난 하나 때문에 무고한 사람들이 이유 없이 죽음을 맞이했다. 죽어가는 이들은 누군가의 아버지, 누군가의 어머니였으며 또 누군가의 자식이었다. 분명 사건이 일어난 줄도 모른 채 그들을 애타게 기다리고 있을 사람들도 있을 것이다. 누군가는 아픔과 슬픔, 충격과 비통함을 아무런 예고 없이 전달받게 될 것이고 누군가는 영원한 불효자로 또 누군가는 가슴 속에 사무치는 슬픔 속에서 평생을 살아갈 것이다. 한 가정이 붕괴하고 한 생명이 꺼져가는 이 절체절명의 순간에 정작 원인을 제공한 당사자들은 유유히 속도를 즐기며 도망가고 있었다.

은서는 눈앞에 벌어진 참혹한 광경을 직접 보고도 믿기 어려웠다. 소렌토의 전면유리창은 순식간에 검은 연기로 휩싸였으며 놀란 은서는 반사적으로 급브레이크를 밟았다. 하지만 차는 그 자리에 멈춰 서지 않은 채 앞으로 미끄러져 나갔다. 암흑의 연기 속으로 차가 빨려 들어가고 있으니 순간 별의별 생각이 다 났다. 저 검은 연기를 뚫고 지나가면 무엇이 기다리고 있을까. 천국과 지옥 아니면 끝없는 절벽인가? 그러나 실제론 아무것도 존재하지 않았다. 바로 그때 검은 연기 속에서 푸른색 봉고가 불쑥 튀어나왔다. 일순간 심장이 횡격막 위로 덜컥 내려앉았고 머리칼이 쭈뼛 곤두섰다. 어떻게든 해봐야 했다. 하지만 차가 멈춰 서지 않을 거 같았다. 그저 눈앞을 가로막은 죽음의 장애물만 존재할 뿐 어떤 희망도 보이지 않았다. 이 짧은 찰나의 순간 기억의 파편들이 파노라마처럼 빠르게 머릿속을 스쳐 지나갔다. 갓난아기가 울음소리가 터트리고 아이가 뛰놀며 어느덧 수줍게 첫사랑을 고백하던 소녀가 이제 진짜 사랑을 만나 어엿한 여인이 되고 그 모습을 흐뭇하게 바라보던 부모님…. 순간 뒷좌석에 앉아 계시던 엄마와 아빠의 모습이 떠올랐다. 그래서 뒤를 돌아보니 두 사람은 서로를 꼭 껴안은 채 두려움에 떨고 있었다. 그런 부모님의 모습을 보자 살아야겠다는 의지가 꿈틀댔다. 은서는 본능적으로 핸들을 꺾었다.

소렌토가 무서운 속도로 달려가다 봉고의 뒷부분을 들이받았다. 핸들을 꺾은 탓일까 약간은 비스듬하게 추돌하고 말았다. 그렇게 정면충돌은 피했지만, 속도를 제어하지 못한 차량은 한쪽 측면을 들이받고 옆으로 전복됐다. 마치 장난감 자동차처럼 데굴데굴 굴렀다. 이리저리 굴러다니는 차량의 쏠림에 온몸을 내맡길 수밖에 없었다. 얼마나 굴렀을까 차량이 거꾸로 뒤집힌 채 도로 위에 덜컥 멈춰 섰다. 순간 머릿속에 떠오르는 생각은 단 하나뿐이었다. 죽음! 그 순간이 다가오자 최악의 상상이 뒤따랐다. 거대한 트럭이 달려와 뒤집혀 있는 우리 차량을 두 동강 내버리는 환영이었다. 간신히 정신을 부여잡고 힘겹게 뒤를 돌아봤다. 목이 잘 돌아가지 않아 눈동자만 굴렸다. 시야 끝에 걸친 부모님의 모습은 비참하고 끔찍했다. 온몸이 피투성이였고 정신까지 잃은 터라 생사도 확인 불가했다. 부러진 코끝이 바스러지듯 시큼하게 아려왔다. 가슴 속 깊이 절망으로 문드러진 심장이 고통스럽게 아려왔다. 다시 한번 힘겹게 고개를 돌려 주변을 살폈다. 눈앞에 거미줄처럼 자글자글하게 금가있는 전면유리창 너머로 거대한 트럭이 실제로 달려오고 있었다. 환영으로 느꼈던 데자뷔가 그녀의 현실을 향해 닥쳐오고 있었다.

***

초조함이 내 주위를 휘감아 온갖 걱정거리를 양산해내고 있었다. 최악의 상황들이 연쇄적으로 머릿속을 스쳐 가기 시작했다. 잠시 은서에게 언짢은 기분이 들던 것도 잠시 지금은 그녀의 사소한 소식 하나만을 애타게 기다리고 있었다.

이미 레스토랑에 남아있는 사람은 없었다. 각자 테이블마다 직원들이 붙어 마감하고 있었다. 그때 웨이터가 아닌 매니저가 내 쪽으로 다가왔다.

"손님, 죄송합니다만, 오늘 저희 영업시간은 끝났습니다."

매니저가 나를 향해 공손하게 말을 건넸다.

시계를 확인해 보니 10시 50분을 넘어가고 있었다. 2시간 동안 무엇을 했었던가. 그 자리에 앉아 멍하니 창밖을 바라보다 살짝 기분이 언짢아지기도 했다. 그러나 그 시간 동안 가장 많이 했던 생각은 미안함과 걱정이었다. 그런 생각들이 오밀조밀 쌓이며 나를 옥죄여왔다. 그때문에 별의별 공상에 빠져들고 말도 안 되는 소설을 머릿속으로 구상하기도 했다. 죄스럽고 미안할 정도로 저급한 삼류 소설을 짜내고 지우기를 반복하며 그게 현실이 아니라고 애써 위안 삼으면서 말이다. 내가 짐을 챙겨 일어서려는데 테이블 위에 놓인 핸드폰이 부르르 떨렸다. 나는 곧바로 핸드폰을 집어 들고 발신자부터 확인했는데 액정에는 모르는 번호가 떠 있었다.

은서의 소식을 들었을 때 누군가 장난치는 것만 같았다. 사실이 아니라고 믿고 싶었고 덧없는 희망의 끈을 억지로 쥐어 잡으며 기대했지만 변하는 건 아무것도 없었다. 현실은 냉혹했고, 처참했으며 쓰라렸다. 모든 것이 내 잘못이었다.

곧장 택시를 잡아타고 무작정 병원으로 달려와 보니 수술실 앞이었다. 복도 끝에 초록색의 간판 한가운데 수술실이라는 흰 글씨가 선명하게 들어왔다. 바로 옆 오른쪽 대기실 의자에 누군가 앉아있었지만, 지금은 그가 누군지 전혀 궁금하지 않았다. 무작정 수술실로 뛰어 들어갔다. 초록색으로 코팅된 유리문 앞에 도착하자마자 우측에 손을 뻗어 자동 버튼을 눌렀다. 수술실 문이 열리자 레지던트일 것 같은 젊은 의사와 간호사가 한 명이 서 있었다. 나를 보자 놀람과 동시에 익숙한 표정을 지었다. 그들 뒤로 이중문으로 된 수술실 문 하나가 더 보였다. 여기선 은서가 보이지 않았다. 나는 감정이 이끄는 데로 앞으로 한 발 내디뎠다. 그러자 앞에 서 있던 레지던트와 간호사가 나를 막아섰다.

"여기 들어오시면 안 됩니다."

"나가주세요. 보호자 분은 대기실에서 기다리셔야 합니다."

정신이 없어 둘 중에 누가 얘기하는지도 몰랐다.

"들어가야 해요. 우리 은서 얼굴 봐야 해요. 안에서 저를 기다리고 있다고요."

"이보세요! 지금 수술 중이라고요! 밖에서 기다리셔야 합니다."

흰색 가운의 레지던트였다. 문득 그가 입은 가운을 보자 그도 의사라는 사실이 절실하게 느껴졌다. 나는 그 자리에서 주저앉아 레지던트의 가운을 덥석 붙잡았다.

"의사 선생님! 저기… 우리 은서 좀 살려주세요. 예? 의사 선생님. 제발 살려주세요! 부탁드리겠습니다."

나는 간청했다. 내 모든 걸 걸고 간절하게 애원했다.

"알았으니까. 나가서 기다리세요. 보호자 분은 여기 들어오시면 안 돼요."

간호사가 나를 일으켜 세우며 밖으로 밀어냈다.

"우리 은서 좀 살려달라고요! 당신들 사람 살리라고 의술 배웠을 거 아니야. 그러니까 우리 은서 좀 제발, 좀 살려달라고요!"

눈에서 서러움이 북받쳐 눈물이 흘렀다. 아무것도 할 수 없는 무력함이 내 가슴을 짓눌렀다. 내가 보내지만 않았어도 내가 가기만 했어도 나는 그렇게 무기력하게 수술실 밖으로 밀려나지 않았을 것이다. 반투명한 수술실 유리문이 내 앞에서 덜컥 닫혔다. 나는 망연자실한 표정으로 문 앞에 서 있었다. 곧이어 무릎이 무너져 내리고 온몸이 무너져 내릴 거 같았다. 그때 누군가 내 어깨에 손을 얹었다. 남은 기운을 보태 슬며시 뒤를 돌아봤다. 그러자 은서의 얼굴이 살짝 보이는 듯했다. 하지만 그녀는 은서가 아니었다. 은서와 닮은 은서의 어머니였다. 은서의 모습이 얼핏 어려 있는 사람. 눈가에는 예전에 뵀을 때보다 고통의 주름이 수없이 늘어나 있는 듯했다. 이마의 자잘한 흉터에는 번들거리는 약이 발라져 있었고 슬쩍 내려다본 다른 팔에는 깁스하고 있었다. 다시 얼굴로 돌아와 은서의 잔흔이 남겨진 눈을 바라봤다. 그 속에는 육체적 고통보다 더 아픈 절실함이 가득했다. 눈을 마주치는 순간 쇠망치보다 더 무거운 무언가가 갈가리 찢긴 내 심장을 강하게 후려쳤다. 멍이 들고 아파야 할 심장은 대신 찢긴 상처에 소금물을 들이부은 것처럼 미친 듯이 쓰라렸다. 봇물 터지듯 밀려오는 절망감이 잠시 잊고 있었던 슬픔을 되살려냈다. 다 쏟아낸 것처럼 더는 나올 것 같지 않았던 눈물도 마구 흘러내렸다.

나는 은서의 어머니를 부둥켜안은 채 울었다. 내 버러지 같은 선택으로 인한 모든 죄책감이 나를 죄인으로 만들었다. 내가 할 수 있는 말은 단지 이것뿐이었다.

"죄송합니다. 어머니. 정말 죄송합니다."

서러움이 북받쳐 올라 어머니의 품에 안겨 어린아이처럼 엉엉 울었다.

* * *

수술실 안은 전쟁터를 방불케 했다. 한 생명을 살리기 위한 사명감으로 땀범벅이 된 이들은 악전고투했지만, 세상에는 노력만으로 이뤄지지 않는 것들이 있었다.

갑자기 수술실 안이 술렁이기 시작했다. 심전도 모니터에 곡선이 현격히 줄어들고 있었다. 웨이브 파동이 브이텍을 그리며 심박수가 급속도로 떨어졌다. 의료진의 손놀림이 더욱 바빠지려 할 때 연이어 모니터에 기다란 평행선 한 줄이 그어졌다. 기계는 마치 자신이 해야 할 일이 그것뿐이라는 듯 외마디 비명만 질러댔다. 삐---.

"CPR!!"

집도의가 당황하며 소리쳤다. 보조의와 간호사들이 곧바로 심폐소생술을 실시했다. 흉부의 심장 압박과 암부백을 잠깐 하더니 다시 소리쳤다.

"이걸로 안 되겠어! 어레스트, 디피브릴레이션 준비해! 어서!!!"

은서 옆에 전기충격기가 놓이고 담당의가 전극을 양손으로 집어 들어 가슴에 갖다 댔다.

"200줄(J), 모두 손 떼고!"

펑! 은서의 몸이 들썩였고 의사는 모니터를 확인했다.

"다시 300, 모두 손 떼고!"

"다시 360 에피 주시고요."

"다시 360"

다시 한번 펑! 다시 한번 펑! 그렇게 20여 분이 넘는 시간 동안 심폐소생술을 병행하며 죽음의 영역에서 한 생명을 끌어내기 위해 사투를 벌였지만 그들의 노력은 아무런 대가도 얻지 못한 채 점점 희미해져만 갔다.

이런 전쟁 통에 그들의 옆에서 유유자적한 모습으로 죽음을 기다리는 한 남자가 이 상황을 무뚝뚝한 표정으로 지켜보고 있었다. 새하얗게 창백한 얼굴에 검디검은 눈매와 시퍼런 입술, 차디찬 죽음의 공포를 내뿜는 냉혈한의 모습으로! 그는 은서의 죽음을 기다리는 저승사자였다.

6

사후세계

이곳이 어디일까? 은서가 걷고 있는 이 숲은 자욱한 안개로 가득했다. 희뿌연 안개 너머로 희미하게 보이는 것은 거대한 소나무들과 바닥에 깔린 검푸른 잔디뿐이었다. 그리고 눈앞에 검은 복장 한 남자가 걸어가고 있었다. 서늘한 기운이 사위를 감싸는 가운데 안개 낀 숲에선 아무런 냄새도 나지 않았다.

"저기요! 이봐요! 지금 어디로 가는 건가요?"

은서는 검은 남자의 등에 대고 계속 물었지만 별다른 반응이 없었다. 냉랭한 반응 때문인지 온몸에 서늘함이 엄습해왔다. 실제 기온이 떨어진 듯 느끼며 양팔을 감싸 안았지만, 그 정도로 감싸질 추위가 아니었다. 알 수 없는 한기에는 아무 향도 나지 않는 죽음의 냄새가 배어있었다. 지금껏 한 번도 맡아보지 못한 죽음의 냄새. 원래 향기가 없는 건인지 아니면 처음 맡아보는 향이라 모르는 건지는 알 수 없으나 죽음의 무향은 콧속에서 강하게 진동했다. 은서는 직감적으로 자신이 어떤 처지인지 깨달았다.

"저 죽었나요? 제가 죽은 거죠?"

* * *

새벽 5시가 돼서야 나는 제정신이 아닌 상태로 아파트로 돌아왔다. 지금 혼자서 아파트로 돌아왔다는 사실이 무척이나 실망스러웠다. 차라리 은서를 따라갈까 하는 생각도 들었다. 하지만 그렇게 무책임한 태도로 은서를 보낼 수는 없었다. 나는 용기를 내 집으로 돌아와야만 했다.

은서가 죽었다. 6월의 둘째 날, 2일 새벽 3시 57분. 향년 29세의 아리따운 나이로 세상과 작별을 고했다. 나는 예상치 못한 운명을 받아들이는 데 많은 시간이 필요했다. 아니 어쩌면 평생 그 운명을 거부한 채 살아갈 수도 있다고 생각했다. 하지만 내가 거부한들 뭐라도 달라질 게 있을까. 돌이킬 수 없는 참담한 현실에 애통함만 비참하게 쌓여갔다. 세상에 존재하는 모든 아픔이 자석에 이끌리듯 모조리 나에게 달라붙는 것 같았다. 영원을 약속하고 행복해지려는 찰나 예고 없이 꺼져버린 사랑의 불꽃은 사형선고와도 같았다.

나는 힘겹게 문을 열고 집 안으로 들어섰다. 문이 열리자 현관에 센서 등이 켜졌다. 머리 위에 켜진 유일한 센서 등은 마치 무대 위에 핀 조명 같았다. 핀 조명 앞에 펼쳐진 아파트 내부는 어둡고 컴컴했다. 다만 새벽녘의 푸른빛이 조금씩 희미한 실루엣을 보여주고 있었다. 갑자기 검푸른 실루엣 속에서 은서가 걸어 나와 나를 안아주며 살아있다고 말해줄 것만 같았다. 그러나 그런 일은 일어나지 않았다. 나는 텅 빈 객석과 마주 선 고독한 배우처럼 느껴졌다. 핀 조명 아래 울면서 독백이라도 해야 했건만 그럴 기운조차 없었다. 나는 어둑한 거실로 들어와 전등을 켰다. 하얀 형광등이 기다렸다는 듯이 깜박이며 거실을 밝혔다. 어둠이 빛으로 밝아졌지만 거실 안은 여전히 정적 속에 무거웠다. 변한 건 아무것도 없었다. 단지 좁아 보였던 집이 말도 안 되게 커 보인다는 것이었다. 정말 아무것도 변한 게 없는데 황량하리만치 낯선 공간이 되어버렸다. 우리의 보금자리였던 낯선 공간은 아침에 출근했던 모습 그대로였다. 평소 같으면 나 때문에라도 남겨두지 않았을 토스트가 식탁 위엔 그대로 남겨져 있었다. 은서가 나에게 벌이라도 주듯 다시 한번 미안함으로 고문해왔다. 잠시 나는 집안 곳곳에 돌아다니며 은서의 흔적과 채취를 쓰다듬고 다녔다. 그러다 보면 어딘가에 숨어있었던 은서가 갑자기 나타난 장난이었다고 말해줄 것만 같았다. 하지만 당연하게도 그런 일은 일어나지 않았다. 그래서 더 처절한 자괴감에 빠져들었다. 힘겹게 몸을 추스르고 옷장에서 검은 양복을 꺼내 입었다. 화장실로 가 통통 붓고 벌겋게 충혈된 눈에 찬물을 몇 번 끼얹은 후 다시 현관으로 향했다. 현관을 지나치면 왼쪽에 은서의 작업실이 보였다. 나는 들어오면서도 그곳만은 외면하려 애썼었다. 은서의 흔적이 가장 많이 남아있는 곳이었기에 그곳에 들어선다는 건 다시 나올 수 없음을 의미했다. 어차피 헤어나올 수 없는 문턱이라면 지금은 외면해야 했다. 당장 해야 할 일이 있었으니까. 나는 그대로 다시 병원으로 향했다. 정말이지 떠나보내고 싶진 않았지만, 은서의 마지막 길을 배웅해주러 가야만 했다.

* * *

얼마나 걸었을까. 시간개념이 사라졌지만, 으레 10시간은 족히 저승사자의 뒤꽁무니만 졸졸 따라온 것 같았다. 오는 동안 뭉게구름처럼 피어오르던 다습한 희뿌연 안개도 뚫고 왔으며 죽음의 냄새가 진동하던 습지도 지나왔다. 게다가 어두침침한 숲길을 걸을 땐 수풀 속에서 귀신이라도 튀어나올까 봐 쪼그라든 심장을 부여잡고 저승사자의 뒤만 쫄래쫄래 따라갈 수밖에 없었다. 하지만 기이하게도 이런 환경을 거치면서 은서는 자신과 저승사자 외엔 다른 생명체를 마주하진 않았다. 어느덧 행군의 마지막인가 싶은 거대한 덤불이 보였다. 어둡고 칙칙했던 지금까지와는 달리 피날레를 장식하듯 우리 앞을 가로막고 서 있는 검붉은 덤불은 마치 성벽처럼 크고 널찍했다. 높이는 족히 10m 이상은 되어 보였고 양옆으로는 끝이 보이지 않을 정도로 무성하게 숲과 숲 사이를 갈라놓고 있었다.

그때 저승사자가 덤불 앞에 멈춰 섰다. 그러자 덤불들끼리 속삭이듯 잎에서 바스락거리는 소리가 났다. 곧이어 덤불들이 자의적으로 움직이듯 저승사자가 서 있는 부분을 중심으로 꿈틀대며 넓어지기 시작했다. 마치 헛것을 본 게 아닌가 생각했지만, 덤불은 실제였다. 차츰 눈앞에 큼지막한 입구 하나가 만들어졌다. 넓어지는 공간 사이로 한 줄기의 빛이 뚫고 나왔다. 캄캄한 저승 아래 처음 접하는 빛이어서 그런지 얼마나 반가운지 몰랐다. 뿌연 안개를 동반한 빛은 신비로움마저 간직하며 햇빛에 부유하는 먼지처럼 안갯속에서 보석처럼 반짝였다. 은서는 저승사자를 따라 덤불 속으로 들어왔다. 거대한 덤불을 지나 저승의 새로운 공간에 발을 내딛자 안쪽 어딘가에서 사람들의 웅성거림이 들려왔다. 웅성거리는 소리만 들었을 때 그 수가 적지 않음을 알 수 있었다. 어쩌면 수천 명에 달할 수도 있다는 생각마저 들었다. 은서는 저승사자를 따라가면서 신기하듯 주변을 두리번거렸다. 오른쪽 언덕 위엔 고개 숙인 사람들이 보여서 반가워서 인사를 건네고 싶었지만, 한결같이 우울한 표정을 짓고 있었다. 마치 도살장에 끌려가는 가축들 같아 보였다. 그 줄은 끝이 보이지 않았다. 은서는 반대편 언덕으로 고개를 돌렸다. 그곳에 사람들은 일정하게 줄을 맞춰 서 있지는 않았다. 그들은 자신과 비슷한 처지일지 모른다는 생각이 들었다. 왜냐하면 그들의 옆에는 저승사자가 한 명씩 붙어있었기 때문이었다. 그런데 조금 다른 점이 있었다. 그들 옆에는 할머니처럼 보이는 사람(사람일 거라 추정되는)이 동반

되어 있었다. 1+1처럼 인당 한 명씩 저승사자와 한복차림에 등이 굽은 생김새로 보아 삼신할머니로 불러야 할 것 같았다. 손에는 네모, 세모, 동그라미도 아닌 기하학적인 모양의 차트 같은 걸 들고 있었다.

이곳은 분명 처음에 맡았던 죽음의 냄새와는 다른 향기가 났다. 희망의 향기라곤 할 수 없었지만, 희망과 절망 사이 그 어딘가의 존재하는 딱 중간의 냄새였다. 그래도 이 정도의 정화된 향기라면 한껏 들이마실 수 있을 거 같았다.

죽음과 맞닿아 있는 양쪽 언덕과는 달리 앞쪽은 드넓은 평원처럼 탁 트여 있었다. 몇몇 저승사자와 삼신할머니가 걸어오는 모습이 보였지만 수는 많지 않았다. 하지만 특이점은 단신(單身)으로 돌아다닌다는 점이었다. 그들은 누구보다 자유롭게 서로의 의견을 주고받는 것처럼 보였다. 은서는 문득 그들이 하는 대화가 궁금해졌다. 무슨 얘기를 할까 궁금해 그들 옆을 지날 때마다 귀를 쫑긋 기울여보았다. 하지만 정확히 그들이 어떤 대화를 나누는지는 알 수 없었다. 알 수 없는 언어의 장벽에 막혔지만 그래도 유일하게 몇몇 단어는 귀를 훑고 지나갔다.

'김철수? 서영훈? 장수진?'

얼핏 사람 이름 같은 걸 들을 수 있었다. 진짜 사람 이름인지는 모르겠지만 이름이 맞는다면 어떤 사람들인지도 궁금해졌다. 혹시 운명을 다한 사람들일까. 아마 죽음이 임박한 이들을 데리러 가기 위해 거론된 이름일지도 몰랐다. 바로 그때 앞쪽 바위틈에서 마귀할멈같이 생긴 삼신할머니가 불쑥 튀어나왔다. 화들짝 놀란 은서는 그 자리에서 까무러칠 뻔했지만 그래도 간신히 넘어지지는 않아 가슴만 쓸어내렸다. 그런데 앞에 가던 근엄한 표정의 저승사자가 더 깜짝 놀라 그 자리에서 발라당 나자빠졌다. 반나절 내내 근엄한 표정으로 말 한마디 내뱉지도 않으며 냉대

와 차가움으로 걸어왔던 저승사자가 바로 앞에 사색이 된 얼굴로 기겁한 채 넘어져 있었다. 은서는 순간 웃어야 할지 한참을 고민했다. 이내 상황 파악을 한 뒤 새어 나오는 웃음을 손으로 가리는 판단을 했다.

당황한 저승사자가 삼신할머니를 쳐다보며 혀를 끌끌 찼다.

"아니, 할매, 할매는 왜 갑자기 그런데서 튀어나오고 그래? 위신 떨어지게!!"

쪽팔린 저승사자가 은서의 눈치를 살피며 말했다. 하지만 삼신할머니는 지금 저승사자의 품위 따위엔 전혀 관심이 없는 듯했다. 다짜고짜 저승사자를 일으켜 세운 뒤 곧장 바위 쪽으로 끌고 갔다.

"큰일났어."

삼신할머니가 저승사자에게 소곤대듯 말했다. 멀리서 그들을 바라보던 은서는 저 할머니가 마귀할멈처럼만 보이는 건 아니라고 생각했다. 수많은 주름 때문에 친근하게 보이기도 했다.

"뭔 소리야? 뭐가? 잘못됐다고?"

당황한 저승사자가 큰 소리로 물었다. 그 소리는 은서의 귀에도 정확하게 꽂혔다. 내용이 더 궁금해진 은서는 귀를 쫑긋 세우면서 그들 모르게 한 발짝씩 다가갔다.

"쉿! 목소리 낮춰."

삼신할머니가 은서의 눈치를 살피며 말을 이었다.

"잘 못 데려온 거 같아."

"에이, 설마, 가기 전에 몇 번이나 확인하고 갔는데. 그게 말이 돼?"

저승사자는 어이없다는 투로 웃어넘기려 했다.

"맞아. 확실히 잘 못 데려왔어."

일순간 사색이 된 저승사자의 얼굴이 놀람과 동시에 충격으로 일그러졌다.

"그럴 리가. 그럴 리가 없어. 말도 안 된다고!"

"아니야, 내가 몇 번이나 다시 확인 해 봤는데. 잘 못 데려온 게 맞아! 실수라고, 실수!"

당황한 삼신할머니는'실수'라는 단어를 크게 강조했다.

"실수라니! 어떻게 그런 일이 있을 수 있어! 실수라니!"

기가 찬 저승사자가 무의식중에 더 큰 소리로 '실수'라는 단어를 반복했다.

그때 불쑥 은서가 끼어들었다. 저승사자와 삼신할머니가 놀라 돌아보면 바로 옆에 은서가 서 있었다. 심각하게 집중한 사이 은서가 다가오는 소리를 못 들은 것이다.

"실수? 방금 실수라고 한 거 같은데? 혹시 제가 잘 못 들은 건 아니죠!?"

의아한 표정의 은서가 두 사람 사이를 번갈아 보며 물었다.

삼신할머니는 은서의 눈을 피했다. 당황한 저승사자는 굳이 안 해도 될 발연기를 펼치며 식은땀까지 줄줄 흘려대기 시작했다.

"누누, 누가…… 그 그러디.…… 실수라고…… 저…얼 때. 아니야!"

저승사자의 난감한 연기에 은서는 치밀어 오르는 분노를 감추지 못했다.

"뭐야. 지금? 이봐요. 할매! 설마 제 얘긴 아니죠? 에이, 설마. 다른 사람인데 잘못 데려왔다는 얘기 더더욱 아닐 테고? 아니, 아니라고 얘기 좀 해줘 봐요. 할매! 말 좀 해보라고!"

격앙된 감정을 표출하듯 은서의 언성을 높아졌다.

삼신할머니는 할 말이 없다는 듯 얼굴을 더욱 숙였다.

"아 아 아니. 야. 저기……. 그게 있잖아."

어떻게든 상황을 모면하려 애쓰는 저승사자의 발연기는 시간이 지날

수록 빛을 발했다.

은서의 눈에 삼신할머니가 들고 있던 이상한 차트가 보였다. 거기엔 뭔가 결정적인 내용이라도 적혀 있을 것만 같은 확신이 들었다. 은서는 잽싸게 손을 뻗어 차트를 빼앗았다. 차트 안에는 정말 결정적인 무언가가 쓰여 있는 것 같기는 했다. 다만 그것이 무슨 뜻인지는 알아볼 수 없었다. 어떻게 보면 우습기까지 한 낙서에, 꼬마가 크레파스로 아무렇게나 휘갈겨 그린 그림처럼 보이기도 했다. 분명 웃긴 상황이었지만 은서는 웃을 수가 없었다.

"뭐야? 이거? 할매, 이게 혹시 잘못됐다는 표시야?"

은서는 전혀 이해할 수 없는 그림을 가리키며 진지하게 물었다. 그러자 그에 수긍하는 듯한 표정으로 삼신할머니가 고개를 끄덕였다. 그 모습에 저승사자도 포기한 듯 고개를 바닥으로 떨어뜨렸다. 순간 발끝에서 머리끝까지 치밀어 오르는 분노가 삽시간에 폭발했다. 오장육부가 뒤틀리고 위액이 부글부글 끓어올라 속까지 쓰라렸다. 평생 써보지도 않았던 모든 근육이 팽팽하게 당겨졌고 온몸에선 잠재되어왔던 온갖 욕들이 목구멍 근처에서 바글거렸다. 차라리 이곳에 수소폭탄이라도 떨어뜨렸으면 하는 바람이었다. 은서는 미친 듯이 소리를 질러대며 절규했고 팽창한 근육을 이용해 사방을 뛰어다니기도 했다. 하지만 어떤 짓을 해도 성이 안 풀리는 상황에서 저승사자가 위로랍시고 어깨에 손을 살짝 얹었다. 그러자 순간적으로 그 손이 불결하게 느껴져서 저승사자의 손목을 부여잡고 비틀었다. 초등학교 때 배운 태권도 실력에 대학교 때 몇 번 해본 호신술까지 결합하여 인생 최고의 기술을 선보였다. 순식간에 저승사자를 제압하고 바닥으로 내던지며 팔을 꺾은 뒤 곧바로 연결 동작에 들어가 멱살을 움켜잡았다.

"뭐 하자는 거야? 지금?"

은서가 눈에서 레이저를 내뿜으며 저승사자를 쏘아붙였다.

"아니, 그게 있잖아."

저승사자의 목소리가 부들부들 떨렸다. 근엄한 위신은 사라진 지 오래였다.

"당신들 지금 장난쳐? 사람 가지고 장난치냐고? 완전 미친놈들 아냐? 어!?"

"아니, 그게 실…수…. 실수라고!"

"실수라고? 당신들은 사람 죽여 놓고 실수라고 말해? 사람 목숨이 파리 목숨도 아니고? 당신들 맘대로 죽였다 살렸다 하는 거냐고? 뭐 하는 거야? 지금? 장난치는 것도 아니고! 다 물어내. 내 삶 다 돌려놔. 전부 돌려놓으라고!!!"

마지막 말을 내뱉으면서 은서는 결국 억눌렸던 울음을 터트리고 말았다. 사그라지지 않는 분노의 감정은 이제 억울함으로 돌변했고 서러움으로 폭발해 터져 나오는 격한 울음이었다. 그 자리에 풀썩 주저앉으며 저승사자의 멱살도 놓아주었다. 이런 어처구니없는 상황에서 아무것도 할 수 없는 자신이 안쓰러워 분루(憤淚)를 삼켜야 했다. 은서는 그 자리에서 30분을 울었고 30분을 더 멍하니 앉아있었다.

그사이 수많은 저승사자와 삼신할머니가 안타까운 표정을 지으며 은서를 지나쳐갔다. 몇몇은 잠시 둘러서서 그 광경을 구경하는 이들도 있었다. 많은 저승의 매개자들이 각자의 사정으로 교차하는 가운데 은서의 저승사자와 삼신할머니는 그들 사이에서 조심스레 눈치만 살피고 있었다. 그때 주변을 지나던 저승사자와 할머니들이 멈춰서서 웅성거리기 시작했다. 그 이유는 바닥에 주저앉아 있던 은서가 비틀거리며 일어섰기 때문이었다. 힘겹게 일어선 은서가 저승사자와 삼신할머니 쪽으로 방향을 틀어 천천히 다가갔다.

무섭게 다가오는 은서의 모습에 지레 겁부터 집어먹은 저승사자였다. 순간이지만 갑자기 달려들어 이단옆차기를 날릴 것만 같았다. 그래서 그런지 창백한 얼굴에서 흐르지도 않는 땀이 비 오듯 흘러내리는 것처럼 느껴졌다. 하지만 실제로 그런 일은 일어나지 않았다.

"이제 당신들 어쩔… 거야."

코앞까지 다가온 은서가 의기소침한 목소리로 물었다.

"잘못을 바로잡아야 할 거 아니야? 실수라며! 실수했으면 되돌려 놓을 줄 알아야지. 잘못 데려왔으니까. 다시 그 자리로 되돌려 주면 되는 거잖아? 안 그래? 그러면 되는 거잖아."

은서의 눈꺼풀은 펑펑 울어 팅팅 부어 있었다.

"그게 있잖아….."

"뭐야? 그 표정은? 나 못 돌아가는 거야?"

불안한 표정의 저승사자가 고개를 끄덕였다.

"내가 뭘 잘못했는데? 도대체 내가 뭘 그리 잘못했는데! 말도 안 돼. 왜 이런 일을 겪어야 하지? 아직 해야 할 일이 많이 남았다고!"

은서의 눈에 다시 눈물이 맺혔다. 메말랐을 거로 생각했는데 전혀 그렇지 않았다.

"말해봐. 내가 무슨 큰 죄라도 진 거야? 무슨 말이라도 해보라고!"

크게 한숨을 쉰 뒤 다시 근엄한 표정을 되찾은 저승사자가 말했다.

"미안하게 됐네. 진심으로. 자네한텐 정말 미안하게 됐어. 하지만 한번 죽은 사람은 무슨 일이 있어도 다시 살리지 못해. 그게 실수라 할지라도. 불가능한 일이지. 이건 이승과 저승의 법도에도 어긋나는 법이고. 죽음은 죽음일 뿐이야. 한번 죽으면 영면하는 거지."

말을 마친 저승사자가 조심스레 은서의 눈치를 살폈다. 다시 한번 격노하여 멱살이라도 움켜잡지 않을까 싶었지만, 은서는 실망한 표정만 지을 뿐 의외로 무덤덤하게 받아들이고 있었다.

"그려. 어쩔 수 없는 거. 빨리 마음을 고쳐먹어야지. 잘못 계산돼 남은 운명은 아가씨 대신 살아남은 사람이 살게 될 거야."

옆에 서 있던 삼신할머니가 위로 차원에서 말을 건넸다.

그 순간 은서는 남아있는 사고력을 총동원해 이리저리 머리를 굴려보았지만, 해답은 보이지 않았다. 정답판에 절망이라는 글씨만 가득 채워갈 뿐이었다. 움직이지도 않는 육중한 돌에다 대고 주저리주저리 떠들어댄들 들어주는 이가 아무도 없는데 어찌할꼬, 그저 멍하니 운명을 받아들일 수밖에 없는 건가? 그러던 중 불현듯 머리를 스치는 단어 하나가 있었다.

"잠깐만! 좀 전에 법도라고 하지 않았어? 이승과 저승 사이 어쩌고 어긋난 법이라고?"

희망의 꼬리가 살랑거렸다. 은서는 지푸라기라도 잡는 심정으로 저승사자를 바라보았다.

"그래, 그랬었지. 법도라고."

의아한 표정의 저승사자가 고개를 끄덕였다.

"그럼. 법이 존재한다면. 뭐, 보험이나 손해배상 같은 거 없어? 법이 만들어졌다는 건 분명 이번 일이 처음이 아니었다는 거잖아. 안 그래? 문제가 생겼었으니까. 법을 만들었을 거 아니야. 그럼 분명 나 같은 사람들을 위한 보상법 같은 게 있지 않을까? 맞지? 있는 거지?"

은서의 얼굴에 어렴풋한 기대감이 깃들었다.

"그래. 보상법이란 게 있긴 하지."

저승사자가 대견해하면서도 귀찮은 표정으로 말했다.

"자네 말대로 이런 일이 없었던 건 아니었지. 최근에 10년 동안 두 번 정도 있었지. 흔히 있는 일은 아니지만 일어나지 말란 법도 없지. 요즘은 이승 인구가 70억 명을 넘어서 기하급수적으로 늘어나기도 했고 토지 대비 인구밀도가 과밀화 시대에 접어들어 관리하기가 너무 힘들다고. 누락이 안 생기게 꼼꼼히 체크하고 있는데도 이런 비슷한 경우가 종종 생기기도 하고 말이야. 자네 같은 경우는 좀 특수한 상황이긴 한데 저승과 이승이 맺은 신 저승 법 127조 4항에 의거 해 잠시 이승에 머물 수 있는 짧은 시간이 주어지게 된다네. 원래 정해져 있던 운명에다 실수로 저승에 와버린 시간을 계산해서 빼고 그 남은 운명에다 격년제로 2년을 하루 단위로 묶어서 나온 날 수를 따져본다면 이승에서 잠시 머물 수 있는 시간을 계산해볼 수 있게 되는 거지. 하지만 인간으로 다시 환생하지는 못해. 임자 있는 몸에 들어가는 것도 안 되고. 그건 불법이지. 절대 금기시되는 사항이기도 하고."

은서는 슬슬 짜증이 일었다.

"뭐라는 거야? 복잡한 거 다 집어치우고 그래서 어떻게 이승에 다시 돌아갈 수 있는 거야?"

저승사자가 삼신할머니에게 고갯짓했다. 그러자 삼신할머니가 기하학적인 차트에 무언가를 마구 휘갈겨 쓰기 시작했다. 얼마 후, 알아볼 수 없는 낙서가 서서히 사방으로 비틀리더니 한순간에 커다란 숫자로 바뀌었다. 차트 한가운데는 '23'이라는 숫자가 띄워져 있었다.

"에헴. 그럼 계산상으로 23일이 나오는구먼."

삼신할머니가 차트를 가리키며 말했다. 그사이 은서는 손가락을 하나씩 접어가며 숫자를 계산해보았다.

"잠깐만. 23일? 아까 뭐라고 했지. 날수에다 2를 곱하라고 했나? 2를 곱하면 2년에 하루, 23 곱하기 2에다가, 그럼 46에… 뭐라고 했더라? 내 나이를 빼랬지. 그리고 나이를 다시 더하면 지금 스물아홉이니까. 46 더하기 음, 치일…십? 뭐? 잠깐만, 칠십??? 아 잠깐만. 내 뒷골이야."

"진정하게."

"후-우, 미쳤어! 당신이라면 지금 진정하게 생겼냐고!?"

은서의 얼굴이 다시 시뻘겋게 달아올랐다.

"후. 후. 아 돌겠네. 이것들을 그냥! 확! 참아. 참아. 후, 그래. 그래서 그다음엔 어떻게 해야 하는데"

은서는 목덜미를 부여잡고 심호흡해가며 진정하려고 애썼다.

"그렇지. 진정하고. 그 23일간 환생을 하게 되는 거지. 아니 환생이라고 하긴 조금 그렇고 잠시 남의 몸을 빌린다고 생각하면 돼. 하지만 아까 말했듯이 사람은 절대 안 돼. 삼신! 지금 매물로 나와 있는 몸뚱이가 뭐가 있지?"

저승사자가 은서의 눈치를 살피며 삼신할머니에게 조심스럽게 물었다.

"요즘 경기가 너무 안 좋아. 군주가 새로 바뀌고 나니 경제도 바닥 쳤잖아. 시세도 너무 떨어져서 매물도 별로 없고 말이야. 그래도 좋은 매물이 있나 어디 한 번 볼까?"

말이 끝나기가 무섭게 삼신할머니가 차트에 다시 한번 말도 안 되는 그림을 그려댔다.

"자. 뭐가 있나, 사마귀, 모기, 바퀴벌레, 메뚜기…. 그리고…."

"뭐야 죄다 무슨 곤충 같은 거밖에 없어? 나비나 새 같은 건? 그나마 좀 우아한 거 같은 걸로 좀 찾아줘 봐"

황당하고 기가 막힌 은서가 따져 물었다.

"아니. 곤충 말고 다른 것도 있어. 아르마딜로."

"아르마딜로는 또 뭐야? 할매? 재밌어?"

너무 어이가 없어, 은서는 헛웃음까지 나왔다.

"진심으로 해주는 얘기란다."

별다른 표정 변화 없는 삼신할머니의 대답이었다.

"아르마딜로? 그거 대한민국에 살기는 해?"

내 물음에 걱정이랍시고 저승사자가 조언을 해줬다.

"동물원인가? 아니면 애완용일지도 몰라."

"어쨌든 이번 주에 나온 매물은 이거밖에 없네. 요새 시장 경제가 워낙 불황이라 나오는 매물들이 다 혐오 물품이구먼."

정말로 진지한 표정의 삼신할머니였다.

"와 정말 가지가지 한다. 대단하다. 당신들 하는 일이 존경스러울 정도라고."

질린 표정의 은서가 혀를 끌끌 차며 말을 이었다.

"그럼 내가 가고 싶은 장소나 만나고 싶은 사람 근처로는 갈 수 있는 거야?"

"그래야 남은 인생은 편하게 살지 않겠니?"

"남은 인생이라니! 이런! 씨!"

어금니를 꽉 깨문 은서의 대답에 저승사자가 움찔하며 한 발 뒤로 물러섰다.

"보자, 박현수와 가장 가까이 분포해 있는 물품이…."

삼신할머니가 다시 차트에 기괴한 그림을 그려가며 읊조렸다.

그래도 박현수의 이름을 나오자 콩알만 한 희망이 살짝 꿈틀거렸다.

"나오는군. 모기, 모기, 또 작은빨간집모기···. 바퀴벌레. 음···."

"그게 끝이야? 모기, 모기, 또 모기, 그리고 바퀴벌레가 끝? 다른 건 없어?"

"없어!"

삼신할머니가 단호하게 말을 잘랐다.

* * *

3일간의 마지막 배웅을 마쳤다. 은서의 장례식은 조촐했다. 외동딸이었던 그녀에게 남아있는 가족은 그녀의 어머니뿐이었다. 그래서 내가 대신 상주인 아들 역할을 했고 그녀의 아버지도 은서가 사망한 지 30분도 지나지 않아 유명(幽明)을 달리했다. 은서의 아버지는 사고 당시 온몸의 뼈가 다 으스러진 상태였다고 했다. 숨만 간신히 붙어있을 정도로 의식불명인 상태에서 잠시 버티다 은서가 떠나고 난 뒤 곧바로 숨을 거뒀다. 결국 나는 은서와 함께 그녀의 아버지도 함께 보내드렸다. 3일의 시간은 눈 깜짝할 사이 격한 소나기처럼 지나갔다. 장례식 내내 쏟아진 눈물 줄기가 얼마나 억셌는지 절절한 고통 속에서 긴 시간을 보냈다. 사람들은 위로의 말로 고통을 어루만져주려 했지만 정작 내가 그들에게 해줄 수 있는 대답은 가식적인 거짓말뿐이었다.

은서의 영구(靈柩)는 화장터를 거쳐 작은 유골함에 담겼다. 2시간 동안 1,300도에 이르는 뜨거운 불구덩이 속에서 고통을 견뎌 낸 결과가 고작 이 작은 단지 안에 담긴 한 줌의 재뿐이라니. 은서는 한낱 가루 몇 그램이 되어 세상에서 흔적도 없이 사라졌다. 무엇 때문에 이렇게 아등바등 세상과 부딪히며 살아왔을까. 이렇게 한 줌밖에 안 되는 재가 되기 위해서 그렇게 처절하게 살지는 않았을 텐데. 실감할 수 없는 현실에 진심 어린 마음으로 은서의 유골을 껴안아 줬다. 은서의 유골함은 봉안당으로 향하지 않고 그녀의 어머니 품으로 돌아갔다. 나는 나와 가장 가까운 곳에 안치하고 싶었지만, 어머니의 뜻에 따라 아버지의 유골과 함께 고향으로 데려가겠다는 말을 따랐다. 어머니는 나중에 나를 위해서도 그렇게 하는 게 낫다고 위로해주었다. 동의하고 싶진 않지만 내 의사결정은 우선순위가 아니었다.

은서를 억지로 보내고 집으로 돌아왔을 때 이미 내 몸은 녹초가 되어 있었다. 몸을 가누기도 힘들 정도로 노곤한 상태로 아무 데서나 곯아떨어질 수 있는 상태였다. 하지만 지금 이곳이 어디인가. 은서와의 소중한 추억이 배어있는 보금자리였다. 방전된 육체에 잠재되어 있던 정신이 아득한 추억에 이끌려 다시 꿈틀대기 시작했다. 피곤한 육체도 막 깨어난 영롱한 정신 앞에 두 손, 두 발 다 들었다. 나는 침대에서 잠을 청해보았지만 결국 잠들지 못했다.

다시 일어나 밖으로 나갔고 거리를 배회하기 시작했다. 한참을 방황하다 들린 곳은 집 근처에 있던 포장마차였다. 나도 모르게 이끌려 이곳으로 들어왔다. 나는 그 자리에서 소주 한 병 시켰고 배가 고팠는지 국수 한 그릇도 추가로 시켰다. 나와 은서는 술을 잘 먹지 못했다. 한 잔만 마셔도 얼굴이 시뻘게졌고 두 세잔이 넘어가면 알딸딸한 기운에 기억이 가물가물해지기도 했다. 그런데 벌써 다섯 잔째 비우고 있었다. 포장마차 안은 약간 소란스러웠다. 양복 입은 회사원 둘이 있었고 시커멓게 그을린 건설 현장 인부도 셋이나 있었다. 그리고 안쪽 어딘가에서 가슴 절절한 음악도 흘러나오고 있었다. 노래는 김광석의 '너무 아픈 사랑은 사랑이 아니었음을'이었다. 내 신청 곡이 아니었건만 마치 비참한 신세를 대변이라도 하듯 딱 맞는 선곡이었다. 이미 술은 치사량을 넘어섰고 노래는 가사 한마디 내뱉을 때마다 가슴을 후벼 파듯 송곳처럼 날카롭게 파고들었다.

> 그대 보내고 멀리, 가을 새와 작별하듯
> 그대 떠나보내고, 돌아와 술잔 앞에 앉으면
> 눈물 나누나.
> 그대 보내고 아주, 지는 별빛 바라볼 때
> 눈에 흘러내리는, 못다 한 말들 그 아픈 사랑
> 지울 수 있을까?

> 어느 하루 비라도 추억처럼, 흩날리는 거리에서
> 쓸쓸한 사랑 되어 고개 숙이면, 그대 목소리
> 너무 아픈 사랑은 사랑이 아니었음을

눈물이 줄줄 흘러내렸다. 옛날엔 술 먹고 우는 게 말이나 되는 일인가 속으로 욕하고 그랬는데 지금은 나 자신을 게워내듯 시원하게 울고 싶었다. 사람으로 태어나 사랑으로 너무 아팠기에 다음 생애는 사람으로 태어나지 말자는 가사 내용 때문에 가슴이 더욱 미어졌다.

> 이제 우리 다시는 사랑으로, 세상에 오지 말기
> 그립던 말들도 묻어 버리기, 못다 한 사랑
> 너무 아픈 사랑은 사랑이 아니었음을

절절하고 구슬픈 가사가 희미한 울림 속에 끝나갔다. 나는 가사를 읊

조리며 핸드폰을 꺼내 누군가에게 전화를 걸었다. 내 기억으론 분명 은서의 단축번호를 눌러 그녀에게 구구절절 사랑했었다고, 당신을 이렇게 못 보낸다고, 내가 미안했다고 울며불며 통화를 하고 있었다.

1시간 뒤 전화를 받고 달려온 사람은 은서가 아닌 석진이었다. 나는 석진의 등에 업혀 있는 이미 술이 떡이 된 상태였다.

"너한테도 전화했냐?"

석진 옆에 나란히 걷고 있던 윤주가 고개만 끄덕였다.

"뭔 술도 못 하는 놈이 이렇게 처먹은 거야? 완전 맛이 갔잖아."

"그러게요. 소주 한 병 마신 거 같던데."

"이놈은 그게 치사량이야."

석진의 이마에서 땀이 삐질 흘러내렸다. 나를 업고 우리 집으로 향하는 길이었는데 바로 옆에선 윤주가 안쓰러운 표정으로 석진을 도와가며 따라오고 있었다. 그사이 나는 알아들을 수 없는 언어로 혼잣말을 계속 중얼거리고 있었다. 힘겹게 걷던 석진이 버스정류장에 도착하자 우뚝 멈춰 섰다.

"윤주야. 넌 먼저 들어가. 곧 차도 끊길 거 같고 얘는 내가 알아서 처리할 테니까 먼저 들어가."

힘든 기색이 역력한 얼굴로 윤주를 돌아보며 말했다.

"아니에요. 같이 도와드릴게요. 2시까지는 심야버스도 있어서 괜찮아요."

윤주가 한사코 거절했다. 석진도 윤주의 단호한 눈빛에 멈칫 말을 하려다 멈췄다. 그녀의 눈빛에서 집까지 같이 가야만 함을 직감했다. 알 수 없는 묘한 쓰라림이 느껴졌다. 그 때문인지 등에 업인 이놈의 중얼거림이 상당히 거슬렸다. 가는 길에 아무 데나 던져버리고 싶은 충동을 느꼈지만, 직장동료이자 친구니까 참았다.

"으아 은서야. 미안해. 으으 서야."

아파트에 도착하자마자 석진은 침대에 나를 집어 던지듯 내동댕이쳤다.

"고생하셨어요. 선배."

윤주가 석진에게 땀을 닦으라며 손수건을 건네줬다. 순간 뿌듯한 성취감이 일었다. 아직 헐떡거림은 남아있었지만, 그녀의 건네준 손수건만으로도 기분이 풀렸다는 사실만큼은 부인할 수 없었다.

바로 그때 갑자기 기겁하며 소리 지르는 윤주 때문에 석진도 덩달아 깜짝 놀랐다.

"왜 그래? 뭐 때문에 그래?"

석진이 물음에 윤주가 베란다 쪽을 손끝으로 가리켰다.

"저, 저기 바퀴벌레가"

"뭐야. 고작 바퀴벌레였어?"

석진은 윤주의 손끝을 따라 그 주변을 살펴보았지만, 바퀴벌레는 이미 사라지고 없었다. 고작 바퀴벌레 따위에 놀란 윤주도 귀여웠지만, 자신은 그딴 벌레 따위에 겁먹을 남자가 아니었다. 바로 그때 침대 밑에서 기어 나온 바퀴벌레가 윤주의 다리 사이로 빠르게 지나갔다. 그 모습에 다시 한번 기겁한 윤주가 소리를 꽥꽥 지르기 시작했다. 이번에는 폴짝폴짝 뛰며 완전 호들갑을 떨었다. 동시에 발도 동동 구르며 옆에 있던 석진에게 덥석 안겼다. 뜻밖에 횡재에 놀란 석진은 흐뭇했다. 순간적으로 멋져 보여야 한다는 사명감이 불타오르기 시작했고 행동으로 보여줘야 할 때가 온 것으로 생각했다. 빠르게 주변을 둘러봤다. 침대 맞은편 책장 위에 에프킬라가 눈에 띄었다. 곧바로 에프킬라를 엑스칼리버 뽑듯 집어 들며 원탁의 기사처럼 바퀴벌레를 쫓았다. 덤으로 윤주에게 의협심을 보여주는 멋짐 또한 잊지 않았다.

바퀴벌레가 문턱을 지나 거실로 달려갔다. 석진은 에프킬라를 들고 바퀴벌레를 정조준했다. 순간 바퀴벌레가 갑자기 방향을 급선회하며 싱크대 밑으로 쏜살같이 들어가 버렸다. 이에 뒤질세라 석진도 싱크대 밑으로 슬라이딩하며 에프킬라를 무차별 살포했다.

생명에 위협을 느끼며 싱크대 밑으로 간신히 기어들어 온 바퀴벌레는 안도의 한숨을 내쉬었다. 하지만 순식간에 뿌려진 뿌연 액체 연기가 삽시간에 번지더니 바퀴벌레를 향해 매섭게 달려들었다. 마치 안개 폭풍처럼 보였다. 깜짝 놀란 바퀴벌레는 온 힘을 다해 더 안쪽으로 내달렸지만 역부족이었다. 폭풍은 무서운 속도로 바퀴벌레를 삼켜버렸다. 싱크대 밑은 하얀 연기로 완전히 뒤덮였고 아무것도 보이지 않는 연기 속에 검은 점 하나만이 흐릿하게 뒤집혀 있었다. 생사의 갈림길에 선 바퀴벌레는 아무런 움직임이 없었다.

* * *

해뜨기 전 가장 어두운 새벽녘이 다가오고 있었다. 나는 술에 떡이 돼 곯아떨어져 있었고 석진과 윤주도 각자 집으로 돌아간 지 한참이었다. 고요한 집 안엔 내 숨소리만 들렸다.

밤하늘에 빛나는 별들 사이로 푸른빛이 반짝이며 은서의 흔적이 가득한 보금자리로 날아왔다. 다가오는 푸른빛은 자신감이 넘치는 모습으로 베란다 유리창을 향해 강하게 머리를 들이밀었다. 이제 영혼의 빛이 스며드는 것처럼 자연스럽게 유리를 통과해 집안으로 들어서야 했다. 그런데 바로 그 순간 쿵! 유리창에 부딪히고 말았다. 부딪힌 푸른빛은 창을 타고 아래로 쪼르르 흘러내렸다. 당황한 푸른빛이 이내 정신을 차리고 유리창 틈새를 발견한 뒤 그 사이로 스르르 미끄러져 들어갔다.

바람을 타고 날아가듯 거실을 지나치는데 침대에 잠들어 있는 그가 보였다. 멈칫 그 자리에 멈춰 서서 잠시 그를 지켜봤다. 하지만 누군가 재촉하는 소리에 다시 싱크대 밑으로 빠르게 빨려 들어가듯 이동했다. 싱크대 밑은 그럭저럭 깨끗했다. 미세 먼지가 간혹 보이긴 했지만, 일반적인 집보다 확실히 깔끔했다. 이곳저곳 작은 장애물들을 지나쳐 뒤집혀 있는 바퀴벌레 앞에 도착했다. 잠시 호흡을 가다듬은 푸른빛이 바퀴벌레의 몸체를 향해 맹렬히 달려들었다. 갑자기 바퀴벌레의 몸체가 부르르 떨리더니 푸른빛으로 반짝이다가 빠르게 소멸했다. 다시금 아파트 안은 정적이 찾아들었고 긴 적막에 젖어 들었다.

몇 분이나 지났을까 갑자기 뒤집혀 있던 바퀴벌레의 발끝이 까딱하고 움직였다. 새 생명을 얻은 것처럼 발끝에서부터 생기가 돌더니 다리 6개 전부를 살짝 움직였다. 이어 몸 전체를 360도 회전하듯 발딱 뒤집었다. 이제 제 모양을 갖춘 바퀴벌레는 이곳이 처음인 양 더듬이를 이용하며 주변을 두리번거렸다. 그러더니 어느 순간 방향을 정하고 싱크대 밖으로 기어나갔다. 바퀴벌레가 싱크대 밖으로 나오자 앞에는 저승사자가 근엄한 모습으로 기다리고 있었다. 저승사자 앞에 멈춰선 바퀴벌레는 마술을 부리듯 눈 깜짝할 사이 은서 본연의 모습으로 변했다.

"이게 뭐예요. 정말! 진짜 맘에 안 들어!"

은서가 짜증스러운 얼굴로 말했다.

"그래도 모기보다는 낫지 않니?"

중저음의 목소리로 저승사자가 위엄 있게 말했다.

"아니 모기나 바퀴벌레나. 당최 저 모습으로 저승사자인 것도 신기하다니까."

"어험, 무슨 그런 망발을."

저승사자가 무섭게 노려보며 근엄한 표정을 지어 보였다. 그래도 꼴에 저승사자라고 조금 무서워 보이기는 했다.

"잊지 마라. 사람들은 널 볼 수 없어. 그들의 시선엔 넌 그저 바퀴벌레일 뿐이야. 명심해. 네가 바퀴벌레로서의 운명을 다하면 너의 남은 생도 그대로 끝나는 거야."

저승사자의 언행이 사뭇 진지했다.

"쳇 남은 생이라고?"

은서가 가당찮은 표정으로 콧방귀를 꼈다. 그러자 저승사자가 죽음의 한기를 내뿜으며 정말 무섭게 노려봤다.

"아, 알았어요. 알았다고요."

은서가 손사래를 쳤다.

이후 저승사자는 몇 마디 짧은 충고를 덧붙였다. 그리고 필요하면 연락하라는 말만 남기고 홀연히 사라졌다. 어찌 됐든 은서는 이제 정말 홀몸으로 세상에 다시 돌아온 것이다. 오로지 혼자만 아는 바퀴벌레의 모습으로. 그 모습이 보잘것없다 하더라도 지금 당장 자신의 눈앞에서 그를 다시 볼 수 있다는 것만으로 행복감이 밀려왔다. 은서는 저승사자가 사라지자마자 바로 침대로 향했다. 자신의 빈자리를 바라보며 그 빈자리가 얼마나 클지 생각해보았다. 그의 안녕을 바라지만 사실 은서는 자신의 빈자리가 좀 더 크길 바랐다. 너무 빨리 잊힌다는 건 정말 슬픈 일이었다. 상처는 잊혀야 한다지만 그 상처가 존재했었는지조차 까마득히 잊어버리는 건 끔찍이도 싫었다. 은서는 자신의 빈자리를 채우며 그의 얼굴을 바라봤다. 그는 세상의 온갖 풍파를 혼자 다 맞은 얼굴을 하고서 곤히 잠들어 있었다. 행복감도 잠시 보고 있는 것만으로도 가슴이 미어지고 아려왔다.

바퀴 각시

아침을 깨우는 핸드폰 알람 소리가 요란하게 울렸다. 잠시 나는 눈을 감은 채 은서의 목소리가 들리기를 기다렸다. 그러면 정말 그녀의 목소리가 들릴 줄 알았다. 커튼을 걷어주고 달콤한 목소리로 나를 깨워줄 것 같았다. 하지만 기대했던 그녀의 음성은 들리지 않았다. 나는 베개에 얼굴을 묻은 채 손을 더듬어 핸드폰 알람을 껐다. 옷은 어제 입었던 옷 그대로였다. 머리는 이리 뻗치고 저리 뻗쳐 까치가 알을 낳아도 될 정도였다. 알람 소리 말고도 잠을 깨운 건 등을 따스하게 달구어주는 햇빛이 창을 통해 투과되는 탓이기도 했다. 누가 커튼을 걷었을까? 생각해보면 어제 내가 커튼을 치지 않고 잠이 들었을 확률이 더 높았다. 그때 갑자기 거실 쪽에서 인기척이 들렸다. 너무 놀란 나는 잽싸게 고개를 돌려 거실을 바라봤다. 하지만 그곳엔 아무도 없었고 텅 빈 자리만 더 크게 느껴질 뿐이었다.

나는 침대에서 일어나 터벅터벅 거실로 향했다. 거실 문턱 바로 앞까지 방문한 햇살을 밟으며 발걸음을 옮겼다. 그런데 거실에 뭔가 달라진 게 보였다. 분명 아무것도 바뀌지 않았어야 했는데 싱크대 위에는 음식을 조리한 흔적이 남아있었다. 게다가 식탁 위엔 조리된 음식 위에 밥상보가 덮여있었다. 갑자기 눈이 휘둥그레졌다. 뭔 일인가 싶어 기억을 더듬어봤지만 감이 오질 않았다. 밥상보를 거둬내자 식탁 위엔 간소한 아침 밥상이 차려져 있었다. 뜨끈한 밥에 콩나물국 옆에 놓인 김치를 포함한 2~3가지 약소한 반찬들. 평소에는 보지 못했던 아침 밥상이 그것도 뜬금없이 오늘 아침에 떡하니 차려져 있었다. 이게 꿈인지 생시인지 구분이 안 가 다시 한번 거실을 둘러봤지만, 사람의 흔적은 없었다. 은서의 작업실도, 화장실도, 그리고 침실도 모두 둘러봤지만 정말 어떤 흔적도 남아있지 않았다. 마지막으로 베란다 창문을 열고 밖을 내다봤을 때 출근길 배웅 인사를 하던 옆집 아주머니와 눈이 마주쳤다. 잠시 뻘쭘하게 서로를 마주 보고 있는 상황이 되자 나는 곧바로 고개를 끄덕여 인사를 건넸다. 그러자 갑자기 옆집 아주머니께서 뭘 보냐는 식의 표정으로 입고 있던 가운을 급하게 여미며 창문을 쾅 닫은 뒤 안으로 들어갔다. 내 머릿속에 물음표 다섯 개가 떴다. 일단 황당함을 가라앉히고 거실로 돌아와 식탁에 앉았다. 다시 식탁을 쳐다보니 다섯 개의 물음표가 부유하듯 머릿속을 떠다녔다. 하지만 답도 없는 수수께끼는 일단 접어두고 과음한 속을 먼저 달래기로 했다. 요리사가 누구든 간에 기왕 만들어줬으니 맛있게 먹기로 했다. 첫 번째로 숟가락을 들고 콩나물국부터 한 숟갈 떠서 맛을 봤다. 와! 싱거웠다. 확실히 심심하기는 했지만 아침에 해장으로 콩나물국을 먹을 수 있다는 것만으로 감지덕지했다. 정말 생각지도 못한 아침 식사를 맛있게 먹었다. 게다가 완벽하지 않은 음식솜씨가 은서를 닮은 것 같아서 더욱 맛있었다.

개수대 뒤쪽 작은 틈에서 두 개의 더듬이가 살짝 삐져나와 레이더처럼 이리저리 움직였다. 잠시 후 좀 더 대담해졌는지 시커먼 바퀴벌레가 머리를 삐죽 내밀고 나왔다. 바퀴벌레의 시선이 식탁에 앉아 아침밥을 먹고 있는 그의 모습에 고정되어 있었다. 그를 지켜보는 바퀴벌레의 눈빛은 측은했고 왠지 모를 뿌듯함이 느껴졌다. 그래서 더듬이 끝이 더욱 요란하게 움직였다. 거기에 있는 바퀴벌레는 은서였다. 바로 은서가 빌린 바퀴벌레의 몸뚱이, 일명 은서 바퀴벌레였다.

나는 아침밥을 마저 먹으며 어제 일을 곰곰이 되짚어 보았다. 문득 술을 먹고 누군가에게 전화했던 기억이 떠올랐다. 곧장 핸드폰 가져와 발신 목록부터 확인했다.

"은서, 은서, 은서, 석진, 석진, 은서, 윤주, 은서, 윤주, 은서….."

다수의 은서와 그 사이사이 석진과 윤주의 이름도 보였다.

'아, 그랬구나.'

나는 아침밥을 마저 먹은 뒤 출근 준비를 위해 화장실로 향했다. 간단한 용변을 해치우고 살균 건조기에서 칫솔을 꺼냈다. 그런데 거기에도 그대로인 것이 있었다. 내 칫솔과 일정한 간격을 두고 떨어져 있는 은서의 칫솔이 보였다. 나는 은서의 칫솔을 꺼내 솔 부분을 엄지 끝으로 만져보았다. 순간 충동적인 생각이 불쑥 떠올랐는데 나는 화장실 쓰레기통 뚜껑을 발로 밀어 올린 뒤 잠시 망설였다. 하지만 너무 빠르다는 걸 알고 있었다. 그래서 다시 은서의 칫솔을 원래 자리에 꽂아두었다. 이어 양치질하기 위해 바로 옆 받침대에 올려진 치약을 집어 들었다. 한가운데 움푹 눌린 자국이 보였다. 이런 제기랄! 모든 것들이 은서의 흔적투성이였다. 은서와의 추억으로 가득한 이 집에서 모든 행복이 이제 사무치는 그리움으로 다가왔다. 당연히 잊고 싶은 것은 아니었지만 너무 많은 것들이 쉼 없이 폐부를 찔러댔다. 그래서 너무 힘들고 지쳐 힘에 부치기도 했다. 하지만 한편으론 이런 생각을 하고 있다고 생각하니 갑자기 부끄럽고 한심해졌다.

'이러려고 그렇게 열렬히 사랑했던가? 아직 은서에게 이별을 건네주기엔 너는 해준 게 너무 없잖아. 더 미안해야 해. 더 용서를 구하고 더

아파하고 더 고통스러워야 해. 넌 아직 그럴 자격이 없는 놈이니까!'

예상치 못한 눈물 한 방울이 타일 바닥을 떨어져 산산이 부서졌다.

'슬퍼하고, 견디고, 고통받고 또다시 아파하며 계속 강해져야 한다. 굳은살이 박이는 과정처럼 계속 단단해져야 해. 그것만이 그녀에게 사죄하는 길이니까.'

나는 마음을 다잡았다. 그런 뒤 치약의 아랫부분을 꾹 눌러 짰다. 치약이 가래떡 뽑히듯 밀려 나오자 한 부분을 칫솔로 끊어 치아를 닦았다.

타일 벽면을 타고 올라오던 은서 바퀴벌레는 상황을 지켜보다 흠칫 놀라 그 자리에 우두커니 멈춰 섰다. 치약 하나 가지고 티격태격하던 예전 모습이 머릿속에 아른거렸다. 그 모습을 보고 있자니 억장이 무너져 내렸다. 눌러진 치약의 세기만큼이나 더한 통증이 고스란히 자신에게 전해져오는 것만 같았다. 위로의 말이라도 해주고 싶지만, 이 모습으로 할 수 있는 건 아무것도 없었다. 정말 이 모습으로 그에게 다가간다면 그 자리에서 바로 맞아 죽을 게 뻔했다. 이유인즉슨 그가 세상에서 가장 싫어하는 게 바로 바퀴벌레였기 때문이었다.

나는 붉게 충혈된 눈으로 거울을 보며 양치질하고 있었다. 최대한 잡생각을 없애보려 노력하니 조금 편안해지는 느낌이 들었다. 그런데 그때 거울에 비치는 뒤 타일 벽면 한가운데로 시커먼 무언가가 눈 깜짝할 사이에 빠르게 지나갔다.

"아. 깜짝이야! 방금 뭐였지?"

화들짝 놀란 나는 상체만 뒤로 돌린 채 하얀 타일 벽면을 바라봤다. 거기엔 아무것도 없었다. 달랑 노란 수건 하나만 걸이에 걸려 있을 뿐이었다. 찝찝한 의구심을 떨쳐버리진 못했지만 어쩔 수 없이 다시 고개를 돌리려 했다. 그런데 그 순간 또다시 엄지손가락만 한 시커먼 무언가가 돌아서는 시야 끝에 걸리고 말았다.

"으악! 뭐야!"

그건 바로 바퀴벌레였다. 저번 날 아침에 목격했던 바로 그 바퀴벌레였다. 확실했다. 등치와 색깔도 그렇고 우리 집에 사는 바퀴벌레는 단한 마리뿐이었다. 그사이 바퀴벌레는 타일 벽면을 타고 내려와 화장실 문턱을 넘어서려 하고 있었다. 나는 그 자리에서 신고 있던 화장실용 슬리퍼를 냅다 집어 들고 바퀴벌레를 향해 집어 던졌다.

"이런 젠장! 바퀴벌레 주제에 어딜 감히!"

제기랄! 빗나갔다. 죽일 수 있는 절호의 기회였는데 약삭빠른 바퀴벌레가 한발 앞섰다. 바퀴벌레는 화장실 문턱을 넘어서 거실로 도주했다. 나는 곧장 바퀴벌레를 쫓았다. 입안엔 칫솔을 그대로 물고 손에는 좀 전에 던졌던 슬리퍼를 다시 집어 든 채였다. 더러운 바퀴벌레가 거실의 온 바닥을 누비고 다니다니 정말 열을 받아 고군분투했지만, 바퀴벌레는 요리조리 잘 피해 다녔다. 보통 놈이 아니었다. 그렇게 아침의 쫓고 쫓기는 추격전이 몇 분간 이어졌다. 하지만 결국 내가 졌다. 승리를 쟁취한 바퀴벌레는 어두운 베란다 구석 한쪽에 쌓여 있던 벽돌 사이로 완전히 모습을 감추고 말았다.

"으아! 정말 미치고 팔짝 뛰겠구먼. 두고 봐라. 넌 오늘은 내가 꼭 잡고 만다. 있다 갔다 와서 보자고!"

출근 시간이 빠듯해서 어쩔 수 없이 포기한 나는 씩씩거리며 다시 화장실로 돌아왔다. 빠르게 세안을 마치고 걸어 나오는데 순간 이상한 생각이 뇌리를 스쳤다. 오늘 아침은 분명 이상한 일이 많았다. 다시 나타난 바퀴벌레 때문일 수도 있고 알 수 없는 우렁각시 때문일 수도 있다. 알 수 없는 무언가가 일부러 시간을 지체시키는 듯한 인상을 받았다.

시간 얘기가 나와 시계를 보니 벌써 8시 15분이었다. 더는 지체할 시간이 없어 급하게 옷을 챙겨 입고는 아파트를 나섰다.

그가 집을 나서는 소리에 벽돌 사이에 숨어있던 은서 바퀴벌레가 조심스레 기어 나왔다. 한바탕 고역을 치르고 났더니 짧은 수명이 십일 감수[十日減壽] 한 듯한 느낌이었다. 은서 바퀴벌레는 재빠르게 거실로 돌아와 그가 떠나는 모습을 지켜봤다. 이후 문이 닫히고 잠금장치가 잠기자 은서는 본연의 모습으로 분해 현관문을 착잡한 심경으로 바라봤다. 문득 사랑하는 사람을 앞에 두고도 서로를 알아보지 못하는 비극이 얼마나 참담한지 깨달았다.

다시 일상 속으로

아픔을 이겨 내는 데에는 여러 가지 방법이 있다. 그 가운데 하나는 다른 일에 몰두하는 것이리라. 나는 그렇게 일상생활 속으로 복귀했다. 야속하게 들릴지 모르겠지만 은서를 빨리 잊으려는 게 아니다. 아픔을 견디는 양을 조금이나마 분산시켜 오래도록 기억하고 간직하고 싶은 맘이었다.

나는 출근 시간에 맞춰 은행 안으로 들어섰다. 이곳 또한 변한 건 없었다. 모두가 예전 모습 그대로 각자의 루틴에 맞춰 분주한 아침을 맞이하고 있었다. 하지만 바뀐 것이 하나 있다면 그건 나를 바라보는 시선이었다. 나의 등장에 부산스럽던 아침 풍경이 한순간 조용해졌다. 매일 아침 시비조로 말을 걸던 뚱뚱보와 홀쭉이, 이 대리와 김 과장도 나를 같은 표정으로 바라봤다.

나는 애써 태연한 척 가라앉은 분위기를 쇄신해보려 아침 인사를 건넸다.

"좋은 아침이에요."

하지만 이 말은 내 안에 감추고 있던 슬픔을 모두에게 공유해주는 꼴이 되고 말았다. 다시금 은행 내부 공기에 안쓰러운 기류가 흘렀다. 어쩌란 말인가? 나도 잘 모르겠다. 그저 동정 어린 시선을 보내줘서 '고맙습니다.'라고 고개라도 숙여야 하는 걸까? 나는 무안한 상황을 무시하려 애쓰며 내 책상 위에 가방을 내려놓았다. 그때 어디선가 석진이 다가와 귓속말하듯 물었다.

"오늘까지 하루 더 쉬는 거 아니었어? 왜 벌써 나왔어."

"쉬면, 뭐해. 괜찮아."

거짓부렁에 시원찮은 대답이었지만 그나마 진심이 담겨 있었다. 잠시 친구 사이에 무거운 침묵이 흐르자 위로의 말을 머뭇거리던 석진은 이내 담담한 얼굴로 내 어깨를 토닥여주었다. 나는 그 행동에 미소로 답했다. 그때 불쑥 석진의 뒤로 윤주가 나타났다.

"선배, 괜찮아요?"

"어 괜찮아."

나는 윤주의 얼굴을 슬쩍 보고 담담하게 대답했다. 옆에서 그 모습을 멀뚱하게 지켜보던 석진은 둘 사이에 묘한 분위기가 흐르자 머리를 긁적이며 뒤로 물러났다.

"고마웠어."

갑자기 오늘 아침 일어났던 일이 생각나 고마움을 전했다.

"네?"

어리둥절한 표정으로 윤주는 어제의 기억을 되새기며 물었다.

"아. 그거는…. 아니에요."

"이제 그럴 필요 없어."

오해의 싹이 동정과 연민 속에서 자라고 있었다.

"선배! 우리 동료잖아요. 힘들 땐 서로 도와야죠!"

"어쨌든, 고마워."

그때 상황을 듣고 있던 석진이 불쑥 끼어들었다.

"아니 잠깐만! 그 문제라면 내가 더 힘들었다고. 네가 얼마나 무거웠는지는 알긴 하냐?"

"당연히 알지. 네가 고생한 거 다 알아. 고맙다."

석진에게도 다시 한번 고맙다는 말과 건네고 다시 내 자리로 돌아서려 했다.

"선배! 잠깐만요."

그때 윤주가 등 뒤에 숨기고 있던 보온병을 수줍게 내밀었다.

"어? 이게 뭐야?"

내 말에 잠시 머뭇거리던 윤주가 말을 이었다.

"어제 선배가 너무 과음하신 거 같아서 가져왔어요. 이게 헛개나무로 만든 찬데 숙취에 그렇게 좋대요. 한 번 드셔보세요."

* * *

태양이 시곗바늘처럼 정오에 걸치기 시작했다. 그 무렵 나는 살짝 배고픔을 느끼고 있었다. 입맛이란 게 있을까 싶었지만 간사한 인간의 생리현상은 정신으로 통제되진 않았다.

은행의 점심시간은 영업시간 중 가장 바쁜 시간대에 속했다. 행원들은 밥이 입으로 넘어가는지도 모른 채 30분여분 남짓한 짧은 시간 안에 교대로 점심밥을 챙겨 먹으며 최대한 자리가 비지 않도록 애써야 했다. 하지만 그마저도 부족했다. 게다가 다른 업종의 사람들이 점심시간을 이용해 은행 업무를 보려고 몰려오는 시간대이기도 했다. 요즘은 인터넷으로 업무를 보는 사람들이 많아졌기 때문에 예전보다 많이 줄었다지만 그래도 항상 점심시간은 고객들로 인산인해를 이뤘다. 특히 오늘같이 고객들로 더 붐비는 날엔 나 또한 대출 창구가 비지 않도록 도와야 했다. 지금 타임이 내가 앉아있을 때였다. 내 앞에는 반짝이는 검정 카디건 의상에 파마머리를 한 아주머니 한 분이 앉아있었다. 아주머니는 이번에 대학에 입학한 아들의 등록금과 생활비를 위해 주택담보대출을 받고 싶은데 얼마나 받을 수 있을지 상담하러 왔다. 그러면서 자신의 불행한 처지에 대해 상세한 설명까지 곁들였다. 그럴 필요는 없지만 언제나 그렇듯 은행에 대출받으러 오는 사람들은 으레 자신을 낮추고 감정적인 호소를 하기 마련이었다.

"얼마까지 가능할까요? 최대한 되는대로 좀 부탁드릴게요."

묘하게도 이런 이야기를 듣고 있다 보면 아직도 세상에는 보이지 않는 신분이 존재하는 거 같았다. '최대한'이나 '되는대로' 같은 단어들은 서민들이 자주 사용하는 단어였다. 부자들은 그런 단어를 구사하지 않았다. 정확한 금액에 자기가 원하는 금리대로 해 달라며 고집을 부리기 일쑤였다. 하지만 서민들은 자신들의 치부까지 까발리며 '제발 돈 좀 빌려주십시오.'라고 간곡히 간청해야만 했다. 누가 시키지도 않았지만 스스로 을이 되어 상담원이 시키는 대로 고분고분 기본 금리도 챙기지 못한 채 은행 상품에 노출되고 있었다. 그러나 정작 중요한 건 지금, 이 순간 아주머니의 인생사를 듣고 있을 만한 여유가 없다는 것이었다. 아주머니의 얘깃거리는 내 관심사 밖이었다. 남의 인생사를 듣고 있자니 은서와의 불가능해진 미래가 떠올랐다. 결혼하고, 아이를 낳으며 학교도 보내고, 다 키워 다시 결혼시키는 도돌이표 같은 인생. 앞에서 오디오 없이 입만 뻐끔거리는 아주머니의 행복한 인생사는 소리 없이 아우성뿐이었다. 결국 존재하지 않는 은서와의 행복은 신기루처럼 사라졌다. 다시 한번 가슴이 시리도록 사무쳐졌다. 마치 세상 모든 만사가 그녀와 함께했던 것처럼 느껴졌지만 결국엔 그러지 못했기에 내가 모든 걸 망쳐버렸다.

"이봐요!? 내 말 듣고 있는 거예요?"

간절하게 호소하던 아주머니가 버럭 화를 냈다.

"죄송합니다. 고객님."

순간 당황한 나는 빠르게 정신을 차리고 죄송한 마음에 사과부터 했다. 그러면서도 아주머니의 소중한 시간이 나와 무관하단 사실은 변하지 않았다. 그 어떤 것도 그리움을 대신할 수 없었기에 어렵게 생각을 다잡으며 상담을 이어 나갔다.

그 시간 은행 안은 사람들로 북적거렸다. 으레 점심시간이었으니까 당연한 것처럼 보였다. 그 많은 사람 중 수상한 남자가 한 명 있었다. 대기 의자 끝에 앉은 추레한 작업복 차림을 한 남자가 소심하게 창밖을 두리번거리고 있었다. 피부는 막노동판을 전전한 듯 검게 그을려 있었으며 소매를 걷은 깡마른 팔뚝 아래는 미세한 근육들이 분포되어 있었다. 40대 초반 정도로 보이는 남자는 상당히 지친 표정으로 불안감을 숨기고 있었다. 사람들은 누구도 그에게 관심을 보이지 않았다. 그건 입구에 서 있던 청원경찰도 마찬가지였다. 가끔 힐끔거리기는 했지만, 요맘때면 더위를 피해 들어오는 그런 종류의 사람일 거로 생각했다. 그리고 그에겐 반대편에 있는 예쁘장한 보험사 여직원이랑 노닥거리는 시간이 훨씬 즐거웠으니까. 그때 그 남자가 무언가 결심한 듯 굳게 앙다문 입술로 자리에서 벌떡 일어섰다. 여전히 그를 신경 쓰는 사람은 없었다. 그는 작업복 안주머니에 손을 집어넣은 뒤 한동안 만지작거리며 눈치를 살폈다. 그러다 시선을 한 곳에 고정하고는 창구 쪽으로 다가가기 시작했다. 이내 창구 앞에 도착한 남자가 꾸깃꾸깃한 번호표를 꺼내 창구 너머로 내밀었다. 텔러는 평소대로 얼굴도 확인하지 않은 채 번호표를 받은 뒤 의례적인 말을 건넸다.

8 · 다시 일상 속으로 | 99

"무엇을 도와드릴까요? 고객님."

윤주가 미소 띤 얼굴을 들어 올리며 남자를 쳐다봤다.

"은행 강도다! 소리 지르면 죽여 버린다."

창구에 바짝 붙은 남자가 안주머니에서 슬쩍 권총 부리를 보여주며 위협했다. 하지만 목소리엔 가벼운 떨림이 느껴졌다. 순간이었지만 윤주는 그걸 놓치지 않았다. 살짝 겁은 났지만, 총기 휴대가 금지된 나라에선 총을 가지고 은행을 턴다는 게 믿어지진 않았다. 다만 혹시 모를 사고에 대비해 침착하게 대응해야 했다. 윤주는 정확히 의심을 사지 않는 선에서 상체를 살짝 숙여 은행 강도에게 시선을 고정한 채 오른손을 몰래 책상 밑으로 집어넣고 버튼 두 개를 동시에 눌렀다. 하나는 세콤으로 연결되는 버튼이었고 다른 하나는 경찰서로 연결되는 버튼이었다. 은행에선 매월 1~2회 정도 은행 강도에 대비한 예행연습을 하곤 했다. 훈련 당시 직원별로 할당받은 역할이 있었으니 지금쯤 눈치챈 사람이 있다면 몇몇은 몰래 움직이고 있을지도 몰랐다. 훈련 시에는 경계 조와 신고 조 그리고 인상착의 조와 탐색 조 등으로 나눠서 훈련받아왔다. 우선 자신이 인상착의와 신고를 맡았으니 이젠 최대한 시간을 끌어 경찰이 도착할 때까지 침착하게 버티는 일만 남아있었다.

보험사 여직원과 노닥거리던 청원경찰이 무심코 창구 쪽을 돌아보다 윤주의 굳은 표정을 확인했다. 분명 낯설고 이상한 풍경이었다. 지금 그녀 앞에 서 있는 작업복 차림의 추레한 남자는 정확히 확인되진 않지만, 확연히 일반고객과 다른 행동을 보이고 있었다. 청원경찰은 허리띠에 차고 있던 가스총에 손을 가져다 대며 접근을 시도했다. 오른손으로 가스총 손잡이를 그러쥐고 있었지만, 사람들이 많은 관계로 뽑지는 않았다.

불안한 눈빛의 은행 강도가 주변의 살피더니 안주머니에서 둘둘 말린 검정 비닐봉지 하나를 꺼내 윤주에게 던졌다.

"아가씨, 빨리 거기다 돈 담아. 어서."

그의 목소리에서 약간의 초조함마저 느껴졌다.

윤주는 은행 강도가 던진 검정 봉투를 집어 들고 조심스럽게 손으로 펴보았다. 그런데 봉지가 작아도 너무 작았다. 당황한 윤주가 은행 강도에게 물었다.

"여기다 요?"

그 말에 뜨끔한 은행 강도가 속삭이듯 소리쳤다.

"그래, 거기다 담아! 빨리."

윤주는 다시 한번 은행 강도가 준 검정 봉투의 크기를 가늠해 보았다. 기껏해야 고기 서너 근도 안 들어갈 것 같았다. 돈뭉치를 담는다면 얼마나 담을 수 있을까? 이백? 삼백? 고작 이 정도를 훔치려고 은행을 털다니 갑자기 기가 막히고 코가 막히는 기분이 들었다. 하지만 은행 강도는 은행 강도일 뿐이었다. 흉기를 들고 있을뿐더러 살기 위해선 돈을 내줘야 했다. 실제로 은행에 있는 돈은 이미 보험에 들어있기 때문에 큰 상관은 없었다. 간혹 영웅 심리가 발동해 강도를 때려잡는 은행원의 모습이 뉴스에 보도되곤 하는데 그건 실질적으로 은행에서 바라는 행동은 아니었다. 자칫 잘못하면 인명피해가 날 수 있을뿐더러 그러면 은행으로선 돈보다 더 큰 손실이 입을 수밖에 없었다. 차라리 돈을 주되 사람은 다치지 말자는 게 은행에서 매일 교육하는 원칙이었다. 윤주는 작은 봉투만큼이나 콩알만 한 자신감이 생겼다. 잠시 꾀를 부려보고 싶은 충동이 억누를 수 없을 정도로 올라왔다.

"저기. 죄송한데요. 돈 담으려면 금고로 가야 하는데…."

윤주가 자기 얼굴을 좀 더 은행 강도 쪽으로 가까이 붙이며 말했다.

"뭔 소리야. 그냥 거기 있는 돈만 담아. 빨리."

당황한 은행 강도가 윤주의 행동에 말을 더듬었다. 윤주는 그가 초짜라는 사실을 다시 한번 깨닫고 좀 더 적극적으로 나서보기로 했다.

"제가 시재를 이미 넘겨서 이 서랍엔 지금 100만 원 정도밖에 안 들어있어요."

"필요 없어. 그것만 담으면 돼. 빨리 담으라고!"

정말 소박한 은행 강도구나. 그런데 그때 고춧가루를 뿌리는 일꾼 하나가 나타났다. 그것은 이제 상황을 더는 걷잡을 수 없게 만들어버리고 말았다.

청원경찰은 은행 강도 바로 뒤 1m 앞까지 접근했다. 그러나 그때 주변을 돌아보던 은행 강도에게 딱 걸리고 말았다. 상황은 순식간에 나빠졌다. 당황한 은행 강도가 안주머니에서 권총을 꺼내 청원경찰에게 겨누었다. 그리고 이젠 진짜 은행 강도처럼 행동하기 시작했다.

"너 뭐야? 손들어. 안 그러면 죽여 버린다!"

은행 강도가 청원경찰에게 소리쳤다. 웅성거리던 사람들은 그제야 그들에게 시선을 고정한 채 잠시 어떤 상황인지 머릿속에 그려보는 듯했다. 그 당시 나는 창구교대를 마치고 값비싼 고객을 마중하러 영업장에서 객장으로 걸어 나오는 중이었다.

"저기요. 이러지 말자고, 총 내려놔. 어서."

어쩔 수 없이 가스총을 꺼내든 청원경찰이 은행 강도를 겨냥하며 설득하려 했다.

"닥쳐. 한 번만 더 지껄이면 진짜 죽여 버리겠어!"

은행 강도가 총으로 위협하며 소리쳤다.

"알았어. 알았으니까. 그만하고…."

"시발 안 닥쳐! 엎드려. 빨리 엎드려! 그리고 그 총 내려놓고, 이쪽으로 밀어."

청원경찰은 참 현실적인 사람이었다. 진짜 총과 가스총 중 어느 게 더 위협적인지 잘 알고 있었다. 그는 은행 강도의 말을 순순히 따랐다. 그 광경을 지켜보던 많은 사람이 마치 촬영이라도 구경하듯 멍하니 바라보고만 있었다. 그들 틈바구니에 나도 껴 있었다. 바로 그때 은행 강도가 자신을 바라보는 우매한 관중들을 향해 경고를 날렸다.

"모두 엎드려! 움직이면 다 죽여 버린다!!"

은행 강도가 총을 이리저리 휘두르며 사람들에게 위협을 가했다. 그제야 상황을 파악한 사람들이 공포 어린 비명을 질러댔다. 순식간에 은행은 아수라장으로 돌변했고 사람들은 살아야겠다는 일념 아래 일사불란하게 엎드렸다.

그 모습을 지켜보며 윤주는 생각했다. 최대한 시간을 벌면 경찰이나 세콤 직원이 도착할 예정이었다. 하지만 그런 계획은 한순간에 돌변한 은행 강도 때문에 물거품이 됐다. 이젠 어떻게 대응해야 할지 난감하기만 했다. 그러는 사이 은행 강도는 사람들을 위협하며 크게 소리쳤고 놀란 사람들은 비명을 지르며 모두 그 자리에 엎드려 있었다. 하지만 그사이에 엎드리지 않은 한 사람이 우뚝 서 있었다. 윤주는 그가 누군지 단박에 알아차리고 숨이 멎는 줄 알았다.

나를 제외한 모든 사람이 바닥에 엎드려 있었다. 나를 본 은행 강도가 흠칫 놀랐다. 둘 사이에 묘한 정적이 흘렀다. 나만이 홀로 그 자리에 서서 유일무이하게 은행 강도를 바라보고 있었으니, 아니 노려보고 있었다는 게 더 정확한 표현이었다. 나는 은행 강도 쪽으로 발을 내디뎠다.

"뭐야! 당신. 이봐, 손 안 들어? 빨리 손들라고! 거기 엎드리라고."

내 행동에 무척 당황한 은행 강도가 떨리는 목소리로 외쳤다.

나도 내가 왜 이렇게 위험을 무릅쓰고 이런 행동을 하는지 깨닫지 못했다. 무엇이 죽음을 두렵지 않게 만드는가. 어쩌면 은행 강도의 어설픈 품새가 영웅 심리를 자극했을지도 모른다. 하지만 그건 진짜 이유가 아니었다. 그보다 더한 강렬한 이유가 나를 죽음으로 이끌었다. 가장 두려워해야 할 마지막이 나에겐 시작이란 의미로 다가왔기 때문이었다. 죽음 뒤에 다시 은서와 만날 수 있을 것 같다는 생각, 그녀와의 재회는 나의 슬픔을 설레게 만드는 마력 같은 존재였다.

나는 두 손을 천천히 머리 위로 들어 올렸다. 그러나 걸음을 멈추진 않았고 어느덧 강도와의 거리는 2m 이내로 좁혀졌다. 그러자 당혹감에 휩싸인 은행 강도가 한 발짝 뒤로 물러났다.

"당신 뭐야. 지금 뭐 하자는 거야? 죽고 싶어!? 미쳤어!? 정말 죽고 싶어 환장했어?"

간헐적으로 영업장 안에서 소리치는 팀장의 목소리가 들리기는 했다. 아마 나보고 '하지 말라고' 소리치는 것 같은데 무슨 얘긴지 잘 모르겠다. 그때 은행 강도가 그쪽으로 총을 겨누자 바로 잠잠해졌다. 순간 뒤에서 은행 강도를 덮쳐보려고 청원경찰이 눈치를 보며 다가오는 것이 보였다. 나는 그에게 다가오지 말라는 신호를 보냈다.

윤주는 최대한 침착하려 애쓰며 검정 봉투에 빠르게 돈을 담았다. 하지만 돈보다 눈앞에 있는 현수의 안위가 더 걱정이었다. 상황을 봐서 은행 강도에게 빨리 돈 봉투를 건네는 것만이 최선이니라.

"이봐요. 아저씨."

2m 안으로 들어서자 내가 멈춰서서 말을 걸었다. 내 말에 식겁한 은행 강도가 다시 소리쳤다.

"닥쳐! 조용히 안 해! 나한테 말 걸지 마, 조용히 하라고!"

은행 강도의 목소리가 심하게 떨렸다. 당황하고 있음이 분명했다. 나는 모험을 해보기로 했다. 그래서 살며시 오른발을 앞으로 내디뎠다. 그러자 은행 강도가 다시 한번 아연실색하며 소리쳤다.

"야! 멈추라고! 한 발짝만 더 오면 죽여 버리겠어! 진짜 죽여 버리겠다고!!!"

일순간 '죽여 버리겠다!'라는 말에 울컥했다. 살짝 정신이 나갔다가 들어오는 거 같은 느낌이 들었다. 잠시 머릿속에서 영사기 돌아가는 소리가 들리더니 은서의 파노라마가 빠르게 스쳐 지나갔다. 행복했던 시절이 눈 깜짝할 사이에 지나가 버리고 이어진 죄책감이 부지불식간에 그 자리를 메워버렸다. 갑자기 전구가 펑 터져버린 것처럼 머릿속이 암흑처럼 변해버렸다. 무겁고 시커먼 책임은 모두 나에게 있었다. 갑자기 나는 돌변한 표정으로 무작정 앞으로 다가갔다.

"이봐! 미쳤어. 멈추라고! 내 말 안 들려? 야! 야! 제발! 제발 멈춰달라고요!"

당황한 은행 강도의 얼굴이 점점 울상이 되어갔다. 이젠 거의 애원하며 말했다.

"죽여? 그래. 어디 한 번 죽여 봐! 죽여 보라고!"

내가 더 강하게 나오자 은행 강도가 다시 한 발짝 뒷걸음질 쳤다.

은행 안의 모든 시선이 내게로 쏠렸다. 팀장과 석진도 놀란 나머지 그 자리에서 벌떡 일어섰다. 윤주는 식은땀을 흘리며 돈 봉투를 대충 정리하고 창구 위로 올리려 하고 있었다.

"뭐야, 왜 못 죽여! 장난해? 사람 하나 죽이는 거 쉽잖아. 죽여 보라고! 죽이고 싶다며! 내가 사람 죽이는 기분이 어떤 건지 똑똑히 가르쳐 줄 테니까! 죽여 보라고! 이 새끼야!"

두려울 게 없었다. 이미 은서와 재회를 꿈꾸고 있었다.

"너, 뭐야! 뭐 하는 놈이야! 제발, 다가오지 말라고!"

은행 강도의 총구가 여전히 나를 향해 있지만 부들부들 떨리는 건 어쩔 수 없었다.

"사람 죽이는 게 어떤 건지 알아? 내가 실수로 죽여 봤거든. 어? 그때 말이야. 내가 전화만 제때 했으면! 내가 직접 갔으면! 절대 죽지 않았다고! 알아!? 내가 뭐라도 했으면 죽지 않았단 말이야! 그래! 내가 보냈어. 내가 거기 보냈다고! 그래서 죽은 거라고! 그 기분이 어떤지 알아? 그 개 같은 기분이 어떤지 아냐고!!!"

"조용히 안 해! 저기요. 죽기 싫으면 제발. 조용히 하라고."

"죽이라고! 시발! 나 같은 놈은 죽어도 싸니까! 당장 죽이라고!"

울분을 토해내며 간절한 눈빛으로 소리쳤다. 지금 당장 죽어도 여한이 없으리라.

말도 안 되는 상황에 은행 강도는 어쩔 줄 몰라 했다. 주변에 엎드려 있던 사람들도 하나둘 고개를 들기 시작했다. 그중 몇몇은 틈을 노려 은행 강도를 덮칠 생각을 하고 있는지도 몰랐다. 하지만 대부분은 다시 한번 구경꾼의 처지가 되어 그 광경을 숨죽이고 지켜만 볼 뿐이었다. 은행 강도가 한 번 더 용기 내어 떨리는 총부리를 내 쪽으로 내밀었다. 그러자 나는 한 치의 망설임 없이 은행 강도의 총부리를 낚아채 내 왼쪽 가슴에 가져다 댔다.

"그냥 죽이라고!!! 지금 여기… 여기다가 커다란 구멍을 뚫어달라고! 시발! 제발 아프지 않게, 아프지 않게 뚫어달란 말이야!"

눈에 눈물이 글썽였다. 은행 전체가 고요한 적막 속에 빠져들었고 내

가슴은 건조한 사막보다 더 건조한 분지와도 같았다. 죄를 씻기 위해 오아시스를 찾았지만, 그곳엔 가뭄으로 말라비틀어진 참혹한 지대밖에 존재하지 않았다. 죄는 평생 내 몸에 기생하며 살 것이다. 순간 은행 강도의 눈동자가 요동치듯 심하게 흔들렸다. 나는 그 눈빛을 놓치지 않았다.

"이봐, 내가 죽잖아? 그럼. 어떤 기분이 들 거 같아? 정말 당신이 발 뻗고 편하게 살 수 있을 거 같아? 천만에. 아마 잘 때도 생각나고, 밥 먹다가도 생각나고, 거울을 보다가도 생각날 거야. 매일 매 순간 내 얼굴이 당신 앞에 아른거릴걸. 게다가 남은 평생을 죄책감에 짓눌리며 살겠지. 안 그럴 거 같아? 난 당신이 무덤에 관 짜고 들어가는 그 순간까지 지겹도록 쫓아다닐 거야. 알아들어?"

광기 어린 내 얼굴에 은행 강도가 할 말을 잃었다. 두려움에 휩싸이고 하염없이 자책하고 있는 것 같았다. 그때 갑자기 나타난 윤주가 허겁지겁 창구 위로 올라서며 돈 봉투를 강도의 가슴팍에 던지듯이 내밀었다.

"자, 여기 있어요. 이거 가지고 가세요. 빨리!"

얼떨결에 돈 봉투를 끌어안게 된 은행 강도는 잠시 정신을 못 차리는 듯했다. 그러면서 총구의 방향이 내 심장에서 살짝 벗어났다. 나는 재빨리 돈 봉투를 그의 품에서 낚아챘다.

그 모습에 놀란 윤주가 나를 보며 소리쳤다.

"선배! 왜 이래요. 이러면 안 되는 거 아시잖아요!"

나는 그녀의 목소리를 무시했다. 그런데 막상 돈 봉투를 낚아채고 보니 기가 막혀서 하마터면 그 자리에서 웃을 뻔했다. 그 때문에 정신도 어느 정도 돌아왔다.

"뭐야? 고작 이거 털라고 은행 온 거야? 이봐요. 아저씨, 이건 아기 분윳값도 안 나와요. 이 돈 가지고 뭐 하는 데 쓰려고 인생을 망쳐!?"

솔직히 분유 하나 값으론 과분했지만 몇 달 치면 적은 것도 사실이었다. 순간 은행 강도의 안면근육이 씰룩였다. 알 수 없는 표정이었는데 왠지 울음을 참는 듯한 인상을 주었다.

"분윳값으로는 턱없이 모자라지. 요샌 분윳값도 하도 비싸서 이거론 반년 치도 못살걸. 은행 털라면 좀 더 크게 털어야지. 이런 조그만 봉투 쪼가리에다 뭘 얼마나 담겠다고. 고작 이거 털고 감방 가려고? 그건 아니지 않나? 안 그래요?"

분위기는 역전되고 있었다. 나의 설교에 은행 강도는 신자가 되어 맹목적으로 듣고 있었다. 그러다 어느 순간 은행 강도가 바닥에 풀썩 주저앉아 버렸다. 급기야 무릎을 꿇고 오열하기 시작했다.

"죄송합니다. 정말 죄송해요. 제가 너무 힘들어서 우리 아기에게 분유 한번 먹이고 싶어서 이런 죄를 저질렀습니다. 죄송합니다. 그리고 이 총, 이거 가짜예요."

갑자기 은행 강도가 자기 머리에 총을 들이댔다. 일순간 은행 안 모든 사람이 당황했고 그를 말린 시간이 없었다.

"잠깐만요. 아저씨. 잠깐만!"

순간 딱! 하고 빈약한 총소리가 은행 안에 퍼졌다.

"이거 장난감 총이에요. 총 구할 방법도 모르고, 살 돈도 없었어요. 돈이 필요했어요. 분유 살 돈이 필요했다고요."

상황이 이상하게 마무리되어 갔지만 어쨌든 괜찮은 결말이니 모든 사람이 한숨을 내쉬었다. 나는 조심스럽게 은행 강도에게 다가갔다.

"저기요. 아저씨, 그렇다고 이러시면 안 되잖아요. 아무리 힘들어도 아저씨가 감방에 가시면 아저씨 아이는 어떻게 해요. 분유 먹을 나이면 이제 걸음마 뗄 나이일 텐데. 아버지가 없다면 얼마나 힘들겠어요. 아

버지가 전과자란 사실만으로도 자라는 아이들에겐 충격이 클 거라고
요. 아저씨도 세상사는 게 힘들잖아요."

은행 강도가 눈물을 훔치며 고개를 끄덕였다.

"그런데 아직 다 자라지도 못한 아이는 아저씨보다 더 힘들게 살아갈
거라고요. 예? 애들한테 지금 필요한 건 돈이 아니라 아버지예요. 아저
씨란 말이에요."

순간 은행 강도의 얼굴에 예전엔 있었을 순수함이 묻어났다. 내 말에
고개를 주억거리며 이제는 더는 그러지 않겠다고 굳게 다짐하는 눈빛
까지 내비쳤다.

윤주는 그 자리에 서서 현수를 유심히 지켜봤다. 처음엔 당황스러웠
지만 지금 보니 예전 모습 그대로였다. 왠지 모를 뿌듯함이 작은 두근
거림과 함께 느껴졌다.

그때 분위기 파악 못 하는 청원경찰이 갑자기 은행 강도의 팔을 휘어
잡고 뒤로 꺾으며 붙잡았다. 은행 강도 역시 반항 없이 그의 손에 붙들
렸다. 그 모습에 놀란 나는 청원경찰에게 다가가 은행 강도가 듣지 못
하도록 물었다.

"꼭 이렇게 해야 해요?"

청원경찰이 고개를 돌리며 CCTV를 쳐다봤다.

"이미 다 녹화됐어요."

그의 말에 나도 고개를 돌려 그 사실을 확인했다.

"죄는 받아야죠. 행동한 순간 이미 늦었고 밖에 경찰차도 도착해 있
다고요."

그 얘기를 듣고 나니 마음이 다시 무거워지는 것 같았다. 나는 청원
경찰에게 고개를 끄덕이고는 은행 강도 옆으로 다가갔다.

"미안해요."

내 말에 은행 강도가 아니라는 듯 고개를 저었다.

"꼭 좋은 아버지 되셔야 해요. 아이들 생각하는 그 마음도 잊지 마시고요."

나는 CCTV에 최대한 보이지 않도록 몸을 돌려 은행 강도를 가렸다. 잠시 후 은행 강도의 눈이 휘둥그레졌다.

"이건⋯."

나는 몰래 그의 작업복에 30만 원을 넣어줬다. 그가 사양하려 하자 손을 잡았다.

"넣어두세요. 아이들 분윳값은 챙겨 가셔야죠."

잠시 망설이던 은행 강도의 입가에 나만 알아볼 수 있는 희미한 미소가 보였다.

"정말 고맙습니다."

나는 겸연쩍은 미소를 지어 보였다.

몇 분 뒤 은행 강도는 경찰에 인계됐다. 경찰이 은행 강도를 데리고 나간 후에도 은행 안 사람들은 내게서 시선을 거두지 않았다. 간혹 어딘가에선 박수 소리도 들리는 듯했다. 나는 부담스러운 시선을 피하려 했지만 무거운 마음속 한편에서 작은 뿌듯함이 이는 것은 어쩔 수 없었다. 내 자리로 돌아갈 때까지도 그들의 시선은 유효했다. 나는 영업장 안을 지나면서 나를 바라보는 한 직원들에게 물었다.

"제 얼굴에 뭐 묻었어요?"

나는 민망함에 머리를 긁적인 뒤 내 자리로 돌아왔다.

9

새로운 시작의 조짐

나는 온종일 머쓱한 표정으로 하루를 보냈다. 워낙 정신이 없어서 낮의 행동은 까마득한 기억이 되어버렸다. 은행에서 나에게 따로 내려진 징계는 없었다. 장례식을 치른 지 얼마 되지도 않았고 상황이 상황이니만큼 최악의 조치는 취해지지 않았다.

은행 업무를 마치고 나는 건물 바로 옆에 붙어있는 누리마트로 향했다. 나는 마트에 들어서자마자 장바구니를 들고 바로 바퀴벌레약이 진열된 코너로 향했다. 그때 윤주가 내 뒤를 따라 문을 열고 마트 안으로 들어왔다.

"선배! 왜 이렇게 일찍 퇴근했어요!"

퇴근한 나를 부랴부랴 따라나선 윤주가 잠시 숨을 고르며 말했다. 푸른색 유니폼을 벗어 던진 그녀는 베이지색 라운드티에 검정 스키니 진을 입고 있었다. 화려하진 않지만, 몸매가 도드라지는 의상이었다. 그녀에 대해선 이미 언급했듯이 모델 뺨을 여섯 번 후려쳤을 몸매라고 설명한 바 있었다.

"뭐 사러 왔어요?"

윤주가 내 뒤를 졸졸 쫓아오며 물었다.

"아. 벌레 잡는 약 좀 사 가려고."

나는 금세 바퀴벌레약이 진열된 선반 앞에 서서 돌아보지 않고 말했다. 선반 위에는 다양한 상표의 끈끈이부터 연막탄, 칠하고 뿌리는 살충제와 먹이는 약까지 별의별 종류의 바퀴벌레약들이 진열되어 있었다. 나는 이것저것 살펴보고 몇 개의 바퀴벌레약을 바구니에 담았다.

"선배, 낮에 좀 멋있던데요."

윤주의 볼이 살짝 불그레해지는 듯했다.

"아, 그 얘긴 하지 마. 민망해 죽겠어."

나는 다른 바퀴벌레약을 이리저리 만지작거리며 말했다.

"방법이 좀 무모하긴 했지만 그래도 용기 있어 보이기도 했고…."

윤주는 '용기'라는 말을 꺼내며 자신은 용기가 있는지 생각해보았다.

"그만해. 쑥스럽게 왜 이래. 그 얘긴 제발 그만해줘. 진짜 여기까지야!"

단호한 내 대답에 윤주는 어색하지 않으려 화제를 돌렸다.

"근데, 선배는 왜 그렇게 바퀴벌레약을 많이 사요?"

"우리 집에 바퀴벌레 한 마리가 살거든. 이거 놔두기 시작하면 보름도 안 돼서 집안 전체에 퍼질 거야. 그놈들은 순식간에 불어나거든. 그러니까. 더 번식하기 전에 숙주부터 잡아 죽여야 해."

나는 아침에 보았던 거대한 바퀴벌레를 떠올리며 치를 떨었다.

"아, 그 바퀴벌레요? 저도 어제 봤어요. 바퀴벌레. 어제 선배 집에서…."

"그래? 그럼 그놈이 맞을 거야. 어쨌든 무조건 잡아야 해. 꼭! 잡아 죽여야 해!"

나는 윤주와 함께 아파트로 돌아왔다. 혼자 바퀴벌레약을 설치하겠다고 했지만, 한사코 도와주겠다며 집까지 따라온 것이다. 내심 고맙기도 했지만, 은서와의 흔적이 고스란히 남아있는 둘만의 공간에 다른 여자를 들이고 싶진 마음은 없었다.

현관문이 열리고 내가 먼저 들어섰다. 신발을 벗고 바퀴벌레약이 담긴 비닐봉지를 식탁에 내려놓았다. 혹시나 하는 마음에 식탁을 확인했지만 그건 망상에 불과했다. 그래서 나는 뒤따라 들어오는 윤주에게 다시 한 번 아침밥을 챙겨준 것에 대한 고마움을 전해야겠다고 마음먹었다. 그런데 주변을 둘러보니 집 안이 뭔가 바뀐 것 같았다. 누군가 집을 깨끗하게 청소해놓았다는 느낌을 받았다. 내가 은서의 장례식을 치른 후 집 청소를 한 적이 있었던가? 곰곰이 떠올려보았지만 그런 기억은 없었다. 원래부터 깔끔한 집이었기에 깨끗할 수도 있었지만 분명 사람 손을 탄 청결함이었다. 불현듯 떠오르는 사람이 있지만 그 사람은 말이 안 됐다.

그때 윤주가 식탁 위에 핸드백을 내려놓았다. 그 소리가 크진 않았지만 내 허상(虛想)을 깨워주기엔 충분했다. 한순간 나는 은서에게 미안해졌다. 그리고 냉정하게 거절하지 못하고 집까지 데려온 윤주에게도 살짝 미안한 감정이 일었다. 서로 다른 감정의 미안함이었지만 이런 우유부단함이 다 내 책임에서 비롯된 것들이라 마음이 편치 않았다.

"선배, 빨리 설치하죠."

윤주가 비닐봉지에서 바퀴벌레약들을 꺼내며 말했다.

하얀 침대 시트 끝에서 가냘픈 더듬이 두 개가 이리저리 움직였다. 침대 구석 아래 쌓인 먼짓덩어리 위에서 잠들어 있던 은서 바퀴벌레는 반가운 목소리에 잠에서 깨어났다. 온종일 듣고 싶었던 그의 목소리였기에 반가움은 배가됐다. 기다리던 목소리를 듣고 깬 탓에 기분도 한결 상쾌해졌다. 그러나 그 목소리에는 불협화음 일으키는 외간 여자의 목소리가 섞여 있었다. 아니 이 날벼락 같은 소리는 뭐지? 은서 바퀴벌레는 놀란 가슴을 쓸어내리며 잽싸게 침대 위로 올라갔다. 조심스럽게 고개를 내밀고 거실 쪽을 바라보았는데 거실에 서 있던 여자는 은서도 알고 있는 여자였다. 가끔 은행에 들렀을 때 본 적이 있었다. 그와 같은 은행에서 일하는 여자였다. 젊고 몸매도 날씬하고 얼굴도 예뻤다. 갑자기 불길한 생각이 떠올랐다.

나는 윤주와 함께 집안 곳곳을 누비며 바퀴벌레약들을 설치했다. 내가 싱크대 밑바닥을 마지막으로 컴배트를 붙이고 얼굴을 빼내자 동시에 윤주 또한 식탁 밑에서 고개를 들어 올리며 기지개를 켰다.

"와. 이걸로 스무 개째예요. 이 정도면 한 마리가 아니라 수십 마리도 금방 잡겠는데요. 정말 도망가고 싶어도 못 갈 거 같은데요."

뿌듯한 얼굴의 윤주가 말했다.

"고마워, 이렇게까지 안 해줘도 되는데. 매번⋯."

이건 진심이었다. 아침부터 계속 고마웠으니까.

"에이. 선배. 그런 말이 어디 있어요. 별것도 아닌데요. 우리 밥이나 먹으러 가요. 일했으니까 오늘 저녁은 제가 낼게요! 고기로다가"

"아니야, 내가 살게."

"뭐예요. 선배. 완전 거지잖아요. 오늘 강도한테 있는 돈 다 뺏겨놓고선."

"봤어?"

완전범죄인 줄 알았는데 전혀 아니었나 보다.

"그럼요. 그래서 좀 멋있었다니까요."

윤주가 웃으며 살짝 떨리는 목소리로 답했다.

"그러니까 오늘은 제가 살게요. 선배. 제 기분도 있으니 오늘만큼은 꼭 제가 사게 해주세요. 알았죠?"

그러면서 동시에 내 팔을 살짝 잡아끌었지만 내가 주춤하며 돌아섰다.

"알았어. 먼저 나가 있어. 화장실 들렀다 나갈게."

나는 빠르게 화장실로 향했다. 어쩌면 이 방법이 그녀를 이 집에서 가장 빨리 내보낼 수 있는 유일한 방법일 수 있겠다는 생각이 들었다. 거기에 어제부터 오늘 아침, 그리고 지금까지 받아온 감사의 표시로 밥 한 끼 정도는 할 수 있지 않을까 싶었다.

은서 바퀴벌레는 갑자기 눈 앞에 펼쳐진 웃기지도 않는 막장 드라마 상황에 화가 머리끝까지 차올랐다. 진짜 제대로 된 막장이 되려면 바퀴벌레의 몸이 공룡만큼 커져야 했다. 그래야 온 도시를 쑥대밭으로 만들고 마지막에 처절한 복수까지 할 수 있었다. 하지만 그러기엔 아직 확인해봐야 할 것이 남았다. 은서 바퀴벌레는 조심스럽게 더듬이를 안테나처럼 움직이며 식탁 근처로 접근했다. 주변에 붙어있는 바퀴벌레 퇴치 도구들을 보니 더더욱 부아가 치밀어 올랐다. 그러나 이 정도로 잡힐 거였으면 환생조차 하지 않았을 것이다. 은서 바퀴벌레는 재빠르게 식탁 다리를 타고 올라가 윤주의 핸드백 안으로 들어갔다. 곧이어 윤주가 핸드백을 집어 들고 현관으로 향했다.

* * *

우리는 집에서 멀리 떨어지지 않은 가까운 고깃집으로 갔다. 가게 안은 이미 많은 사람으로 북적거리고 있었다. 나와 윤주는 안쪽에 자리 잡고 삼겹살 3인분과 콜라 한 병을 먼저 시켰다. 잠시 후 아르바이트생이 수시로 왔다 갔다 하며 기름장과 소금장, 쌈장, 쌈 채소 등을 차근차근 둥그런 테이블 위에 올려놓았다. 우리는 그 모습을 바라보며 간간이 접시 놓을 자리만 만들어주었다. 이윽고 마지막으로 나온 삼겹살이 불판 위에 얹어지자 없던 식욕이 절로 살아났다.

그사이 빈 의자에 올려놓은 윤주의 검정 핸드백 틈새에서 은서 바퀴벌레가 고개를 빠끔히 내밀고 주변 상황을 살피며 다음 행동을 어떻게 해야 할지 생각해보았다. 하지만 별다른 대안이 떠오르지 않자 핸드백을 보호막 삼아 숨어있는 게 지금으로선 가장 현명하다는 결론을 내렸다. 좀 더 상황을 지켜보고 난 뒤 움직이자는 판단이었다. 하지만 이 달콤한 삼겹살 냄새의 유혹은 도무지 참을 수가 없었다.

삼겹살이 노릇노릇하게 구워지고 있었다. 그동안 둘 사이엔 별다른 얘기가 오고 가진 않았다. 간간이 사무적인 얘기 외에 별 쓸모없는 말만 몇 차례 주고받았을 뿐이었다. 윤주가 다 익은 고기를 내 쪽으로 밀어주며 말했다.

"선배 많이 드세요. 오늘은 제가 사는 거니까!"

"고마워, 너도 많이 먹어."

나는 젓가락으로 잘 익은 고기 한 점을 집어 들었다. 그것을 기름장에 찍고 파무침까지 곁들여 굶주린 입속으로 밀어 넣었다. 솔직히 배가 너무 고팠다. 게다가 삼겹살은 정말 맛있었다. 하지만 달콤함은 그리 오래가지 못했다. 곧바로 미안한 감정이 용솟음치듯 치명적인 상처를 뚫고 나왔다. 혼자 잘 먹으니까 그리 기분 좋더냐. 갑자기 멍든 속이 쓰리고 아팠다. 그리고 알 수 없는 충동이 술을 마시라고 권하고 있었다. 술이 무척 고팠고 간절했다. 평소에 한 모금도 제대로 못 마시던 술이었는데 왜 이리 당기는지 모르겠다. 굳이 현실도피를 위한 변명이라도 좋다. 도저히 맨정신으론 남아있는 고기를 먹지 못할 것 같아서였다.

"이모! 여기 소주 한 병만 주세요."

내가 손을 들고 외치자 윤주가 놀라며 나를 말렸다.

"선배!! 왜 그래요. 술도 못하면서 무슨 소주를 시켜요. 시키지 말아요."

"어떤 걸로 드릴까요?"

앞치마를 두른 아주머니가 다가와 물었다.

"아니에요. 취소할게요."

윤주가 나 대신 아주머니에게 거절 의사를 전했다.

"아냐, 한 잔만 먹을게. 지금 꼭 먹고 싶어서 그래. 이모님 저기 참이슬로"

"그냥 참이슬로 드릴까요?"

윤주에게 완전히 돌아선 아주머니가 나만 바라보며 물었다.

"참이슬 후레쉬로 주세요."

"선배!"

낙심한 표정으로 나를 바라보는 윤주에게 그저 미소만 지었다. 잠시 딱하고 묘한 분위기가 흘렀는데 나는 애써 그런 분위기를 무시했다. 잠시 후 아주머니가 가져온 소주병을 받아 직접 내 소주잔에 따르려 했다. 갑자기 윤주가 소주병을 가로챘다.

"선배. 자작하면 앞에 있는 사람 3년 동안 재수 없다는 거 알아요? 이리 주세요."

윤주가 빼앗은 소주병을 들고 내 잔에 따라주었다.

"너도 한잔할래?"

"아니요. 전 됐어요."

윤주는 손사래를 치며 소주병을 내려놓은 대신 콜라가 든 유리잔을 들어 보였다.

그러는 사이 은서 바퀴벌레는 윤주의 핸드백에서 빠져나왔다. 막상 따라왔지만 별다른 게 없을뿐더러 대화 내용은 지루하기까지 했다. 뭔가 획기적인 연출이 필요했다. 그들을 골탕 먹일 수 있는 기발한 아이디어가 뭐 없을까 생각하다 순간 머릿속이 번쩍였다. 의자를 타고 바닥으로 내려온 은서 바퀴벌레는 벽 쪽으로 바짝 붙어 사람들에게 들키지 않게 조심스레 발걸음을 옮기며 고깃집 바닥을 누비기 시작했다.

술이 석 잔 들어가자 내 얼굴은 삼겹살을 올려놓아도 익어버릴 만큼 붉게 타올랐다. 거기에 정신은 슬슬 혼미해져 오락가락하고 있었다. 하지만 술을 마시면 마실수록 은서에 관한 생각은 더욱 간절해졌다. 그 간절함이 진한 그리움으로 바뀌어 눈앞에 있는 상대에게 열변을 토했다. 내가 왜 윤주에게 이런 이야기를 하고 있는지 나 자신도 이해할 수 없었다. 단지 마음만은 그 답을 알고 있는 듯했다. 또 술이 그걸 도왔다. 술은 간혹 아픔을 다스리는 약효이자 슬픔을 끌어내는 촉매제 역할이 되어주기도 하니까.

"넌 잘 모를 거야! 지금 내가… 내가 얼마나 아픈지…….."

윤주는 바로 앞에서 가슴을 쥐어뜯고 있는 동료 선배의 모습을 묵묵히 경청했다. 지금 그녀가 해줄 수 있는 건 단지 그것뿐이었다. 정작 본인은 어떤 내색조차 하지 못한 채 남의 얘기만 듣고 있었다.

바로 그때 뒤쪽에서 한 여자의 비명이 들려왔다.

"아! 바퀴벌레야! 으악! 바퀴벌레!!"

삽시간에 고깃집 안 모든 사람의 시선이 소리 지른 여자에게로 쏠렸다. 윤주 또한 그 여자에게 시선을 빼앗기기는 마찬가지였다. 하지만 유일하게 열별을 토하고 있는 나만은 끄떡없었다. 주변의 어떤 소음에도 아랑곳하지 않은 채 은서 이야기만 주야장천 해대고 있었다.

"그거 알아? 아픔은 추억으로 달래는 대도 한계가 있데. 그래. 추억은 다시 아픔을 떠올리게 하거든. 그러면 다시 가슴이 아파지고 그러면 또 다시 추억이 떠오르지. 또 그러면 다시 가슴이…. 잠깐만 아까 했던 얘긴가? 어쨌든 아픈 가슴은 추억으로 달래는 데 한계가 있데."

그때 또 다른 여자가 괴성을 지르며 벌떡 일어섰다. 이번에는 몸에

벌레라도 붙어있는 듯 사방으로 온몸을 흔들어대며 손으로 미친 듯이 털어댔다. 맞은편에 앉아있던 남자도 놀라서 일어나긴 마찬가지였다.

"으악! 바퀴벌레잖아! 아 어떻게! 어떻게! 시발 미친놈이!?"

순간적으로 여자의 입에서 욕이 불쑥 튀어나왔다. 도와주려던 남자의 얼굴이 그 자리에서 돌처럼 굳어버렸다. 방금까지 호들갑을 떨던 여자도 일순간 핏기가 사라진 얼굴로 상대방 남자를 쳐다봤다. 예측건대 이 둘의 옷차림이나 행동거지를 보아하니 소개받은 지 얼마 안 된 남녀 사이일 확률이 높았다. 그들 사이에 흐른 싸한 정적도 잠시 다시금 옆 테이블에서 40대의 남자가 벌떡 일어섰다. 그리고 그 옆에, 또 옆에, 또 옆 테이블로 전염되듯 우르르 일어서기 시작했다. 마치 야구장에서 파도타기 응원이라도 하듯 순서대로 일어났다.

"뭐야! 여기 고기에도 바퀴벌레가 있잖아!"

"여기! 사장, 누구야! 당장 나와! 어떻게 음식점에서 바퀴벌레가 이렇게 활보하고 다녀."

"아~ 더러워. 아줌마 이 고기 못 먹겠어요. 다시 환불 해주세요."

"으악- 어떻게 무서워 죽겠어. 어떻게."

순식간에 아수라장이 된 고깃집 손님들이 너나 할 것 없이 훌리건처럼 돌변하고 있었다. 조금만 더 있으면 곧 이성을 잃어버릴 개처럼 주인을 향해 으르렁거리기도 했다. 그런 와중에서도 나의 열변은 끝날 기미가 안 보였다.

"선배, 있잖아요."

윤주가 잠시 주변 상황을 환기하려 노력해보았지만 별 소용이 없었다.

"추억은 다시 아픔을 떠올리고 그러면 다시 가슴이 아파져. 그러면 또……."

그때 갑자기 말이 뚝! 끊기더니 그 자리에 철퍼덕하고 쓰러지고 말았다. 나는 둥그런 테이블 위에 얼굴을 처박고 잠들고 만 것이다. 당황한 윤주가 나를 흔들어 깨웠다.

"선배! 일어나 봐요. 선배!!"

그러나 나는 꿈쩍하지 않았다. 이미 소주 한 병으로 치사량을 초과한 상태라 어쩔 도리가 없었다. 거기에 엎친 데 덮친 격으로 고깃집 분위기는 점점 더 힘악해져 갔다. 환불 해달라고 손님들과 못 해주겠다는 사장과 종업원이 입구에서 대치하고 있었다. 나가려는 자와 막는 자가 서로 엉키면서 마치 시위 현장을 연상시켰다.

기다리다 못한 윤주가 자리에서 벌떡 일어나며 핸드백을 챙겼다. 여기 있다간 더 큰 봉변 당할지도 모른다는 생각에 다시 한번 나를 깨워 봤지만 절대 꿈쩍하지 않았다. 윤주는 겨드랑이 사이로 팔을 밀어 넣어 힘겹게 나를 부축하는 데 성공했다.

이런 혼란 속에도 유일하게 웃고 있는 이가 있었는데 그것은 바로 은서 바퀴벌레였다. 재빠르고 날렵한 바퀴벌레로서 사람들에게 밟히지 않을 정도의 속력을 유지하며 요리조리 피해 다녔다. 그리고 원래 자리로 돌아가려는데 윤주가 이미 핸드백을 들어 올려 복귀하지 못했다. 이제 은서 바퀴벌레에게 남은 선택지는 많지 않았다. 빨리 움직여야 했다. 어떻게든 달라붙어야 했다. 그때 눈앞에 현수의 구두가 보였다. 바로 그 위에 흰색 양말, 또 그 위에 검정 양복바지가 보였다. 은서 바퀴벌레는 잽싸게 그의 구두를 타고 올라가 주름진 흰 양말 한가운데 매달렸다.

나를 부축하고 일어선 윤주가 힘겹게 입구로 향했다. 입구에는 이미 탈출하려는 자들로 바글거렸다. 이 난관을 어떻게 뚫고 나갈 수 있을까 싶었지만 유일하게 고깃값을 지급하면 나갈 수 있을 것 같았다. 하지만 지금 상황에서 카드는 무용지물이었다. 전쟁 통엔 현금이 최고였다. 게다가 정신 나간 환불러들은 성난 황소처럼 입구를 미친 듯이 들이받았다.

윤주는 지갑에서 현금 5만 원을 꺼냈다. 한 손으론 나를 부축한 채 사람들이 모여 있는 입구까지 몸을 밀고 나갔다. 출퇴근길 지하철에서 억지로 사람들을 뚫고 내리듯 이리저리 몸이 부딪히며 앞으로 나아갔다. 어디선가 욕설도 들려오는 듯했다. 하지만 개의치 않고 계속 밀고 나갔다. 지금 당장은 이곳을 벗어나는 게 급선무였으니까. 윤주는 번쩍 손을 들어 노란색 지폐를 흔들었다.

"아주머니. 사장님. 여기! 여기요. 고깃값이요!"

윤주가 돈을 흔들자 그 모습을 본 주인아주머니가 빠르게 철옹성 같았던 방어벽 사이에 약간의 변형을 주었다. 우리를 통과시키기 위한 업그레이드된 지역방어를 펼치려는 듯했다. 그러자 앞쪽에서 조금씩 틈이 벌어지기 시작했다. 윤주는 그 틈 사이를 비집고 들어가 조금씩 전진해 나갔다. 간신히 전방을 향해 돈을 든 손을 뻗었고 주인아주머니의 손에 돈이 닿을 듯 말 듯 했다. 혹시나 실패하지 않을까 걱정했지만 그럴 필요는 없었다. 주인아주머니는 절대 놓치는 법이 없는 맹금류처럼 단숨에 윤주의 손에서 돈을 낚아채 갔다. 그리고 다시 한번 기적 같은 몸놀림을 선보이며 업그레이드된 수비벽에 또 다른 변형을 주었다. 일순간 모세가 홍해 가르듯 눈앞에 입구가 마법처럼 벌어졌다. 곧이어 윤주는 나를 데리고 기민한 몸놀림으로 고깃집 입구를 빠져나왔다. 그 뒤를 따라 나오려던 환불 양체족들은 주인아주머니가 쳐놓은 강력한 그물에 밀려나며 다시 가게 안으로 들어갔다. 윤주는 이제 나를 등에 업었다. 축 늘어진 몸이라 끌고 가느니 업는 게 더 낫다는 판단에서였다.

"선배. 근데, 생각보단 가볍네요. 남자라 엄청 무거운 줄 알았는데."

힘든 표정의 윤주가 얕은 미소를 지으며 말했다.

"은서야… 가지 마… 은서야, 은서야……."

나는 감성에서 흐르는 말만 자꾸 되풀이했다.

"저기, 선배. 아니. 박현수 씨. 나 정말 이러면 안 되는 거 아는데……."

윤주의 눈가에 눈물이 살짝 일렁이는 듯했지만 떨어지진 않았다. 힘없이 고개를 내저었고 앙다문 입술이 서글퍼 보였다. 잠시 머뭇거리다 꼭 깨문 입술을 다시 열고 말을 이었다.

"은서 언니에겐 정말 미안한 얘기지만 자꾸 나한테는 이게 기회란 생각이 들어요. 이러면 안 되는 걸 알면서도. 나 참 쓰레기 같죠. 그런데 이 기회를 정말 놓치고 싶지 않네요."

은서 바퀴벌레는 윤주가 고깃집에서 사투를 벌이던 순간부터 계속 잡고 있던 흰 양말의 주름을 더 세차게 그러쥐었다. 바퀴벌레의 얼굴에 알 수 없는 표정이 떠올랐다. 그 표정은 흰 양말과 대비되는 바퀴벌레의 색만큼이나 상반되어 보였다.

* * *

아파트에 도착한 윤주는 나를 침대에 눕히고 이마에 맺힌 땀방울을 닦아냈다.

"선배…. 미안해요."

나는 여전히 은서의 이름을 웅얼거리고 있었다. 그 모습에 차마 발걸음을 떼지 못한 윤주였다. 지켜보고 있는 것만으로도 마음이 쓰렸다. 그렇지만 지금 그것 말고 할 수 있는 게 없다는 걸 그녀는 누구보다 잘 알았다. 그냥 그렇게 침대 옆에 구겨져 있던 이불을 끌어다 덮어주는 게 다였다.

"갈게요. 선배."

아쉬움을 뒤로한 채 윤주가 아파트를 나섰다.

윤주가 아파트를 나가자 양복바지 끝에서 대롱대롱 매달려 숨죽이고 있던 은서 바퀴벌레가 밖으로 기어 나왔다. 곧이어 문 닫히는 소리가 들리고 은서 바퀴벌레는 실제 은서 본연의 모습으로 돌아왔다. 혼의 모습으로 변한 은서는 침대 옆에 서서 그의 모습을 담담한 눈빛으로 바라봤다. 화를 다스려야 할 것 같았지만, 오히려 측은한 마음만 들었다. 잠시 망설이다 이내 침대의 빈자리를 자신의 혼으로 채웠다.

반복되는 삶

언제나 그렇듯 시간은 나와 상관없이 흐르고 삶은 계속된다.

주말 아침, 잠에서 깨어난 뒤 나는 부스스한 머리를 긁적이며 거실로 향했다. 혹시나 하는 마음으로 식탁을 봤다. 설마 오늘도 우렁각시가 다녀가지 않았을까? 그때 눈 앞에 펼쳐진 광경은 상상과 틀리지 않았다. 식탁 위에는 아침밥이 차려져 있었다. 식탁으로 다가간 나는 밥상보를 걷어냈다. 깔끔하게 차려진 조반(朝飯)은 밥과 북엇국을 주메뉴로 간단한 밑반찬들이었다. 나는 멍한 표정으로 식탁 의자를 빼낸 뒤 자리에 앉았다. 앉은 자리 위에는 노란색 포스티지 한 장이 붙어있었다. 나는 포스티지를 식탁에서 떼어내 안에 쓰인 글씨를 읽었다.

선배! 술도 못 마시면서 그만 좀 마셔요!

내 예상이 틀리지 않았다는 사실에 피식 웃음이 났다. 역시나 우렁각시의 존재는 윤주였다. 아침밥이 차려져 있던 전날 밤에는 항상 윤주가 우리 집에 있었다는 전제가 따라붙었다. 우렁각시가 윤주였다니. 고마운 마음보다 미안한 마음이 컸다.

*　*　*

한 시간 전, 은서는 식탁 의자에 앉아 포스티지에 무언가를 쓰고 있었다.

술도 못 먹으면 그만 좀 처먹어라!

고민 끝에 포스티지를 꾸겨버리고 새로운 포스티지를 꺼내 다시 썼다.

술도 못 먹으면 그만 좀 마셔라.

이번에도 포스 테이지 위에 똑같이 써놓은 채 한참을 머뭇거렸다. 그렇게 고심하던 끝엔 은서는 끝에다 '요'자를 붙여봤다. *'그만 마셔요!'* 마지막 문장이 존댓말로 바뀌었다. 완성된 문장을 보자 나름 만족스러웠다. 그래도 뭔가 부족해 보이기는 했지만 나름 고민하다 다시 문장 맨 앞에 호칭을 붙였더니 나름 괜찮아 보였다. 은서는 새로운 포스티지를 꺼내 깔끔하게 다시 썼다.

선배! 술도 못 마시면서 그만 좀 마셔요!

*　*　*

아침밥을 먹고 나자 기분이 한결 좋아졌다. 하지만 그 기분은 오래가지 않았다. 이 집에서 은서 없이 처음 맞는 주말이었다. 우리는 주말 아침마다 극장을 찾았다. 평범한 커플처럼 즐겁게 조조영화를 봤고 언제나처럼 그녀의 작품이 직접 스크린에 걸리는 날을 상상하며 웃음꽃을 피웠었다. 그리고 나는 항상 그날이 머지않을 거라고 말하곤 했었다. 하지만 이제 그날은 오지 않을 것이다. 그날 본 영화를 가지고 서로 열띤 토론을 하던 날도 영화 친구도 사라졌다. 평범하게 반복되던 일상이 이제는 반복되지 않는 과거 속으로 사라져갔다.

나는 베란다로 가서 커다란 종이상자를 들고 왔다. 아무도 시키지 않았는데 그냥 이래야 할 것만 같았다. 종이상자를 든 채 은서의 작업실로 향했다. 은서의 사적인 채취만이 가득한 공간에 나는 단단히 마음먹고 발을 들여놓았다. 하지만 막상 들어서자 숨이 턱 막히고 갑갑해졌다. 코끝을 간질이는 은서의 채취가, 눈을 자극하는 은서의 흔적들이 나를 옥죄어왔다. 작고 아담한 은서의 작업실은 간단하게 옷장과 조그마한 화장대, 작업용 컴퓨터 정도만 배치돼 있었다. 호흡을 가다듬고 우선 컴퓨터 쪽으로 향했다. 작업용 책상 위엔 뿌옇게 먼지 쌓인 검은색 모니터가 보였다. 바로 아래에는 당연하게 키보드가 놓여있었는데 바로 그 위에 커다란 집게로 집혀 있는 두터운 A4지 뭉치가 보였다. 은서의 시나리오였다. 첫 번째 초고가 유작이 되어버린 미완의 시나리오. 80페이지 정도 되는 두께에 맨 앞장 정중앙에 검정 글씨로 〈이별 여행〉이란 제목이 큼지막하게 쓰여 있었다. 그 밑으로 좀 더 내려가자 작은 글씨로 '각본 이은서'라는 글씨가 눈에 띄었다. 순간 울컥 목이 메었다. 정말 이것이 그녀의 마지막 작품이란 말인가? 아직 피지 못한 꽃봉오리 아래 꺾여버린 줄기를 보니 너무나 가혹했다. 그런데 제일 아래 하얀 여백을 무색하게 만드는 펜글씨 몇 줄이 쓰여 있었다. 나는 시나리오를 들고 글을 읽어보았다.

박현수 씨! 이거 꼭 읽고 평가해줘. 내 첫 작품의 반은 다 오빠와 함께한 것이야. 누구보다 오빠가 가장 먼저 봐주길 바라. 그리고 오빠의 평가를 가장 먼저 듣고 싶거든. 무슨 말인지 알지? 장담컨대 정말 기대해!

-오빠가 가장 사랑하는 천재 작가 은서가-

순간 그 자리에서 굳어버렸다. 나는 어떤 생각도 못 한 채 하염없이 터져 나오는 눈물을 참을 수 없었다. 게다가 숨을 쉴 수 없어 자꾸 꺽꺽거렸고 조여 오는 숨통은 슬픔 속에 갇혀 계속 갑갑해져 갔다. 이곳에 조금 더 있다가는 죄책감에 숨이 막혀 질식해버릴 것 같았다. 나는 어쩔 수 없이 시나리오를 원래 자리에 내려놓고 작업실을 뛰쳐나왔다. 거실은 그나마 괜찮았다. 하지만 여기도 은서의 채취가 묻어 있기는 마찬가지였다. 그 생각이 다시 들자 먹먹한 감정이 출렁였다. 슬픔을 이기는 하나의 방법은 가끔 맞서 싸워 보는 것이었다. 흠씬 두들겨 맞다 보면 알아서 주저앉는 일도 있었다. 그러나 지금은 잠시 슬픔을 따로 놔두고 짧은 시간이나마 숨을 돌리고 싶은 이기적인 마음이 간절했다. 나는 침실로 달려가 운동복을 꺼내입고 곧장 밖을 나섰다. 그냥 아무 생각 없이 가까운 공원에 가서 미친 듯이 달려댔다. 그러면 잠시 잊히리라는 착각 속에서 열심히 뛰었다.

* * *

은서 바퀴벌레는 그가 나가는 소리에 놀라 침대 밖으로 나왔다. 섣불리 바퀴벌레의 모습으로 다가갈 수 없기에 어떤 방법으로 자신을 알릴 수 있을까 골똘히 생각해보았다. 자연스레 본연의 모습으로 돌아온 은서는 거실을 주변을 살펴봤다. 그리고 집안 이곳저곳을 돌아다녀 보기도 했다. 그러다 문득 자신의 작업실 바닥에 떨어져 있는 종이상자가 눈에 들어왔다. 상자를 보자 불쑥 찾아든 서운한 감정이 일렁였다. 왠지 자신을 저 작은 상자 안에 모조리 담으려고 했다는 것에 서운한 감정이 드는 것도 어쩔 수 없는 사실이었다. 은서는 조심스럽게 자신의 작업실로 들어섰다. 아직 상자 안에는 아무것도 담겨 있지 않았다. 하지만 컴퓨터 쪽으로 시선을 돌렸을 때 키보드만큼은 달랐다. 그 위에 놓여있던 자신의 시나리오가 원래 자리에서 이탈해 있었다. 은서는 시나리오를 손으로 집어 들고 자신이 작업했던 첫 표지를 바라봤다. 그곳엔 제목과 자신의 이름이 변함없이 쓰여 있었다. 그 아래 손수 쓴 펜글씨도 그대로였다. 그런데 거기엔 예상치 못한 충격이 있었다. 문장 한가운데 물방울무늬가 번지듯 새겨져 있었다. 한지에 수묵화를 뿌려 놓은 듯 몇 개의 눈물 자국이 하얀 종이 위에 먹처럼 바래져 있었다. 그러자 은서의 눈에도 커다란 눈물방울이 흘러내렸다. 몇 시간이나 지났을까 계속 그 자리에 주저앉아 눈물만 훔쳐내던 은서는 슬슬 그가 걱정되기 시작했다. 문득 그가 돌아오긴 전까지 자신이 돌아왔다는 걸 어떻게든 증명해야 하지 않을까 하는 생각이 절실해졌다. 갑자기 자리에서 벌떡 일어난 은서는 성큼성큼 화장대 앞으로 다가갔다. 그곳엔 자신이 예전에 쓰던 화장품들이 놓여있었는데 개수가 많진 않았지만 그래도 꼭 필요한 화장품들이었다. 그중에서 자신의 가장 아끼던 립스틱을 하나 집어 들고 뚜껑을 열었다. 그 안에는 새것 같은 붉은 루주가 삐죽 튀어나왔다. 갑자기 붉은색을 보자 장난기가 발동했다. 은서는 립스틱을 들고 화장대 거울 한가운데 커다랗게 글을 쓰면서 입으로 따라 읽었다.

"나는 네가 지난밤에 한 일을 알고 있다."

왠지 공포영화를 보는 듯 섬뜩하면서도 오싹한 기분이 들었다. 은서는 피식 웃고 휴지로 썼던 글을 지운 뒤 다시 '배신자'라고 썼다. 붉은색 글씨가 마치 피로 새긴 글씨처럼 강렬했다. 하지만 너무 공포 분위기라 분위기 전환 차 다시 지우고 '사랑해'라고 써봤다. 그런데 이미 공포 쪽으로 분위기를 몰아놔서 그런지 왠지 스토커 같다는 느낌이 들었다. 몇 번을 썼다 지우기를 반복하며 웃었다. 하지만 이런 유치한 장난도 30분을 넘어가자 슬슬 지겨워지기 시작했다. 시계를 바라봤다. 벌써 오전 11시가 넘었지만, 여전히 그는 나타날 기미를 보이지 않았다. 이젠 어쩔 수 없이 점심을 준비해야겠다는 생각이 들었다. 뭘 만들어줄지 궁리하던 은서는 베란다로 가서 이것저것 뒤져보다 대여섯 개 정도의 고구마를 발견했다. 은서는 고구마를 싱크대로 가져와 깎고, 썰고, 묻히며 기름에 튀기기 시작했다. 한동안 요리에 매진했더니 비어 있던 바구니가 한가득 튀겨진 고구마로 차곡차곡 쌓이기 시작했다. 잠시 후 모든 작업을 마무리한 은서는 고구마튀김을 밥상보로 덮어 두고 다시 시계를 쳐다봤다. 벌써 12시 반, 3시간이 훌쩍 지났는데도 그는 아직이었다.

* * *

나는 집을 나선 뒤 가장 먼저 달리기부터 시작했다. 한 1시간쯤 달렸을까. 그래도 진정되지 않는 마음은 여전했다. 다시금 마음의 여유를 찾고자 달리기보다는 산행이 낫단 판단 아래 아파트 단지 뒤쪽에 있는 야산으로 진로를 바꿨다. 그나마 산행은 효과가 있었는지 진정되지 않을 것만 같던 마음도 자연 앞에선 조금씩 수그러드는 것 같았다. 그렇게 5시간에 걸친 바깥나들이가 꽤 흡족했다.

오후 2시가 다 되어서야 집에 도착한 나는 현관문을 열고 집 안으로 들어섰다. 기대했던 대로 오전 같은 갑갑함은 많이 사그라진 상태였다. 평정심을 되찾은 결과 생각했던 것보다 훨씬 차분해졌음을 깨달았다. 나는 한결 가벼워진 마음으로 현관에서 신발을 벗었다. 그런데 집안에서 들려오는 소리 때문에 기겁할 수밖에 없었다. 그건 분명 샤워 소리였다. 나는 널뛰는 심장을 부여잡고 최대한 소리가 나지 않도록 문을 닫았다. 신발을 조용히 벗어둔 뒤 주변을 살피며 몽둥이가 될 만한 것부터 찾았다. 식탁 옆에 알루미늄으로 된 대걸레 하나가 보였다. 그것을 집어 든 나는 살금살금 화장실로 향했다. 그러던 중 가는 길 왼편에 식탁이 눈에 들어왔다. 식탁 위에는 밥상보가 덮여 있고 그 아랜 얼핏 은서가 가끔 만들어주었던 고구마튀김이 보였다. 갑자기 머릿속이 복잡해졌다. 분명 아침밥을 차려준 것은 윤주였고 그럼 우리 집에서 요리를 할 수 있는 사람도 그녀뿐이었다. 하지만 고구마튀김은 은서가 가끔 해주었던 몇 안 되는 요리였다. 이게 말이 되나? 그럼 분명 요리를 한 윤주가 우리 집에서 샤워하고 있다는 말인데 도저히 이해되지 않는 상황이었다. 나는 조심스럽게 발걸음을 옮기며 화장실 앞에 도착했다. 화장실 문틈 사이로 하얀빛이 새어 나왔다. 나는 문을 열기 전 예의를 지켜보려 작은 목소리로 물었다.

"윤주니?"

물어보면서도 말이 안 되는 상황이 당황스러웠다. 바로 그때 화장실 안에서 샤워기가 바닥으로 떨어지는 둔탁한 소리가 났다.

"누구세요? 윤주 아니야?"

당황한 나는 다시 한번 신분을 확인했다. 하지만 아무런 대답도 들리지 않았다. 말도 안 되는 상황에 나는 에라 모르겠다는 식으로 화장실 문을 박차고 들어갔다. 그런데 화장실엔 아무도 없었다. 바닥에 떨어진 샤워기에서 물줄기가 분수처럼 거꾸로 뿜어져 나오고 있을 뿐이었다. 마치 귀신에라도 홀린 것 같아 그 자리에서 멍하니 뿜어져 나오는 샤워기의 물줄기만 쳐다봤다. 그런데 그때 시커먼 무언가가 내 쪽으로 달려오고 있었다. 빠르고 작은 물체. 젠장! 또 그 바퀴벌레였다. 이놈의 바퀴벌레가 또다시 화장실에 나타났다. 바퀴벌레가 샤워라도 했단 말인가? 말도 안 되는 상황에 기가 막혀 있는 사이 바퀴벌레가 나를 조롱이라도 하듯 내 다리 사이를 유유히 지나 거실로 도망쳤다. 제기랄! 이번만큼은 절대 놓치지 않으리라. 나는 필사적으로 몸을 돌려 바퀴벌레를 쫓았다. 대걸레의 걸레 부분을 바닥에 내린 채 엄청난 속도로 분노의 대걸레질을 해댔다. 바퀴벌레도 살기 위해 속도를 늦추지 않았는데 이 바퀴벌레! 정말 잘 피해 다녔다. 바닥에 붙어있던 컴배트는 그냥 장식에 불과했다. 아래로 지나가기는커녕 그 위로 펄쩍 뛰어 비웃듯이 밟고 지나가기 일쑤였다. 나는 속이 부글부글 끓어 올랐지만 엄청난 대걸레질도, 바퀴벌레 퇴치제도 그 바퀴벌레에겐 소용없었다. 바퀴벌레는 승리를 예감한 듯 잠시 멈춰 서더니 나를 향해 약을 올리는 자세를 취해 보이고는 재빨리 뒤돌아 싱크대 밑으로 사라져버렸다. 극도의 스팀이 머리 뚜껑을 뚫고 나올 만큼 열을 받았다. 숨이 턱까지 차올라 씩씩거리기까지 했다. 나는 곧바로 전화기부터 집어 들었다.

"114죠? 저기 바퀴벌레 퇴치하는 회사 좀 연결해주실래요!?"

11

이상한 바퀴벌레 헌터

　나는 빠르게 샤워를 마친 후 반소매, 반바지 차림으로 갈아입고 바퀴벌레 헌터가 오기만을 기다렸다. 30분 전 도착하기로 했던 바퀴벌레 헌터는 30분이 지나도록 깜깜무소식이었다. 나는 식탁 위에 앉아서 바퀴벌레 헌터가 도착하기만을 초조하게 기다리며 윤주가 만들었을 거라 짐작되는 고구마튀김을 한입 베어 물었다. 바로 그때 희망 가득 찬 초인종 소리가 울렸다. 나는 한껏 기대에 부푼 맘으로 인터폰을 들었다. 그러자 인터폰 화면에 바퀴벌레 헌터의 얼굴이 떴다.

　"누구세요?"

　화면을 통해서 보이는 그의 얼굴은 심하게 왜곡되어 보였다. 얼핏 콧수염도 보이는 듯했지만 정작 얼굴을 카메라 쪽으로 너무 들이밀어 자세히 보이지 않았다. 단지 화면에는 코주부처럼 뭉뚝한 코만 심각하게 강조되었을 뿐이었다. 도저히 화면에 비친 인상만으론 어떤 사람인지 짐작하기가 쉽지 않았다.

　"인터내셔널 헌터스에서 온 해충 방제전문가 바퀴벌레 헌터입니다."

　나는 바퀴벌레 헌터라는 말에 문을 열어주고 반가운 마음에 악수부터 청했다. 실제 드러난 모습은 큰 키에 하늘색 바지와 반소매를 받쳐 입고 겉에는 초록색 모자와 조끼를 걸치고 있었다. 모자와 조끼 한가운데는 '인터내셔널 헌터스'라는 하얀 글씨가 영어로 새겨져 있었다.

"잘 오셨습니다. 우리 집에 정말 커다란 바퀴벌레 한 마리가 있는데….."

"쉿!"

그가 갑자기 내 입에 검지를 갖다 대며 말을 막았다. 나는 바퀴벌레 헌터의 기습적인 행동에 적잖이 당황했다. 그러나 전문가적 견지를 존중해줘야 한다는 판단하에 그의 행동을 묵묵히 지켜보기로 했다. 그는 간단한 인사치레도 하지 않은 채 곧바로 제 일에 착수했다. 차라리 어색한 대화로 이어지는 방식보다야 이런 식의 프로정신이라면 이편이 훨씬 나았다. 나로서는 굳이 마다할 이유가 없었다. 그는 거실에 발을 딛자마자 자세를 낮추고 예리한 눈초리로 주위를 살폈다. 그런데 뒤에서 그 모습을 보고 있자니 어딘가 조금 우스꽝스러워 보였다. 약간은 어설퍼 보이기도 했고 등 뒤에는 농약 살포기처럼 생긴 작은 통마저 매고 있었다. 게다가 다소 마른 체격과 긴 얼굴은 어딘가 낯이 익은 듯한 인상을 풍겼는데 딱 영화 옛날 〈나 홀로 집에〉 나오는 키 큰 좀도둑 마브를 쏙 빼닮은 거 같았다.

그때 바퀴벌레 헌터가 전방만 주시한 채 뜬금없이 말을 건넸다.

"저를 믿으셔야 해요. 저의 직감은 세계 최고를 자부하죠. 세계 최고의 회사에서도 인정한 최고의 직감입니다. 지금 이 집에는 분명 바퀴벌레가 있습니다. 맞죠?"

살짝 당황스러웠다. 당연히 바퀴벌레가 있어서 부른 건데!

"네. 그렇긴 한데….."

"쉿! 대답하지 말아요. 바퀴벌레는 사람 소리에 매우 민감하게 반응해요. 바퀴벌레와 교감할 수 있는 건 오로지 저뿐입니다."

자세를 낮추고 거실로 향하던 바퀴벌레 헌터가 갑자기 교감을 시도

하는 듯 혼자서 '찍-찍-'거리는 이상한 소리를 냈다. 나는 이 상황을 어찌 받아 드려야 할지 난감했지만 단지 바퀴벌레만 잡아주면 만사형통이지 않은가. 그것만 성공할 수 있다면 어떤 방법이든 상관없었다. 그런데 그때 갑자기 그가 식탁 앞에서 우뚝 멈추어 서다니 잠시 식탁을 살피다 말도 없이 고구마튀김 하나를 집어 먹기 시작했다.

"이봐요? 지금, 뭐 하시는 거예요? 바퀴벌레 안 잡아요?"

그의 기이한 행동에 발끈한 내가 물었다.

"워워, 기다리세요. 지금은 때가 아닙니다. 곧 나올 거예요. 곧 있으면…. 제가 아까 말씀드렸죠? 저의 직감은 세계 최고를 자부합니다."

바퀴벌레 헌터가 고구마튀김을 우걱우걱 씹으며 말했다.

'뭐지 이런 거지 같은 놈은….'

내가 이런 생각을 하고 있을 때 불쑥 싱크대 밑에서 진짜 바퀴벌레가 튀어나왔다. 화들짝 놀란 나는 침대 밑으로 쏜살같이 내달리는 바퀴벌레를 가리키며 소리쳤다. "저기! 방금 바퀴벌레가 지나갔어요. 봤어요? 빨리!"

나는 호들갑을 떨며 바퀴벌레 헌터를 재촉했다.

"봤죠? 자, 그럼 시작해 볼까요."

여전히 입 안 가득 고구마를 우물거리며 서 있던 바퀴벌레 헌터가 여유롭게 침실 쪽으로 걸어갔다. 나는 당연히 그가 침대 밑을 뒤질 거로 생각했는데 그러기는커녕 방 한가운데 우두커니 서서 조끼 안쪽에 손을 넣고 무언가를 뒤적거렸다.

'뭐 하는 거지?'

잠시 후 조끼 안쪽에서 마스크를 하나를 꺼내 자기 얼굴에만 뒤집어쓰더니 아무런 예고도 없이 연막살충제를 온 방에 무차별 살포하기 시작했다. 앞뒤 좌우 가리지 않고 빙글빙글 돌려가면서 마구 뿌려댔다. 순식간에 집안 전체가 새하얀 연기로 가득 찼으며 방역할 때 뿌리는 소독약 냄새가 진동했다. 순간적으로 눈이 매워지고 사레 걸린 듯 목구멍에선 계속 기침이 새어 나왔다. 나는 간신히 연기를 헤치며 그에게 다가갔다.

"뭐 하는 거예요. 지금."

콜록거리며 내가 물었다.

"이건 친환경 살충제입니다. 걱정하실 거 없습니다. 피부에는 무해하니까요!"

그가 마스크를 살짝 내리며 말했다. 서서히 연기가 베란다를 통해 밖으로 빠져나가기 시작했다.

"그리고 이 정도론 바퀴벌레는 절대 죽지 않습니다. 저의 직감으로 보건대 바퀴벌레는 지금 기절해 있을 겁니다. 확신합니다. 약효가 오래 가진 않겠지만 반나절 정도는 끄떡없을 거예요. 하지만 그 후에는 다시 살아나겠죠."

"그럼 빨리 잡으러 가시죠. 기절했으니까 깨어나기 전에 잡는다면."

"오늘 제 업무는 여기까지입니다."

"네?"

바퀴벌레 헌터가 현관으로 향했다. 당황한 나는 달려가 그를 붙잡았다.

"이봐요! 아니. 잠깐만요. 기절했다면서요. 그럼 마저 가서 찾아 죽여야죠. 마무리는 하고 가야 하잖아요. 지금 가시면 기절해 있는 바퀴벌레는 누가 잡아요?"

"오늘은 아름다운 주말 저녁이에요. 추가 근무는 없습니다. 오늘 제 업무는 정확히 여기까지입니다. 찾는 건 고객님께 맡기겠습니다."

기가 막히고 코가 막힐 정도로 황당한 바퀴벌레 헌터는 위풍당당하기까지 했다.

"아니. 그럼….""

"저희는 업무시간을 준수합니다. 저희는 세계 최고를 자부하는 바퀴벌레 헌터니까요. 그리고 저는 그중에서도 세계 최고의 바퀴벌레 헌터이기도 하니까요."

그가 조끼 앞주머니에서 명함을 꺼내 내밀며 말을 이었다.

"여기 제 명함입니다. 제가 워낙 바빠서 스케줄을 조정할 수 있을지는 모르겠지만 아마 3일 후쯤에는 다시 찾아뵐 수 있을 겁니다. 세계 최고인 저를 찾는 사람들이 너무 많은 관계로 시간을 많이 빼 드리진 못하지만, 꼭 찾아뵐 수 있도록 노력하겠습니다. 그럼. 이만 가보겠습니다."

바퀴벌레 헌터는 이 말만을 남기고 진짜 집을 나섰다. 너무 기가 차서 이젠 그를 잡을 힘조차 남아있지 않았다. 그가 현관문을 열고 나가려다 살짝 돌아섰다.

"아! 그리고 제가 다시 돌아왔을 때는 꼭 바퀴벌레가 잡혔길 기원하겠습니다."

현관문이 철커덕 닫혔다.

"아냐. 뭐 저런 미친놈이 다 있지."

나는 얼빠진 얼굴로 잠시 현관을 바라보다 방안으로 돌아왔다. 식탁 위에 놓인 고구마튀김이 안쓰러워 보였다. 손끝으로 살짝 집어 올리자 약품 처리된 음식물처럼 미끄덩거렸다. 소독약 냄새가 깊이 배어 이젠 쓰레기통으로 직행해야 할 처지였다. 나는 그 후로 1시간 동안 집안 곳곳을 샅샅이 뒤지고 다녔다. 하지만 바퀴벌레의 형체도 발견하진 못했다. 헛수고였다.

한편 은서 바퀴벌레는 놀라지 않을 수 없었다. 간신히 침대 밑으로 피신하긴 했지만 하얀 폭풍이 몰려드는 바람에 살충제를 피하기는 어려웠다. 자신을 덮친 어마어마한 약 성분 때문에 이미 몸은 반 이상 취해버렸다. 과도한 약물 주사를 맞은 탓에 점점 코마 상태에 이르는 것 같았다. 그만큼 위험천만한 상황이었다. 비틀비틀 힘겹게 침대의 철제 다리 뒤쪽으로 기어들어 간 은서 바퀴벌레는 근처에 뭉쳐있는 먼지 뭉텅이 속으로 깊숙이 파고들었다. 그녀는 그곳에서 정신을 잃고 깊은 잠에 빠져들었다.

재회

저녁은 혼자서 간단하게 차려 먹었다. 달걀부침을 한 다음 그릇에 간장과 참기름, 밥을 넣고 간장 계란밥을 비벼 먹었다. 어릴 적 이런 식으로 간소하게 밥 한 끼 때우던 시절을 생각하면 어른이 된 후 이렇게 먹어보긴 정말 오랜만이었다. 나는 노트북을 꺼내 인터넷을 켰다. 30여 분간 인터넷 뉴스, 스포츠 기사, 유튜브 등을 봤다. 기본적인 하루의 정보를 대부분 확인하고 나니 슬슬 따분해지기 시작했다. 나는 오른쪽 아래 있는 메신저를 불러왔다. 메신저를 켜자 아이디와 비밀번호를 요구했고 아이디와 비번을 입력하자 광고 창 하나와 함께 온라인으로 접속된 친구들이 보였다. 나는 노란불이 켜진 그들을 차근차근 훑어봤다. 고등학교 동창, 학교 선, 후배 등 별로 달갑지 않은 사람들이 온라인 상태로 있었다.

딩동! 아프로디테 님이 로그인하셨습니다.

바로 그때 오른쪽 아래에 로그온 표시가 떴다. 아프로디테의 아이디 주인공은 윤주였다. 나는 그녀의 메신저 창을 띄웠다. 그러자 대화명이 눈에 들어왔다.

"If it's hard, lean on me. 힘들면 나에게 기대? 뭐지? 노래 제목인가?"

무심코 대화명을 읽다가 문득 아침밥 사건이 떠올라 직접 물어보기
로 했다.

> [현수]　　앞으로 뒤태!

우선 분위기 차원에서 채팅창에 아이디 개그를 선보였다.

> [아프로디테]　　뭐예요? 재밌어요?
> [현수]　　안 웃겨?
> [아프로디테]　　재미없어요.
> [현수]　　음… 미안 ㅠㅠ

바로 물어볼 걸 그랬나. 아이디 개그는 신통찮았다.

> [현수]　　맞다. 나 물어볼 거 있어.
> [아프로디테]　　뭔데요?
> [현수]　　오늘 정말 고마웠는데. 점심때 뭔가 이상한 일이 있어서.
> [아프로디테]　　뭐가 이상해요?
> [현수]　　혹시… 윤주야 이상하게 듣지 마.

내가 잠시 뜸을 들였다.

> [아프로디테]　　선배는 항상 이상했어요. 그니까 그냥 말해요.
> [현수]　　그래? 그럼 너 점심때 우리 집 와서 샤워했어?

잠시 답장이 없었다. 황당한 질문이었지만 내 예상이 맞아가는 듯했다.

[아프로디테]	선배! 정말 괜찮은 거 맞죠?
[현수]	어. 나는 괜찮아.
[아프로디테]	제가 미쳤어요! 왜 선배 집에서 샤워해요?
[현수]	너 아니야? 점심때 우리 집 와서 고구마 튀겨놓고 샤워한 거?
[아프로디테]	제가 고구마는 또 왜 튀겨요? 선배 정말 괜찮은 거 맞죠?
[현수]	그럼 그것도 아니야? 아침에 밥 차려놓은 것도!?
[아프로디테]	제가요? 그럴 리가요. 전 그런 적 없어요.
[현수]	정말? 너 아니었어?
[아프로디테]	저 아니에요. 선배.

마른하늘에 날벼락 같은 소름이 온몸 전체를 훑고 지나갔다. 나는 목덜미가 싸해지는 느낌을 받았고 곧장 자리에서 벌떡 일어나 주위를 둘러봤다.

[아프로디테]	선배! 정말 괜찮은 거죠? 지금 제가 집으로 갈까요?
[현수]	아니야. 아무것도 그냥 내가 착각한 거 같아.
[아프로디테]	선배, 정말 말 상대라도 필요하면 얘기해요.
[현수]	고마워. 그냥 아무것도 아니야. 알아서 할게.

나는 채팅을 급하게 마무리하고 다시 한번 집안을 둘러보았다.

***

　새벽녘 은서 바퀴벌레는 어렴풋이 정신이 돌아오고 있었다. 너무 오래 잠들었던 탓에 시간개념조차 사라졌다. 은서 바퀴벌레는 고개를 절레절레 흔든 뒤 힘차게 몸을 뒤집었다. 어째 약에 취해서 잠이 들긴 했지만, 너무 오래 쉬어서 그런지 몸만큼은 개운한 느낌이었다. 온몸에 달린 6개의 다리가 대자로 펼치며 가벼운 스트레칭을 했다. 뻐근한 근육이 땅겨오자 온몸에 활력이 되살아나는 느낌이었다. 은서 바퀴벌레는 주변을 주의 깊게 살핀 뒤 침대 밖으로 기어 나왔다. 집안은 어슴푸레 어둠이 깔려 있었다. 하지만 베란다 창밖으로 내비쳐지는 하늘은 검보라색에서 서서히 붉어지고 있었다. 벌써 새벽을 지나 동틀 녘이었다. 은서 바퀴벌레는 그가 자고 있는지 확인하기 위해 침대부터 살폈다. 그는 이불을 머리끝까지 뒤집어쓰고 잠들어 있었다. 그 모습에 안심한 그녀는 다시 싱크대 쪽으로 향했다.

　나는 이불을 뒤집어쓴 채 귀만 쫑긋 세우고 새벽까지 기다렸다. 그런데 조금 전 아주 작은 소리가 들린 것 같았다. 아직은 정체를 드러낼 타이밍이 아닌 거 같아 조금 더 기다려보기로 했다. 다시 아무 소리도 들리지 않아 이불을 살며시 내리고 틈새로 어둑한 거실을 뚫어지게 응시했다. 아무것도 보이지 않았다. 그런데 얼마 후 아무도 없던 거실 한 가운데 갑자기 한 여자가 마술처럼 뿅 하고 나타났다. 나는 꿈인지 생신지 도저히 구분할 길이 없어 소릴 지를 뻔한 입을 간신히 틀어막았다. 다시 숨죽인 채 눈은 휘둥그레 뜨고 여자가 하는 행동을 유심히 지켜봤다.

　그가 자는 것을 확인한 은서 바퀴벌레는 희미한 연기와 함께 은서의 형체로 변신했다. 확실히 아직은 바퀴벌레일 때보다 사람일 때가 편했다. 그때 뒤쪽에서 부스럭거리는 소리가 들렸다. 침대 쪽에서 들린 거 같았지만 돌아보니 별다른 움직임은 없었다. 너무 어두워서 잘 안 보이기도 했다. 하지만 문제 될 건 없었다. 어차피 그가 깨어난들 내 몸은 사람에게 보이지 않았다. 은서는 프라이팬을 꺼내 가스레인지 위에 올려놓고 오늘의 요리로 샌드위치를 만들어야겠다는 생각에 냉장고에서 이것저것 필요한 재료들을 꺼냈다.

그때 나는 얼음처럼 굳어 있었다. 겁도 조금 났지만 정작 그녀가 누구인지 궁금한 게 더 컸다. 등을 돌린 채 무언가를 하고 있던 그녀가 내 쪽으로 돌아서 냉장고로 향했다. 그런데 그녀가 돌아선 순간 심장이 멎을 뻔했다. 내 눈이 틀리지 않았다면 그녀는 분명 은서였다. 나를 떠났던 은서가, 내가 사랑했던 은서가, 꿈조차 나에게 가혹한 장난이라도 치고 싶었던 것일까. 하지만 눈을 비벼도 살을 꼬집어도 그 모습은 사라지지 않았다. 오히려 그녀의 모습은 점점 선명해져 갔다. 그녀는 지금 내 눈앞에 존재하는 실체이자 진짜 은서였다. 지금, 이 순간에 어떤 말로도 형언할 수 없는 만감이 교차하고 있었다. 은서는 지금 싱크대에서 채소를 다듬고 있었고 나는 그녀를 지켜보고 있는 것만으로도 감격스러웠다. 나는 벅차오르는 감정을 억누르지 못한 채 침대에서 벌떡 일어나 그녀에게 달려갔다.

"은서야! 이은서! 너, 은서 맞지!"

나는 그녀에게 다가가기 전부터 이름을 외쳤다.

너무 놀란 은서는 들고 있던 프라이팬을 바닥에 떨어뜨렸다. 한순간 정지되었던 심장에 전율이 일었다. 곧바로 뜨거운 피를 공급받아 심장이 다시 요동치기 시작했다. 정녕 누군가를 위해 심장이 다시 뛰기 시작한 것이다. 하지만 동시에 혼란스럽기도 했다. 머릿속엔 저승사자의 말이 뇌리를 스쳤다.

'잊지 마라. 사람들은 널 볼 수 없어.'

어리벙벙한 표정의 은서가 그 자리에 서서 자신에게 달려오는 그를 바라만 했다.

"너 은서 맞지. 진짜! 이은서. 맞지!"

나는 눈에서 행복한 샘물이 마구 쏟아져 나왔다. 숨 쉴 겨를도 없이 다짜고짜 그녀를 와락 껴안았다. 그토록 그리웠던 그녀의 따뜻한 체온을 느끼고 싶었다. 나는 그녀의 얼굴을 사정없이 매만졌다. 그토록 보고 싶었던 그녀의 얼굴을 다시 만지다니 행복에 겨워 말을 잇지 못했다. 그렇게 붉게 떠오르는 새벽의 태양을 온몸으로 맞으며 한동안 그녀를 놓아주지 않았다.

다시 찾은 행복한 나날들

나는 아침 식사로 은서가 만들어 준 샌드위치를 그 자리에서 두 개나 먹어 치웠다. 지금 기분으론 쇠로 만든 샌드위치도 씹어먹을 만큼 행복했다. 끔찍한 절망으로 점철된 한 주간의 지옥 속에서 벗어나 다시 찾은 천국이었다.

우리는 그동안 서로에게 있었던 일에 대해 시간 가는 줄 모르고 얘기를 나눴다. 각자 떠나있을 동안 이승과 저승에 관한 이야기였다. 우선 그녀의 저승 이야기는 한편의 전래동화 같았다. 병원에서 저승사자를 만나 끌려갔던 이야기부터 그곳에서 만난 환생을 기다리는 사람들과 그리고 이곳으로 다시 오게 되기까지의 벌어졌던 기이한 사건들까지, 정말 상상에서나 나올 법한 이야기들을 쏟아냈지만 내 눈앞에 직접 바퀴벌레가 되어 돌아온 은서를 보고 있자니 굳이 믿지 못할 이유가 없는 이야기였다. 내가 사고 얘기를 다시 해줄 때 은서는 흥분했다. 바로 양아치 3인방 때문이었다. 결국 그들의 몹쓸 행태에 은서를 비롯한 수많은 사람이 목숨을 잃지 않았던가. 나는 그녀에게 그간에 사건이 어떻게 진행되었는지 말해줬다. 수많은 CCTV와 블랙박스들로 인해 마세라티의 차주가 누구인지 확인됐다. 하지만 차주의 아들은 종적을 감췄으며 현재 그들은 수배령이 내려진 상태였다. 잡히기만 한다면 분명 법적인 처분이 내려질 것이다. 사형이 답이었지만 그들에겐 가벼운 양형이 내려질 것은 불 보듯 뻔했다. 그래서 그냥 길 가다 날벼락이라도 처맞았으면 하는 생각도 들었다. 결국 폭력은 반복될 것이고 가해자는 미래에 더 큰 범죄자가 될 것이 자명했으니까. 인간은 절대 변하지 않는다. 범죄자는 계속 범죄를 저지르기 마련이었다. 이 이야기가 진정한 동화로서 완성되려면 권선징악이 실현되고 그들은 악당처럼 천벌을 받아야 마땅했다. 그게 세상의 이치였다.

은서는 그에게 그간의 이야기를 모두 털어놓았다. 하지만 돌아가야 한다는 사실만큼은 아직 입 밖으로 꺼내지 않았다. 이제 막 찾아온 행복을 무참히 깨트릴 순 없었다. 게다가 그 사실이 그에게 더 큰 상처를 안겨 줄 것이며 완전히 되돌릴 수 없는 나락으로 빠뜨릴 게 뻔했다. 은서는 그냥 지금, 이 순간의 행복이 영속(永續)되길 만을 바랄 뿐이었다.

인생 최고의 일요일을 보낸 것 같았다. 그만큼 오늘은 잊지 못할 그런 날이 되었다. 하지만 그만큼 빠르게 흘러갔다. 어느덧 잔상처럼 맺혀버린 행복의 짧은 단편들이 내 기억 속에 묻힌 채 하루의 해가 저물어갔다. 그렇게 밤이 되고 우리는 사랑을 나누며 다음 날 아침을 맞이했다. 황홀한 밤의 행복과 새로 맞이하는 아침은 휘황찬란했다. 내가 눈을 떴을 때 내 망막엔 실제의 은서가 고스란히 맺혀있었다. 오늘도 행복으로 시작해 행복으로 끝날 것이란 생각에 아쉽게 맞이한 아침이 무척이나 반가웠다. 나는 은서가 차려준 아침밥을 챙겨 먹고 출근길에 나섰다. 아침밥을 먹는 내내 은서만 바라보다 밥이 코로 넘어가는지 입으로 들어가는지 기억조차 나진 않았지만 그건 중요한 게 아니었다. 그것보단 못내 짧은 아침이 아쉬웠을 뿐이었다.

그가 출근하는 모습을 지켜보고 있던 은서는 곧바로 저승사자에게 연락을 취했다. 생각하면 웃긴 얘기지만 연락하라고 적어준 번호가 있으니 따질 건 따져야겠단 생각이 들었다.

* * *

초록빛 물속이었다. 깊이를 가늠할 수 없는 어둠이 침투한 그곳에 검은 형체가 물 위로 솟아오르고 있었다. 검은 형체는 공포감을 조성하듯 부드럽고 차가운 몸놀림으로 표면 위로 솟구쳐 올라왔다. 하얀 물보라 위를 헤치며 검은 형체가 나타났다. 그 검은 형체는 저승사자였다. 갓은 벗어둔 모습에 상투를 튼 머리부터 수면 위로 떠 오르고 있었다. 위엄 있어 보이는 모습이 죽음의 저승사자라는 명칭을 허투루 보이지 않게 했다. 몸 전체가 물 위로 떠 오르고 강가에 자갈밭을 향해 근엄한 척 걸어갔다. 그 주위로 펼쳐진 환경은 절세가경(絶世佳景)이었다. 깎아지는 절벽이 굽이치는 강물을 에워싸고 마치 시위라도 벌이듯 수려한 절경을 뽐내고 있었다. 풍채 있는 모습으로 강가로 걸어 나온 저승사자는 갑자기 불어 닥친 오한에 오들오들 떨면서 옷을 걸어두었던 바위 쪽으로 쏜살같이 달려갔다. 조금 전까지 그렇게 품위 있어 보이던 당당함은 온데간데없이 머리카락은 물에 젖어 축 처졌고 옷은 몸에 착 달라붙어 앙상하고 볼품없는 몸매만 드러낸 꼴이 됐다. 누가 보기에도 딱 물에 빠진 생쥐 꼴이었다. 간신히 겉옷을 걸쳐 입고 검은 갓을 쓴 뒤에야 저승사자의 체면치레를 했다. 그때 음침한 벨 소리가 산세에 울려 퍼졌다. 저승사자는 소매 안쪽에서 자신의 옷보다 더욱 짙은 이승 판 최신용 검정 핸드폰을 꺼내 전화를 받았다.

"여보세요?"

"이봐요! 당신! 정말 저승사자 맞아요? 아니! 사람들이 못 알아본다면서요. 아무도 못 본다면서요. 어떻게…."

흥분한 은서의 고함이 수화기 너머에서 쩌렁쩌렁 들려왔다.

"어허. 어디다 함부로 전화해."

저승사자가 헛기침하며 근엄한 척했다.

"필요한 거 있으면 전화하라 메요. 지금. 장난해요!"

"알았어. 알았어. 그럴 수도 있지. 진정해. 심호흡하고 진정하자고."

"아니! 지금 진정하게 생겼어요!"

"어허. 가끔 그럴 때가 있는 게야. 세상엔 절대란 없어. 언제나 예외가 존재하는 법이거든."

황당한 은서는 기가 막혀 말도 안 나왔다.

"세상엔 100%로는 존재하지 않아. 0.01%의 가능성은 항상 염두에 둬야 해. 0.01%에 속하는 특이한 사람들은 어느 곳에서나 존재하지. 이승 세계에선 무당이나 법사 같이 영귀(靈鬼)를 볼 수 있는 사람들도 존재해 왔거든. 전지전능한 옥황대제께서도 완벽하진 않으시니. 항상 예외성을 인정해 줘야 하는 거지."

자신의 이야기가 맘에 들었는지 저승사자의 얼굴에 흡족한 표정이 어렸다.

"정말! 저승사자가 맞긴 한 거예요? 어쩨 하는 일마다 그래요!?"

바로 은서가 말을 이었다.

"0.01은 개뿔. 99%가 다 허풍이구먼!"

"어험! 어디 감히…"

뚝! 전화가 끊겼다. 끊긴 통화에 당혹한 기색이 역력한 저승사자였다.

* * *

오후 8시가 조금 넘은 시각 내 모든 업무가 끝났다. 오늘은 정말 열심히 일했다. 나에겐 오늘 월요병은 없었고 더 행복했다. 정말 모든 사람의 미소가 아름다워 보이기까지 했다. 분명 이런 내 모습을 보고 수군거리는 사람들도 있었을 테지만 난 상관없었다. 재빠르게 퇴근 준비하며 자리에서 일어섰다.

"팀장님. 저 먼저 가볼게요."

팀장에게 인사하며 옆에 있는 석진에게도 손을 흔들었다.

"먼저 갈게."

"벌써 끝났어?"

팀장이 물었다.

"네. 먼저 가볼게요."

나는 웃지 않으려고 했지만 옅은 미소가 계속 지어지는 건 어쩔 수 없었다.

"근데, 아직 지점장님이 안 가셨는데…."

팀장이 지점장실을 슬쩍 보며 눈치를 줬다.

"일이 있어서요. 그럼. 내일 뵙겠습니다."

나는 팀장의 눈치에도 아랑곳없이 해맑게 웃어 보이며 인사를 마저 마쳤다.

"그래? 그럼. 내일 보자."

떨떠름한 표정으로 팀장이 손을 흔들어 보이고는 곧바로 석진과 하던 대화를 이어갔다. 나는 나가는 길에 마주치는 직원들에게도 일일이 인사를 건네며 은행을 나섰다. 모두 지점장실을 한 번씩 쳐다보며 억지미소를 지어줬다.

"제 뭐 좋은 일 있어? 이상하네. 엊그제 장례식 치른 놈이 뭐가 저리 좋을까?"

팀장이 슬며시 돌아보며 석진에게 물었다.

"저도 잘 모르겠네요. 왜 저러는지."

석진도 두 손을 들어 보이며 모른다는 제스처를 취했다.

한편 본인 일을 마치고 지점장이 퇴근하기만 기다리던 윤주는 현수의 이른 퇴근에 적잖아 놀란 눈치였다. 대체로 은행에선 알게 모르게 상사들의 눈치를 보며 퇴근 시간을 조절했고 그 시간에도 최소한의 마지노선이 있었다. 그런데 그런 걸 다 무시한 채 저렇게 해맑은 얼굴로 퇴근하는 모습은 도저히 믿을 수 없었다. 윤주는 하는 수 없이 자리에서 유니폼을 입은 채로 벌떡 일어나 핸드백을 챙겼다.

"팀장님. 저도 오늘은 먼저 퇴근할게요."

윤주가 허겁지겁 팀장에게 인사를 하며 종종걸음으로 나를 따라나섰다.

"어. 그래. 근데 유니폼은 갈아입고…."

팀장이 이미 가버린 그녀를 향해 어정쩡하게 손을 올리며 말했다. 문이 닫히고 은행 안은 팀장의 목소리만 공허하게 메아리치듯 남았다. 옆자리에서 시선을 빼앗긴 석진은 이미 사라져버린 윤주의 흔적을 쫓으며 중얼댔다.

"음…. 팀장님. 저건 더 모르겠는데요."

바로 은행 문을 나선 윤주는 빠르게 흥겹게 걸어가는 그를 따라잡았다. 바로 뒤까지 헐떡이며 다가와 그와 행보를 같이했다.

"선배! 헉. 헉…."

윤주가 힘겹게 숨을 토해내며 말했다.

나는 뒤따라온 윤주를 보고 걸음을 늦췄다.

"어?"

"선배. 휴…. 오늘 기분 좋아 보이네요."

윤주는 헐떡이는 숨을 최대한 예쁘게 고르며 정신을 집중했다.

"아. 그래? 너도 좋아 보이는데. 얼굴도 빨개지고."

나는 집 생각만 떠올리며 건성으로 대답했다.

"예? 얼굴이요? 아 그게. 이거 뛰어와서 그래요."

당황스러운 윤주가 급하게 변명을 댔다. 하지만 나는 관심 없었다.

"그래?"

그때 옆에 버스정류장 보였다.

"여기서 버스 타지?"

"아. 네."

"그래, 그럼 내일 보자!"

나는 빠르게 작별 인사를 건넸고 기분 좋은 마음으로 집으로 향했다.

윤주는 버스정류장에 멈춰서서 이미 멀어진 현수를 멍하니 바라만
봤다.

* * *

나의 일주일은 은행 일과 집안일로 눈코 뜰 새 없이 바쁘게 지나갔다.
특히 은서와 함께 한 일주일은 기억하기조차 벅찰 정도로 행복한 나날
의 연속이었다. 정말 일분일초가 아까운데 시간은 행복을 잡도록 한순
간도 허락해주질 않았다. 그러면서 나는 일주일 동안 남는 시간을 활용
해 바퀴벌레에 관한 연구도 소홀히 하지 않았다. 살아생전에 이렇게까
지 바퀴벌레에 많은 시간을 할애해보기는 처음이었다. 하지만 이것마저
도 행복했다. 처음은 역시 인터넷 검색어로 '바퀴벌레'를 치면서 시작했
고 수많은 자료를 훑어보며 필요한 것들을 전부 메모했다. 흔히 알고 있
는 지식뿐 아니라 보면 볼수록 그들의 습성이 참 대단하다고 느끼는 부

분이 많았다. 조사에 따르면 바퀴벌레는 역사상 가장 오래된 종(種)에 속했고 그 모습은 3억 5천만 년 전 화석에서부터 드러냈다. 더욱 신기한 건 그때 모습과 현재 모습이 거의 일치한다는 사실이었다. 하등생물이라고 치부할 수도 있겠지만 진화가 적다는 건 당시에도 어떤 역경이든 이겨 낼 만큼의 강인한 생명력을 갖췄다는 방증이었다. 이들은 전 세계적으로 4천 종이 있고 우리나라에만 8종에 6종은 인가(人家)에 침입하는 바퀴벌레로 생각보다 크기도 가지가지였다. 아마 은서의 종류는 이질바퀴(미국바퀴)인 거 같았다. 생김새나 크기가 가장 흡사했다. 35~43mm로 우리나라에 집바퀴 중에서도 가장 컸다. 나는 시간이 남는 대로 도서관도 찾아 이것저것 살펴보았다. 백과사전을 펼쳐놓고 한쪽에는 바퀴벌레에 관한 서적을 만학(晚學)도처럼 쌓아놓으며 연구 삼매경에 빠졌다. 어떤 날은 시간 가는 줄 모르고 있다가 헐레벌떡 집으로 뛰어가기도 했다. 한번은 중간에 코피가 나는 바람에 피 묻은 백과사전을 반납한 적도 있었다. 그렇게 밤을 새워가며 바퀴벌레 연구에 몰두했다.

은서는 그 모습을 바라보며 안쓰러워했다. 가끔은 뒤에서 살포시 안아주기도 했고 어떨 때는 커피를 타 주기도 했다.

"너무 열심히 하는 거 아냐? 그러다 로스쿨도 입학하겠어!"

"봐봐!"

나는 미소로 답하며 모니터를 손가락으로 가리켰다.

"한 마리만 있으면, 1년에 40만 마리가 된데. 6주에 한 번씩 수십 개 알을 낳는다고. 대단하지 않아. 근데, 너도 혹시 우리 집 어딘가에 알 까놓은 거 있냐. 여기 보면 수컷과 교미를 하기도 하지만 경우에 따라선 처녀생식도 가능하대. 알을 암컷 혼자 낳는단 얘기잖아."

"모르지. 내가 오빠 몰래 구석구석에다 알 낳고 다녔을지도."

은서가 아리송한 웃음을 지어 보였다.

"에이 설마. 나는 지금 바퀴벌레 한 마리 키우는 것도 벅차다고. 더는 사양하겠어."

내가 고개를 돌려 그녀의 볼에 입을 맞췄다. 하지만 은서는 다른 글을 읽고 있어서 일부러 모르는 척하는 건지 내 입맞춤에 별다른 반응을 보이지 않았다.

"오. 이거 봐. 바퀴벌레가 학습 능력도 있네. 바퀴벌레를 가지고 미로 실험을 했는데 첫날 먹이 찾아간 시간에 비해 다음날 먹이 찾아간 시간이 10분의 1이나 줄었대. 첫날 420분 걸렸던 시간이 둘째 날 40분으로 단축되었다. 이것은 훈련으로 학습 능력이 올라갔다고 할 수 있다. 와. 신기한데."

"그러니까 지금까지 살아남은 거야. 바퀴벌레가 괜히 살아남는 게 아니라니까?"

나는 은서를 뚫어지게 바라보며 반응을 살폈다. 조금 전 입맞춤에 대한 보상을 은근히 바라고 있었지만, 그녀는 여전히 무관심했다.

"와. 징그러워. 아기 귀로 들어가기도 한데. 끔찍한데. 컴퓨터 전선도 갉아먹고. 잡식성도 보통 잡식성이 아니야. 아예 못 먹는 게 없다는데."

은서가 무심한 척 말했다.

"그래서 밤마다 내 귀가 그렇게 간지러웠던 건가? 하도 들락날락해서?"

"에이! 뭐야! 더러워!"

은서가 질색한 얼굴로 나를 쳐다봤다. 어쨌든 주의를 끄는 데 성공했다. 이때다 싶어 나는 그녀의 눈을 똑바로 응시했다. 물론 사랑을 듬뿍 담은 눈빛으로. 언제가 됐든 이런 순간이 오면 항상 설렘으로 가득했다. 콩닥콩닥 터질 것 같은 심장을 진정시키며 그녀에게 본능적으로 다가가는 입술을 말릴 생각이 없었다. 은서도 잠시 머뭇거리더니 이내 입술을 내어주었다. 우리는 서로의 입술을 포갰다. 짧은 입맞춤에 황홀한 달콤함이 흘렀다. 잠시 후 은서가 먼저 살짝 입술을 떼자 나는 애처로운 눈망울로 아쉽다는 표정을 지어 보였다.

"아. 이러다 1년 뒤 우리 집에 바퀴벌레만 40만 마리 되는 거 아냐."

은서가 장난스럽게 말을 내뱉더니 에라! 모르겠다는 표정으로 다시 내 입술을 덮치려 했다. 이번엔 내가 그녀의 입술을 잠시 멈춰놓은 채 말했다.

"어쩌면 신종 바퀴벌레 인간이 탄생할지도 모르지."

"정말? 어휴, 징그럽다 징그러워."

은서가 얼굴을 찡그리며 말했다. 이때다 싶어 나는 그녀의 입술을 덮쳤다. 서로의 입술이 다시 포개지자 진한 향기가 우리를 감쌌다.

다신 잃지 않아

다시 주말이 찾아왔다. 벌써 6월도 중순으로 접어들고 있었다. 완연한 여름이 우리 곁에 성큼 다가왔음을 증명할 정도로 작열하는 태양에 달궈진 아스팔트는 복사열을 마구 뿜어내고 있었다. 기온도 섭씨 34도에 육박하는 6월의 날씨치고는 상당히 후덥지근했다.

우리는 그에 걸맞은 초 간단 여름 패션으로 무장한 채 근처 가까운 마트로 장을 보러 나섰다. 나는 짧은 카고 반바지, 진한 갈색 반소매 티, 거기에 흰색 줄무늬가 매력적인 베컴 슬리퍼 차림으로 간소하게 차려입었다. 이런 여름날 여기다 더 차려고 입는 것은 여름에 대한 예의가 아니라는 생각이 들었다. 그때 은서는 내 오른쪽 어깨 위에 바퀴벌레의 모습으로 앉아있었다. 하지만 지나가는 사람 그 누구도 은서 바퀴벌레를 알아보지 못했다. 그것은 정말 완벽한 위장술이었다. 내가 진한 갈색 반소매 티를 입은 이유도 바로 이것 때문이었다. 은서의, 은서에 의한, 은서를 위한 철저하고 배려 깊은 세심한 패션 감각이었다. 간혹가다 지나가는 사람들이 나를 이상하게 쳐다보기는 했다. 분명 나는 은서와 행복한 대화를 나누고 있었음에도 그들의 눈엔 허공에 대고 혼잣말하는 미친 사람처럼 보였을 테니까. 혼자 말하고 혼자 웃고 혼자 미소 짓고 있었으니 말이다. 하지만 나는 크게 신경 쓰지 않았다. 굳이 다른 사람의 눈치를 볼 이유도 부끄러워할 이유도 없었다. 내가 얻어야 할 행복은 그들이 가져다주지는 않았으니까. 그것은 오로지 은서에게서만 얻을 뿐이었다. 집에서 10분 거리밖에 되지 않는 그리 멀지 않은 곳에 대형마트 하나가 자리 잡고 있었다. 나는 은서와 시답잖은 대화를 주고받으며 인도를 걷고 있었다. 그러다 갑자기 은서가 대화를 중단시켰다.

"잠깐만."

"왜 그래?"

"쉿!"

은서 바퀴벌레가 앞발 하나를 입에 가져다 대며 조용히 하라는 제스처를 취했다.

"무슨 소리 안 들려?"

조심스레 묻는 은서의 말에 나는 영문도 모른 채 귀를 기울여봤다.

"뭔 소리? 사람들 소리? 잘 모르겠는데"

"아니, 그런 거 말고, 벌레들 우는 소리 같은 거."

"아니."

"정말? 이렇게 큰 소리가 안 들린단 말이야?"

"전혀. 정말 안 들려."

내 귀엔 정말 아무 소리도 안 들렸다.

"저쪽으로 가봐"

은서 바퀴벌레가 앞쪽으로 발짓하며 말했다.

나는 그녀가 가리키는 방향으로 움직였다.

"저기서 멈춰 봐."

그녀가 가리키는 쪽은 보도블록 끝 연석 아래 배수구였다.

"와. 정말 많은 거 같은데. 소리가 장난이 아니야."

은서 바퀴벌레의 말이 도대체 무슨 소린지 알아먹질 못해 나는 무덤덤하게 배수구 아래를 내려다봤다. 그런데 그 순간 자리에서 뒤로 발라 당 까무러칠 뻔했다. 그곳에는 수백 마리 아니 수천 마리에 이르는 바퀴벌레들이 빠른 속도로 배수구를 지나가고 있었다. 순간적으로 속이 메스껍고 욕지기가 넘어올 뻔했다. 나는 천성적으로 바퀴벌레를 혐오했다. 모든 사람이 다 그렇겠지만 유독 바퀴벌레만큼은 정말 싫었다. 하지만 바퀴벌레로 돌아온 은서를 만나 조금씩 인식을 바꿔가고 있었다. 아니 바퀴벌레를 사랑했다. 아니 단지 은서 바퀴벌레만 사랑한 거지 다른 바퀴벌레들까지 사랑한 건 아니었다. 아무리 익숙해졌다고 해도 조금 전 본 광경은 충격이었다.

그때 은서 바퀴벌레가 내 어깨에서 내려와 배수구 앞으로 다가섰다. 나는 어쩔 수 없이 은서를 지키기 위한 명목으로 그녀 옆에 다가가 지나가는 사람들로부터 보이지 않도록 가려주었다. 때마침 주변을 지나던 사람 하나가 창백해진 내 얼굴을 보고는 괜찮은지 물어왔다. 놀란 나는 으레 괜찮다며 고개를 끄덕여줬다. 그때 은서 바퀴벌레가 하수구 아래다 대고 무슨 말을 했다. 아니 울었다고 해야 하나? 바퀴벌레 울음소리였는지도 모르겠다. 마치 귀뚜라미가 우는 것 같은 소리를 냈다. 어쨌든 나는 알아들을 수 없는 언어였다.

은서 바퀴벌레는 지나가는 바퀴벌레들이 왜 그렇게 서두르는지 궁금했다.

"저기 이봐요. 지금 어딜 그렇게 서둘러 가는 거예요?"

달려가던 바퀴벌레들 몇몇이 힐끔힐끔 하수구 위를 쳐다봤다. 하지만 아무도 그 물음에 답해줄 생각이 없어 보였다.

"저기요!"

바로 그때 대열 한가운데 있던 바퀴벌레 한 마리가 우뚝 멈춰서더니 하수구 위에 은서 바퀴벌레를 빤히 쳐다봤다. 상당히 젊어 보이는 바퀴벌레였다. 많아야 사람 나이로 치면 청소년쯤 되었을까. 갓 졸업한 고등학생 정도밖에 안 되어 보이는 앳된 모습이었다. 하지만 그 바퀴벌레가 자신을 너무 뚫어지게 쳐다보고 있는지라 슬슬 민망함이 밀려왔다. 그때 그 청년 바퀴벌레가 약간은 수줍은 듯 한마디 했다.

"우린 지금 비상 회의 가요."

뒤이어 볼이 약간 불그스레해지더니 청년 바퀴벌레가 한마디 덧붙였다.

"저기… 가는 길이시면 저희랑 같이 가실래요?"

그 말엔 은서 바퀴벌레는 딱히 뭐라 대꾸할 말을 찾지 못했다. 그렇게 한참을 고심한 끝에 무슨 말이라도 해줘야 할 것 같아 다시 말을 꺼내려던 찰나 또래로 보이는 다른 바퀴벌레들이 우르르 몰려와 그에게 뭐라 했다.

"뭐해, 늦었어. 빨리 가야 한다고!"

말을 꺼냄과 동시에 그들은 순식간에 그를 낚아채 사라져버렸다. 잠시 어리둥절한 상황에 은서 바퀴벌레는 그 모습을 멍하니 지켜보다가 이내 정신을 추스르고 다시 현수의 진한 갈색 티로 덮인 어깨 위로 되돌아갔다.

하수구에서 돌아선 은서 바퀴벌레가 나에게 올려달라는 제스처를 취했다. 나는 그 모습을 보며 팔을 뻗었고 곧바로 은서 바퀴벌레는 내 팔을 타고 어깨 위로 되돌아와서 앉았다. 우리는 그렇게 다시 마트를 향해 걸어갔다.

"무슨 얘기 했어?"

궁금해서 내가 물었다.

"별 얘기 아니었어. 그냥 어디 가냐고 물었더니 뭐라더라. 비상 회의

간다나?"

"비상 회의? 바퀴벌레들도 그런 걸 해?"

"나도 정확히 뭔 소린지 잘 모르겠어. 근데 쟤들 엄청 긴박해 보이더라고."

은서 바퀴벌레의 진지함에 나는 피식 웃음이 났다.

"바퀴벌레들이 비상 회의라니."

* * *

우리는 마트 안 식품 판매대 앞에 있었다. 근 한 달간 마트에서 장을 본 기억이 없었다. 그나마 며칠 전부턴 냉장고에 남아있던 식료품들마저 비어가는 상황이라 장보기를 더는 미룰 수 없었다. 게다가 매일 집에서 직접 요리해 먹다 보니 재료가 바닥을 드러내고 있었다. 나는 마트로 오는 길에 목격했던 수많은 바퀴벌레를 다시 만나는 일이 없기를 기원하며 그 생각을 떨쳐버리려 애썼다. 우리는 식품 판매대를 돌며 뭘 사야 할지 뭘 해 먹을지 물었고 시식 코너를 지날 때마다 이것저것 집어먹으며 점원들 몰래 은서 바퀴벌레에게 음식물을 넘겼다. 분명 그런 모습들이 남들의 눈에 어떻게 비칠지 모르겠지만 내 나름대로 연인 같은 다정한 모습으로 보이기엔 충분하다고 여기며 행동했다. 나는 냉동고 앞에서 만두 봉지를 뒤적거리며 은서 바퀴벌레에게 물었다.

"뭐, 먹고 싶은 거 없어?"

"과자? 벌꿀, 꿀 바른 과자. 허니 버터? 단 거!"

은서 바퀴벌레가 골똘한 표정을 지으며 말했다.

"어째, 음식도 취향이⋯."

"당연하지. 난 바퀴벌레잖아. 그래서 그런지 요샌 단 게 자주 당기더라고."

자신이 얘기하고도 그 말이 웃긴 지 은서 바퀴벌레는 혼자서 킬킬댔다. 그러자 내가 성의 없는 개그로 맞받아쳤다.

"혹시, 알밴 건 아니고?"

나는 그 자리에서 은서 바퀴벌레의 가냘픈 앞발로 흠씬 두들겨 맞았다.

한편 우리가 웃고 떠드는 사이 전방에는 말썽꾸러기 아이 둘이 등장했다. 둘 다 사내아이였으며 얼굴에는 개구쟁이라고 쓰고 다닐 만큼 강렬한 인상을 주고 있었다. 덩치는 그리 크지 않았다. 이제 겨우 10살, 8살 정도 되어 보이는 체격이었다. 분명 엄마랑 같이 왔을 테지만 지금은 둘 뿐이었다. 그들은 카트를 가지고 놀며 옆 손님과 부딪히는 등 본인 주변 10m 반경 내에서 소동을 유발하고 있었다. 급기야 이 악동들은 서로 자기가 카트를 밀겠다며 큰소리로 티격태격하고 있었다. 바로 그때 엄마가 방치한 악동 중 작은 녀석이 카트를 빼앗아 무작정 앞으로 내달리기 시작했다.

그 당시 나는 은서와의 대화로 한창 정신이 없었다. 잠시 후 닥쳐올 무시무시한 카트의 공격을 전혀 감지하지 못한 채였다. 그때 갑자기 묵직한 타격이 우리가 밀고 있던 카트의 옆구리를 강타했다. 엄청난 충격이었다. 서로 부딪힌 카트가 앞쪽으로 밀리며 옆으로 틀어지자 작은 꼬마가 내게 덮쳐왔다. 분명 내 눈에는 그 꼬마가 카트에서 미끄러져 넘어지고 있으리라 생각됐다. 나는 그 아이를 보았지만, 워낙 순식간이라 피할 겨를도 없었고 당연히 받아 줄 생각도 하지 못했다. 쫘당! 큰 소리를 내며 먼저 누구라 할 것 없이 마트 바닥에 나자빠졌다.

그 무렵 은서 바퀴벌레는 간신히 균형을 잡았다. 갑자기 바닥으로 기울어지는 그의 오른쪽 어깨 위에서 균형감각을 유지하는 게 쉽지만은 않았다. 그의 어깨가 바닥으로 부딪힐 때 그 충격을 흡수하기 위해 떨어지는 바닥으로 사뿐히 뛰어내리기도 했다. 하지만 그 높이가 만만치 않아 발이 바닥에 닿자마자 엄청난 충격이 고스란히 6개의 다리로 전율하듯 퍼져나갔다. 그래도 다행인 건 다리는 떨어져 나가지 않은 듯싶었다. 잠시 숨을 고른 은서 바퀴벌레가 주위를 살폈다. 바로 눈앞에 커다란 아이의 신발 밑창이 그녀를 향해 있었다. 흰색 바탕에 불빛이 번쩍이는 걸보니 무슨 로봇 시리즈 신발인 것 같았다. 그런데 갑자기 아이의 커다란 신발이 은서 바퀴벌레를 향해 날아왔다. 갑자기 아이가 발을 앞뒤로 마구 휘둘렀다. 마치 자전거 타듯이 발을 크게 굴렸다. 화들짝 놀란 은서 바퀴벌레는 반사적으로 신발 밑창을 피했다. 간발의 차로 발길질에선 벗어났지만, 곳곳에 위험이 도사리고 있어 안전한 장소를 이동해야 했다. 하는 수 없이 은서 바퀴벌레는 그곳을 벗어나기로 했다.

나는 충격이 가해진 오른쪽 어깨를 부여잡고 자리에서 일어났다. 충격의 고통이 상당했다. 더욱이 바로 눈 앞에 펼쳐진 상황을 이해하기엔 너무 얼떨떨했다. 눈앞에 발을 동동 구르며 칭얼거리는 어린아이. 그 아이를 부축하러 뛰어오는 좀 더 큰아이. 그리고 남의 일 구경하며 걱정하기 좋아하는 사람들이 주변을 에워싸고 있었다.

"괜찮아?"

좀 더 큰 아이가 작은아이에게 다가와 물었다. 그러다 갑자기 나를 노려보는가 싶더니 다시 조심스럽게 말을 건넸다.

"아저씨는 괜찮으세요?"

의외의 호의였다. 하지만 내 귀엔 아이의 말은 들어오지 않았다. 내 생각은 온통 은서에게로 쏠려 있었다. 정신을 차리자마자 오른쪽 어깨부터 확인했다. 은서가 없어졌다. 왼쪽 어깨도 그리고 갈색의 반소매 티셔츠 곳곳을 뒤졌지만, 은서 바퀴벌레는 사라지고 없었다. 나는 큰아이의 말을 무시하고 누워있던 작은 아이를 무섭게 노려봤다. 그러자 칭얼대던 아이가 움찔하더니 울음을 뚝 그쳤다.

"너희들 뭐야! 우리 은서 못 봤어? 바퀴벌레 은서 말이야!"

내가 광기가 어린 눈을 부릅뜨고 아이들에게 다가서며 말했다. 그 모습이 조금 무서웠는지 큰아이가 슬쩍 뒤로 물러났고 작은 아이는 다시 울어대기 시작했다. 마치 엄마라도 부르듯 더욱 큰 목소리로 울어 제꼈다.

"은서 못 봤냐고! 너희들 때문에 없어졌잖아! 우리 은서가…."

내 눈에 눈물이 글썽였다. 눈앞에 있는 아이들은 아이가 아니었다. 악마의 탈을 쓴 악동일 뿐이었다. 장난꾸러기 악동이 아니라 진짜 악의 자식들 말이다.

그때 웅성거리던 사람들 틈을 비집고 40대 초반쯤으로 보이는 여자가 달려와 아이들을 감싸 안았다.

"이봐요. 뭐 하는 짓이에요! 애들이 실수 좀 할 수도 있지. 뭐 이런 걸 가지고 애들한테 화를 내요! 왜 이렇게 난리예요!"

아이의 엄마가 나를 죽일 듯이 노려봤다.

"저기요. 아주머니. 우리 은서 못 봤어요? 요만한 바퀴벌렌데. 그게 우리 은서거든요. 갈색에다가…."

나는 아이 엄마의 말도 아랑곳없이 다가가며 물었다.

"뭐야. 이거 완전히 미친 사람 아니야. 가자. 애들아."

당혹스러운 아이 엄마가 아이들을 데리고 얼른 자리를 떴다.

나는 순식간에 공황 상태에 빠져들었다. 어떤 반응을 보여야 할지 감이 오지 않았다. 주변에 웅성거리던 사람들도 잘못한 아이들은 잊은 채 나에게 삿대질해댔다. 일부는 정말 미친 사람인 양 눈길을 보내기도 했다.

"혹시 은서 보신 분 안 계세요? 우리 은서 보신 분. 요만한 바퀴벌렌데."

나는 나를 그렇게 쳐다보는 사람들 앞에서 애걸했다. 일일이 말을 걸고 정말 모르냐고 물었다. 그러나 아무도 대답해주지 않았다. 바로 그때였다. 저 멀리서 들려오는 비명에 귀가 번쩍 띄었다.

"으악! 바퀴벌레다!"

한 여성의 목소리가 반경 50m 안에서 들렸다. 나는 뇌에서 근육으로 전달되는 명령 속도를 무시한 채 본능에 따라 소리 나는 곳으로 냅다 달려갔다. 구경하던 사람들을 힘겹게 헤집고 도착한 곳은 정육점 코너였다. 벌써 이곳은 바퀴벌레에 의해 아수라장이 되어 있었다. 껑충껑충 뛰며 소리 지르는 손님들과 바퀴벌레를 잡으려 고기 칼을 쥔 정육 판매대 직원, 그 옆 생선 판매대에서 도움 주러 온 회칼 든 직원까지, 그들을 포함한 서너 명의 사람들이 사방팔방으로 뛰어다니고 있었다. 그러나 그곳에서도 은서 바퀴벌레의 모습은 보이지 않았다. 어림짐작으로 저들의 행동을 유추해 은서 바퀴벌레의 행방을 추측해볼 뿐이었다. 정육점 직원이 옆에 있던 포장 김치 판매대로 다가가더니 갑자기 자신이 조로라도 된 듯 고기 칼을 냅다 휘둘렀다. 그러자 김치 팩이 볏짚 자르듯 완벽하게 베어지며 뻘건 국물을 와장창 밖으로 쏟아졌다. 대참사였다. 김치 건더기들이 바닥으로 떨어지고 국물은 사방으로 튀었다. 다시 '바퀴벌레다!'라는 소리가 옆 코너에서 들려왔다. 좀 전에 회칼을 들고 있던 생선 판매대 직원 바로 옆에서였다. 나도 곧장 그쪽으로 달려갔다. 그러는 도중 생선 판매대 직원이 갑자기 냉동식품 냉동고 안쪽으로 펄쩍 뛰어 들어갔다. 마치 개구리를 연상시킬 정도로 엄청난 높이와 특이한 자세를 뽐내며 화려하게 냉동고에 입수했다. 곧이어 옆에 있던 다른 직원도 그 안으로 폴짝 뛰어 들어갔다. 다시 다른 직원 하나가 또 뛰어 들어갔다. 갑자기 인간 3층 탑을 쌓여버린 난감한 상황이 전개됐다. 그래도 혹시나 하는 마음에 나는 그쪽으로 다가갔지만, 그곳에도 여전히 은서 바퀴벌레의 모습은 보이지 않았다. 그때 다시 뒤쪽에서 바퀴벌레를 찾는 소리가 들렸다. 이젠 전국구 스타였다. 동서남북 사방에서 홍길동처럼 나타났다 사라지기를 반복 그녀를 찾는 팬도, 그녀를 싫어하는 배척자도 모두가 열렬히 소리를 질러댔다. 이제 모든 직원이 그쪽으로 뛰어갔다. 그 뒤로 검은 양복을 입은 세 명의 보안 직원들도 합세해 은서 바퀴벌레를 뒤쫓았다. 나 또한 그쪽으로 방향을 돌려 그들을 따라갔다. 뛰어가는 동안 앞쪽 곳곳에서 비명이 들려왔다. 이번엔 확실한 거 같았다. 앞쪽 선반에 올려진 진열품들이 바닥으로 나뒹굴기도 했다. 은서가 살아야 하는 게 최선이었지만 어떻게 보면 정말 대단한 광경이었다. 혼자서 마트 하나를 완전히 쑥대밭으로 만들고 있었으니 말이다. 나는 직원들 뒤쪽으로 바짝 달라붙었다. 그들의 틈새로 앞쪽의 진행 반향을 살폈다. 그곳에는 불이 났게 뛰고 있는 은서가 보였다. 아니 바퀴벌레의 모습으로 필사적으로 뛰고 있었다. 그 꽁무니를 열댓 명의 직원들이 죽기 살기로 쫓았고 그 뒤를 내가 따르는 판국이었다.

은서 바퀴벌레는 무작정 직진하다 갑자기 급선회로 좌회전을 택했다. 그곳은 주방세제 용품들이 있는 3번 코너였다. 그 뒤를 쫓던 직원들도 그녀를 따라 급커브를 했다. 대부분이 그녀를 쫓는 데 성공했지만, 뒤에 처졌던 나머지 두 명은 그러지 못했다. 막판에 서로 뒤엉키며 옆에 있던 라면 판매대 쪽으로 데굴데굴 굴렀다. 선반 위에 진열되어 있던 봉지라면들이 우수수 그들 머리 위로 떨어졌다. 뒤이어 더 위쪽에 쌓아놓은 라면 상자들도 와르르 무너져 내렸다.

나는 그 모습을 지켜보다 생각을 바꿔 다른 방향인 5번 코너로 쪽으로 방향을 틀었다. 그럼 분명히 4번 코너에서 만나게 될 것이라고 짐작했다. 상자 과자들이 즐비한 5번 코너에 접어들자 반대편에서 3번 코너를 돌고 있는 그들의 모습이 보였다. 나와 그들이 서로 은서를 놓고 양옆으로 뛰는 꼴이 됐다. 은서 바퀴벌레는 내 예상대로 3번을 지나 4번 코너로 들어서고 있었다. 나는 이때다 싶어 속도를 높였다. 마트 직원들도 은서 바퀴벌레를 따라 4번 코너 쪽으로 접어들었다. 나 또한 5번 코너에서 4번 코너로 진입했다. 이제 마트 직원들과 나는 은서 바퀴벌레를 사이에 두고 4번 코너에서 충돌할 태세였다. 맞은편에는 은서 바퀴벌레를 쫓는 마트 직원들로 반대편에는 그녀를 지키려는 내가 서로 마주 보고 달려오는 상황이었다. 그러나 나는 한 명이었고 그들은 족히 열댓 명은 됐다. 쪽수로도, 등치로도 그냥 붙어서도 이길 수 없는 판이었다. 그러나 내겐 은서를 구해야 하는 사명이 있었으니 그것만으로도 나는 은서 바퀴벌레를 그들에게서 구해낼 것이다.

점점 거리가 가까워져 갔다. 가쁜 호흡에 심장은 엄청난 펌프질로 쿵쾅쿵쾅 뛰어댔다. 그들과 가까워질수록 두려움과 공포도 펌프질만큼 늘어갔다. 이제 20m 전방, 5초 뒷면 정면충돌해야 했다. 그 순간 나는 갑자기 제자리에서 철퍼덕 주저앉았다. 무릎을 꿇은 자세로 잽싸게 절하는 자세를 취했다. 이제 10m 전방, 무식하게 고기 칼을 든 정육점 직원도, 회칼을 든 생선가게직원도 그들 모두 인정사정없이 내게로 달려오고 있었다. 나는 은서를 위해 바닥에 엎드렸다.

은서 바퀴벌레는 그 즉시 현수의 무릎을 타고 올라가 반바지 속으로 감쪽같이 사라졌다. 그의 반바지 속으로 들어오자마자 안도의 한숨을 내쉬었다. 반바지 안은 어두웠다. 옷감 사이로 어슴푸레 빛이 새어 들

어오기는 했지만 앞을 명확하게 구분할 정도는 아니었다. 은서 바퀴벌
레는 여전히 줄지 않은 속도를 유지하며 뒤를 돌아본 채 달렸다. 그러
다 쿵! 앞쪽에 무언가에 걸려 휘청 뒤로 넘어질 뻔했다. 간신히 균형을
잡은 그녀는 부딪힌 장애물이 무언지 확인했다. 바로 앞에 있는 건 그
의 팬티 끝자락이었다. 순간적으로 그 자리에 서서 골똘히 생각한 은서
바퀴벌레는 이내 음흉한 미소를 지으며 팬티 속으로 기어들어 갔다. 허
벅지 체모를 이리저리 훑고 지나가며 가랑이 쪽으로 향했다.

나는 움찔했다. 그때 은서의 목소리가 들렸다.

"나, 다 됐어!"

은서의 목소리를 듣자마자 나는 제 자리에서 폴짝 뛰어올라 일어섰
다. 곧이어 마트 직원들이 우르르 몰려와 내 앞에서 멈춰 섰다. 나는 잠
시 아래를 내려다보고 다리를 살짝 꼬았다. 불룩해진 그곳을 손바닥을
교차시켜 요염하게 가렸다. 마트 직원들이 내 앞에 서서 나를 위아래로
훑어보았다. 그들의 눈에는 혐오스럽다는 눈빛이 역력했다. 당연히 그
것을 바퀴벌레로 보진 않을 테니까. 하지만 고객에게 그것만으로 뭐라
할 사람은 없었다. 변태라도 막상 변태 짓을 하지 않았다면 그건 그저
생리적인 현상일 뿐이었으니까.

"어디 갔지?"

그들이 의혹을 져버리고 어리둥절한 표정으로 주변을 두리번거렸다.

"혹시 이쪽으로 오는 바퀴벌레 못 보셨나요?"

나는 대답하지 않고 찾는 척 고개를 이리저리 돌렸다. 그러다 뜬금없
이 소리쳤다.

"저기다. 저쪽으로 도망갔어요! 저쪽으로 갔어요!"

나는 아래를 가린 두 손 중 한 손만 번쩍 들어 엉뚱한 방향을 가리켰

다. 그러자 이내 모든 직원이 내가 가리킨 방향으로 우르르 몰려가기 시작했다. 나는 잠시 마트 직원들이 멀어져가는 것을 지켜보다 심호흡을 크게 내쉬었다.

"끝났어. 나와."

민망함을 뒤로하고 볼록해진 내 중심을 바라보며 말했다.

잠시 후 은서 바퀴벌레는 반바지 끝에 대롱대롱 매달려 밖으로 나왔다. 곧바로 바지와 티셔츠를 타고 원래 있던 오른쪽 어깨 위로 올라왔다. 내 옆에는 다시 본연의 모습으로 돌아온 은서가 서 있었다.

"내 작전 괜찮았어?"

"훌륭했어."

우리는 호흡을 차분히 가라앉히며 걸었다.

"근데, 오빠. 건강하네. 반응 빠르더라?"

"뭐가?"

"거기 들어갔을 때 말이야."

"아니, 누가 거기까지 들어가래?"

"내가 들어가고 싶어서 들어갔나? 어쩔 수 없었잖아!"

"그럼 자극을 주지 말던가!"

"나 안 건드렸거든!"

"웃기지 마, 건드렸거든!"

우리는 서로 티격태격하며 마트에서 탈출했다.

바퀴벌레 헌터의 습격

　우리는 일주일 치 식량을 사 들고 집으로 돌아왔다. 그사이 며칠간 집안은 많이 변해있었다. 예전엔 상상도 못 할 만큼 완벽한 탈바꿈이었다. 청결에 관한 한 둘째가라면 서러워할 그런 집은 이제 존재하지 않았다. 일주일 전엔 특급 호텔을 꿈꿨다면 지금은 쌈박한 돼지우리에 가까웠다. 빨랫감은 한쪽에 수북이 쌓여 있었고 각진 구석엔 온갖 먼지들이 뭉쳐 굴러다녔다. 더욱이 방바닥 곳곳에는 과자 부스러기를 비롯한 각종 가루들이 흩뿌려져 있었다. 어딘가에선 약간 퀴퀴한 냄새도 나는 듯했다. 항상 정리되어 있던 식기 도구들은 식사 때 모습 그대로 식탁 위에 널브러져 있었고 냉장고에 줄 맞춰 정렬되어있던 쨈 통은 뚜껑이 열린 채 식탁 위를 배회하고 있었다. 확실한 건 이제 내가 그런 것들을 꺼리지 않는다는 사실이었다. 끔찍하게 싫어했던 모든 것들이 이제는 너무나 당연한 듯 보였다. 서른두 해 동안 앓아오던 깔끔 병도 이젠 말끔히 사라졌다. 단 이 모든 것은 은서가 살 수 있는 환경을 만들어주기 위한 노력의 결과였다. 며칠 동안 머리를 싸매고 바퀴벌레를 연구하면서 어떻게 하면 그녀가 살 수 있는 환경을 만들 수 있을까 많이 고민해봤으나 결론은 내가 변해야 한다는 것이었다. 그게 모두를 위해서도 가장 현명한 판단이었다. 그래서 나는 주저 없이 나를 버리기로 했다. 일평생 해오던 모든 습관을 버렸다. 이 모든 게 쉽게 적응되리라 생각하진 않았지만 감수하고자 하는 맘만 있다면 못 할 것이 없으리라 생각했다. 그래서 나는 바퀴벌레와 같은 사람이 되어야 했다. 난장판이 된 집안을 바라보고 있노라면 정말 아늑한 분위기의 돼지우리 같았다.

우리는 저녁으로 직접 빵을 만들어 먹기로 했다. 각자 할 일은 나누고 나는 조리대 위에서 양푼에다 인스턴트 드라이이스트와 강력분, 설탕, 소금을 집어넣고 옆에서 달걀을 풀고 있는 은서를 기다렸다. 잠시 기다림이 길어지자 장난기가 발동한 나는 손끝에 밀가루를 묻혀 은서의 볼에다 발랐다. 내 유치한 장난에 빵 터진 은서가 바로 반격에 나섰다. 테이블 옆에 뜯어져 있던 밀가루 봉지를 통째로 집어 들고는 내 쪽으로 던졌다. 순간 눈앞이 온통 하얀 가루로 뒤덮였고 공중에는 아지랑이 꽃이 눈송이처럼 휘날렸다. 이제 집안은 눈 쌓인 돼지우리가 되었다. 그렇게 우리는 즐거움에 휩싸여 영원한 행복을 지속하려 했다. 하지만 영원한 행복은 없었다. 막 양푼에 달걀물을 붓고 주걱으로 휘저을 때 행복을 깨는 초인종 소리가 울렸다.

"누구지?"

나는 양푼을 내려놓고 인터폰 화면을 확인했다. 화면 안에는 초조한 얼굴로 서성이는 윤주가 보였다. 갑자기 마음 한편이 불편해졌다. 나는 슬그머니 은서를 의식하며 돌아봤다. 은서는 이미 담담한 얼굴로 인터폰 화면을 바라보고 있었다. 나는 잠시 안절부절못한 상태로 서 있었다. 그래도 돌아가라고 말하는 게 맞지 않나 생각이 들어서 그렇게 하려고 했다.

"뭐 하고 있어. 어서 열어줘."

은서의 말이 뜻밖이었다.

"아니, 그게 그냥 가라고 하는 게…."

딩동! 분위기를 망치는 초인종 소리가 다시 울렸다.

"들어오라고 해. 손님. 밖에 세워두지 말고"

은서가 다시 한번 강한 어조로 말했다. 나는 식탁에 놓인 휴지로 얼굴에 묻은 밀가루를 닦아낸 뒤 조심스럽게 현관으로 향했다. 그러면서도 은서의 눈치를 살폈다. 은서는 여전히 나만 바라보고 있었다.

"내 걱정하지 말고, 어서 열어줘."

은서의 단호만 말에 나는 현관문을 열고 말았다.

"웬일이야?"

문을 열자마자 내가 건넨 말이었다. 눈앞에 서 있는 윤주는 블랙프릴 오버롤 원피스를 입고 있었다. 평소에 잘 입지 않는 원피스여서 상당히 여성스러웠다.

"예?"

내 말에 윤주의 표정엔 당혹스러움이 역력했다.

"주말인데. 선배 혼자 저녁 먹을 거 같아서요. 먹을 것 좀 만들어 왔어요."

윤주가 작은 종이가방 하나를 들어 보이며 말했다.

"괜찮은데. 뭐 이런 걸 가지고 오고 그래."

뒤를 돌아보진 않았지만, 목덜미가 서늘했다.

"여기요."

윤주가 종이가방을 내밀었고 나는 그걸 받아들었다.

"고마워."

잠시 둘 사이에 어색한 기류가 흘렀다. 윤주가 떠나지 않고 그 자리에 서 있었다.

"왜? 뭐, 또 있어?"

내가 어리둥절한 표정으로 퉁명스럽게 말했다.

"아니요. 그거 같이 먹으려고 만들어서…. 양이 좀 있거든요."

볼이 불그레해진 윤주가 머뭇거리며 말했다.

"아 그래? 근데 저기 있잖아…."

그때 뒤에서 차가운 음성이 들렸다. 누군가 강제로 목에다 얼음을 댄 것 같았다.

"들어오라고 해. 손님. 밖에 오래 세워두지 말라고."

은서의 말이 도무지 이해가 가지 않아서 나는 어설픈 핑곗거리라도 생각했다.

"집이 너무 더러운데. 그냥"

"괜찮아요."

이렇게 해서 나는 다시 한번 그녀를 집안으로 들이고 말았다. 그사이 뒤에 서 있던 은서도 사라지고 없었다. 내가 현관문을 마저 열어주자 윤주가 들어왔다.

집안에 들어선 윤주는 일주일 새 너무 변해버린 현수의 집안을 보고 충격에 휩싸였다. 예전이라면 절대 찾아볼 수 없는 정말 최악의 환경이었다. 밝아진 은행 생활을 보며 조금씩 일상을 회복하고 있다고 믿었는데 이렇게 지저분하게 살고 있을 줄은 상상도 몰랐다. 하루 날 잡아서 집 안 청소라도 싹 다 해주고 싶었다. 구두를 현관에 벗어두고 거실로 들어선 윤주는 다시 한번 지저분한 집안을 살펴봤다. 예전에 함께 붙였던 바퀴벌레약들은 이제 더는 보이지 않았다. 무언가 연결고리가 사라진 지금 둘 사이에 다시 벽이 생겨났음을 느꼈다. 어색한 침묵이 흘렀고 그 분위기를 깨는 것도 윤주의 몫이었다.

"뭐 만들고 계셨나 봐요?"

"아니. 그냥 이것저것….."

또다시 서먹한 공기가 집안을 떠다녔다. 이번에도 침묵을 깨는 건 그녀였다.

"제가 가져온 게 유부초밥이랑 김밥인데."

어색함을 깨려 자신의 건넨 종이가방을 다시 빼앗은 윤주가 식탁으로 향했다.

그사이 은서는 다시 바퀴벌레로 변해 침대 모퉁이에 숨어 그들의 어색한 모습을 지켜보고 있었다. 오늘 여자의 옷차림은 누가 봐도 상당히 신경 쓴 모습이었다. 잠시 그 모습을 지켜보던 은서 바퀴벌레의 눈동자가 흔들렸다. 콧잔등 위에 묻어 있는 하얀 밀가루가 그녀의 흑갈색 몸체와 확연한 대비를 이뤘다. 그만큼 그녀의 마음도 겉과 속이 확연하게 달랐다. 그녀의 눈에는 복잡함이 감겨 눈물이 일렁였다.

착잡한 마음으로 식탁 위에 종이가방을 내려놓은 윤주는 플라스틱 도시락통을 꺼내 뚜껑을 열기 시작했다. 그러면서 슬쩍 싱크대 쪽을 돌아보았는데 분명 무언가 만들려고 준비해놓은 재료들이 잔뜩 깔려 있었다.

"선배, 뭐 만들고 계셨던 거예요? 진짜 어려운 거 만드시려고 하신 거 같은데. 이거 빵 만드는 거 맞죠? 다시 보이는데요. 선배, 요리 잘하시나 보다…."

"아니 뭐…."

"일단 빨리 앉아서 이거 드셔보세요."

윤주의 말에 식탁에 앉은 나는 정성 가득한 김밥과 유부초밥을 보자 죄책감이 밀려들었다.

"저기 윤주야."

"네?"

윤주의 기대하는 표정을 보자 또 다른 미안함이 들었다.

"미안한데, 이거는 내가 나중에…."

딩동! 바로 그때 불편한 상황을 더욱 불편하게 만드는 초인종 벨 소리가 울렸다. 곧이어 두 번째 벨 소리는 내가 자리에서 일어나기도 전에 다시 울렸다. 오늘 무슨 날인가? 불청객이 하나 더 늘었다. 곧장 인터폰 화면을 봤는데 왜곡된 화면에 얼굴을 너무 바짝 들이밀어 누군지 잘 확인되지 않았다.

"누구예요?"

인터폰 화면에 시선을 고정한 채 윤주가 물었다.

누구지? 뭉툭한 코와 콧수염? 좀 더 자세히 보기 위해 인터폰으로 다가가는데 다시 벨이 울려댔다. 그리고 그 벨 소리에 번쩍 그가 누군지 깨달았다. 그는 바퀴벌레 헌터였다. 여전히 기이한 모습으로 화면에 얼굴을 들이밀고 있었다.

"아니야. 아무것도. 그냥 앉아있어."

당황한 나는 윤주에게 재빨리 얼버무리고는 인터폰 수화기를 들었다. 심장이 방망이질 치기 시작했다.

"저기 죄송한데요. 이제 필요 없으니까 그냥 가세요."

내가 정중히 거절하며 인터폰을 내려놨다. 그리고 돌아와 앉으려 했다. 그런데 다시 초인종이 울려대기 시작했다. 미친 듯이 연속적으로 계속 눌러대는 탓에 정신이 나갈뻔했다. 당장 나가서 한마디 해주려다가 참을 인(忍)을 마음속에 새기며 '무시하면 물러가겠지'란 생각에 반응을 보이지 않았다. 하지만 그는 물러날 생각이 없었고 더욱더 폭력적으로 현관문을 마구 두들겨대기 시작했다.

"저 사람 뭐예요? 무섭게 왜 저래요?"

윤주가 겁먹은 표정으로 물었다. 나 또한 더는 화를 참지 못하고 현관문으로 걸어 나갔다. 쾅쾅! 철로 된 문이 여전히 울려댔다. 나는 걸쇠를 걸고 문을 열어젖혔다. 그 순간 벌어진 틈 사이로 쾅! 하는 엄청난 굉음과 함께 뭉툭한 코만 불쑥 나타났다가 사라졌다. 곧이어 틈새로 앓는 소리가 들려왔다. 뭔 일인가 싶어 살펴보니 바퀴벌레 헌터가 복도에 주저앉아 코를 부여잡고 고통을 호소하고 있었다. 아마 문이 열리자 그 틈새로 들어오려고 얼굴을 들이밀었던 모양이었다. 나는 걸쇠가 걸려 있는 좁은 문틈 사이로 말을 전했다.

"이봐요. 이제 당신 같은 사람 필요 없어요. 저번에 말한 대로 제가 알아서 처리했고요. 바퀴벌레 싹 다 잡아서 처리했으니까. 그냥 시간 낭비하지 말고 가세요!"

휘청거리던 바퀴벌레 헌터가 간신히 몸을 추스르며 문틈 사이로 입만 나불거렸다.

"바퀴벌레의 사체를 보여주기 전까지 가지 않습니다. 제 눈으로 직접 확인해야 해요. 저의 직감은 세계 최고를 자부하죠. 전 세계 최고의 바퀴벌레 헌터니까요!"

"아니, 그럴 필요 없다고요. 제가 다 처리했으니까 그냥 갈 길 가세요!"

"전 한 번 잡은 먹잇감은 절대 놓치지 않습니다. 지구 끝까지라도 쫓아갑니다. 저의 이 세계 최고의 직감으로 봤을 때 그 바퀴벌레는 아직 살아있습니다. 절대 헛소리가 아니란 걸 증명해드리죠. 제가 바쁜 스케줄을 쪼개서 여기까지 온 이유는 제 고객이자 저희 인터내셔널 헌터스의 고객으로서 최상의 서비스를 받으실 권리가 있다는 걸 알려 드리러

왔습니다. 모든 문제가 다 처리될 때까지 완벽하게 마무리해드리는 것이 저희의 해드릴 수 있는 최선의 서비스입니다. 그리고 그건 저의 신조이기도 하고요. 제가 꼭 잡아드리겠습니다!"

나는 그의 말이 다 끝나기도 전에 문을 쾅! 닫아버렸다. 이건 뭐 이상한 정도가 아니라 거의 정신병자 수준이었다. 이러고도 서비스업에 종사한다니 정말 기가 찰 노릇이었다. 그런데 더 미치게 만드는 건 여전히 포기하지 않는 그의 집념이었다. 문을 닫자마자 돌아온 건 발길질이었다. 도가 지나치다 싶을 정도로 세찬 발길질에 잔뜩 성이 난 나는 거실로 들어가 지갑에서 5만 원짜리 한 장을 꺼낸 뒤 바로 현관으로 향했다. 그때 옆에 서 있던 윤주가 공포에 질린 얼굴로 물었다.

"선배. 경찰에 신고할까요?"

"아니 됐어."

돈을 쥐여주면 그래도 가겠지, 나는 그렇게 생각했다. 문은 여전히 쿵쾅댔다.

"제가 잡아드릴게요! 저를 믿으세요! 저는 세계 최고의 바퀴벌레 헌터입니다!"

나는 성큼성큼 현관문으로 다가가 걸쇠를 강하게 젖힌 다음 문을 활짝 열었다.

"이봐요. 여기 돈 있으니까…."

내가 말을 다 꺼내기도 전 갑자기 그가 나를 퍽하고 밀치더니 미친 듯이 안으로 밀고 들어오려 했다. 하지만 당황한 나도 이에 질세라 육탄방어에 돌입했다. 완전히 미친 대형 견 한 마리를 막고 있는 느낌이었다. 짐작건대 시뻘겋게 충혈된 눈에 입에선 침이 질질 흘리고 있으리라. 몸싸움이 일어난 바로 뒤에선 놀란 윤주가 창백하게 굳은 얼굴로

서 있었다.

"고객님 저를 믿으십시오! 저의 직감은 세계 최고를 자부합니다. 상상을 초월하는 능력이에요. 저흰 절대 고객님을 실망케 해드리지 않습니다. 제가 보증해드리죠. 아직 살아있습니다. 절대 죽지 않았습니다. 전 알 수 있습니다. 제가 바로 세계 최고의 바퀴벌레 헌터니까요!"

나불대는 입을 테이프로 봉해버리고 싶었다. 여전히 현관 앞에서 그와 실랑이를 벌이던 나는 이 상황이 점점 슬랩스틱코미디로 변해가는 듯했다.

"좀 나가! 나가라고요!"

사람 말이 씨알도 안 먹이는 광견병 걸린 개였다. 그렇게 발광하던 그가 갑자기 멈칫했다. 나도 그의 행동에 살짝 힘을 빠졌다. 그때 사색이 된 얼굴로 서 있는 윤주의 다리 사이로 바퀴벌레가 빠르게 지나갔다.

"바퀴벌레다!!!"

다시 광분하기 시작한 바퀴벌레 헌터가 소리쳤다. 그 소리에 놀란 나는 뒤를 돌아봤다.

"저 방금 봤어요! 조금 전에 바퀴벌레를 봤다고요! 정말 제 직감은 상상을 초월한다니까요!"

그때 돌아본 것이 화근이었다. 내 중심이 무너진 순간 바퀴벌레 헌터가 괴력을 발휘하며 앞으로 치고 나갔다. 나는 한순간의 방심으로 발광하는 미친개를 놓치며 현관 바닥으로 내동댕이쳐졌다. 그러나 중요한 건 그보다는 내가 더 간절했다는 것이다. 나는 기어이 넘어진 상태로 앞서나가던 바퀴벌레 헌터의 발목을 잡아챘다. 그러자 그가 철버덕 앞으로 꼬꾸라졌다. 바퀴벌레 헌터가 필사적으로 기어가려 애썼지만 나 또한 목숨을 걸고 그의 발을 놔주지 않았다.

"은서야! 도망가! 어서! 도망가라고!"

내가 거실을 향해 있는 힘껏 소리쳤다.

내 말에 윤주는 얼어붙어 있던 모든 것이 산산조각이 나는 것을 느꼈다. 그리고 눈앞에서 벌어지는 기이한 육탄전보다 그의 말 한마디가 엄청난 비수가 되어 돌아왔다. 모든 것이 한순간에 와르르 무너져 내리는 심정이었다.

"윤주야! 경찰에 신고 좀 해줘. 빨리!"

그의 다급한 목소리가 들렸지만, 그 순간 윤주는 다리에 힘이 풀리고 말았다. 주저앉고 싶은 간절한 마음을 애써 추스르며 이성적으로 판단할 때였다. 하지만 머리와 가슴은 따로 움직였고 이성과 감성이 가장 먼 거리에서 대립각을 세웠다.

"빨리!"

내가 누르기에 완벽히 성공하며 윤주를 향해 간절히 호소했다.

"네. 알았어요."

그제야 정신을 차린 윤주가 핸드폰을 꺼내 112에 신고했다.

"고객님. 이러시면 정말 곤란합니다. 세계 최고의 바퀴벌레 헌터인 저를 믿으셔야 해요. 제가 꼭 잡아드리겠습니다! 바퀴벌레가 절대 살 수 없는 환경으로 만들어버리겠습니다!"

얼마나 시간이 흘렀는지 모르겠다. 그래도 유도 기술이 완벽하게 들어가며 시간을 벌었고 온몸이 땀으로 범벅이 됐다. 집 앞에는 두 명의 경찰관 와 있었다. 그들은 바퀴벌레 헌터를 양쪽에서 부여잡고 연행해 가고 있었다. 그러나 여전히 그의 입은 꿰매지 않은 상태였다.

"고객님 이러시면 정말 곤란합니다. 고객님! 고객님! 저는 세계 최고의 바퀴벌레 헌터라니까요. 이런 방법은 저나 저희 인터내셔널 헌터스에도 서로 좋지 않습니다. 저를 믿으십시오! 제가 무조건….”

바퀴벌레 헌터의 목소리가 점점 멀어져갔다. 얼마 후 소동이 완벽히 진정된 거 같단 판단이 들자 나는 집 안으로 들어가려 했다. 그때 현관 한쪽에 서 있던 윤주가 내 팔을 덥석 잡았다.

“선배, 아까 은서라고 부르지 않았어요?”

윤주가 내 얼굴을 빤히 쳐다보며 말했다.

“내가 그랬었나? 잘 모르겠는데. 하도 정신이 없어서.”

나는 머리를 긁적이며 건성으로 대답했다.

“분명히 그렇게 불렀어요.”

“몰라. 그럼 그랬나 보지? 들어가서 마저 밥이나 먹고 가.”

내가 윤주의 어깨에 슬쩍 손을 올리며 들어가자는 제스처를 취했다. 하지만 윤주는 내 손을 피했다. 눈가에는 촉촉한 눈물이 맺혀있었다.

“아니에요. 선배. 저 갈게요.”

“그래? 그럼 내가 아래까지 바래다줄까?”

“아니에요. 혼자 갈게요.”

나는 굳이 잡으려 하지 않았다. 잡을 이유도 없었으며 잡아야 할 목적도 존재하지 않았다. 잠시 복도에 서서 윤주가 걸어가는 모습을 지켜보다 이내 문을 닫고 집 안으로 들어왔다. 집 안엔 이미 은서가 식탁에 앉아있었다. 그녀는 윤주가 만든 유부초밥을 집어 먹으며 맛을 음미하고 있었다. 나는 은서의 반대편으로 가 앉았다. 이젠 모든 상황이 종료되어 홀가분해질 거라 믿었지만 기분은 썩 좋지 않았다.

“오! 맛있어!”

은서가 감탄사를 내뱉으며 유부초밥을 한입 베어 물었다.

"이야. 생각보다 맛있네. 잘됐다!"

"잘됐다니? 뭐가?"

나는 심드렁한 표정으로 물었다.

"윤주 씨. 사람 참 괜찮아 보이더라. 몸매도 좋고 생각보다 요리도 잘 하는데."

이번엔 김밥을 입에 넣고 오물거리며 말했다.

"뭔 소리 하는 거야? 그게 어쨌다고! 난 지금 생활에 만족해. 행복하다고."

울컥 치밀어 오르는 감정에 못 이겨 내 톤이 약간 높아졌다.

"말도 안 되는 소리 하지 마! 난 이미 죽은 사람이라고! 오빠랑 함께 살 수 없어!"

"말이 안 되긴 뭐가 안 돼. 지금 이렇게 잘살고 있잖아. 근데 뭐가 안 된다는 거야. 난 더 바라지도 않아. 지금 이 상태로도 너 하나만 있으면 된다고!"

일순간 무거운 침묵이 내려앉았다. 침묵이 길어질수록 그 무게가 마음을 짓눌렀다. 하지만 내가 침묵을 깰 수 없음을 안 이상 어떠한 말도 덧붙이지 않았다. 그때 고민하던 은서가 말을 꺼냈다.

"오빠…. 나 좀 있으면 돌아가야 해. 저승으로 돌아가야 한다고."

은서의 차분한 목소리에 순간적으로 무슨 말인지 깨닫지 못했다. 머리보다 가슴이 먼저 아프다는 걸. 마음을 짓눌렀던 무게가 이젠 가슴 전체를 짓이겨 갑자기 숨을 못 쉴 정도로 답답해졌다.

"뭔 소리야! 돌아가야 한다니? 그게 무슨 말이야!?"

부질없는 눈물이 감정을 주체하지 못한 채 마구 흘러내렸다.

"나 돌아가야 한다고. 내가 이승에 다시 돌아온 이유는 사랑하는 사람들에게 인사하러 온 거야. 이승에 남겨두고 떠난 내가 사랑한 모든 사람에게. 그리고 내가 가장 사랑한 오빠에게 잠깐 인사하려고 온 거라고! 하지만 난 지금 이렇게 오빠를 만난 것만으로도 만족해. 더 바라는 건 내 욕심일 뿐이지. 그래 내가 어이없이 죽은 건 맞아. 운명이 바뀌고 잘못됐다는 걸 안 것도 맞는 얘기였고. 하지만 그렇다고 해서 이미 벌어진 운명이 바뀌지는 않아. 난 이미 죽은 사람이라고. 오빠는 산 사람이고…."

은서가 잠시 말을 멈췄다. 아마 내 목이 메는 것만큼 그녀의 목도 가득 멜 것이다. 나는 이미 익숙해져 버린 줄 알았던 비통함에 다시 한번 강하게 채였다. 이번에는 그 강도가 남달랐다. 언제나 지나간 날은 아픔에서 쓰라진 추억으로 뉘엿뉘엿 넘어가지만, 현재에 맞서는 비통함은 그 어떤 고통보다 끔찍했다. 그것도 비참하리만치 심장이 무너져내리고 있었다. 나는 억지로 잠긴 목소리를 힘껏 짜내 은서에게 되물었다.

"언제 가는데…."

"이제 2주도 안 남았어."

이별 여행 이야기

잠이 오질 않았다. 새벽 3시가 지나가고 있는데 멀뚱멀뚱 불 꺼진 천장만 바라보고 있었다. 머릿속은 복잡한 생각들이 미로처럼 엉켜 방향을 잃은 지 오래였다. 이 와중에 은서는 곤히 잠들어 있었다. 평온하게 잠들어 있는 은서를 보고 있자니 갑갑한 마음만 커졌다.

'이제 2주도 안 남았어. 그리고 그녀가 이곳에 온 진짜 이유는?'

순간 머릿속을 스치는 게 있었다. 바로 은서의 시나리오! 분명 예전에 나눴던 대화 중 시나리오 안에 단서 될만한 게 있을지도 모른다는 생각이 번뜩 떠올랐다.

"그런데 왜 여행이라는 소재를 택한 거지?"

"사람들이 한곳에 오래 갇혀 있다 보면 바깥세상이 궁금해지잖아. 내가 조사한 자료에 의하면 소아 병동 아이들한테 제일 가고 싶은 곳을 물어보면 대부분 바다부터 가고 싶다고 했어. 산도 좋고 계곡도 있지만 탁 트인 바다만큼 사람을 설레게 하는 공간은 없는 거 같아. 왠지 드넓게 펼쳐진 바다를 보고 있노라면 자연과 동화되고 마음도 깨끗하게 정화되는 거 같더라고. 그런데 움직이지 못하는 아이들은 얼마나 바다가 보고 싶겠어. 나도 가끔 뜬금없이 바다가 보고 싶을 때가 있는데 말이야. 소박한 거 같지만 절대 쉽게 행동할 수 없는 애들에겐 희망 사항 같은 거지. 누군가에겐 희망 고문이기도 하고 말이야. 그래서 여행이란 소재를 선택한 거야. 미소를 위한 미소 아빠의 특별한 대리 여행!"

나는 은서가 깨지 않도록 침대에서 조용히 걸어 나와 그녀의 작업실로 향했다. 문소리가 나지 않도록 주의하며 방문을 닫은 후 불을 켰다. 아담한 은서의 작업실은 옷장도, 화장대도, 컴퓨터 책상도 예전 그대로였다. 다만 책상 위에는 내가 짐 정리하려고 들고 들어왔던 종이상자가 올려져 있었다. 상자 안에는 정리한다만 은서의 물품들 몇 개와 은서의 시나리오가 들어있었다. 나는 상자에서 은서의 시나리오를 꺼내 바닥에 주저앉아 시나리오의 첫 페이지를 읽었다. 커다란 제목 아래 은서의 이름이, 그리고 그 아래 그녀가 직접 쓴 필체가 눈에 들어왔다.

박현수 씨! 이거 꼭 읽고 평가해줘. 내 첫 작품의 반은 다 오빠와 함께한 것이야. 누구보다 오빠가 가장 먼저 봐주길 바라. 그리고 오빠의 평가를 가장 먼저 듣고 싶어. 무슨 말인지 알지? 장담컨대 정말 기대해!

-오빠가 가장 사랑하는 천재 작가 은서가-

왜 이제야 꺼내 보게 됐을까 내심 속으로 자책하며 설레는 맘으로 첫 장을 넘겼다.

프롤로그

빠르게 회전하는 자전거 바퀴. (C.U)

카메라가 뒤로 빠지면 자전거 페달을 구르는 남자의 발.

더욱 빠지면 자전거를 타고 있는 한 남자가 보인다.

산발한 머리에 조금 지저분해 보이는 모습의 남자.

앞가슴에는 포대기에 싸인 조금 큰 아이가 매여져 있다.

카메라가 더욱 빠지면 남자가 탄 자전거 뒤로 넓은 해안도로가 보이고
더 빠지면 해안도로 너머로 햇빛에 반사돼 반짝이는 드넓은 바닷가가 펼쳐진다.

남자(Na)   미소야. 거의 다 왔어. 조금만 기다려.

달리는 자전거 뒤로 절경의 드넓은 바다와 푸른 하늘이 맞닿아 있다.
푸른 하늘 위로 뭉게구름 피듯 새겨지는 타이틀.

이별 여행

오프닝은 나쁘지 않았다. 다만 죽은 아이의 시체를 프롤로그에서 공개하느냐는 논란의 여지가 있었다. 영화의 많은 공법 중 엔딩의 일부를 맛보기로 보여주고 다시 과거부터 시작하는 영화들은 많았다. 하지만 시체를 시작부터 보여주느냐의 문제는 제작자와 투자자가 보는 견해에선 달갑지 않은 부분이었다. 다행히 작문 상으로 사체라는 명칭이 직접 들어가지 않은 걸로 보아 애매하게 처리되지 않을까 싶었다.

S#2. 미소의 집 (낮)

분주한 아침, 평범한 가정처럼 바쁘고 일상적인 모습이다.
싱크대에서 등을 진 채 아침을 준비하는 남자. 미소 아빠, 장현식(42)

현식   (반찬을 싸며) 미소야. 준비 다 했어?
미소(V.O)   아니, 아직.

> 현식   늦겠다. 빨리 가자.
>
> 미소(V.O)   좀만, 좀만 금방 나갈게.
>
>
> 숙련한 모습으로 빠르게 도시락을 싸는 현식.
> 어느새 미소의 책가방까지 들고 현관 앞에 서 있다.
>
>
> 현식   빨리 나와라!
>
>
> 허겁지겁 덜 말린 머리로 화장실에서 뛰쳐나오는 여자아이, 미소(8).
> 곧바로 신발을 신고 현식이 전해주는 책가방을 등에 멘다.
>
>
> 미소   빨리 가요. 아빠.
>
> 현식   네가 빨리 나와야 빨리 가지. 안 그래? 우리 공주님.
>
>
> 아이가 귀여운지 볼을 살짝 꼬집는 현식, 이후 미소의 손을 잡고 집을 나선다.

극 초반 둘의 다정한 모습을 보고 있으니 자연스레 미소를 지어졌다. 시나리오는 은서가 언급했던 방식 그대로 진행되고 있었다. 미소의 사체를 안고 여행을 다니는 아버지의 모습과 죽기 전 미소의 일상생활에서 병상 전, 후의 모습이 서로 교차하면서 삶의 의미를 차곡차곡 쌓아가는 방식이었다. 무난한 시작과 담담한 이야기는 조금씩 감정을 쌓아가다 미소가 쓰러지면서부터 급속도로 극의 전개가 빨라졌다.

S#34. 병원 복도 (낮)

대기 의자에 앉아 아빠를 기다리는 미소.

이때 진료실 문이 열리고 현식이 나오는데 표정이 좋지 않다.

미소   아빠 왜 그래?

현식   (울음을 참으며) 아니야. 잠깐만 아빠 화장실 좀 갔다 올게.

애써 미소 지어 보이며 재빨리 자리를 피하는 현식.

그런 현식의 모습을 어리둥절하게 쳐다보는 미소.

S#35. 화장실 (낮)

변기 위에 앉아 입을 틀어막은 채 서럽게 우는 현식.

S#36. 산길 (낮) - 현재

죽은 미소를 앞가슴에 업은 채 힘겹게 산을 오르는 현식.

현식(Na)   미소는 그렇게 병을 얻었습니다.

현식의 얼굴에 땀이 송골송골 맺혀있다.

현식(Na)   보통 루게릭병을 얻고 나서 1년에서 2년, 그 이상도 산다고
                         합니다. 그러나 미소는 그렇지 못할 수도 있다고 하네요.

지나가는 사람들이 쳐다본다.

현식(Na)   너무 어린 나이에 병을 얻어서 근육이 제자리도 잡기 전에 전부 소멸하여버릴 수도 있기 때문입니다. 근육이 사라지는 속도가 성인보다 배는 빠르다네요.

약수터, 먼저 목을 축인 현식이 물을 떠서 건네보지만, 미소는 답이 없다.

현식(Na)   거기다 합병증까지 온다면 면역력이 떨어지는 미소에겐 더욱 치명적일 수 있다는 말이 저를 더 힘들게 합니다. 하지만 저는 포기하지 않을 겁니다.

주위의 시선에도 아랑곳하지 않고 계속 산을 오르는 현식.

현식(Na)   1년이 될지 6개월이 될지 모르지만 이젠 그런 건 중요하지 않습니다. 내 몸 하나 갈기갈기 찢겨나갈지라도 포기하지 않을 겁니다. 차라리 내가 대신 죽을 수만 있다면 그렇게 하겠지만 그러지 못한다는 걸 알기에 남아있는 모든 걸 미소에게 받칠 겁니다. 반드시 일어나도록. 1년의 기적이 10년이 되고, 100년이 될 수 있도록 미소를 보살필 겁니다.

S#37. 산 정상 (낮)

힘겹게 바위 위로 발을 올리는 현식, 그곳에 올라서니 산 정상이다.
눈 앞에 펼쳐진 산 아래의 전경, 푸르른 나무들과 조그맣게 보이는 도시들.
가슴에 안고 있던 미소를 들어 올려 목말을 태우는 현식.
고개를 가누지 못하는 미소의 얼굴이 자꾸 아래로 떨어진다.

| 현식 | 미소야, 정상이야. 네가 그렇게 마시고 싶었던 산 공기야. 이제 야호라고 외쳐봐야지? 우리 미소, 그렇게 하고 싶어 했잖아. |

눈가가 촉촉해지는 현식.

| 현식 | (소리친다) 야호! 미소야. 근데 그거 알아? 산에서 '야호!'라고 소리치면 동물들이 놀란대. 그리고 잘못하면 벌금도 물 수 있거든. 근데 미소는 이런 거 하나도 모르네. 아빠가 자세히 알려주고 싶었는데. (하늘을 보며) 그래도 우리 미소 듣고 있는 거지? 야-호! |

미소의 투병 생활과 죽은 미소를 업고 여행하는 현식의 이야기가 수시로 교차했다. 절망과 희망 사이를 오가며 미소가 서서히 죽음을 인지해가는 과정들. 죽은 미소를 업고 여행하며 사회적으로 사람들과 사사건건 부딪치는 사건들이 적재적소 시나리오 곳곳에 잘 배치되어 있었다. 다소 상투적인 분위기와 클리셰가 많은 소재였지만 이야기를 이끌어나가는 필력이, 긴장감 있게 만드는 밀고 당기는 기술이 생각보다 뛰어났다. 소위 말해 흔한 소재로 재미와 감동, 깊이를 단번에 잡고 있었다. 몇 장면 중에 가장 긴장감 있었던 장면은 현식이 경찰에 쫓기는 장면이었다. 한번은 마을주민의 신고로 사체를 안고 무작정 도망가는 장면이었고, 다른 하나는 경찰에 잡혀 경찰서에 끌려가는 장면이었다. 하지만 현식은 사체가 없다는 이유로 풀려나게 되고 하수구 안에 숨겨뒀다 미소의 사체를 다시 찾아 여행을 마무리하는 장면이었다. 모질고 죄책감 드는 최악의 선택이었지만 아직 미소를 위해 할 일이 남은 아버지

의 어쩔 수 없는 선택이기도 했다.

S#97. 병실 안 (밤)

불 꺼진 5인 병실 안, 어둠 속에 모두 잠들어 있는 병실 안 사람들.

희미한 숨소리와 들릴 듯 말 듯 한 기계음이 고요함을 채우고 있다.

푸르스름한 달빛이 창으로 스며들며 병실 안을 비추면

병실 안, 가장자리 침대에 잠들어 있는 미소의 얼굴이 보인다.

그 아래 간이침대에서 모포를 덮고 잠들어 있는 현식.

그때 갑자기 들려오는 고통을 목구멍으로 삼키는 소리가 들린다.

그 소리에 놀라 벌떡 일어나는 현식이 미소를 바라보는데

끙끙 앓고 있는 미소의 얼굴은 이미 식은땀으로 범벅이다.

현식   (작은 목소리로) 미소야! 괜찮아? 괜찮은 거야? 미소야.

눈을 뜨지 못한 채 계속 헐떡이며 호흡마저 불안하고 거칠어지는 미소.

그 소리에 병실 안 사람들 모두가 잠에서 깬다.

현식   (땀을 닦아주며) 미소야. 눈 떠 봐! 일어나봐! 괜찮아? 좀만
        기다려. 아빠가 의사 선생님 불러올게. (울먹이며) 좀만 버텨!
        조금만!

재빠르게 인터폰으로 손을 옮기려던 순간 희미한 목소리로 중얼거리는 미소.

그 소리에 움찔! 인터폰 잡은 손을 슬며시 내려놓는 현식.

불안한 기색을 머금고 미소의 입가에 귀를 가져다 댄다.

현식	(놀란 눈으로) 방금 뭐라고 했어. 우리 공주님. 장난치는 거지?
미소	(헐떡이던 숨을 고르며) 죽여줘.
현식	왜 그래. 우리 공주님. 그런 장난치면 못 써요.
미소	아니야. 아빠. 나 진심이야. 제발 나 하늘나라 보내줘.

숨을 고르다 사레 걸린 것처럼 심하게 기침하는 미소.
그 광경을 지켜보며 침묵 속에 갇혀 버린 병실 안 사람들.

미소	(호흡을 가다듬고) 아빠. 나 더는 못하겠어. 너무 힘들어. 정말 죽고 싶을 만큼 힘들다고. (다시 숨을 고르며) 눈앞에 천사들이 왔다 갔다 하는데 나만 보고 웃기만 해. 빨리 오라고 손짓도 안 해주고 그저 웃기만 한다고. 난 정말 하루하루가 지옥처럼 힘든데 말이야.
현식	왜 그래? 우리 공주님. 아빠가 의사 선생님 모셔 올까?
미소	아빠. 나 이제 놓아줘. 제발. 어? 놔줄 거지?
현식	(억지로 웃으며) 무슨 소리야, 아빠는 우리 미소. 놓지 않아. 무슨 일이 있어도 절대 놓지 않을 거야.
미소	(인상 쓰며) 아빠는 욕심쟁이야. 내가 힘든 건 안 보여!? 난 정말 죽고 싶단 말이야!!!

잠시 침묵이 흐르고 눈물 고인 눈으로 서로를 빤히 쳐다본다.

현식   (분위기를 바꿔보려 애쓰며) 우리 공주님. 아빠가 왜 미소 이름
       을 미소라고 지은 줄 알아?

듣기 싫다는 표정으로 고개를 세차게 흔드는 미소.
그런 미소의 얼굴을 어루만지며 눈물을 닦아주는 현식.

현식   아빠가 미소 처음 봤을 때 뭔 생각이 떠올랐게? 신기하게도
       정말 아무것도 안 떠올랐어. 그냥 우리 공주님 보며 미소 짓
       고 있었지. 세상에 처음 만난 날부터 아빠를 미소 짓게 만든
       사람이 누구지 알아? 우리 미소밖에 없어. 세상 그 누구도
       아니야. 바로 지금 눈앞에 있는 우리 공주님뿐이지.

미소   (조금씩 진정하며) 하늘나라에 있는 엄마는….

현식   엄마는 미소의 발톱의 때만큼도 못 따라와.
       (귀에 대고)이건 비밀인데 아빠는 엄마보다 미소를 훨씬 더 좋
       아했단다. 그래서 엄마가….

갑자기 흐느끼기 시작하는 미소.
침묵 속 아이의 울음소리만이 병실 안을 가득 채운다.

현식   (덩달아 울컥하며) 미안해. 우리 공주님. 정말 아빠가 미소한
       테 너무 미안해. 이게 다 아빠가 욕심쟁이라서 그래. 욕심부
       린다고 미소만 아프게 하고. 정말 너무 미안해.

미소   (흐느끼며) 엄마 보고 싶어.

갑자기 와락, 미소를 끌어안는 현식.

미소   아빠 미안해.

현식   아빠가 더 미안해.

화면이 멀어지며 흐뭇하게 그들을 바라보고 있는 병실 전경을 비춰준다.

S#98. 병원 안 교회 (새벽)

새벽의 푸른빛이 스테인리스 글라스에 투과된다.

예배당 안, 맨 앞자리에 앉아있는 현식.

현식   (커다란 나무 십자가를 노려보며) 저 아이가 무슨 죄가 있나요? 정말 당신은 존재하긴 해요? 존재한다면 이건 너무 가혹한 벌이지 않습니까? 저 작은 아이가 왜 저런 끔찍한 고통 속에서 아파하는 걸 그냥 보고만 있습니까? 즐거우신가요? 이게 다 제 업보였다면 제가 죗값을 치르게 하는 게 정당하다고 생각되지 않습니까? 당신이 얼마나 대단한 존재기에! 남을 맘대로 심판하고 벌합니까! 그럴 자격이 있나요? 신이면 다 그래도 됩니까? 제발! 죄가 있다면 모든 죄 제가 다 업고 가겠습니다. 다음 생에 다시 태어나서도 그 죄가 남아있다면 그 죗값도 제가 다 치르겠습니다. 제가 다 달게 받을게요. 그러니까 제발, 정말로 당신이 존재한다면 그 벌을 제게 주십시오. 제발 우리 미소만은 데려가지 말아 주세요. 부탁 드립니다.

S#99. 병실 안 (아침)

퉁퉁 부은 눈으로 병실로 돌아오는 현식.

그런데 웅성거리던 병실 안 사람들이 현식을 보고 탄식을 내뱉는다.

싸한 병실 분위기에 놀란 현식이 다급히 사람들을 헤치고 달려가는데

이미 싸늘한 주검이 되어 있는 미소.

흰 천을 덮어주는 간호사의 손을 잡고 침대 옆에 주저앉는 현식.

그 모습에 간호사도 하던 일은 멈추고 기다려준다.

현식(V.O)   미소야. 가고 싶은 곳 없어? 아빠가 우주 끝까지라도 데려

　　　　　　다줄게.

미소(V.O)   산!

　　S#100. 산 정상 (낮)

산새 소리가 선율처럼 울려 퍼진다.

현식　　　야호! 하고 외치고 싶은 거지?

해맑게 고개를 끄덕이는 미소.

현식　　　또? 어디?

미소　　　바다!

화면 위로 파도 소리가 오버랩 된다.

　　S#101. 해안도로 (낮)+프롤로그

드넓은 바다가 펼쳐진 해안도로를 따라 자전거를 타고 달리는 현식.

그의 가슴에 싸인 포대기 안에 아이, 미소다.

현식(V.O)   미소야. 거의 다 왔어. 조금만 기다려.

S#102. 바닷가 (낮)

모래사장에 자전거를 세워놓고 미소와 나란히 앉아있는 현식.

현식   (미소를 지으며) 미소야. 바다야.

핏기 없는 창백한 얼굴, 시퍼런 입술, 푹 꺼진 시커먼 눈꺼풀이 미소의 시야를 덮고 있지만 실제로는 웃고 있는 것처럼 미소의 입가엔 묘한 미소가 번져있다.

현식(V.O)   또 가고 싶은 데는 없어?

미소(V.O)   엄마한테 갈래.

그 말에 살며시 웃는 현식. 힘없는 미소의 고개를 자신의 품에 끌어안는다.

마치 바다를 배경으로 앉은 두 사람의 뒷모습이 한 폭의 그림 같다.

현식(Na)   지나가는 사람들이 묻습니다. '왜 죽은 아이를 데리고 다니세요?'

그러면 저는 늘 한결같이 대답합니다. '아이가 가고 싶어 했거든요.' 사람들이 다시 묻습니다. '아이는 왜 앞으로 매고

다녀요?'

그러면 항상 같은 대답을 합니다. 어느 날 제가 침대를 정리하려고 뒤로 갔더니 아이가 막 울더라고요. 그래서 왜 우느냐고 물었더니. 저보고 뒤로 가지 말래요. 아빠가 안 보인다고. 루게릭병에 걸린 미소가 목을 못 가누니까 저를 볼 수 없었던 거예요. 조금이라도 더 보고 싶은데 마음대로 안 되니까. 속상했다고 하더라고요. 그래서 늘 앞으로 매고 다녔어요. 여행하는 동안 아빠 얼굴 지겹도록 보라고. 하늘나라 가서도 까먹지 말라고.

코끝이 찡하게 아려왔다. 마지막 장을 덮으면서 나도 모르게 눈물이 흘렀다. 은서는 정말 대단한 일을 해냈다. 주관적이고 편향적인 평가라는 사실을 부정하진 않겠지만 이건 꽤 괜찮은 작품이었다. 우려했던 진부함과 식상함, 그리고 상투적인 것들까지도 전부 기우에 불과했다. 무작정 슬프기만 한 영화도 아니었으며 삶에 관한 이야기, 정서적인 부분까지 잘 표현되어 있었다. 은서의 시나리오는 어릴 적 본 〈굿바이 마이 프렌드〉라는 영화와 많이 닮아있었다. 정적인 분위기, 병마와의 싸움을 담담하고 유쾌하게 받아들이는 자세, 거기에 전체적인 영화의 톤을 잘 조절한 듯싶었다. 전형적인 애정극에서 탈피해 담담하게 받아들이는 태도가 너무 좋았다. 은서가 말했던 삶의 연속성이 그대로 드러나 있었다. 삶을 살아가면서 특별한 날이 얼마나 되겠는가. 은서는 그걸 알고 있었다. 사소한 감정 하나하나를 중시했던 그녀에게 이런 이야기가 나왔다는 것 자체가 너무나 당연한 결과였는지도 몰랐다. 그런데 억울한 건 이 시나리오가 그녀의 처음이자 마지막 시나리오였다. 이후 10분이란 시간이 더 흘렀건만 아직도 가시지 않은 여운이 자리에서 일어나려는 나를 자꾸만 끌어당겼다. 하지만 이젠 일어나야 했다. 해야 할 일이 있었다. 여향(餘響)의 손아귀에서 간신히 벗어난 나는 몸을 추스르며 문을 열고 은서의 작업실을 나왔다.

거실은 아직 어두웠다. 해는 여전히 은서와 함께 잠들어 있었다. 시계를 보자 바늘이 새벽 5시를 가리키고 있었다. 2시간 동안 은서의 작업실에 앉아 시나리오에 너무 몰입한 나머지 생각지도 못한 새벽을 맞이하고 있었다.

17

새로운 계획

새 아침을 맞이한 나는 출근하자마자 직접 지점장님을 찾아 면담을 요청했다.

"박 대리, 아니 박현수. 지금 그걸 말이라고 하는 거야?"

"압니다. 점장님. 하지만 안 된다면 제가 그만두겠습니다."

내 말에 흥분한 지점장이 목덜미를 잡았다. 옆자리에 같이 있던 팀장은 황당한 표정을 지었다.

"야 박현수! 휴가 5일에 1년 치 연차를 다 쓰고 2주를 통째로 빼달라고? 그것도 당장 오늘부터? 그게 지금 말이 된다고 생각하니? 아니 그렇게 할 수 있다고 치자. 그렇지만 오늘부터는 아니잖아. 지금 자네가 맡은 업무들이 은행 내에서 얼마나 중요한지 자네가 더 잘 알지 않아? 그리고 오늘부터 당장 빠지게 되면 자네 자리는 누가 메울 건데? 지금 당장 본사에 통보하고 인원 지원받으려고 해도 적어도 며칠은 걸릴 거야. 그렇게 자네 맘대로 막무가내로 추진할 일이 아니라고!"

"죄송합니다. 팀장님. 저는 더 이상 드릴 말씀이 없습니다. 제가 부재중에 관리할 수 있는 부분이 있다면 그 부분에 대해선 최대한 협조하겠습니다."

내 확고한 의지를 재차 확인하자 팀장이 머리를 감싸 쥐었다. 잠시 지점장실 안에 육중한 침묵이 자리 잡았다. 그러나 그 침묵은 오래가지 않았다.

"왜 이런 무책임한 짓을 하려는 거지. 도대체 이유가 뭐야?"

침묵을 깬 건 지점장이었다.

"죄송합니다. 그냥 제 인생에 있어서 가장 중요한 시기라고만 알아주셨으면 합니다."

"정말 자네 인생을 걸 만큼 그렇게 중요한 일인가?"

"네. 제 인생 전부를 걸 만큼 가장 중요한 일입니다."

"후회 안 해?"

"이 일을 하지 않는 것보다 더 큰 후회는 없습니다. 부탁드리겠습니다. 점장님."

지점장실에서 나온 나는 일터로 향하지 않고 VIP들이 이용하는 통로로 걸어 나왔다. 그러자 행원들의 시샘 어린 시선이 느껴졌다. 평소에도 은행 내에서 많은 스포트라이트를 받아왔던 터라 그들의 시선이 크게 신경 쓰이지는 않았다. 통로 끝에는 석진이 초조한 얼굴로 나를 기다리고 있었다.

"어떻게 됐냐?"

그의 물음에 나는 고개만 끄덕였고 석진은 알았다는 듯 침묵의 미소로 대답을 대신했다. 우리는 정문까지 함께 걸어갔다. 걷는 동안 둘 사이엔 별다른 대화가 오가지 않았다. 나는 오늘 아침 출근길에 석진에게 따로 전화를 걸어 이런 상황이 일어날 거라고 미리 언질을 주었다. 그러면서 친구라는 얄팍한 정을 들먹이며 내 업무도 도와달라는 부탁을 했다. 당연히 그는 투덜대면서도 흔쾌히 그렇게 해주겠다고 말했다. 무슨 일인지에 자세히 설명해주진 않았지만, 그는 나를 이해해주었다.

어느새 정문 앞에 다다른 우리는 문 앞에 멈춰 섰다. 석진이 손을 내밀며 악수를 청했는데 나는 친구 사이에 무슨 악수냐며 사양하려다가 다시 그의 손을 맞잡았다.

"뭔 일인지 잘 모르겠다 만 잘 다녀와라. 외계인의 침략은 내가 다 막고 있을 테니 은행 걱정은 하지 말고, 알았지!"

"알았어. 고마워."

내가 답하며 웃자 석진은 그렇게 웃지 말고 빨리 가라며 재촉했다. 나는 그런 석진을 향해 다시 한번 웃어 보이며 은행 문을 나섰다.

한편 창구에 앉아 할아버지를 상담하고 있던 윤주는 업무에 집중할 수 없었다. 그 이유는 정문 앞에 서 있는 현수 때문이었다. 그는 석진과 함께 정문 앞에 서서 짧은 대화를 나눈 뒤 은행 밖을 나서고 있었다.

"저기 내가 잘 몰라서 그래. 기계를 다룰 줄 몰라서 아가씨가 이것 좀 해줘."

할아버지가 통장을 내밀며 말했지만, 윤주의 시선은 현수에게 고정되어 있었다.

"매일 아가씨가 해줬잖아. 오늘도 똑같이 해줬으면 하거든."

항상 같은 시간에 찾아와 윤주에게만 상담받는 은행의 단골 할아버지 고객이었다.

"어르신 정말 죄송한데, 잠시만 기다려주시겠어요?"

윤주는 할아버지가 내민 통장을 받아 그 자리에 내려놓고 창구를 돌아 현수가 나간 길을 따라나섰다.

나는 은행 문을 나서며 잠시 내가 일해온 은행 건물을 돌아보았다. 어쩌면 오늘이 이곳에서 일하는 마지막일지도 모른다는 생각이 들자 남다른 감회에 젖어 들었다. 하지만 이제부터 해야 할 더 중요한 일을 생각하니 마음이 한결 가벼워졌다.

"선배!"

그때 은행 문이 열리며 윤주가 달려 나왔다.

"선배, 설마 그만두시는 건 아니죠?"

"어? 윤주구나. 미안하다 내가 따로 인사를 못 했네."

나는 선한 웃음으로 말을 이었다.

"그리고 나 그만두는 거 아냐. 그냥 잠깐 쉬려고."

"저 때문인가요? 선배? 이게 다 저 때문이라면….”

"에이, 무슨 소리야. 아니야. 너랑 전혀 상관없는 일이야."

"선배, 부탁인데 저 때문이라면 그러지 마세요. 정말이에요. 제가 그만둘 테니 절대 그러지 마세요!"

윤주의 눈가에 눈물이 일렁였다.

"아니야. 그런 거 아니니까. 너무 걱정하지 마. 나 돌아올 거야."

나는 그녀에게 손을 흔들어주며 돌아섰다. 뭔가 홀가분해진 기분이 들었다. 정확히 그 기분이 뭔지 알 순 없었지만, 확실히 좋아진 것만은 확실했다. 작열하는 태양 아래 선선한 여름을 만끽하며 기분 좋은 마음으로 집으로 향했다.

윤주는 멀어지는 그의 뒷모습을 우두커니 바라봤다. 지금 그녀가 할 수 있는 건 아무것도 없었다. 그저 행운을 빌어주고 응원해주는 것뿐이었다. 할 수 있는 게 그것뿐이었다.

18

출발

흰색 벤츠 C클래스 카브리올레가 서해안고속도로로 진입하기 시작했다. C클래스 카브리올레는 2주 동안 우리의 발이 되어줄 차량이었다. 벤츠 차량을 2주나 빌리는 데 큰 비용이 들었지만, 은서와의 마지막 여행을 위해서라면 이 정도 지출은 가능했다. 평일 오전 고속도로는 생각보다 한산해서 액셀을 좀 밟았다. 곧이어 국도로 접어들자 양옆으로 푸르른 산새가 보였다. 은서는 창문을 열어 바람을 맞았다.

"문 열까?"

내가 물었다.

"문?"

창가에서 눈을 뗀 은서가 호기심이 어린 얼굴로 바라봤다.

"이거 오픈카잖아?"

"아? 이거 뚜껑 열리는 거였어? 정말? 빨리 열어봐."

한층 상기된 얼굴로 천장의 검은 천을 가리키며 말했다.

"가운데 센터 콘솔에 버튼 보이지 그거 위로 당겨 봐."

나는 룸미러를 통해 도로에 차가 없는지 확인하고 차량의 속도를 천천히 줄였다. 그러자 은서가 가운데 있는 오픈 버튼을 위로 당겼고 곧이어 천장의 천이 뒤로 젖혀지면서 트렁크 안으로 들어갔다.

"와! 예술인데! 이런 게 오픈카구나!"

어린아이처럼 신난 은서의 말에 나는 아는 척 룸미러로 몰래 감상하며 감탄했다.

"좋지? 죽이지? 바람도 쐬어봐."

자동차 앞 유리에 양손을 얹고 일어선 은서는 자신에게 달려드는 바람을 맞으며 눈을 감았다. 상쾌한 바람이 은서의 옷깃을 휘날렸다. 나는 그녀의 행복한 모습을 보고 있는 것만으로 뿌듯함이 느껴졌다. 주변의 풍경도 뿌듯함만큼이나 좀 더 아름다워지기 시작했다. 싱그러운 초록빛에서 드넓은 바다의 푸른빛으로 풍경도 바뀌었다. 한동안 바람을 맞던 은서가 다시 자리에 앉자 차 안에 평안한 침묵이 찾아들었다. 이 침묵은 행복한 체험을 되새기며 음미하는 시간이었다. 나는 행여나 짧은 침묵이 깨질까 잠자코 기다렸다. 행복의 침묵을 깨는 건 언제나 그녀 몫이었으니까.

"근데 뒷좌석에 저 플라스틱 어항은 뭐야?"

침묵을 깬 은서가 부드러운 목소리로 물었다. 그녀는 몸을 돌려 뒷좌석에 놓여있던 플라스틱 어항을 앞으로 가져왔다. 새파란 지붕 아래 투명 플라스틱 어항은 꽤 그럴싸한 모양을 갖추고 있었다. 어항 내부의 바닥은 대비되는 검정과 흰색 조약돌로 꾸며져 있었고 그 위는 인조 풀과 갖은 곰팡이들이 흩뿌려져 있었다. 곰팡이는 회색 먼짓덩어리부터 푸른색 곰팡이까지 색깔도 다양했다. 거기에 한쪽 벽면에는 꿀이 발라진 과자부스러기도 수북이 쌓여 있었다.

"멋지지? 널 위해 준비한 거야!"

내가 으스대며 말했다.

"뭐야 이게. 유치하게 시리."

이리저리 어항을 둘러보던 은서가 기가 찬 표정을 지어 보였다.

"왜 그래. 이래 봬도 오성급 호텔이야."

"이게? 언제부터 호텔이 별을 거꾸로 셌데? 그래도 정성이 갸륵하니까 봐준다."

내 뻔뻔함에 나도 모르게 웃음이 터지고 말았다. 그 모습을 지켜보던 은서도 따라 웃었다. 마침 웃고 있는 은서의 모습을 보자 시간이 멈춘 것 같았다. 박장대소하며 함박웃음을 짓고 있는 은서의 모습에서 갑자기 마지막이란 생각이 문득 들었다. 아무리 슬프더라도 그 속에선 무조건 행복했으리라. 마지막은 생각하지 말아야 했다. 나는 그렇게 나 자신을 세뇌하며 정신을 가다듬었다. 행복으로 점철되고 있는 찰나에 더는 슬퍼 보이지 말자고, 나는 행복해 보이려 더욱 크게 웃어 재꼈다. 마치 너무 웃어 차량이 흔들릴 정도였다고 과장하기 위해 핸들을 살짝 꺾어주는 재치도 발휘했다. 그러자 갑자기 은서의 얼굴에서 웃음기가 싹 가셨다.

"장난치지 말고 안전 운전해라."

그 말에 나는 멋쩍게 웃었다.

"미안해. 너무 웃어서 말이야."

순간 은서가 나를 빤히 쳐다봤다.

"왜 그래? 내 얼굴에 뭐 묻었어?"

나는 간헐적으로 억지웃음을 흘렸다. 웃다 보니 어느새 웃음도 전염된 듯싶었다.

"그만 웃어."

"뭐라고?"

"그만 웃으라고. 너무 티 나."

나를 빤히 쳐다보던 은서의 목소리가 퉁명스러웠다.

"아니야. 계속 웃다 보니 웃음도 전염됐나 봐. 나도 모르게 계속 웃게 되네."

말을 내뱉고 있었지만 웃음은 뚝 그쳤다. 마치 우는 아기에게 엄마 젖을 물린 것처럼 순식간에 조용해졌다. 차 안에 묘한 정적이 감돌았다.

"에이 장난이야. 오빠, 표정 너무 심각하다."

냉각된 분위기에 당황한 은서가 분위기를 깨보려 했다. 침묵을 깨는 건 항상 그녀의 몫이었으니까.

"근데 진짜 2주 동안 휴가야? 그렇게 바쁘던 은행에서 그게 가능하긴 한 거였어?"

"그럼, 내가 누구야. 5년 동안 올해의 은행원 상을 싹쓸이한 인재였다고, 당연히 나 같은 유능한 직원이어야만 가능한 일이이긴 하지. 아무나 되는 게 아니야."

나는 직장에서 잘릴지도 모른다는 걱정 같은 건 은서에게 끼치고 싶지 않았다.

"직장 참 좋다. 제 맘대로 휴가도 내고."

"제 맘대로?"

"응. 네 맘대로!"

다시 웃음이 터졌다. 우리는 서로를 바라보며 한참을 웃었다. 그렇게 다시 분위기가 밝아지고 어느 정도 기분이 돌아오자 나는 진지한 얼굴로 은서를 바라봤다.

"은서야."

"어?"

은서도 웃음을 멈추고 나를 돌아봤다.

"넌 그런 걱정 안 해도 돼. 그냥 나만 따라와. 내가 다 준비했으니까.

나만 따라오면 되는 거야. 알았지?"

은서는 그저 고개만 끄덕였다.

우리는 3시간 걸려 전주시에 입성했다. 긴 시간 운행 탓에 피로감에 싸여 있던 은서는 전주 시내로 들어오자 몹시 상기된 얼굴로 활기를 되찾고 있었다.

나는 솔직히 전주를 잘 모른다. 경기도에서 태어났고 서울과 경기 근처만 왕래하던 소위 수도권 사람이었다. 하지만 은서는 달랐다. 은서는 이곳에서 태어났으며 고등학교까지 이곳에서 다녔다. 전주는 나에게는 낯선 지역이었지만 그녀에게는 정겨운 고향이었다. 나는 은서가 지나가는 전주 시내를 바라보며 추억 속에 빠져 있다는 걸 알았다. 그녀가 바라보는 전주는 서울 외곽 도시 같은 분위기를 풍겼지만 대체로 건물들이 낮았다. 길가엔 색 바랜 상가 건물들이 많이 밀집해 있었고 어쩌면 수도권에 오래된 위성도시들과 더 닮아있었다. 우리는 전주시청을 지나 기린로 방향으로 5㎞ 정도 더 직진했다. 그러다 전주한옥마을에 들어서기 직전 반대편 골목으로 좌회전해 들어갔다. 이곳은 시내보다 더 작은 상가들이 밀집해 있는 골목이었다. 나는 이곳 지리에 대해 거의 몰랐기 때문에 내비게이션이 안내해주는 대로만 따라갔다. 현재 내비게이션에 나와 있는 목적지까지의 거리는 1.4㎞밖에 남지 않았다. 첫 번째 목적지가 가까워지자 슬슬 은서의 반응이 궁금해졌다.

"근데, 우리 어디 가는 거야?"

그때 궁금함을 참지 못한 은서가 물었다.

"나도 잘 몰라, 가보면 알게 될걸."

나는 음흉한 미소를 지으며 은서의 질문을 피했다. 그게 은서를 속여서 좋은 건지 반응이 재밌어서 좋은 건지 모르겠지만 한층 흥분한 것은 확실했다.

"정말 안 가르쳐 주는 거야?"

"당연하지."

* * *

벤츠는 붉은 벽돌로 만들어진 3층 건물 앞에 멈춰 섰다. 차가 멈추고 다시 바퀴벌레로 분한 은서는 내가 그녀를 위해 깔 맞춤한 고동색 반소매 티 어깨 위로 올라와 안착했다.

"여긴 또 어디야?"

정말 궁금한 은서 바퀴벌레가 물었다.

"가보면 알아."

나는 차에서 내리며 핸드폰으로 전화를 걸었다. 그 모습을 지켜보는 은서 바퀴벌레는 전혀 감이 잡히지 않아 답답했다. 그때 통화음 너머로 누군가 전화를 받았다.

"여보세요."

"여보세요. 선미 씨? 네. 오전에 연락드렸던 박현수라고 합니다."

나는 전주로 떠나기 전 그녀와 미리 통화를 했었다. 대략의 도착시간과 내가 찾아뵈는 이유를 간략히 설명한 뒤 집에서 은서를 데리고 출발했다.

은서는 선미라는 이름을 듣는 순간 깜짝 놀랐다. 그녀는 전주에서 은서와 중, 고등학교를 함께 다닌 죽마고우였다. 대학 때문에 서울로 상경한 후 몇몇 친구를 사귀기는 했지만 은서에게 가장 친한 친구를 꼽으라면 이 친구뿐이었다. 세상에 둘도 없는 단짝이었고 흔히 남자들이 말하는 불알친구나 다름없었다. 세월이 흘러 사는 곳이 달라지다 보니 연락도 뜸해지고 만나는 횟수도 점점 드물어졌지만 오랜만에 만나면 언제 그랬냐는 듯 어제 본 친구처럼 수다만으로 밤을 지새우기 일쑤였다. 그만큼 잘 맞는 친구는 스물아홉 평생 이 친구뿐이었다. 하지만 사고 이후 이제 만날 수 없으리라 생각했다. 그런데 그가 선미라는 친구를 내 눈앞에 데려다 놓았다. 갑자기 은서는 북받쳐 오르는 감격을 주체할 수 없어 하염없이 눈물을 흘렸다.

"네, 지금 건물 앞이에요. 네. 202호요? 금방 올라가겠습니다."

전화를 끊은 뒤 나는 어깨 위에서 울고 있는 은서 바퀴벌레를 바라봤다.

"울지 마. 이제 시작인데 이 정도로 울면 나중에 진짜 안약 넣어야 할지도 몰라."

나는 은서 바퀴벌레의 뺨에 흐르는 눈물을 닦아 주었다.

"가자. 올라가서 가장 보고 싶었던 친구 봐야지."

잠시 후 나는 건물 입구에 유리문을 열고 2층 계단으로 올라갔다. 층계를 반쯤 올라갔을 때 2층에 있는 현관문 하나가 벌컥 열리더니 젊은 임산부가 나왔다.

"안녕하세요."

만삭의 배 위에 손을 얹은 그녀가 나와 눈이 마주치자 먼저 인사를 건넸다.

"안녕하세요. 양선미 씨?"

나도 위를 올려다봤다. 그녀는 큰 눈에 시원시원한 이목구비를 가지고 있었다.

"네, 접니다."

수줍은 그녀가 고개를 끄덕이며 대답했다.

"죄송합니다. 이렇게 불쑥 전화를 드리고 잘 알지도 못하는데 무작정 찾아뵌다고 해서 많이 놀라셨죠? 정말 죄송하고 감사드립니다."

"아니에요. 저도 전화 받고 놀라긴 했는데, 그것보다 우선 들어오시죠."

그녀는 나를 집안으로 안내했다. 나는 우선 현관에 신발을 벗은 뒤 그녀의 안내를 받아 거실에 놓인 소파에 앉았다. 다행히도 소파 색깔은 아주 어두웠다. 그러면 적어도 은서 바퀴벌레에겐 활동 범위가 넓어졌음을 의미했다.

은서 바퀴벌레도 소파 색을 일찌감치 파악하고 현수의 어깨에서 내려와 소파 한편에 자리 잡았다.

"차는 뭐 드시겠어요?"

"아무거나 주세요."

"녹차 괜찮으세요? 임산부라 집에 지금 커피가 없네요."

그녀가 불룩한 배에 어루만지며 말했다.

"남편분께서는….."

"회사에 있어요."

"아, 네."

잠시 후 그녀가 녹차티백이 담긴 투명유리잔을 들고 맞은편 자리에 앉았다. 나는 그녀가 건네준 녹차를 한 모금 마신 뒤 은서에 관한 얘기부터 시작했다. 그녀는 은서의 사고 소식을 어제 전화상으로 처음 접했다. 장례식을 치르던 당시 정신없었던 나는 은서의 고향 친구인 그녀에게 따로 연락을 취하지 못했다. 그래서 급하게 수소문한 끝에 어제 연락이 닿았고 간략히 상황을 전달한 후 오늘 만나서 자세히 설명해 드린다고 말했다. 지금 그녀에게 그때 그 이야기를 하고 있었다. 그녀는 얘기를 듣는 내내 충격에 휩싸여 있었고 당혹스러움을 감추지 못했다. 어느 날 각자 바쁜 생활에 치여 연락이 뜸해졌던 어릴 적 가장 친한 친구가 갑자기 죽었다는 소식을, 연락도 제대로 닿지 않아 친구의 마지막

가는 길을 배웅하지 못했다는 미안함이, 그녀를 무너지게 했다. 그녀는 손수건으로 입을 틀어막은 채 터져 나오는 울음을 참아내고 있었다.

나는 내 앞에서 울고 있는 여자와 별개로 등 뒤에서도 흐느끼는 은서의 소리를 들을 수 있었다. 앞에 있는 은서의 친구는 그 소리를 듣지 못했지만 내겐 은서의 울음소리가 등 뒤가 아닌 내 속에서 터져 나오는 것 같았다.

은서는 자신이 지금 여기 있다는 것을 친구에게 보여주고 싶었다. 하지만 단시간에 사람을 설득하기란 쉬운 일이 아니었다. 설사 절친이라 할지라도 바퀴벌레로 환생한 이야기를 이해하는 사람은 이 세상에 존재하지 않았다.

"선미 씨, 제가 온 이유는…."

나는 목울대까지 차오른 바퀴벌레가 된 은서 이야기는 하지 않기로 했다. 어차피 다른 사람들을 이해시키는 건 불가능했다. 그래서 이 문제는 제외하기로 했다.

"은서가 안부를 전해달라고 해서 이렇게 찾아왔습니다."

내 말에 눈물을 훔치고 있던 은서의 친구가 벌게진 눈으로 나를 빤히 쳐다봤다.

"솔직히 어떻게 말씀드려야 할지 모르겠네요. 어디서부터 시작해야 하는지도 잘 모르겠고요. 하지만 갑작스럽게 사고가 났고 그 이후 저는 매일같이 악몽에 시달렸습니다. 아니 정확히는 현몽(現夢)이었지요. 은서가 매일 제 꿈에 나타나 같은 이야기를 반복했습니다. 미안하고 또 미안하다고. 하지만 미안한 이유는 말해주지 않았죠. 그러다 어느 날 갑자기 그 이유를 말해줬습니다. 자기 삶에서 만난 소중한 사람들에게 아무 말도 못 하고 떠난 게 자신이 정말 미안하다고, 그게 너무 가슴 아프고 또 너무 억울하다고 했습니다. 특히 선미 씨에 대해 미안함을 자주 전했어요. 그래서 제가 이렇게 불쑥 찾아뵌 겁니다. 제 얘기가 전부 이상하게 들릴 거라는 거 잘 알고 있습니다. 하지만 저는 은서를 대신해서 이렇게라도 안부 인사를 전해야 했기에 염치 불고하고 찾아뵐 수밖에 없었습니다."

집중하며 내 얘기를 듣고 있던 그녀가 다시 감정이 북받쳐 올랐는지 고개를 떨어뜨렸다. 곧이어 울음소리와 함께 몸을 바르르 떨기 시작했고 그녀는 내가 생각했던 것보다 훨씬 더 격하게 울었다. 너무 보기 딱할 정도로 울어서 살짝 무안해졌다. 왠지 태아에도 안 좋을 영향을 끼치고 있는 것만 같아 미안한 마음뿐이었다.

은서 바퀴벌레는 현수의 등 뒤에서 그가 하는 이야기를 듣고 있는 것만으로도 온 발이 떨려 매달려 있기조차 쉽지 않았다. 행복을 찾아 나섰는데 그 행복 속에 미처 예상치 못한 슬픔이 도사리고 있었다. 이런 과정이 행복에 이르는 최종 단계의 한 부분이라면 너무 쓰린 고통이었다. 지나면 행복해진다는데 지금은 아니었나 보다.

* * *

우리는 은서의 친구 집에서 1시간 정도 머물다 나왔다. 그렇게 많은 이야기를 나누진 못했지만, 은서에 관한 이야기하다 보니 자연스레 사색에 잠기며 감정을 받아들이는 데 많은 시간을 할애했다. 그러다 보니 어느덧 해가 중천에서 한걸음 내려오기 시작했다. 오후의 태양 아래 모든 시간이 더위로 지쳐갔다. 하지만 한여름의 더위도 우리의 시간을 지치게 하진 못했다. 나는 은서가 알려준 고등학교 근처 단골 분식집에 들러 떡볶이로 점심을 때웠다. 그러면서 포장해 온 김말이 튀김은 은서 바퀴벌레를 위해 플라스틱 어항에 넣어주었다.

점심을 먹은 후 우리는 전주 시내를 종일 돌아다녔다. 오후 4시까지는 도시에서, 그 이후는 더 안쪽 촌으로 들어갔다. 내가 오늘 만난 사람들은 열몇 명 정도였다. 그녀의 친척과 지인들의 주소는 내비게이션에다 치고 돌아다니며 찾아다녔다. 은서는 내가 이렇게 찾고 돌아다니는 게 마냥 신기하고 기특한 모양이었다. 어떻게 알아냈냐고 물으면 나는 영업비밀이라고 대답해줬다. 분명 어려운 일은 아니었지만 실제로 노력한 건 사실이니까. 그리고 이제 오늘의 마지막 목적지만 남아있었다. 저녁 7시가 넘어가자 해가 뉘엿뉘엿 산 뒤로 넘어가고 있었다. 우리는 전주에서 임실 방면으로 달려오다 관촌역 근처 삼거리에서 신평면 마을 쪽으로 좌회전해 들어갔다. 거기서 마을까지는 그리 멀지 않았다. 차로는 한 10분 거리, 그 사이엔 초등학교를 비롯한 두세 개 정도의 옛날식 버스정류장을 지나쳤다. 그렇게 정확히 10분 정도 들어가자 도로가 쪽 오른편에 마을 어귀가 나타났다. 입구 바로 옆에는 마을의 상징처럼 보이는 이름 모를 커다란 나무가 정자(亭子)를 뒤덮고 있었다.

은서는 마을 입구에 들어서는 것만으로도 가슴이 콩닥콩닥 뛰었다. 이곳은 은서가 서울로 올라간 뒤 부모님이 나중에 이사 온 마을이었다. 임실 쪽에 친척들이 조금 있었고 전주 시내보다는 촌으로 가고 싶어 했던 부모님의 결정에 따라 이곳으로 이사했다. 은서는 이미 오늘의 일정을 지켜보며 결국 이 상황이 오리라는 것을 짐작하고 있었다. 하지만 떨리기는 매한가지였다. 은서는 현수에게 사고 이후의 얘기를 들어서 알고 있었다. 사고로 아버지는 돌아가셨고 어머니만 살아남아 은서의 유골함을 가지고 시골에 내려가 계신다는 이야기. 은서가 제일 바라던 만남이었지만 차마 먼 거리라 포기할 수밖에 없었던 부모님과의 만남을, 이런 날이 올 줄 꿈에도 생각 못했는데 결국 그 일이 벌어지고 말았다.

나는 마을 입구에 들어서면서 흘깃 은서의 반응을 살폈다. 그녀는 계속해서 창밖을 바라보고 있었다. 분명 궁금한 게 많을 텐데 그녀는 어떤 질문도 하지 않았다. 그저 사색에 젖어 창밖만 바라볼 뿐이었다. 이 마을은 대체로 옛날 느낌을 고스란히 간직하고 있는 집들이 있었다. 하지만 대부분은 부분 개조를 한 상태로 마당이나 대문 같은 경우만 빼곤 집 안은 유리문인 경우가 많았다. 나는 칠이 벗겨진 주황색 철문 바로 앞, 담벼락 옆에 벤츠를 세웠다. 차를 세우고 내리려던 순간 갑자기 창문 가득 소의 누런 얼굴이 불쑥 튀어나왔다. 순간 깜짝 놀란 나는 뒤로 나자빠질 뻔했다. 그 사이 소가 혀를 날름거리며 그들 옆을 지나갔다.

은서는 그런 내 모습을 보며 낄낄 웃었다.

나는 잠시 놀란 마음을 가라앉히며 소가 완전히 지나가길 기다린 뒤 문을 열고 차에서 내렸다. 그러면서 곧바로 어깨 위에 은서 바퀴벌레가 잘 있는지 확인했다. 하지만 은서는 내 어깨 위 바퀴벌레가 아닌 모습으로 철문으로 달려가는 것을 택했다. 이미 문 앞에서 도착해 철문을 손으로 더듬고 있었다. 주황색 철문 아래 밀리지 않게 받쳐둔 돌과 이미 많이 달아 칠이 벗겨진 동그란 문고리까지 모든 게 추억으로 다가왔다. 마치 아로새겨진 것처럼 낯설지 않은 모든 것들이 꿈만 같았다. 은서의 눈가엔 오늘만 스무 번째 눈물로 그득했다.

나는 은서의 어깨 위로 손을 내밀어 살포시 끌어안았다. 그러자 눈물 한가득 머금은 눈으로 나를 지그시 올려다본 은서는 눈을 마주 보며 침묵 속 강렬한 대화를 나눴다. 실제로 대화가 오가진 않았지만 우리는 서로의 뜻을 이미 알고 있었다. 나는 고개를 끄덕여 주고는 은서의 이마에 살짝 입술을 가져다 댔다.

"이제, 들어가야지."

내가 작게 속삭이자 그녀가 고개를 끄덕였다.

"어머니! 계세요? 저 현수 왔어요."

은서는 찰나였지만 심장이 터져 버릴 것 같았다. 그냥 가만히 있는 것만으로 심장이 밖으로 튀어나올 것만 같아 조바심이 났다. 그럴수록 그의 품속으로 더욱 깊숙이 파고들었다. 그러면 그의 심장 소리가 조금이나마 안정을 되찾아줄 수 있을 거 같았다. 그의 심장 소리를 들으며 기다리던 시간, 슬리퍼 끄는 소리가 들리더니 이내 삐거덕 철문이 안쪽으로 열렸다.

열린 문 안쪽에는 작고 왜소한 어머니가 서 있었다. 그녀는 아직도 왼팔에 깁스한 상태였지만 대부분 상처는 많이 아물어서 그날의 흔적이 조금은 지워져 있었다.

"현수 왔는가? 여여 들어오게."

어머니는 나를 보자마자 친자식처럼 반갑게 맞아주었다.

"죄송합니다. 어머니. 제가 좀 더 일찍 찾아봬야 했는데…."

"무슨 소릴. 이렇게 다시 찾아 준 것만으로도 고맙구먼그려."

나는 어머니의 배웅을 받으며 마당으로 들어섰다. 내 어깨 위에 은서 바퀴벌레는 마냥 그리운 눈길로 어머니에게서 눈을 떼지 못하고 있었다. 그사이 우리는 안내를 받으며 미닫이 유리문을 지나 거실로 들어섰다. 거실엔 양쪽으로 문 닫힌 두 개의 방이 보였고 거실은 허전함 때문인지 몰라도 예전보다 넓어 보였다. 우리는 거실 바닥에 앉았다.

"멀리 오느라 고생했겠네. 배고프지?"

"네, 아니 저는 괜찮은데…."

언제나 그렇듯 막상 이럴 때면 약속이나 한 듯 배에서 꼬르륵 소리를 냈다.

"아이고. 배에서 신호를 보내는구먼. 잠깐만 기다리게."

어머니는 웃으며 부엌으로 들어갔고 나는 멋쩍게 머리를 긁적였다. 그 무렵 은서 바퀴벌레는 잠시 집안을 탐방하겠다며 사라졌다. 하지만 나는 그녀가 멀리 가지 않았음을 알고 있었다. 뒤에서 문 긁는 소리가 들려왔다. 은서 바퀴벌레가 뒤쪽에 닫혀있는 문 앞에 서서 나에게 문을 열어달라는 신호를 보냈다. 나는 부엌에 있는 어머니의 눈치를 살핀 후 잽싸게 돌아 방문을 살짝 열어주고 다시 제자리로 돌아왔다. 당연히 은서 바퀴벌레가 나올 수 있게 문을 조금 열어두는 것도 잊지 않았다.

은서 바퀴벌레는 불 꺼진 방 안으로 빠르게 들어섰다. 이곳은 자신이 시골에 내려왔을 때 가끔 썼던 방이었다. 방안은 썰렁하리만치 텅 비어 있었다. 그나마 한쪽 벽엔 학창 시절 때 탔던 상장들이 몇 개 걸려 있었고 독후감 쓰기 경연대회에서 탔던 상과 다수 글짓기 대회에서 받았던 상도 있었다. 그리고 바로 옆에는 유치원 때 찍었던 어릴 적 사진도 걸려 있었다. 그 외에 이 방엔 아무것도 없었다. 쓸쓸한 적막감이 휩쓸고 지나간 이 방은 더는 방이라고 부르기도 애매했다. 그냥 버려진 창고 같았다. 착잡한 마음으로 돌아서려는데 문득 문 가 바로 옆 어두운 구석에서 희미하게 빛나는 작은 단지함이 눈에 들어왔다. 순간적으로 온몸에 묵직한 체중이 얹어지는 느낌이었다. 은서는 천천히 발걸음을 옮겼다. 눈앞에 있는 건 자신의 유골함이었다. 유골함 앞면에는 자신의 이름이 검은 한자체로 선명하게 쓰여 있었다. 왜 이렇게 어두운 곳에 홀로 쓸쓸하게 놓여있을까. 더욱이 그 유골함 위에는 분홍색 꽃장식 머리핀이 올려져 있었다. 머리핀을 보는 순간 어렴풋이 잊혔던 어릴 적 추억들이 되살아났다. 희미한 기억 속에 어린 은서가 유일하게 좋아했던 바로 그 머리핀이었다. 잠깐 그 자리에 서서 머리핀을 바라보았다. 감회에 젖어 잠시 그렇게 시간을 흘려보낸 뒤 천천히 고개를 돌렸다. 그런데 유골함 옆에 또 다른 물건이 눈에 띄었다. 조그맣게 개켜져 있는 어두운색 얇은 이불 하나와 베개가 보였다. 순간 묵직한 충격이 머리를 통째로 짓눌렀고 울컥 울음이 순식간에 차올랐다. 왜 여기서 잠을 청했을까. 조금 전까지 되살아났던 아련한 추억들이 깡그리 사라져버렸다. 이렇게 쓸쓸하고 적막한 방안에서 은서의 유골함을 끌어안고 외로이 울며 잠이 드는 어머니의 모습이 그려져서 가슴이 먹먹해졌다. 그곳에서 어머니의 모습을 재현하듯 이불 위에 누운 은서는 자신의 유골함을 끌어안고 한참을 울었다.

은서가 추억과 슬픔을 공유하는 사이 나는 어머니가 차려주신 저녁을 맛있게 먹고 있었다. 전라도 음식 특유의 맛깔스러운 매운 꽃게찜이 나를 밥도둑으로 만들었다. 매운 꽃게찜은 내가 내려왔을 때마다 어머니께서 항상 해주던 요리였다. 내가 좋아하는 음식이란 걸 이미 알고 있던 어머니가 준비해둔 음식이었다. 내가 맛있게 밥을 흡입하는 사이 둘 사이에 별다른 이야기가 오가진 않았다. 나는 사소한 이야기 외엔 대체로 먹는 데 시간을 할애했고 그 모습을 흐뭇하게 지켜보며 어머니가 이것저것 권해주는 분위기로 흘러갔다. 그때 나는 저녁을 먹으며 뒤쪽에서 들려오는 은서의 울음소리를 들었던 거 같다. 분명 숨죽여 울었지만, 그 소리는 숨겨지지 않았다. 어머니에겐 당연히 들릴 수 없는 소리였지만 나에게는 작은 소리조차 가슴 깊이 비수가 되어 들려왔다. 어쩌면 음식을 맛있게 먹는 것이 어머니에겐 좋은 인상으로 남겠지만 은서에겐 미안한 맘이 들었다. 그러나 지금, 이 순간 비위를 맞춰야 하는 건 어머니였다. 나는 반쪽짜리 게를 집어 들고 껍질째 우적우적 씹어

먹으며 밥을 한 숟갈을 입에 집어넣고는 어머니께 맛있다며 빙그레 웃어 보였다. 내가 밥을 다 먹었을 즈음에 은서 바퀴벌레가 작은 방에서 나왔다. 너무 울어 퉁퉁 부어버린 얼굴이 민망했는지 토끼 눈을 한 바퀴벌레의 모습으로 나와 TV 아래 서랍장 밑으로 기어들어 갔다. 하지만 내 눈엔 그런 은서의 얼굴마저 귀여웠다.

TV에선 저녁 뉴스가 방송되고 있었고 나는 터질 듯한 배를 문지르며 앉아있었다. 그때 커피잔을 들고 돌아온 어머니가 잔을 건네며 맞은편에 앉았다. 이제 배도 가득 찼겠다 본론으로 들어갈 때였다. 나는 어머니가 타준 커피를 한 모금 마신 후 목소리를 가다듬었다.

"어머니."

잠시 내가 뜸을 들였다.

"뭔 일 있어? 이렇게 멀리까지 그냥 오진 않았을 테고 할 얘기 있으면 어여 해봐."

어머니가 나를 빤히 쳐다보며 말했다.

"저기 어머니께서 실제로 믿으실지 모르겠지만 그래도 말씀드리겠습니다."

TV 아래 서랍장 밑에서 은서 바퀴벌레가 더듬이를 내밀고 집중했다.

"뭔 일이여. 어여 말해봐."

"오늘…. 저는 은서랑 같이 왔습니다."

고심 끝에 말을 꺼내며 어머니의 표정을 유심히 살폈다. 어머니는 은서라는 말에 목이 메는 듯싶었다. 하지만 여전히 내 말을 이해할 수 없다는 표정은 역력했다.

"뭔 소리야. 은서랑 같이 왔다니?"

"네. 맞아요. 정말 같이 왔습니다. 저기 있어요. 보세요."

나는 TV 아래 서랍장 밑을 손가락으로 가리켰다. 그곳엔 당연히 은서가 없었다. 갑자기 어머니의 표정이 심각하게 굳어졌다.

"이보게. 자네 지금 이런 장난은···."

그때 내 왼편에서 바퀴벌레 한 마리가 느릿느릿 어머니 쪽으로 걸어 나왔다. 내 뒤에서 나타난지라 나는 미처 바퀴벌레를 확인하지 못했다. 바로 그 순간 나보다 먼저 바퀴벌레를 확인한 어머니가 잽싸게 근처에 있던 두꺼운 전화번호부 책을 집어 들고 바퀴벌레를 향해 내리쳤다.

나는 순간적으로 전화번호부를 치켜드는 어머니의 행동에 기겁하며 어떻게든 막아보려 애썼다. 하지만 도저히 앞쪽에선 저지할 방법이 없었다. 그래서 어쩔 수 없이 은서 바퀴벌레를 향해 손을 뻗었다. 잠시 후 쿵! 하는 묵직한 소리와 함께 뺨을 정통으로 맞은 듯 차지고 둔탁한 소리가 났다. 방바닥에 달라붙은 전화번호부 책은 바닥에 정직하게 고정되어 있었다. 하지만 완벽하게 바닥에 붙어있지 않은 채로 살짝 가운데 부분이 구부러지며 떠 있었다. 전화번호부 책 바로 아래에는 내 손이 끼어 있었다.

당황한 은서 어머니가 재빨리 전화번호부를 치웠다. 하지만 이미 내 손은 시뻘겋게 달아올라 있었다.

"왜!? 아니, 자네 괜찮나?"

걱정스러운 표정으로 어머니가 물었다.

나는 손에 불이 나는 아픔을 참아가며 입술을 꽉 깨물었다.

"아···. 예."

"정말 괜찮은 겨?"

나는 은서 바퀴벌레를 감싸기 위해 둥그렇게 모았던 손을 뒤집었다. 그러자 그 아래 겁먹고 웅크리고 있던 바퀴벌레가 한 마리가 보였다.

내가 벌겋게 달아오르지 않은 반대 손을 바퀴벌레에게 뻗었다. 잠시 후 바퀴벌레가 내 손을 타고 손바닥 위로 올라왔다.

이 모습을 지켜보던 어머니는 이게 무슨 해괴망측한 일인가 싶은 표정이었다.

"어머니. 얘가 은서예요."

내가 어머니 쪽으로 손을 내밀었다.

"조금 당황스러우시겠지만, 이 바퀴벌레가 은서예요. 진짜 은서라고요."

일순간 기묘한 침묵에 빠져들었다. 그사이 어머니는 많은 생각에 잠겨 있었다. 혹시 이 녀석이 미친 건 아닐까. 그러나 그래 보이지는 않았다. 왠지 모르게 은서의 이름을 듣자 그 바퀴벌레가 정말 은서 같아 보이기도 했다. 하지만 왜 하필이면 바퀴벌레인가. 도저히 믿고 싶어도 믿기 힘들었다.

기다림이 지쳐가던 은서 바퀴벌레가 손바닥 위에서 나를 불렀다.

"나 잠깐만 내려줘."

나는 순순히 은서의 말을 따랐다. 손을 바닥에 내리자 은서 바퀴벌레가 곧장 작은 방으로 기어들어 갔다. 어머니는 아직도 어리벙벙한 표정으로 작은방에 들어가는 바퀴벌레를 멍하니 쳐다보고 있을 뿐이었다. 잠시 후 방에서 다시 나온 은서 바퀴벌레는 자그마한 꽃장식 분홍머리핀을 물고 나왔다. 좀 전에 은서의 유골함 위에 올려져 있던 그 머리핀이었다. 바퀴벌레의 몸으로 다소 무거웠는지 뒷걸음질 치며 힘겹게 끌고 나오자 나는 그녀를 도와 머리핀을 살며시 앞쪽으로 밀어주었다.

어머니는 바퀴벌레의 기괴한 행동에 놀라지 않을 수 없었다. 은서가 어릴 적 가장 좋아했던 머리핀을, 그것도 자신이 은서의 유골함 위에 직접 올려놓았던 그 머리핀을, 이 작은 미물이 가져 나오고 있는 것이었다. 어머니는 자신도 모르게 다가오는 바퀴벌레를 향해 손을 내밀었다.

은서 바퀴벌레는 엄마가 내민 손을 타고 그 위로 올라갔다. 손바닥에서 향수 어린 온기가 느껴졌다. 얼마 만에 느껴보는 따스함인가. 은서는 새삼스럽게 어머니의 손이 그리웠다. 부드럽지도 않은 상처투성이에 거친 손이었지만 이렇게 따뜻할 수 없었다.

"정말 네가 은서니? 네가 정말 은서라고?"

은서 바퀴벌레가 고개를 끄덕였다.

"정말 은서라고? 정말… 세상에. 은서야."

어머니의 주름진 눈가에 눈물이 흐르기 시작했다. 죽었던 자식이 살아 돌아와 만난 세상에서 가장 감격스러운 눈물이었다. 나도 모르게 그 모습을 보고 있자니 가슴속에서 뭉클한 감동이 물밀듯이 밀려들었다. 나는 그들에게 둘만의 시간을 갖게 해주려고 조용히 화장실로 향했다. 화장실로 들어와 문을 닫고 변기 뚜껑을 내린 뒤 그 위에 쭈그려 앉았다. 참 지지리 궁상처럼 보일지도 모르지만 나는 그 위에 앉아 한참을 훌쩍였다. 10분쯤 흘렀을까, 조용히 화장실 문을 열고 밖으로 나갔다. 내 눈앞에 보이는 은서는 은서 본연의 모습으로 어머니를 등 뒤에서 안고 있었다. 마치 저체온에 걸린 환자의 체온을 보존해주는 방편처럼 필사적이었다.

어머니는 그새 은서 바퀴벌레와 부쩍 친해진 모습이었다. 이제는 혐오감보다는 애완동물처럼 무한한 애정을 쏟고 있었다. 어머니는 어깨 위에 앉아있는 은서 바퀴벌레의 머리를 부드럽게 쓰다듬어 주었다. 바퀴벌레를 은서로 인정한 듯한 온화한 미소와 제스처였다.

나는 원래 있던 자리로 돌아와 앉았다. 양반다리로 앉고선 바로 앞에 놓인 식어버린 커피잔을 들어 남은 커피를 마셨다.

"어떻게 된 건가?"

온화한 미소를 되찾은 어머니가 물었다.

나는 간략하게 필요한 것들만 골라 어머니께 설명해 드렸다. 어머니는 그저 묵묵히 순간순간 고개를 끄덕이며 경청할 뿐이었다. 내 얘기가 다 끝나자 다시 침묵이 찾아들었다. 그러는 동안에도 은서는 여전히 어머니의 체온을 끌어안고 있었으며 어머니는 딸의 분신을 보듬어주고 있었다. 그때 은서가 고개를 들고 나를 불렀다.

"오빠, 아빠는?"

나는 은서의 뜻을 이해한 뒤 어머니께 통역해줬다.

"어머니. 은서가 아버님에 관해 물어보고 싶은 게 있데요."

어머니가 고개를 돌려 자기 어깨 위에 있는 은서 바퀴벌레를 측은한 눈으로 바라봤다.

"내 유골함은 있는데 아빠 건 없어."

은서가 나를 보며 말했다. 나는 그 말을 어머니께 그대로 전달했다.

"유골함은…."

이야기 도중 은서 바퀴벌레는 어머니의 어깨에서 내려와 바닥을 가로질러 내 무릎 위로 올라와 앉았다. 어머니의 얼굴을 보며 듣고 싶어서였다. 내 무릎에 앉은 후 몸을 돌려 어머니를 바라봤다. 어머니는 은서 바퀴벌레를 쳐다보며 말을 이었다.

"은서야 기억나니? 예전에 우리가 이곳에 처음 왔을 때 산에서 만났던 그 소나무 말이야. 벌써 10년 정도 됐구먼. 그때는 작았는데 말이지. 지금은 엄청 많이 컸지. 네 아버지는 그 소나무를 무척 아끼셨어. 산에 갈 때마다 척박한 환경에 홀로 서 있는 소나무가 외로워 보인다나? 이름도 지어주고 그랬지. 저번에 말했던가? 은서 나무라고. 네 이름을 붙여줬지. 이름을 지어준 이후로 마치 자식 키우듯 지극정성으로 돌봤어. 비가 오나 눈이 오나 하루도 안 쉬었지. 네 아버지는 그곳에 묻었어. 항상 우스갯소리로 죽으면 그 나무 밑에 묻어달라고 했거든. 조금이라도 나무가 자라는 데 보탬이 되고 싶다고. 근데 그 말이 현실이 될 거라곤 상상도 못 했는데…. 결국 그의 소원대로 해줬지 뭐야. 그리고 네 유골함은…."

잠시 말이 끊은 어머니는 숨을 고르고 다시 침을 삼키며 힘겹게 말을 이었다.

"우리 딸은 아직 보낼 수 없었단다. 미안해. 하지만 정말 보낼 수가 없었어. 적어도 49재까지는 내가 곁에 데리고 있으려고…."

어머니는 다시 말을 잇지 못했다. 이번에 잠긴 목소리는 헤어 나오기 힘들 것처럼 보였다. 그러나 어머니는 다시 용기 내어 말을 꺼냈다.

"은서야. 네 아버지가 널 얼마나 기다린 지 아니?"

어머니는 딸을 애처롭게 바라봤다.

"엄마는 그렇게 믿고 있단다. 네 아버지는 네가 살기만을 바라며 기다리셨어. 단 한 시간도 살 수 없을 거 같았던 의식불명의 상태에서 기적적으로 네가 살기만을 기다리며 눈을 감지 못하더구나. 꼬박 아홉 시간 동안 죽음과 사투 속에서 그렇게 네가 살기만을 바랐는데. 결국 네 소식을 접하자마자 그 질긴 끈을 놓더구나. 엄마는 아빠가 우리 은서 천국 가는 길 배웅해주려고 기다렸다고 믿어."

은서 바퀴벌레는 일순간 나를 빤히 올려다봤다. 믿지 못하겠다는 표정이었다. 나는 이 이야기를 은서에게 해주지 않았었다. 왜냐고 묻는다면 궁색한 변명이겠지만 행복에 겨워 까마득히 잊어버렸다고 하는 게 맞을 것이다.

은서 바퀴벌레가 다시 내 무릎에서 내려와 어머니의 손으로 옮겨갔다. 어머니의 손에 올라선 은서는 소리 내어 펑펑 울기 시작했다. 숨죽여 울었던 지금까지와는 다른 정말 목청껏 울었다. 아마 어머니 앞에서 어리광을 부리고 싶은 자식의 입장이 되었으리라.

어느덧 자정이 가까워지고 있었다. 슬픔을 공유하고 행복을 얻었다고 하면 믿을까? 나는 그런 기분이었다. 그들은 오늘 저녁 내내 눈물로 지새웠지만, 그 결과는 행복이었다. 오늘 얻은 것이 정확히 무엇인지는 모르겠지만 그래도 인생의 궁극적 물음에 한 걸음 더 다가갔다는 것만은 틀림없었다. 나는 그날 밤 혼자 잤다. 은서와 어머니를 억지로 방안으로 밀어 넣고는 거실 전체를 혼자서 독차지한 것이 어찌나 행복하던지 오늘만큼은 외로움도 세상에서 가장 행복한 것이었다.

은서는 엄마와 함께 방에서 잠이 들었다. 그녀는 잠들기 직전까지 아버지의 얼굴을 머릿속으로 그려보았다. 그리고 꿈속에서 웃고 있는 아버지를 보았다. 아버지는 어머니를 사랑했다. 세상에 모든 부부가 다 그렇지는 않겠지만 아버지와 어머니는 서로를 아끼고 신뢰했다. 그 부분만큼은 장담할 수 있었다. 잠들기 직전 엄마는 아버지에 대한 또 다른 이야기를 들려주었다. 그래서 그 이야기는 은서의 꿈속에서 현실처럼 살아나 움직였다.

* * *

뿌연 연기가 몽환적인 느낌으로 눈앞에 자욱하게 번져있었다. 그런데 갑자기 그 사이로 푸른색 봉고가 불쑥 튀어나왔다. 은서는 곧바로 핸들을 꺾었지만 이미 봉고와 충돌해 모든 게 빙글빙글 돌기 시작했다. 어지러웠다. 잊었던 공포가 되살아나는 듯싶었다. 그때 눈앞에 빙글빙글 돌고 있는 잔상이 뚜렷한 영상으로 변하면서 뒷좌석이 있는 부모님의 모습이 투영됐다. 영상은 계속해서 빙글빙글 돌았다. 부모님도 돌아가는 영상을 따라 빙글빙글 돌고 있었다. 이 거북한 장면을 계속 봐야 하는 걸까 생각이 들 때 갑자기 엄마가 해줬던 이야기가 떠올랐다. 그러자 여전히 돌던 화면이 조금씩 매우 느려지고 있었다. 게다가 뒷좌석에 있는 부모님의 움직임이 선명해지기 시작했다. 아버지는 그 자리에서 어머니를 온몸으로 감싸고 있었다. 뒷좌석에서 이리 부딪히고 저리 부딪히며 마구 뒹굴었지만, 아버지는 결코 차가 멈출 때까지 어머니를 놓아주지 않았다. 엄마가 팔 골절과 단순 찰과상만 입은 것은 모두 아버지 덕분이었다. 대신 아버지는 숨 쉴 수 없을 만큼 치명적인데다 온몸에 뼈란 뼈는 있는 대로 다 으스러져 목숨을 내줘야만 했다.

일순간 눈앞에서 빙글빙글 돌던 영상이 멈췄다. 뿌옇게 쌓여 있는 연기도 언제 그랬냐는 듯 깨끗이 사라지고 그 안을 맑은 하늘색이 채우고 있었다. 푸른 하늘 위에 흰 구름이 사방에서 모여들더니 아버지의 얼굴을 만들어 냈다. 은서는 그런 아버지의 얼굴을 똑바로 올려다봤다. 아버지는 웬일인지 은서의 시선을 슬그머니 피하고 있었다. 미안함이 잔뜩 드리워진 아버지의 얼굴에서 진짜로 미안하다는 말이 들려오는 거 같았다. 딸을 구하지 못한 무거운 죄책감이 공기 중에 묻어났다. 은서는 아버지의 그런 표정이 무척 속상했다. 그렇지 않다고 말해주고 싶었다. 은서는 고개 숙인 아버지의 얼굴에 손을 얹고서 자기 얼굴과 맞보도록 돌려세웠다. 그리고 힘주어 말했다.

"미안해하지 말아요. 전 아버지가 자랑스러워요."

꿈속에서 은서는 아버지의 마지막 미소를 보았다.

19

신혼여행

아침이 밝았다. 우리는 일찍 일어나 소나무가 있는 뒷산으로 향했다. 초행길인 우리는 어머니가 직접 안내했고 나는 어머니 곁을 지키며 따라 올라갔다. 내 손에는 은서의 유골함이 들려 있었다.

은서 바퀴벌레는 오늘도 어머니의 어깨 위에 앉아 함께 산행을 즐기고 있었다.

산을 오른 지 어느덧 15분, 저 멀리 드넓은 풀밭 위에 홀로 서 있는 듬직한 소나무 하나가 보였다. 저 소나무가 어젯밤 들었던 바로 그 추모목인 거 같았다. 나는 예전 소나무의 모습을 보지 못했지만 10년이란 시간 동안 꽤 많이 자랐다는 걸 느낄 수 있었다. 거대하진 않아도 나름 다른 나무들보다 장대하고 늠름해 보였다. 좀 더 가까이서 올려다보면 약간의 아우라마저 느껴졌다. 소나무 아래 도착한 나는 바닥에 박힌 작은 비석을 발견했다.

"여기다 내려놓게"

어머니의 말에 비석 옆에 은서의 유골함을 내려놨다.

故 이충석. 사랑하는 가족과 함께 은서 나무 아래 잠들다.

비석의 제일 윗줄에 비문이 생몰년과 함께 새겨져 있었다. 자세히 보니 아래로는 다른 글귀를 새겨넣을 공간이 많이 남아있었다. 순간 나는 그 자리에 풀썩 주저앉아 탄식을 내뱉었다. 비석의 남은 여백은 은서의 자리였다. 내가 뭐라고 은서의 유골을 탐냈던가. 그녀를 안 지 고작 1,000일 남짓밖에 안 되는 애송이 주제에 겁도 없이 사랑한다는 이유만으로 가족에게서 빼앗으려 했다. 그녀의 유골은 가족 품으로 돌아가는 게 맞았다. 내 사랑은 현재진행형이었고 가족의 사랑은 진행시제 그 자체였다.

"아버님, 정말 죄송합니다. 제 생각이 너무 짧았어요."

나는 무릎을 꿇은 채 숨을 고르며 비석을 어루만졌다.

"모든 게 다 제 잘못이에요. 제가 모시러만 갔어도 이렇게까진 되진 않았을 텐데… 모든 게 다 제 탓이라. 아버님을 뵐 면목이 없습니다. 정말 죄송합니다."

나는 가슴 속 응어리진 사죄의 눈물을 흘렸다. 이미 지나간 과거를 후회하며 돌이킬 수 없다는 걸 알면서도 그때로 돌아갈 수 있다면 절대 그런 선택을 하지 않으리라는 결과론적인 후회만을 되풀이할 뿐이었다. 누구나 인생에서 만나는 중대한 선택의 순간에 나는 최악의 실수를 저지르고 말았다. 그때 뒤에서 묵묵히 지켜보던 어머니의 따스한 손길이 느껴졌다.

그 무렵 은서 바퀴벌레는 근처 풀밭을 돌아다니고 있었다. 뭔가 쓸만한 것이 없을까 풀밭을 뒤지던 중에 클로버가 모여 있는 장소를 찾아냈다. 그곳에는 유난히 빛나던 하얀 클로버꽃이 보였다. 곧장 꽃 쪽으로 다가간 은서 바퀴벌레는 조심스럽게 이빨로 줄기를 끊고 꽃을 짊어지려 했다. 하지만 꽃의 크기가 자신의 몸집만 해서 옮기기 쉽지 않았다. 어쩔 수 없이 어제 머리핀을 나를 때처럼 입에 문 채 뒷걸음질 치며 질질 끌고 가야만 했다.

비석 앞에 앉아 어머니의 위로를 받고 있던 그때 저 멀리 앙증맞은 모습으로 뒷걸음질 쳐 오는 은서 바퀴벌레가 보였다. 그녀의 입가엔 하얀 꽃이 물려 있었다. 그 모습을 보자 조금 전까지 가라앉았던 기분이 살짝 가시는 듯했다. 예전만 해도 끔찍이도 싫어하던 바퀴벌레였는데 이제 더는 혐오해야 할 이유가 사라졌다. 가끔은 은서 때문에 바퀴벌레가 귀여워 보일 때도 있었다.

"어머니, 저기 좀 보세요."

나는 손으로 은서 바퀴벌레가 걸어오는 방향을 가리켰다. 어머니도 내가 가리키는 방향으로 고개를 돌렸다. 그러자 어머니의 입에서 실소를 터져 나왔다. 나도 따라 웃어야 할지 망설였지만 웃음이 나는 건 어쩔 수 없었다.

은서 바퀴벌레는 땀을 뻘뻘 흘리며 꽃을 힘겹게 비석 앞으로 끌고 왔다. 그녀의 이마에는 땀이 송골송골 맺혀있었다. 은서 바퀴벌레는 조심스럽게 물고 온 클로버꽃을 비석 앞에 내려놓은 뒤 나를 쳐다봤다.

"아버님. 이거 은서가 드리는 거예요."

내 말이 끝남과 동시에 은서 바퀴벌레가 비석 앞에서 두 발로 서더니 직립 된 자세로 공손하고 고개를 숙였다. 분명 경건하게 예의를 갖추는 모습이었지만 뒤에 서 있던 어머니는 또 한 번 웃음을 터트리고 말았다. 그리고 보니 은서의 겉모습을 바퀴벌레로만 볼 수밖에 없는 어머니는 저런 장면들이 얼마나 웃길지 상상됐다. 그래서 나도 어머니를 따라 자연스럽게 웃었다. 그런데 은서 바퀴벌레가 그런 내 모습이 맘에 안 들었는지 고개를 홱 돌려 째려봤다. 그 눈빛에 나는 웃음을 뚝 그쳤다.

* * *

　우리는 그렇게 30분 정도 머물다 은서의 유골을 아버지 곁에 묻어주
고 산에서 내려왔다. 아버지의 소원대로 은서는 사랑하는 가족과 함께
은서 나무 아래 잠들었다. 아직 영혼은 이승에 남아있었지만, 육신만은
평안한 안식을 찾아 평온 속에 묻혔다.

　소나무 주변에 소분(掃墳)을 마저 마치고 돌아온 우리는 이제 떠날 채
비를 했다. 일박이라는 다소 짧은 시간이었지만 지체할 겨를이 없었다.
이제 나에겐 얼마 남지 않은 그녀의 시간을 행복하게 만들어줄 이유가
있었다. 과거는 멀리 추억 속으로 돌리고 행복한 미래를 맞이할 때였다.
나는 어머니가 차려준 두둑한 점심을 챙겨 먹은 뒤 집을 나섰다. 양손에
는 늘 그렇듯 어머니의 정성이 담긴 짐 보따리가 한가득 들려 있었다.

　"어머니. 이제 저희 갈게요."

　나는 대문 앞에서 어머니께 인사를 했다. 마중 나온 어머니의 표정에
는 못내 아쉬움이 가득했다.

　"아쉽구먼, 벌써 떠나야 한다니."

　"죄송해요. 어머니. 저도 좀 더 있고 싶지만 아까 말씀드렸다시피 시
간이 별로 없어요. 아직 해야 할 일이 많이 남았거든요. 제가 나중에 따
로 찾아뵙겠습니다."

　내 작은 아쉬움은 은서의 비하면 하늘에 떠다니는 먼지보다 작았다.
하지만 은서도 남은 시간이 별로 없다는 걸 잘 알기에 별다른 말은 하
지 않았다.

　어머니가 내게 깁스하지 않은 손을 내밀며 손바닥을 펴 보였다. 나도
손을 뻗어 어머니의 손과 서로 교감하듯 손끝을 부딪쳤다. 잠시 후 은
서 바퀴벌레가 어머니의 팔을 타고 내려왔다. 그러나 못내 아쉬움이 남

았는지 어머니의 손바닥에서 내 손바닥으로 넘어올 때까지 오랜 시간이 걸렸다. 이 자그만 손끝을 넘어가는 순간 이승에서 느낄 수 있는 어머니의 마지막 감촉이 사라질 테니까. 은서 바퀴벌레는 한참 동안 손끝에 머물며 어머니의 살결을 더듬었다.

'이제는 정말 안녕. 잘 있어요. 엄마.'

은서 바퀴벌레가 느릿느릿 내 손바닥 위로 넘어왔다. 나는 어머니가 싸주신 보따리를 뒷좌석에 싣고 운전석 문을 열었다.

"저희 진짜로 가겠습니다. 어머니!"

이 말을 끝으로 나는 운전석에 올라탔다. 이제 진짜로 떠날 시간이었다. 시동을 걸고 우리는 한동안 머물렀던 마을을 빠져나왔다. 어머니는 손을 흔들며 우리의 마지막 모습을 조금이라도 더 담으려 우리가 떠날 때까지 그 자리를 지키고 있었다.

나는 우리가 들어왔던 길을 역으로 달려 전주 시내로 차를 몰았다. 그러는 사이 은서는 묵묵히 창밖만 바라보고 있었다. 어머니와 헤어지고 난 후 착잡한 마음 때문인지 마을을 떠나오는 내내 아무 말도 하지 않았다. 그동안 나는 그녀의 울적함이 어느 정도 가라앉길 기다리며 차분하게 운전에만 몰두했다. 어느덧 우리는 전주 시내를 벗어나 다시 고속도로로 진입했다. 그리고 하늘은 붉은 주황빛에서 서서히 보랏빛으로 옷을 갈아입고 있었다. 그때 갑자기 은서가 나를 와락 끌어안았다. 순식간에 벤츠가 고속도로에서 비틀거렸다. 나는 잽싸게 핸들을 돌려 차량을 다시 제자리로 돌려놓았다. 또다시 비틀거리면 또다시 제자리로 돌려놓았다. 그러자 뒤에서 분노의 클랙슨 소리가 몇 번이나 울려댔다.

"은서야! 이러다 사고 난다."

"사고? 사고 그까짓 것! 나라지. 뭐."

은서가 태연하게 말했다.

"뭐!? 왜?"

"난 괜찮아. 이미 죽었으니까."

"뭐야. 지금 물귀신 작전이야? 이제 같이 물고 들어가겠다 이거네. 근데 나 죽으면 재미없을 텐데. 아직 재미난 것들이 아주 많이 남아있다고."

"그런가? 그럼, 지금 죽으면 안 되지."

나를 껴안고 있던 은서가 내 품에서 떨어졌다.

"근데, 그 재밌는 게 뭐야?"

"알고 싶어?"

"당연하지!"

내가 약간 뜸을 들이자 은서가 조바심을 냈다.

"빨리 말 해줘. 다음 계획이 뭐야?"

"다음 계획?"

"응"

"신혼여행!"

갑자기 차 안에 고요해졌다. 나는 전방과 은서를 번갈아 보며 힐끔거렸다. 은서는 고개를 숙이고 있었지만, 자세히 보니 훌쩍이고 있었다. 순간 놀란 나는 곧바로 갓길에다 차를 세웠다.

"은서야. 왜 그래? 내가 뭐 잘못했어?"

당황한 내가 물었다.

"아니, 고마워서….."

은서가 고개를 들었다.

"고마워서 그래."

눈물범벅인 은서의 얼굴에서 진지함이 묻어났다.

"정말. 고마워서."

은서의 양 볼에 손을 얹은 나는 엄지로 흐르는 눈물을 닦아주었다.

"고작 그 말 하려고 운 거야? 고맙다는 말 하려고?"

나는 피식 웃으며 말을 이었다.

"은서야. 우린 이제부터 시작이야. 너와 내가 함께하는 진짜 최고의 순간. 지금부터 남은 시간은 여태까지 경험해보지 못했던 최고의 순간들로 만들어줄게. 나만 믿고 따라와. 나만 믿고 따라오면 돼. 알았지?"

은서의 눈에서 다시금 눈물이 흘러내렸다.

"어이구! 신혼여행 첫날인데. 벌써 이렇게 울어서 어떻게? 첫날밤 눈 뜨면 얼굴 못 알아보는 건 아니지?"

내 말에 은서의 얼굴엔 눈물 콧물 범벅이면서도 웃음기가 가시지 않았다.

"이거 울다가 웃으면 엉덩이에 뭐 난다고 그러던데. 내일 아침에 털북숭이랑 있겠는데!"

은서가 다시 피식 웃었다. 민망한지 앙증맞은 주먹으로 내 가슴을 살짝 쳤다.

"자, 그럼 진짜로 출발해 볼까요? 바퀴 공주님."

은서가 다시 한번 킬킬거리고 웃었다.

"바퀴 공주라고?"

"그럼, 바퀴 공주지. 벌레 공주보다는 낫잖아. 난 그런 바퀴 공주를 사랑한 이웃 나라의 잘생긴 왕자님이고."

우리가 서로 웃고 떠드는 사이 이미 어둑해진 저녁 땅에 땅거미가 지고 있었다. 그리고 언제 떴는지도 모르는 보름달이 유일하게 어두워진 세상을 비추고 있었다. 마치 우리가 떠나는 길을 밝혀주기라도 하는 것처럼 우리는 달빛의 환대를 받으며 신혼여행의 첫발을 뗐다.

꿈만 같았던 짧고 강렬했던 순간들

은서는 이제 돌아가야 할 시간이 임박했음을 직감적으로 느끼고 있었다. 어머니와 헤어진 후 지난 일주일 동안 짧다면 짧은 행복 속에 살아왔다. 거짓말을 좀 보태자면 전국에 산이면 산, 바다면 바다 경치 좋은 곳이라면 거의 다 돌아다녔던 것 같다. 맡고 싶었던 향기, 눈에 담고 싶었던 풍경들, 만지고 싶었던 감촉들까지. 모든 게 마지막이 될 것이기에 마음속에 그득 담았다. 예전에는 미처 몰랐다. 단순하게 치부했던 것들이 그렇게 아름다운지를. 하지만 이제는 시들어버린 풀 한 포기조차도 세상에서 가장 아름다운 것이 될 수 있음을 알았다. 마지막이란 단어 하나에 모든 것들이 황홀한 빛에 감싸여 찬란한 유혹처럼 아름다움을 노래했다. 정말 생생하게 눈 앞에 펼쳐진 모든 것들이 이상적이고 아름다웠다.

은서는 지금 동해 바닷가 어딘가에 누워있었다. 실제로 이곳이 어딘지도 몰랐고 굳이 알 필요도 없었다. 어차피 자신을 안내해줄 한 사람만 믿고 따르면 됐으니까. 그러면 그 길은 언제나 행복으로 가득했다. 무릎베개하고 붉게 노을이 지는 수평선 너머의 석양을 바라봤다. 구름 한 점 없는 청명한 하늘 아래 붉게 물들이는 노을이 찬란하게 빛났다. 참으로 아름다운 장관이었다. 하지만 이승에서 볼 수 있는 마지막 노을이라 생각하니 속이 쓰렸다. 은서는 고개를 돌려 그의 얼굴을 올려다봤다. 붉은 태양 빛이 그의 얼굴에 뚜렷한 음양을 만들어 냈다. 그러다 문득 이 남자가 없었다면 자신의 운명은 어찌 되었을까 생각하며 지그시 눈을 감고 머릿속에 그려보았다.

짧다면 짧은 삶. 변변한 행복조차 제대로 누려보지 못한 채 갑작스러운 죽음으로 세상과 작별해야 했다. 모든 것이 절망으로 바뀌고 그렇게 바라던 꿈조차 이루지 못한 채 삶은 끝나가는 듯했다. 그런데 인생 막바지에 찾아온 이 짧은 시간이 자신의 인생을 송두리째 바꿔 놓을 줄은 꿈에도 몰랐다. 못다 한 인생을 대신 살아주진 못하겠지만 그동안의 행복보다 지금 누리고 있는 이 짧은 순간이 진정한 행복으로 느껴졌다. 행복으로 점철된 삶의 깨달음을 일깨워준 이가 바로 그였기 때문이다. 은서는 이 남자를 만나면서 세상의 편견들을 조금씩 바꾸어 나가기 시작했고 글을 쓸 수 있는 용기를 얻었으며 글을 완성할 수 있는 지혜 또한 얻었다. 평범하고 지루한 삶에서 꺼내준 이가 바로 그였다. 그가 있었기에 꿈에서나 꾸었을 법한 영화 같은 이야기도 진짜 현실이 되었다. 모든 것이 꿈만 같았던 짧고 강렬했던 순간들이었고 모든 것은 그가 있었기 때문에 가능했다.

밤이 깊어지자 바다는 칠흑 같은 어둠 속에 잠들었다. 6월 말 밤바다는 찰랑거리는 파도 소리만 메아리쳤고 날씨는 아직 쌀쌀했다. 나는 은서와 함께 얇은 점퍼를 꺼내 입은 채 바위에 앉아 밤바다를 보며 밤을 지새웠다. 길 것만 같았던 밤은 내 생각과 달리 빠르게 흘러갔다. 은서는 내 품에서 밤새워 뒤척이기를 반복하며 잠을 설쳤다. 하지만 나는 도저히 잠을 청할 수 없었다. 오늘이 마지막이라는 사실만으로도 1분 1초가 아쉬웠다. 붙잡고 싶어도 잡히지 않을 시간을 잡으려 부단히 노력했건만 헛수고였다.

그사이 어둠 속 베일에 가려져 있던 아침 해가 서서히 떠오르기 시작했다. 검은 바다가 파란 새벽빛으로 옷을 갈아입고 출렁이는 파도가 빛에 부딪혀 하얗게 부서졌다. 이어 수평선 너머에서 고개를 빠끔히 내민 해가 해천(海天)을 황금빛으로 물들였다. 따스한 햇볕이 은서의 얼굴에 드리워지자 그녀가 살포시 눈을 떴다. 하지만 눈이 부셨는지 손을 치켜들며 빛을 가렸고 인상도 찌푸렸다. 그러면서 천천히 일어나 앉아 내 어깨에 머리를 기대며 하품했다.

"아, 이게 이승에서 보는 마지막 해돋이네."

은서가 잠긴 목소리로 말했다.

나는 아무 말도 하지 않은 채 지글거리는 태양만 뚫어지게 쳐다봤다.

"마지막까지 함께해 줄 거지?"

고개를 돌린 은서가 물었다.

나는 입술을 깨물며 고개만 끄덕였다.

우리가 마지막으로 가야 할 곳은 춘천에 있는 한 저수지 부근이었다. 왜 그곳에 가야 하는지 잘은 몰랐지만, 그곳이 은서의 마지막 목적지였다. 은서의 말에 의하면 그곳으로 저승사자가 직접 마중 나오겠다고 알려왔기 때문이라고 했다.

"데려다줄 거지?"

은서가 내 손을 그러잡으며 다시 한번 물었다. 대답을 알면서도 마지막까지 직접 확인하고 싶어 하는 듯 보였다. 나는 은서의 얼굴을 감싸며 내 품으로 끌어안았다.

"데려다줄게. 끝까지…."

앙다문 내 입술이 부들부들 떨렸다.

* * *

　동해를 벗어나 60번 서울춘천고속도로를 타고 1시간 정도 달려 저수지 앞에 도착했다. 벤츠를 저수지 부근에 세워두고 차에서 내린 나는 푸른 산새에 둘러싸인 저수지를 바라보았다. 저수지는 생각보다 넓었다. 짙은 안개에 가시거리가 상당히 짧았지만, 초록빛의 저수지에는 집처럼 생긴 수상 좌대가 듬성듬성 떠 있었다. 안개 낀 저수지를 바라보는 심정은 착잡했다. 날씨는 아침과 다르게 칙칙했고 잔뜩 찌푸려 있었다. 구름은 암울하게 햇빛을 가려댔고 물 위에 떠 있는 안개는 아지랑이 피듯 묘한 분위기를 불러일으켰다.

　나는 은서가 안내하는 대로 따라갔다. 우리는 탁 트인 낚시용 저수지보다 조금 더 구석진 산길로 들어갔다. 유월의 푸른 잎사귀들이 싱그럽게 우리를 맞아주었다. 10분 정도 걸었을까. 울창한 나무 틈새로 뿌연 안개가 유입되며 기묘한 분위기를 자아내고 있었다. 문득 이곳이 정말 실재(實在)하는 장소가 아닐지도 모른다는 생각이 들었다. 나는 은서 바퀴벌레를 담았던 플라스틱 어항을 든 채 말없이 걸었다. 곧이어 숲속의 끝자락인 듯 자그마한 공터 하나가 나왔다. 공터 한가운데는 은서나무와 유사하게 생긴 소나무 한 그루가 보였다. 저수지의 안개도 여전한 것으로 보아 정말 실존하지 않는 곳이란 확신이 커졌다. 근데 이제는 굳이 이걸 따지고 있는 것 자체가 무의미하긴 했다. 그때 들고 있던 플라스틱 어항 안에서 똑똑 두드리는 소리가 났다. 은서는 바퀴벌레의 모습으로 플라스틱 어항에 들어가 있었다. 왜 바퀴벌레의 모습으로 있는 걸까. 나는 은서의 바퀴벌레 모습도 가끔 봤지만 대체로 은서의 본모습을 더 많이 봐왔던 터라 살짝 아쉬웠다. 나는 분명 은서 본연의 모습을 더 사랑했다. (태생적으로 바퀴벌레를 싫어했고) 그러나 그 모습이 무엇이었든 간에 은서는 바뀌지 않았다. 내가 사랑했던 것도 은서였고 지금 그 모습이 다를지언정 은서라면 상관없었다.

나는 플라스틱 어항을 바닥에 내려놓고 그 앞에 양반다리로 앉았다. 그리고 플라스틱 어항의 파란색 뚜껑을 열었다. 이제는 정말 원치 않는 자유를 허락해줄 시간이었다. 잠깐 나는 어항 속에 은서 바퀴벌레를 쳐다봤고 그녀도 그 자리에 서서 나를 바라봤다. 가끔은 원치 않는데 해야만 하는 일들이 있다. 평생을 후회한다 해도 그렇게 해야만 하는 일이 있다. 그 많은 것 중 가장 하기 힘든 일 중 하나가 이별이었다. 이별에 대처하는 자세는 아무리 단련되어 있어도 막상 맞닥뜨리면 태연할 수 없었다. 나는 은서에게, 은서는 나에게. 우리는 지금 서로에게 알맞은 이별 법을 찾지 못한 채 놔줘야 할 손을 붙잡고 버둥거리고 있었다.

나는 바지 주머니에서 종이 한 장을 꺼내 종이접기를 시작했다.

그 무렵 은서 바퀴벌레는 플라스틱 어항에서 기어 나와 내 어깨 위로 올라왔다.

나는 말없이 종이배를 완성해갔다. 종이배가 거의 완성되었을 때 부실 공사는 없는지 이리저리 돌려보며 꼼꼼히 살폈다. 잠시 후 종이배가 완성되자 은서 바퀴벌레가 조심스럽게 팔을 타고 내려왔다. 종이배에 오르기 직전 멈춰선 은서 바퀴벌레는 잠시 머뭇거리더니 이내 한 발을 내디디며 나머지 몸을 모두 종이배 위에 실었다.

그 모습을 보고 있자니 정말로 헤어져야 할 시간이 코앞으로 다가왔음을 느꼈다. 나는 자리에서 일어나 종이배에 올라탄 은서 바퀴벌레를 바라봤다. 두 발로 직립한 채 앞발 두 개로 종이배 한가운데 세모 모양의 돛대를 잡고 있었다. 그러면서도 시선은 나에게 고정되어 있었다. 하지만 안타깝게도 나는 그 눈을 오래 바라볼 수 없었다. 단 한 순간이라도 놓쳐서는 안 될 그 눈빛을 뿌리치고 말았다. 그러나 그마저도 쉽지 않아 잠시 돌리면 다시 보고 싶고, 보고 있으면 그 자리에서 와르르 무너져 내릴 것 같았다. 시선을 회피한 채 나는 한 발 한 발 앞으로 내디뎠다. 내 발걸음은 천근보다도 무거웠다. 차라리 이 무게에 짓눌려 갯벌 바닥처럼 완전히 붙잡혔으면 하고 바랐다.

은서 바퀴벌레도 그를 바라보고 있는 건 무척 힘든 일이었다. 둘 사이에 잠시 추스를 시간이 필요했다. 그래서 은서 바퀴벌레는 그가 눈치 채지 못하게 몰래 종이배에서 빠져나와 조심스럽게 그의 팔을 올라타고 다시 어깨에 자리 잡았다. 그리고 정말 마지막 그녀의 본모습으로 돌아왔다.

"잠시만 이렇게 있자. 응?"

살며시 등 뒤에서 나타난 은서가 나를 끌어안으며 말했다.

그러자 힘겹게 발을 내딛던 나는 우두커니 그 자리에서 멈춰서고 말았다.

"이렇게. 잠시만 있자."

은서가 다시 한번 부드러운 음조로 말했다.

나는 입술을 꽉 깨물었다. 눈에선 눈물이 넘치려 했다. 눈물 댐에 수위가 만수위를 넘어서며 거세게 출렁거렸다. 참으면 참을수록 울컥 댐이 터져버릴 것만 같았다. 우리는 한동안 서로의 온기를 머금으며 정말로 그렇게 있었다. 그러다 어느 순간 은서가 먼저 말을 꺼냈다.

"오빠, 나 정말 오빠 없었다면 어떻게 됐을까."

코끝이 심하게 아려왔다. 나는 울지 않으려 얼굴을 심하게 일그러뜨렸다.

"그래도 있잖아. 난 정말 행복한 여자였던 거 같아. 세상에 어떤 여자가 이런 사랑을 받아보겠어. 안 그래? 그런 거 보면 짧은 생이었지만 정말 행복했던 거 같아. 마지막 이승에서 생각지도 못한 최고의 선물까지 받아 가잖아."

안고 있는 팔에 힘을 주며 좀 더 꽉 껴안으려고 하는 은서였다.

나는 그 따스함을 고스란히 느끼고 있었다. 눈물 댐은 이제 더는 견딜 수 없었던 듯 모든 수문을 열고 많은 양을 폭포처럼 방류하기 시작했다. 그렇게 우리는 그 자세 그대로 정지화면처럼 머물며 펑펑 눈물을 쏟았다.

그사이 은서는 저수지 저편 안개 속에서 언뜻 저승사자의 모습을 본 듯했다. 검은 복장을 한 모습이 영락없는 저승사자였다. 새하얀 얼굴에는 온화한 미소를 머금고 오른손을 내밀 채 그녀에게 빨리 오라고 손짓하고 있었다.

"이제 진짜 가야겠다."

떨리는 목소리로 은서가 말했고 나는 힘겹게 고개를 끄덕였다.

"그래."

갑자기 온몸에서 온기가 빠져나가는 듯했다. 슬쩍 바람이 옷깃을 스치듯 은서의 모습이 다시 바퀴벌레의 모습으로 변했다. 어느덧 그녀의 분신이 내 어깨 위에 앉아있었다. 곧이어 어깨에서 팔로 다시 손을 거쳐 어렵잖게 종이배 위에 안착했다.

"그래. 가야지…."

나는 울먹이듯 혼잣말로 뇌까리며 천근만근 무거운 발을 다시 앞으로 내디뎠다. 내가 저수지로 가는 사이 아쉬움 가득한 침묵이 우리 주위를 맴돌았다. 나는 그 침묵을 무시한 채 저수지 앞에 쭈그려 앉았다. 이제 종이배를 내려놔야 할 시간이었다. 막상 내려놓으려니 손에서 종이배가 떠나질 않았다. 한참을 망설이다 종이배를 저수지 위에 띄웠다.

"은서야."

내가 목이 멘 목소리로 말했다. 아직 종이배를 잡은 손이 부들부들 떨렸다.

"있잖아. 내가 네게 준 선물이 어떤 건지 잘 모르겠지만 네가 내게 준 선물은 내 선물보다 훨씬 크다고 믿어. 막연하던 사랑의 진심이 무엇인지 깨닫게 해줬고 그 사랑을 할 수 있게, 그리고 지킬 수 있게 기회도 줬잖아. 세상에 영화의 주인공은 아니라고 믿었는데 내가 정말 주인공이 됐어. 받는 사랑보다 베푸는 사랑이 얼마나 행복한지 그것이 사람을 얼마나 행복하게 만들어주는지를 내게 알려줬잖아. 난 정말 행복한 사람이었어."

그제야 한결 편안해진 마음으로 말을 이었다.

"단지 너를 사랑했다는 것만으로 그리고 너를 만났다는 이유만으로도 너는 내 인생 최고의 선물이었어."

이미 눈물범벅이 된 내 얼굴에 또 다른 의미의 눈물이 흘렀다.

은서 바퀴벌레는 그를 향해 고개를 끄덕여 주었다. 신은 우리의 결합을 허락해주지 않았지만, 행복만큼은 빼앗아 가지 못했다. 그것만으로도 이제 이승을 떠날 수 있을 것만 같았다. 은서는 그렇게 종이배를 타고 그의 곁에서 조금씩 멀어져 갔다.

보내는 건 쉽지 않았다. 하지만 보내야 한다면 안 좋은 기억보다는 좋은 추억을 남겨주는 게 맞았다. 이제야 나는 그 사실을 실감했다. 안 좋은 기억보다는 행복한 추억을 심어주려 했던 게 실패하지 않았다는 것을. 나는 멀어져가는 종이배를 향해 큰소리로 손을 흔들었다.

"잘 가! 은서야! 그리고 고마웠어!"

그러면서 작게 혼잣말처럼 되뇌었다.

"사랑해….."

은서 바퀴벌레는 오른쪽 앞발을 치켜들고 그를 향해 흔들어주었다.

"고마웠어. 나도 사랑해."

은서 또한 혼잣말처럼 되뇌었다. 그때 뒤쪽에서 갑자기 헛기침 소리가 들려왔다. 은서가 고개를 돌리자 이미 종이배에 탑승한 저승사자였다. 다시 한번 헛기침하더니 목소리를 가다듬고 말했다.

"아무리 얄궂은 운명이라도 오늘만큼은 자네가 세상에서 가장 행복한 사람인 거 같네. 그려."

저승사자가 근엄한 얼굴로 어울리지 않은 웃음을 지어 보이며 말했다.

은서는 생각했다. 그 말이 틀리지 않았다고.

지금, 이 순간만큼은 자신보다 행복한 사람이 세상에 존재하지 않았다는 것을.

시작과 끝, 그리고 또 다른

해가 지고 벤츠를 반납한 나는 홀로 집으로 돌아왔다. 예상했던 대로 귀로(歸路)의 여정은 쉽지 않았다. 6월의 마지막 주 나들이를 마치고 돌아오는 차들과 맞물려 평소보다 시간이 배는 더 많이 걸렸다. 하지만 긴 운전시간보다 끔찍했던 건 둘이 갔다가 혼자 돌아온 거였다. 무언가 중요한 일을 말끔히 처리하고 온 것 같은데 마음은 무겁고 기분은 찜찜했다. 그래도 한 달간의 난제를 해결한 사실은 변함없으니 삶에 대한 희망과 자신감은 충분히 회복됐다.

나는 여행 가방을 질질 끌며 아파트 현관문을 열고 집 안으로 들어갔다. 잠시 현관문이 잠기는 소리를 들으며 아무것도 변하지 않은 거실을 바라봤다. 그렇게 잠깐 서 있다가 여행 가방을 바닥에 내려놓고 짐을 풀었다. 가방 안에 자질구레한 옷들을 꺼내 세탁기로 이동하는 사이 거실 탁자 위에 놓인 자동응답기가 연신 깜빡이고 있었다. 요즘 집 전화기는 거의 쓰지 않았지만, 아직 인터넷 약정요금이 묶여 있어 그냥 놔두고 있었다. 약정이 끝나면 곧 중지시킬 예정이었지만 오랜만에 깜빡이니 응답기 내용이 궁금해 켜보았다. 그러자 처음 듣는 여성 목소리가 흘러나왔다.

"안녕하세요. 이은서 작가님 댁이죠?"

순간 작가님이라는 말에 그 자리에서 동상처럼 굳어졌다.

"다름이 아니라 여기는 K-영상 콘텐츠 시나리오공모전을 진행했던 문화영상위원회입니다. 이은서 작가님께서 저희 공모전에서 금상을 받게 되었음을 알려 드리려 연락드렸습니다. 수상에 대한 상세한 내용은 저희 홈페이지로 들어오셔서 확인하시면 됩니다. 저희가 작가님께 개별 연락을 드렸는데 통화가 되질 않아서 확인차 집 번호로 연락드렸습니다. 메시지 확인하시면 이른 시일 내에 연락 부탁드립니다."

정말로 야박한 세상이었다. 은서에게 이 기쁜 소식을 전할 수 있다면 얼마나 행복할까. 이 소식을 듣고 세상에서 누구보다 기뻐할 은서의 모습이 눈에 아른거렸다. 하지만 어떤 방법을 강구 해봐도 이 기쁜 소식을 전달할 방법은 없었다.

나는 일단 남은 빨랫감을 세탁기에 넣고 노트북을 꺼내 공모전 홈페이지에 접속했다. 그리고 공지 사항 게시판으로 들어가 맨 위에 있는 공모전 소식부터 클릭했다.

K-영상 콘텐츠 시나리오공모전은 약 300여 편에 이르는 다양한 작품들이 접수되어 열띤 경합을 벌였습니다. 약 보름간에 선별작업을 거쳐 본심은 총 10편으로 가려졌으며 대한민국에서 내로라하는 영화, 영상 예술계 인사들로 구성된 심사위원들을 통해 본심 심사를 마쳤습니다. 본심에 올라온 열 작품은 스릴러, 로맨틱 코미디, 휴먼 드라마 등 다양한 장르로서 말 그대로 열띤 토론을 불러일으키게 할 만큼 좋은 작품들이 많았습니다.

그중 대상에 선정된 '열여덟 소녀'는 – 중략

또한 금상에 뽑힌 이은서 작가님의 '이별 여행'은 남주인공인 아버지가 아이의 시체를 싣고 자전거 여행한다는 다소 파격적인 소재에서부터 루게릭병이라는 흔한 소재에, 부성애까지 한 장르에 국한되지 않은 탈 장르적 다양성이 시선

을 끌었습니다. 게다가 그 다양성을 주 무기로 과거와 현재를 교차시키며 안정

적이면서도 독특한 구성이 돋보였습니다.

또한 은상에는 –중략– 이로써 K-영상 콘텐츠 시나리오공모전은 대한민국

을 이끌어갈 최고의 이야기꾼을 발굴하자는 취지에 따라 많은 작품을 접수하

였습니다. 다수의 작품이 아쉽게도 작가로서의 역량 부족을 드러냈지만, 그중

에서는 그래도 각각의 재미와 개성을 갖춘 작품들도 상당수였습니다.

다시 한번 수상자들 모두에게 진심으로 축하드리며 접수해주신 모든 분께

감사드립니다.

은서는 공모전에서 2등에 해당하는 금상을 수상했다. 하지만 이 소식
은 주인을 찾지 못한 채 이승에서 떠돌다 저승 문턱을 넘지 못하고 바
람처럼 사라질 것이다.

* * *

자욱한 안개에 휩싸인 저승길의 을씨년스러움은 여전했다. 하지만
은서는 초행길에 느꼈던 모호한 두려움과는 사뭇 다른 기분으로 저승
사자의 뒤를 순순히 따라갔다. 몇 주만의 두 번째 방문이지만 이젠 익
숙하고 친근하기까지 했다. 길 가다 마주친 뭉게구름은 마치 솜사탕 같
았고 죽음의 냄새가 진동하는 늪지대는 시골에 도랑처럼 느껴졌다.

어느 순간부터 은서는 주어진 환경을 인정하고 받아들이고 있었다.
자연의 이치인 양 무언가는 반드시 누군가에 필요한 것일 테고 그렇게
인정하고 나면 어둡기만 했던 저승길도 나름 밝아 보였다. 그러는 사이
은서의 눈앞에 지난번 마주쳤던 거대한 덤불이 다시 나타났다. 덤불 앞
에 선 저승사자가 이번에도 뭐라 중얼거렸다. 그러자 저번처럼 바스락

거리는 소리와 함께 덤불 줄기가 사방으로 움직이며 입구를 만들었다. 이 장면은 볼 때마다 신기했다. 그런데 그때 다른 곳에서도 같은 소리가 들려왔다. 은서는 소리가 나는 덤불 쪽으로 시선을 돌렸다. 그곳에는 다른 저승사자가 덤불을 뚫고 걸어 나오는 것이 보였다. 그리고 더 먼 곳에서도 또 한 명이 걸어 나왔다. 반대편에도 또 그 뒤편에도 덤불을 걸어 나와 일순간 연기처럼 사라졌다. 은서는 예전에 보지 못한 광경들을 보며 마음 한편이 싸늘해지는 걸 느꼈다.

"저기요. 조금 전에 덤불 밖으로 나왔다 사라지는 저승사자들은 다 뭔가요?"

은서가 덤불 입구로 들어서려던 저승사자의 뒤통수에 대고 물었다.

"잠깐만, 여기서 나가는 저승사자를 봤다고? 그들이 보였다고?"

저승사자가 놀란 토끼 눈을 하고는 뒤돌아봤다.

"방금 저 덤불에서 나왔잖아요. 그리고 무슨 마술처럼 뿅 하고 사라졌는데."

은서가 사라지는 동작을 손동작으로 해 보이며 말했다.

"말도 안 돼. 아무도 그들은 볼 수 없어. 죽을 운명의 당사자만 빼고는. 이 경계선 밖에선 자신을 데리러 온 저승사자 외엔 누구도 볼 수 없단 말이야."

당황한 저승사자가 혼잣말을 중얼거리듯 말했다.

"아니, 보였으니까! 그래서 물어본 거잖아요."

은서가 손사래를 치며 말을 이었다.

"에이. 됐어요. 그만하죠. 뭐 중요한 것도 아닌데, 너무 예민하게 받아 드리지 말아요."

하지만 저승사자의 표정은 이미 돌처럼 굳어 있었다.

"들어가죠. 좀."

넋 놓고 있는 저승사자의 모습이 안쓰러워 은서가 등을 떠밀었다. 그렇게 둘은 덤불 안으로 진입했다. 그러나 갑자기 입구 앞에 불쑥 들이닥친 마귀할멈 때문에 은서는 놀란 가슴을 쓸어내려야 했다. 왜 항상 이딴 식으로 등장하는 걸까? 놀란 마음을 가라앉힌 은서는 단박에 그 얼굴이 누군지 알아봤다. 역시나 예전에 만났던 그 삼신할머니였다. 덤불 앞까지 은서를 마중 나온 것으로 여전히 손에는 세모, 네모, 동그라미도 아닌 이상한 중간 모양의 차트를 들고 있었다.

"잘 다녀온 거?"

잔뜩 찡그린 주름을 한껏 강조하며 삼신할머니가 물었다. 여전히 그녀는 좋지 않은 인상이었지만 그래도 정감을 자아내는 얼굴이라는 점에서 기분 나쁘진 않았다.

"네. 덕분에 잘 다녀왔습니다."

세 사람은 확 트인 앞쪽 언덕 위를 따라 나란히 올라갔다. 걸으면서 은서는 주변을 둘러봤다. 역시나 이곳은 덤불의 경계선 너머와는 달리 확연한 빛으로 훨씬 밝은 분위기를 연출하고 있었다. 여전히 오른쪽 언덕 위에는 지옥행을 기다리는 시무룩한 사람들이, 반대편 사람들은 활기찬 분위기가 돌았다. 그런 가운데 은서의 주변을 지나가는 또 다른 삼신할머니와 저승사자들이 보였다. 그들은 세모, 네모, 동그라미도 아닌 차트를 꼼꼼히 확인하면서 덤불 쪽으로 걸어가고 있었다. 얼핏 대화를 엿들으면 사람들의 이름이 들리는 듯했다. 분명 그 이름들은 곧 죽을 운명에 처한 사람들이니라. 그래서 그런지 측은지심이 들었다.

정수빈, 강신수, 장호신, 박수기 등….

사신들의 뒤를 졸졸 따르던 은서가 궁금증을 풀기 위해 삼신할머니에게 물었다.

"할매, 우리 이제 어디로 가요?"

그에 대한 대답은 삼신할머니가 아닌 저승사자의 입에서 나왔다.

"이곳을 지나게 되면 천수(天水)로 가득 찬 정화 천에 들리게 되네. 그곳에서 우선 몸을 깨끗이 씻고 정화한 다음 순백(純白)을 얻게 되지. 그 순백(純白)을 몸에 걸치게 되면 이제 완벽한 출세간(出世間)이 되어 속세와의 인연이 완전히 끝나는 거야. 영영 작별하는 거지. 그 후 정화된 자만이 오를 수 있는 구롱(丘壟)에 올라 대기자 명단을 등록하고 잠시 기다리면 옥황대제를 만나게 될 거야."

"음, 받아 적어야 할 거 같은데. 그러니까. 몸을 깨끗이 씻고 순백인가 뭔가를 받아서 입고 기다리면 된다는 거 아니에요?"

지끈거리는 머리를 긁적이며 은서가 말을 이었다.

"에이. 몰라. 그냥 시키는 대로 하면 되겠지."

은서의 혼잣말에 앞서가던 저승사자와 삼신할머니의 반응은 없었다. 은서는 정말 재미없다는 제스처를 취하고 입술을 삐쭉 내밀었다. 바로 그때 또 다른 저승사자와 삼신할머니가 빠른 잰걸음으로 은서 옆을 쏜살같이 지나쳐갔다. 하지만 그들이 지나간 자리에서 은서는 꼼짝없이 얼어붙을 수밖에 없었다. 단 하나의 이름이 은서의 귓속을 또렷하게 파고들었다.

* * *

늦은 밤 한적한 한강공원 주차장에 검은 모자를 눌러 쓴 남자가 주변을 두리번거렸다. 그러다 고급 SUV 한 대를 발견하고 그쪽으로 다가가 뒷좌석에 올라탔다.

"준비됐지?"

뒷좌석 올라탄 남자가 모자를 벗으며 말했다. 그는 양아치 중 하나인 가죽 재킷이었다.

"당연하지. 준비는 완벽하게 끝났어."

운전석에 앉아있는 두 번째 양아치 야구점퍼였다.

"왓 더 쉣. 한 달 동안 숨어지내느라 너무 하드하다고!"

이어 조수석에 앉은 세 번째 양아치 후드티가 말했다.

"어쩔 수 없잖아. 시발. 난 아빠 차 끌고 나갔다가 차도 압류당하고 얼굴도 다 팔리고 지금 통장과 카드도 다 막혀버렸다고."

답답한 표정의 가죽 재킷이었다.

"일단 내가 H&K MP -5, 총 두 자루 구해놨거든. 인터넷으로."

"홀리 쉣!, 언빌리버블!"

야구점퍼의 말에 후드티가 휘파람을 불었다.

"자, 여기 네 위조여권"

콘솔박스를 연 야구점퍼가 위조여권을 꺼내 가죽 재킷에 건넸다. 위조여권을 건네받은 가죽 재킷이 여권을 꼼꼼히 살펴보더니 피식 웃었다.

"이야, 감쪽같이 만들었네."

"일단 내일 오후 3시 비행기야. 너만 통과하면 돼. 우리는 문제없으니까."

"오케이, 퍽킹 투모로우부터 양키 년들 보러 가야겠네. 또 이 오빠 보려고 웨이팅하다 질질 싸겠구먼."

"뭔, 이 새끼는 만날 싸, 싸긴 시발! 만날 그딴 생각밖에 안 하냐?"

"유 좆을까 잡수세요."

가죽 재킷의 시비에 후드티가 주먹 감자를 날렸다.

"뻘짓들 좀 그만하고. 그래서 장소는 찾아봤어?"

"내가 딱 좋은 곳 하나 알아놨지."

가죽 재킷이 핸드폰으로 유튜브에 접속해서 동영상 하나를 틀었다. 동영상 안에는 40대로 보이는 남자가 총을 들고 사람들을 위협하고 있었고 맞은편에는 젊은 남자 하나가 걸어오고 있는 영상이었다. 자세히 보면 걸어오는 젊은 남자는 현수였다.

"이거 봤어? 이 영상은 3주 전에 외곽에 있는 누리 은행에서 찍힌 거거든. 어떤 지질한 놈이 장난감 총 들고 들어와서 은행을 거의 털 뻔했지, 뭐야."

"턴 게 아니고, 거의 털 뻔했다고?"

"그럼 너무 데인저러스한 거 아냐?"

"잘 봐, 근데 갑자기 이 또라이가 갑자기 나타나서 실패했어."

영상 속에선 현수가 장난감 총을 그러쥐고 소리치고 있었다.

"홀리 몰리, 이 새끼 완전 미친놈이네."

야구점퍼와 후드티가 영상을 보며 깔깔 웃었다.

"근데 중요한 건 그게 아니야. 경찰이 도착하는데 정확히 8분 30초가 걸렸어. 보안업체도 비슷한 시간에 도착했고. 그 정도 시간이면 우리한텐 충분히 승산이 있다는 거야. 아니 무조건 성공하고도 남을 시간이라고."

가죽 재킷의 표정이 단호하다 못해 당당했다.

"8분 30초면 괜찮네. 일단 털든 못 털든 무조건 제한 시간 내에 빠져나와야 해."

"그렇지 그게 핵심이지. 근데 그 시간이면 누워서 떡 한 번 치고 와도 충분한 시간이야."

"홀리 쉣! 오케이. 모닝 떡, 애프터눈 떡, 바로 양키 고 홈, 플라이!"

* * *

박현수!? 은서는 순간적으로 그 이름을 듣자마자 덜컥 심장이 내려앉았다. 일순간 생각할 겨를도 없이 재빨리 몸을 돌려 자신을 지나쳐갔던 저승사자와 삼신할머니를 뒤쫓아갔다. 은서의 갑작스러운 돌발행동을 예상치 못한 저승사자와 삼신할머니는 고개만 돌릴 뿐 그녀를 막지 못했다. 전속력으로 내달린 은서는 이내 낯모르는 저승사자와 삼신할머니를 따라잡은 뒤 단도직입적인 질문부터 던졌다.

"이봐요. 잠깐만요. 조금 전에 박현수라고 하지 않았어요? 박현수라고? 그 이름 말한 거 같은데 저기요. 그 이름 부르지 안 않았냐고요!?"

낯선 저승사자와 삼신할머니는 냉혈한처럼 은서를 무시한 채 걸었다.

"이봐요. 내 말 안 들려요? 당신들이 좀 전에 박현수라고 했잖아? 아니 했잖아요! 내가 똑똑히 들었다고! 이봐요. 무슨 말 좀 해보라고요!"

답답한 나머지 은서는 앞으로 튀어 나가 그들을 정면으로 막아섰다. 하지만 그들의 몸은 은서를 투과하듯 유유히 통과해 덤불 속으로 사라져버렸다. 실망감을 감추지 못한 은서는 그 자리에 털썩 주저앉았다. 잠시 후 은서 앞에 도착한 은서의 저승사자와 삼신할머니가 위로 차원에서 어깨를 토닥여주었다.

"가세."

은서는 절망감에 빠져 일어날 기운도 없었다. 그때 삼신할머니가 들고 있던 세모, 네모, 동그라미도 아닌 괴상망측한 차트가 눈에 들어왔다. 동시에 머릿속에서도 뭔가가 번쩍였다.

"저기 할매. 혹시 사람 죽는 날짜 알 수 있어? 있지? 알 수 있잖아? 그렇지?"

무섭게 돌변한 은서의 간절한 눈빛이 삼신할머니를 부담스럽게 만들었다.

"방금 저 사람들 알고 있었잖아. 저번처럼 차트에 뭐라도 쓰면 나올 거 아냐?"

옆에 있던 저승사자가 은서의 팔을 부축하며 일으켜 세우려 했다. 하지만 은서는 그의 손을 뿌리치며 벌떡 일어나 삼신할머니에게 다가갔다.

"할매, 제발 부탁이야. 내가 이렇게 간청할게."

삼신할머니는 여전히 은서의 눈을 피하고 있었다. 하지만 미세하게 흔들리는 눈동자를 은서는 놓치지 않았다. 그래서 좀 더 몰아붙여 보기로 했다. 다시 다가서려 할 때 저승사자가 갑자기 은서를 잡아챘다.

"그만해!"

"뭘, 그만해!?"

은서가 신경질적으로 답했다.

"그런 건 알 수 없어. 시간도 얼마 안 남았다고. 포기해."

답답한 저승사자가 체념한 얼굴로 말했다.

"뭘, 포기해! 당신이라면 포기할 수 있어? 포기도 상황을 알아야 포기할지 말지를 결정할 거 아니야. 아무것도 모르는 상황에서 어떻게 포기해. 적어도 들어보고 선택은 할 수 있어야 하잖아. 안 그래?"

"글쎄 그게 안 된다니까. 법으로 금지되어 있다고!"

'법'이란 단어에 저승사자는 순간적으로 아차 싶었다.

"뭐야, 또 법이야? 금지라고? 그럼 알 수 있다는 거네! 맞지? 누군가는 그걸 저질렀으니까! 법으로 금지 시킨 거잖아. 그렇지? 맞지?"

"넌 이미 한 번 나갔다 왔잖아. 이승에 두 번 나갈 순 없어. 더는 안 된다고!"

은서는 강경한 저승사자를 포기하고 심약한 삼신할머니를 공략하기로 했다.

"할매, 부탁이야. 제발. 그 차트만 한 번 확인해주면 되잖아. 어."

은서의 간절함이 슈렉의 장화 신은 고양이보다 좀 더 반짝반짝 빛났다. 그런 모습에 삼신할머니는 어쩔 줄 몰라 했다. 멀찍이 떨어져 지켜보던 저승사자는 이미 포기한 듯 땅바닥만 쳐다봤다.

"방법이 있긴 한데…."

삼신할머니의 나지막한 목소리였다.

"정말? 정말 고마워, 할매. 역시 할매밖에 없어."

은서는 삼신할머니를 얼싸안으며 고마움을 표현했다.

"지금. 뭐 하자는 거야! 할멈."

당황한 저승사자가 더 새하얘진 얼굴로 소리쳤다.

"이리 와 봐."

삼신할머니가 은서의 팔을 붙들고 그늘진 바위 아래로 끌고 갔다.

"할멈. 이러면 안 되는 거 알잖아. 모두가 위험해진다고!"

저승사자의 완강한 만류에도 불구하고 삼신할머니는 사실을 보여주기로 했다. 잠시 후 자신의 가장 긴 새끼손톱을 이용해 차트에 뭔가를 마구 휘갈겨 쓰기 시작했다. 은서는 한시라도 빨리 보고 싶은 마음에 기대감이 한층 부풀어 있었다. 유일하게 옆에 있던 저승사자만 안절부절못하며 주위를 두리번거렸다. 순식간에 차트 위에 알 수 없는 그림과 상형문자 같은 이상하고 기괴한 모양들이 수도 없이 깜빡였다. 불현듯 차트 위에 어떤 형체가 나타났다 사라지기를 반복했다.

"손 줘봐."

갑자기 은서의 손을 낚아챈 삼신할머니가 차트의 끝에 돌기처럼 생긴 부분을 잡게 했다. 그러자 은서의 머릿속에 번쩍번쩍 희미한 잔상들이 빠르게 스쳐 지나가기를 반복했다. 슬슬 머릿속이 지끈지끈 쑤시기 시작했다.

"보이나?"

삼신할머니가 은서에게 물었다. 뭔가가 보일 듯 말듯 다시 사라지를 반복했다. 그러다 갑자기 한 영상이 정지 형태로 머릿속에 또렷이 각인됐다.

야비한 인상과 낯익은 얼굴. 거울 속에 비치는 폭력의 그림자.

룸미러 속에 낯익은 남자의 살기 어린 눈빛이 차디찬 독기를 뿜어내고 있었다. 곧이어 다른 영상이 빠르게 대체되며 눈을 감고 있던 은서가 온몸을 부르르 떨었다.

복면을 벗고, 총을 든 양아치 검은 재킷 앞에 서 있는 남자, 현수였다.
그때 양아치의 얼굴에서 핏빛 희열감이 번뜩이더니 고개를 까닥였다.
그리고 입가가 비릿한 미소를 지으며 갑자기 탕! 총이 발사됐다!!!

총소리에 번쩍 정신이 든 은서가 엄청난 충격에 바닥에 주저앉아 속을 게워냈다.

"이름 박현수. 나이 서른셋. 일단 평범한 신상정보는 넘어가고, 어…. 사망일, 사망 시각. 금년 6월 31일 월요일 11시 8분."

"6월 31일? 내일? 아니에요?!"

간신히 정신을 붙잡았는데 시간이 너무 촉박했다.

"음. 차트상으로 그렇지. 이승으로 치면 내일 오전이고."

이곳엔 시간개념이 없었다. 늦지 않게 가야 할 텐데….

"할매. 정말 고마워. 정말, 정말 고마워요!"

은서가 삼신할머니의 볼에 가볍게 입맞춤하며 안절부절못하는 저승사자를 불렀다.

"정말 미안한데요. 이렇게 떠날 수밖에 없는 저를 절대 용서하지 말아 주세요!"

저승사자가 안타까운 표정을 지어 보이고는 아무 말 없이 쳐다보기만 했다.

"아까 왔던 데로 되돌아가면 되는 거죠?"

덤불 쪽을 가리키며 은서가 말했다.

"그건… 내가 해줄 수…."

"알았어요. 나중에 봬요. 갔다 와서 제가 다 책임지겠습니다."

은서는 뒤도 돌아보지 않은 채 무작정 덤불 쪽으로 달렸다. 그 모습을 바라보던 저승사자는 잠시 도와줄지 말지를 고민하며 멈칫멈칫하고 있었다. 그때 저승사자 뒤로 슬쩍 다가온 삼신할머니가 위로의 말을 건넸다.

"실수를 만회할 기회가 오지 않았나. 가서 자네가 해줄 수 있는 걸 해주게."

저승사자는 덤불로 달려가는 은서의 모습을 바라보며 침묵으로 일관했다.

무작정 달려온 은서지만 막상 덤불 앞에 서자 어찌해야 할지 막막했다. 그때 옆에서 덤불을 통과하는 다른 저승사자가 보였다. 곧바로 그를 쫓아 덤불 속으로 몸을 던졌다. 하지만 덤불은 은서에게 돌아갈 문을 허락하지 않았다. 몸을 던진 그 자리엔 저승사자만 사라진 채 은서의 몸은 밖으로 튕겨 나왔다. 포기할 수 없었던 은서는 몇 번이고 그 일을 반복했지만, 덤불은 그녀에겐 저승의 문을 내어주지 않았다. 시도하면 할수록 온몸에 덤불로 긁힌 상처들만 가득해져 갔다.

"정말 운명을 바꿀 수 있을 거로 생각하나?"

근엄한 목소리에 뒤를 돌아보자 창백한 얼굴의 저승사자가 서 있었다.

은서는 말없이 저승사자를 노려봤다.

"정말 네가 운명을 바꿀 수 있을 거로 생각하냐고?"

저승사자가 다시 묻자 은서는 긍정의 표시로 고개를 두 번 끄덕였다.

"그래? 그럼 이제부터 운명이 시키는 대로 한 번 해보자. 비켜봐."

근엄한 얼굴의 저승사자가 앞에 서 있는 은서를 옆으로 밀어내고 덤불 앞으로 다가갔다. 잠시 후 덤불 앞에 선 저승사자가 양손을 그러모은 뒤 저음의 목소리로 주문을 외기 시작했다. 그러자 덤불들이 들어올 때처럼 바스락거리는 소리를 냈다. 하지만 실제로 덤불들은 움직이지 않았다. 오히려 저승사자를 비난하듯 바스락거리는 소리를 더욱 거칠게 내며 반항하고 있었다. 잠시 저승사자와 덤불 사이에 팽팽한 신경전이 벌어졌다.

그 모습을 바라볼 수밖에 없는 은서의 심정은 그야말로 착잡했다.

그때 저승사자가 목소리를 다시 높였다. 그러자 저항하던 덤불들이 갑자기 숨죽이며 조용해졌다. 묘한 긴장감이 감돌던 그때 패배를 인정한 덤불들이 비명을 토해내며 문을 만들기 시작했다. 그 모습에 은서의 마음속에도 희망의 문이 넓어지고 있었다. 문이 열리는 순간 저승사자가 고개를 돌려 말했다.

"가! 어서."

은서가 덤불 앞으로 한 발짝 다가서며 물었다.

"정말 괜찮으신 거죠?"

"뭐 정상참작 되면 집행유예 정도로 풀려나지 않을까?"

저승사자가 지금까지 볼 수 없었던 가장 환한 미소로 웃었다.

"난 괜찮으니까. 어서 가봐!"

안쓰러워 마음이 쓰이는 은서였다.

"꼭 돌아올게요. 꼭 돌아와서 처벌받겠습니다."

은서는 고개를 끄덕인 뒤 덤불 속으로 뛰어들었다.

"마음의 소리를 들어. 그게 네 운명이니까."

"고마워요."

은서는 다시 한번 고개를 숙여 고맙단 인사를 전하고 저승사자의 말을 곱씹었다.

'마음의 소리를 들어. 그게 내 운명이니까.'

운명을 바꿀 수만 있다면

월요일 아침 7시

요란한 핸드폰 알람 소리에 눈을 떴다. 눈을 비비며 옆자리로 고개를 돌려보니 예상대로 비어 있었다. 분명 허전함이 묻어났지만, 예전처럼 고통이 수반되진 않았다. 빈자리엔 햇살만이 머물고 있었다. 나는 헝클어진 머리를 긁적이며 침대에서 일어나 거실로 향했다. 그러면서도 혹시나 하는 마음에 식탁을 봤지만 말끔했다. 하지만 그마저도 이젠 덤덤하게 받아들일 수 있을 거 같았다. 시간이 지나면서 나를 괴롭히는 비감(悲感)은 언제든 불쑥 찾아올 테지만 거기엔 이제 따스함이 공존할 것이다. 그것이 내가 다른 사람과 다르게 이별한 나만의 특권이었다.

한 시간 전

여명이 밝아올 무렵 뿌연 안개 속에 푸른빛 하나가 반짝였다. 한 치 앞도 안 보이는 안개 속에서 푸른빛은 무언가를 찾아 헤매듯 분주하게 저수지 위를 움직였다. 그러다 어렴풋이 저수지 한편에 무성하게 자라 있는 수풀들이 보였고 그사이엔 하얀색의 종이배가 좌초된 채 출렁이는 물살에 흔들리고 있었다. 순간 푸른빛이 종이배를 향해 돌진했다. 이내 종이배가 번쩍하더니 빠르게 남은 빛이 소멸했다. 잠시 후 종이배

안에서 가느다란 갈색 돌기 달린 발 하나가 불쑥 올라왔다. 곧이어 더 듬이 달린 삼각형 머리가, 이어 바퀴벌레의 갈색 몸체가 완연한 모습을 드러냈다.

은서 바퀴벌레는 빠르게 찌뿌듯한 몸을 추스르고 등 뒤에 달린 날개를 펼쳐 퍼덕여 보았다. 한결 몸이 가벼워진 걸 느꼈다. 이 정도면 무리 없이 날 수 있을 것 같았다. 그래서 힘찬 날갯짓을 했고 곧바로 뿌연 안개 속으로 힘차게 날아올랐다. 그러나 얼마 지나지 않아 바퀴벌레의 몸으로 서울까지 날아간다는 거 자체가 무리라는 생각이 들었다. 게다가 날개는 축축한 안개 때문에 점점 무거워지는 거 같았다. 은서 바퀴벌레는 저수지를 벗어나자마자 도로 옆 가장 가까운 돌 위에 내려앉았다. 잠시 앉아 고민하던 은서 바퀴벌레는 지나가는 차를 기다리기로 마음먹었다. 얼마 후 서울 방향으로 가는 차선에서 픽업트럭 한 대가 다가오는 게 보였다. 은서 바퀴벌레는 바로 이 차다 싶어 좀 더 다가오기를 기다리며 하나둘 셋 숫자를 센 뒤 힘찬 날갯짓으로 도약했다. 그러자 새처럼 푸드덕거리는 소리와 함께 새벽공기를 가로지르며 픽업트럭 짐칸에 안전하게 안착했다.

* * *

나는 좋은 기분으로 출근을 준비했다. 아침밥을 차려주는, 넥타이를 골라주는, 모닝 키스해주는 은서는 없었지만, 마냥 슬프지만은 않았다. 참으로 오랜만에 혼자서 맞이한 기분 좋은 아침이었다. 그렇게 화장실 세면대 앞에 서서 거울에 비친 내 모습을 바라봤다. 신기하게도 입가엔 미소가 떠나지 않았다. 나는 치약과 칫솔을 꺼내 들고 잠시 바라봤다. 치약 한가운데 상표명이 움푹 들어가 있었지만 별 고민 없이 뚜껑을 열고 한가운데를 눌러 치약을 짜냈다. 밖으로 나온 내용물은 칫솔을 갖다 대 묻혔다. 그리고 보니 어떤 방식으로 짜든 나오는 내용물은 다르지 않았다. 나는 헛웃음이 나왔다. 세면을 마치고 하늘색 넥타이와 양복을 챙겨 입은 나는 현관문 앞에 멈춰 섰다. 문을 열고 나가려다 잠시 돌아서서 허공에다 얼굴을 대고 눈을 감아보았다. 그 순간 희미한 바람이 일었고 내 입술에도 살짝 미묘한 경련이 일어났다. 그리고 다시 눈을 떴을 때 아파트 실내는 예전처럼 말끔히 정돈되어 있었다.

* * *

아침 출근길의 끝자락, 직장에 늦은 것으로 보이는 젊은 여성이 러시아워에 걸린 택시 안에서 정신없이 화장을 마무리하고 있었다. 동시에 핸드폰을 꺼내 수시로 시간을 확인하면서 안절부절 화장을 이어 나갔다. 그 모습을 숨어서 지켜보던 은서 바퀴벌레는 잠시 눈을 돌려 창밖을 바라봤다. 하지만 택시의 창문 높이가 자신과 맞지 않아 바깥 풍경을 온전히 바라볼 수 없었다. 그러나 은서는 이곳이 어딘지 알고 있었다. 택시는 이미 자신이 살던 보금자리 아파트를 지나쳤고 지금은 익숙한 상가 건물들을 지나고 있었다. 이제 누리 은행까진 얼마 남지 않았다. 조금만 더 가면 곧 도착할 것이다. 하지만 가는 날이 장날이라고 오늘의 러시아워는 상상을 초월했다. 지금까지 보았던 교통체증과는 차원이 다른 듯 택시는 좀처럼 움직일 줄을 몰랐다. 은서 바퀴벌레는 곁눈질로 힐끔거리며 옆자리의 여자를 살폈다. 그녀는 회색 정장을 입고 꽤 지적인 모습의 전문직 여성처럼 앉아있었다. 하지만 시간이 촉박해짐에 따라 초조함은 그녀의 엉덩이를 들썩이게 했다. 그래도 마지막까지 화장은 꼼꼼히 살펴보며 맘에 안 드는 부분이 있으면 바로바로 수정했다.

그 무렵 택시는 여전히 같은 자리에 머물러 있었다. 은서 바퀴벌레는 슬슬 조바심이 났다. 시각을 다투는 일인데 옴짝달싹 못 하고 있으니 답답하기는 매한가지였다. 하지만 바퀴벌레의 몸으로 택시에서 혼자 내릴 순 없는 처지였다. 무더운 날씨에 택시는 모든 창문을 닫고 에어컨만 켜놨기 때문에 누군가 문을 열어줘야만 밖으로 나갈 수 있었다. 은서는 어쩔 수 없이 젊은 여자가 먼저 나가기만을 기다릴 수밖에 없었다. 초조한 지금 상태로 봐선 곧이겠지만 그마저도 장담할 수 없었다. 그때 젊은 여자의 다급한 목소리가 들려왔다.

"기사님, 죄송한데요. 여기서 내릴게요."

젊은 여자는 핸드폰과 파우더 팩트를 동시에 핸드백 안에 쑤셔 넣으며 재빠르게 지갑을 꺼내 택시비를 계산했다. 그리고 빠르게 지갑을 핸드백 안에 다시 집어넣은 후 차 문을 열고 밖으로 나갔다. 이 기회를 놓칠세라 은서 바퀴벌레도 그녀의 핸드백 모서리에 달라붙어 함께 택시 밖으로 나갔다. 젊은 여자가 내리면서 핸드백을 심하게 흔들었는지 은서 바퀴벌레는 요동치는 핸드백 위에서 떨어지지 않으려 젖 먹던 힘을 다해 움켜줘야 했다. 다행히 핸드백은 제자리에 멈춰 섰다.

은서 바퀴벌레는 재빠르게 핸드백에서 그녀의 정장 치마로 자리를 옮겼다. 다음으로 그녀의 매끈한 다리를 타고 바닥으로 내려가기만 하면 됐다. 그런데 난데없이 그녀의 손이 자신을 향해 날아오는 게 보였다. 화들짝 놀란 은서 바퀴벌레는 젊은 여자의 손을 피해 그녀의 치마 아래쪽으로 내달렸다. 간신히 그녀의 손이 닿지 않는 치마 끝자락에 매달려 거친 숨을 골랐다. 아마 그녀는 택시에서 내리면서 말려 올라간 속옷을 당기거나 구겨진 치마를 펴기 위해 손을 쓸어내린 것 같았다. 다행히도 그 동작으로 사고는 일어나지 않았다. 하지만 미처 손쓸 틈도 없이 그녀가 뛰기 시작했다는 것을 나중에 알아차렸다. 그 때문에 갑자기 몸이 휘청 중심을 잃더니 순식간에 작은 몸뚱이가 아래로 곤두박질 쳤다. 그렇게 바닥으로 내다 꽂히려던 순간 가까스로 그녀의 치마 끝자락을 다시 움켜잡았다. 젊은 여자는 숨을 헐떡이며 여전히 빠른 걸음으로 내달리고 있었다. 은서는 주변을 살펴보려 무진 애를 썼지만, 시야가 너무 흔들리는 탓에 사물이 구분하기가 쉽지 않았다. 더욱이 치맛자락에 대롱대롱 매달려 있으려니 앞다리는 뚝 하고 끊어져 버릴 것 같았다. 힘겹게 시선을 고정하고 젊은 여자의 다리 사이로 인도를 내다봤다. 은서의 눈에 보이는 건 걸어 다니는 많은 사람의 하체뿐이었다. 보도블록 위에 잘못 떨어졌다간 그대로 제삿날이 될 가능성도 있었다. 생각해야 했다. 이곳으로 오는 내내 자신이 구상했던 그 일을 실행하려면 무조건 그곳으로 가야 했다. 이렇게 매달려 어디론가 계속 끌려가는 건 그 일을 실행하는데 전혀 이로울 게 없었다. 은서 바퀴벌레는 정신을 집중해 보도블록 끝에 연석을 살폈다. 그곳에서 눈을 떼지 않고 계속 기다렸다. 마침내 저 끝에 출구가 보이기 시작했다. 그것은 길가에 있는 배수구였다. 은서 바퀴벌레는 가까워지는 배수구를 보며 뛰어내릴 박자를 맞추고 있었다. 그리고 한순간 점프! 순간 다리가 뚝 하고 떨어져 나가는 강렬한 통증이 느껴졌지만, 실제 레실린 때문에 정말로 떨어져 나가진 않았다. 젊은 여자가 멈칫 손으로 자신의 뒤쪽 허벅지를 긁적이더니 다시 제 갈 길을 갔다. 은서 바퀴벌레는 정확하게 배수구 쪽을 향해 날아가고 있었다. 동시에 힘찬 날갯짓으로 배수구 틈새를 지나 축축한 바닥에 안착했다. 이제 무엇을 해야 할 것인가 바로 지금부터가 진짜 문제였다. 은서 바퀴벌레는 귀로(歸路)에 많은 생각을 했지만 결론 한 가지뿐이었다. 거의 불가능에 가까운 작전이었지만 그 방법 외엔 그들에게 대항할 방법이 없었다. 은서 바퀴벌레는 재빠른 걸음으로 질척거리는 수로를 이리저리 돌아다니며 누군가를 찾기 위해 주변을 꼼꼼히 살폈다.

오전 8시 17분

은행 안 풍경은 예전과 다름없이 그대로였다. 항상 비슷한 시간과 정해진 규칙에 따라 움직이고 정해진 날짜와 일에 따라 창조적인 것보다 친화적인 언어력이 일에 더 도움 되는 직업이었다. 은행 안 사람들도 그대로였다. 철문을 열고 들어섰을 때 화장실에서 청소하고 있는 아주머니도 그대로였고 개인 분담으로 아침 청소와 컴퓨터를 부팅시키는 직원들도 그대로였다. 게다가 한쪽에서 요령 피우며 수다를 늘어놓는 뚱뚱이와 홀쭉이, 이 대리와 김 과장도 그대로였다.

"좋은 아침이요!"

나는 활기찬 목소리로 모두에게 인사를 건넸다. 예상은 했지만, 각양각색의 반응들이 쏟아졌다. 대체로 반갑다는 반응과 못마땅하다는 반응이 주류를 이뤘다. 그 중의 가장 반갑게 맞아준 이는 윤주였는데 걸레로 창구 앞에 '누리 은행은 세상에 중심에서 고객님을 섬깁니다.'라고 쓰인 표찰을 닦고 있었다. 나와 눈이 마주치자 꾸밈없는 미소로 반가움을 표현해주었다. 그리고 가장 못마땅해하는 반응의 대표 주자는 역시나 뚱뚱이와 홀쭉이였다. 그중 이 대리가 더 심하다는 건 말할 필요도 없었다. 그때 누군가 내 어깨를 톡톡 쳐서 돌아섰다.

"어째, 잘 다녀왔나? 내 등골이 다 휘어지도록 만들어놓고?"

고마운 팀장님이었다. 내가 떠난 첫날부터 본사에서 대출계 직원이

지원하러 올 때까지 며칠간 현장 일선으로 내려와 내 자리 메워줬다.

"네. 감사합니다."

내가 웃으며 대답했다.

"야, 진짜 팀장님 등골이 진짜 휘었다니까. 봐봐! 키도 이만큼 줄었잖아."

갑자기 팀장 뒤에 나타난 커다란 석진이 장난스럽게 자기 턱에 손을 갔다 대며 키를 재는 시늉을 해 보였다. 순간 이상한 낌새를 눈치챈 팀장이 돌아보았지만 언제 그랬냐는 듯 그의 손은 마술처럼 사라졌다. 팀장이 미심쩍은 얼굴로 쳐다봤지만, 석진은 모르는 척 고개만 두리번거렸다. 나는 그 모습을 보며 웃음을 참느라 고개를 살짝 숙였다.

"으흠. 그래. 근데 진짜 무슨 일이 있었는지 얘기 안 해줄 건가?"

이내 진지함을 되찾은 팀장이 다시 내게 물었다.

"정확히 저도 무슨 일이 일어났는지 모르겠어요. 어떻게 설명해 드릴 수 있는지도 잘 모르겠고요. 그냥 모른척해 주시면 언젠가는 이런저런 얘기를 편하게 할 수 있는 날이 오지 않을까요. 그게 언제가 될지는 모르겠지만."

나는 그렇게 대답하고는 묘한 미소를 지었다. 그러자 팀장이 알았다는 듯 고개를 끄덕이고는 내 오른쪽 어깨를 툭툭 치며 위로의 표시를 던졌다.

"그래? 알았어. 그럼. 좀 있다 소회의실에서 보자고."

팀장이 자기 자리로 돌아갔다. 나는 잠시 그 모습을 바라보다 고개를 돌렸다. 그런데 그 순간 깜짝 놀랄만한 얼굴이 바로 내 눈앞에 다가와 있는 것이 보였다. 큰 키에 식겁한 나는 반 발짝 뒤로 물러났다.

"나도? 제윈가?"

간절한 눈빛으로 나를 내려다보는 석진을 위엄에 움찔했지만 이내 나도 모르게 피식 웃음이 났다. 한참을 뜸 들인 후 나는 석진의 양어깨 위에 두 팔을 얹으며 진지하게 말했다.

"고맙다 정말. 너 없었으면 정말 아무것도 못 했어."

잠시 나를 똑바로 바라보던 그가 큰 웃음을 터트렸다.

"오케이. 알았어. 너 대신 나한테 비싼 술 산다고 한 거 잊지 마라. 알았지?"

"당연하지!"

내 얼굴에도 미소가 번졌다.

* * *

넓어진 하수도 안을 살피던 은서 바퀴벌레는 어두컴컴한 오른쪽 통로 구석에 껴안고 잠들어 있는 바퀴벌레 한 쌍을 발견했다. 오래 걸렸지만, 바퀴벌레를 찾고 나니 불안했던 마음이 안심되었다. 그리고 이제는 진짜 작전을 실행할 시간이었다. 잠시 숨을 크게 들이마신 뒤 잠들어 있는 그들을 향해 큰 소리로 소리쳤다.

"비상. 비상! 긴급비상 회의가 소집됐어요! 비상!"

순간 잠들어 있던 바퀴벌레 커플이 깜짝 놀라 벌떡 일어났다. 그리고 이리저리 배회하며 횡설수설하기 시작했다.

"정말? 어디야? 뭔 소리야. 불났나? 아닌가, 진짜 가야 해? 뭐지?"

그때 은서 바퀴벌레가 그들 앞으로 빠르게 다가가더니 정말 긴급한 상황인 양 붉으락푸르락한 얼굴로 연기를 시작했다.

"빨리요. 10분 안에 모두 집결하래요. 저도 이런 경우는 처음이에요. 어서요!"

은서 바퀴벌레가 앞발을 들고 졸린 눈을 비비고 서 있는 바퀴벌레의 등을 떠밀었다. 마지못해 밀려가던 그들은 갑자기 번뜩 깨달았는지 눈빛부터 확 달라지며 앞으로 달려 나가려는 제스처를 취했다. 그때 은서 바퀴벌레가 그들을 돌려세웠다.

"저기요."

튀어 나가려던 두 바퀴벌레가 멈칫 돌아서서 은서 바퀴벌레를 쳐다봤다.

"근데, 어… 어디였더라. 저희가 모이는 장소가. 기억이 가물가물해서…."

은서 바퀴벌레는 알듯 말듯 정말 모르는 바퀴벌레처럼 고민하는 척했다.

"제가 좀 건망증이 심해요."

"정말 몰라요? 바퀴 콜로세움이라고."

두 바퀴벌레의 눈이 일순간 의심으로 가득 찼다.

"아. 맞다. 거기. 바퀴 콜로세움! 이제야 생각났어요."

다시 태연하게 연기에 몰입한 은서 바퀴벌레는 자신을 바라보는 의심의 눈초리를 거두기 위해 앞에 서 있는 바퀴벌레들에게 냅다 소리 질렀다.

"비상! 비상! 긴급회의라니까요. 시간이 없어요! 빨리! 빨리!"

잠시 넋 놓고 있던 바퀴벌레 커플이 화들짝 놀라며 다시 호들갑을 떨기 시작했다.

"맞다! 맞아. 긴급회의다. 긴급이다! 비상! 비상!"

순식간에 바퀴벌레 둘이 휙 돌아서며 달려 나가더니 앞쪽에 있는 수로에서 양 갈래 갈라섰다. 잠시 후 미친 듯이 소리치며 뛰어다니는 그들의 목소리로 하수구 안이 쩌렁쩌렁 울리기 시작했다.

"비상!! 비상!! 긴급회의가 소집됐데요. 비상이에요! 비상!!"

　은서 바퀴벌레는 두 바퀴벌레를 따라가다 잠시 갈라진 수로 앞에 서서 양쪽으로 멀어져가는 그들을 지켜봤다. 몇 초나 흘렀을까. 그 메아리의 응답으로 콘크리트로 만들어진 수로의 벽면에서 미세한 진동이 느껴지기 시작했다. 그러더니 갑자기 갈라진 틈새에서, 무성히 자란 이끼 사이에서, 거대하게 뭉쳐있는 쓰레기더미 속에서 수백 마리의 바퀴벌레들이 수로 밖으로 기어 나오고 있었다. 마치 거대한 갈색 물결이 수로 벽면을 삼켜버릴 듯 갈색 흙탕물을 뿜어내며 맹렬한 암흑으로 장악해나갔다. 은서 바퀴벌레는 눈 앞에 펼쳐지는 기이하고도 장대한 광경을 바라보며 가슴이 콩닥콩닥 뛰었다. 희망의 잔물결이 번져나가는 바퀴벌레들만큼이나 거대하고 빠르게 가슴속에서 번지고 있었다. 은서 바퀴벌레는 심호흡하며 벅찬 감정을 안정시킨 후 거대한 바퀴벌레의 무리 속으로 뛰어들었다.

오전 10시 23분

　업무가 시작되면서 은행은 활기가 돌기 시작했다. 나는 2주 만에 평범한 일상으로 복귀했지만 오랜만이라 그런지 다소 어색함이 느껴졌다. 그러나 매일 펼쳐질 이 지겹고 평범한 일상이 오늘만큼은 감사하다는 생각이 들었다. 내가 없는 2주 동안 은행에는 약간의 변화가 생겼다. 각자 자리에 여름을 맞이하여 미니 선풍기들이 장착되었고 간헐적으로 에어컨이 돌아가기 시작했다. 간혹 어떤 사람들은 은행에서 종일 에어컨을 켜놓는다고 생각하겠지만 요즘 같은 시대에 그런 은행은 거의 없었다. 대부분 손님이 많은 시간대에 집중해서 틀었고 극한의 더위에 녹아

내리지 않는 선에선 실내 온도 조절 차 꺼두는 경우도 다반사였다.

　그때 은행 문이 열리고 색 바랜 중절모를 쓴 할아버지가 들어왔다. 일순간 모든 행원의 시선이 쏠렸다. 행원들 대부분은 그가 누군지 알고 있었다. 모두의 시선이 할아버지에게서 윤주로 옮겨갔다. 그 모습을 보고 있던 나도 평소엔 별다른 신경을 쓰지 않았지만, 오늘만큼은 동참하고 싶은 마음이 생겼다. 나는 공용 메신저 채팅창에 '힘내'라는 메시지를 보냈다. 그러자 몇몇 행원들의 응원 메시지가 줄줄이 올라왔다.

　컴퓨터에 메시지 도착 알림이 뜨자 윤주는 정리하던 장부를 내려놓고 확인했다. 내 메시지를 확인했는지 힐끔 고개를 돌렸지만 나는 일하는 척했다.

　"오셨어요? 어르신. 오늘은 뭐 도와드릴까요?"

　윤주는 영업 미소를 장착하고 평소처럼 할아버지를 대했다.

　"오늘도 통장정리 도와드릴까요?"

　단골 할아버지는 통장 대신 창구 위에 파란색 캔 커피 하나를 올려놓았다.

　"아니에요. 어르신. 전 괜찮은데…."

　살짝 부담스러운 윤주가 사양하는 제스처를 취했다.

　"고마워서 그래. 항상 일 처리도 잘해주고 잘 대해줘서."

　할아버지가 내민 캔 커피에는 물방울이 땀처럼 송골송골 맺혀있었다.

　"정말 괜찮은데…. 그럼 잘 마시겠습니다. 감사합니다."

　윤주는 캔 커피를 받아 들면서 마음이 편치 않았다.

　"어르신, 오늘은 통장정리 안 하세요?"

　할아버지는 온화한 미소를 지으며 고개를 끄덕였다. 그때 메신저 창엔 축하한다는 메시지가 폭주했다. 윤주는 메시지들을 무시하며 다른 때보다 더욱 정직한 미소로 할아버지를 응대했다.

나는 잠시 일손을 놓고 그 모습을 흐뭇하게 바라보고 있었다. 사람을 대하는 일을 하다 보면 정말 별의별 사람을 다 만났다. 말이 안 통하는 사람부터 성내고, 집어던지고, 아무 이유 없이 욕하고 시비 거는 사람들도 많았다. 그러나 가끔은 할아버지처럼 뜬금없는 보답으로 웃음꽃을 피우게 만드는 경우도 흔치 않게 있었다. 단지 매일 찾아와 긴 시간 일 처리하며 대화가 안 통해 답답하다는 행원들도 있었지만, 윤주는 항상 정성을 다해 할아버지를 응대했다. 그런 두 사람의 모습을 보며 오늘 하루도 행복한 날이 되지 않을까 하는 생각이 들었다.

* * *

바퀴 콜로세움은 상상했던 것보다 훨씬 넓었다. 농구장 반 정도 되어 보이는 크기에 널찍한 바닥은 오랜 시간 퇴적되어 온 토사(土砂)와 쓰레기들로 분지처럼 대부분 물 밖으로 드러나 있었고 콘크리트 벽들 사이엔 여섯 개의 하수구 터널들이 사방으로 둘려 있어 출입하는 이동통로를 확보해주고 있었다. 더욱 놀라운 것은 바퀴 콜로세움의 모습이 장대한 역사를 자랑하는 듯한 인상을 풍겼다는 사실이었다. 중세유럽처럼 정교하고 화려하진 않았지만 나름의 미학으로 쓰레기더미와 나뭇가지들을 이용해 관중석 비슷한 공간을 그들만의 미적 감각으로 세련되고 꾸며놨으며 마당 한 편에는 연설을 할 수 있는 작은 언덕 모양의 무대도 마련되어 있었다. 거기다 무대 주변은 허술하지 않게 진흙으로 꼼꼼히 메워져 있었고 무대 끝엔 펄럭이는 색색의 비닐들을 이용해 깃발처럼 나부끼는 효과까지 내고 있었다. 다소 인간적인 실내장식과는 격이 있었지만, 그들 나름의 자연 친화적인 느낌을 잘 살린 것 같았다. 그런

널찍한 콜로세움 공터에는 현재 꽤 많은 바퀴벌레가 모여 있었다. 수천 마리에 이르는 이들은 긴급비상 회의를 누가 소집했는지를 놓고 갑론을박하며 벌이며 다소 시끌벅적한 분위기를 자아내고 있었다. 언덕 모양의 무대 바로 아래 모여 있는 바퀴벌레들 틈 속에 숨어있던 은서 바퀴벌레는 이런 어수선한 분위기에 살짝 위축되어 있었다. 그때 사람 나이로 30대 중반쯤으로 추정되어 보이는 혈기 왕성한 바퀴벌레 한 마리가 무대 위로 펄쩍 뛰어올랐다.

"누가 오늘 회의를 소집했습니까? 누가 긴급회의를 소집했냐고요!"

혈기 왕성한 바퀴벌레의 격앙된 목소리가 울려 퍼지자 순식간에 콜로세움 안이 정적에 휩싸였다. 바퀴벌레가 곧바로 말을 이었다.

"바쁜 바퀴벌레들 오라 가라 해놓고 긴급회의 소집한 바퀴벌레는 코빼기도 안 보인다니 밤에 활동하려면 지금쯤 한창 숙면하고 있을 시간인데 말이야! 누구야? 당장 나오지 않으면…."

그의 말에 바퀴벌레들이 슬슬 술렁이기 시작했다. 이곳저곳에서 불만 섞인 목소리도 터져 나왔다. 그때 다시 한번 모든 소리를 숨죽이게 만든 목소리가 등장했다.

"제가! 제가 소집했습니다."

무대 아래쪽에서 발 하나를 번쩍 들어 올린 은서 바퀴벌레였다. 바퀴벌레들의 모든 시선이 그녀에게 쏠렸다. 은서 바퀴벌레는 그런 시선을 애써 무시하며 무대 위로 걸어 올라갔다. 무대 위에선 혈기 왕성한 바퀴벌레가 주눅 든 표정으로 올라오는 은서 바퀴벌레를 성나게 쳐다보고 있었다. 은서 바퀴벌레가 무대 한가운데로 올라서서 말했다.

"일단 사죄의 말씀부터 드립니다. 정말 죄송합니다."

은서 바퀴벌레가 90도로 고개를 꾸벅인 뒤 다시 말을 이었다.

"제가 여러분들을 여기에 모이시라고 했습니다."

오전 10시 37분

누리 은행 건물 앞에 검정 고급 SUV 한 대가 주차되어 있었다.

"마지막으로 체크 한번 해볼까?"

야구점퍼가 친구들의 얼굴을 빠르게 훑어보더니 말을 이었다.

"나하고 호세(후드티)가 먼저 은행 안으로 들어간다. 그리고 영철(가죽 재 킷)이는 차에서 대기하고 있다가 먼저 들어간 우리가 상황을 살펴보고 호세가 연락하면 즉시 복면을 착용하고 은행 안으로 진입한다. 그때 우 리는 슬쩍 화장실로 피했다가 복면을 뒤집어쓰고 영철이와 합세해 은 행을 터는 거다. 역할 분담은 내가 청원경찰을 맡을 테니까 호세가 바 로 인질들을 한쪽 구석으로 몰아세워. 그리고 돈은 나하고 영철이가 담 고 가방에 돈을 다 담으면 7분 안에 은행에서 튄다. 다 못 담아도 7분 되면 무조건 튀는 거고. 오케이?"

가죽 재킷과 후드티가 고개를 끄덕였다.

"근데, 아이 해브 인질 제압하는데 나는 왜 토이 건으로 위협하라는 거야?"

후드티가 투덜거렸다.

"아이 씨, 총이 두 자루밖에 없잖아. 몇 번을 얘기하냐. 우린 사람 죽 이러 가는 게 아니라고. 그냥 은행 들어가서 겁만 주고 돈만 가지고 나 오면 되는 거라고!"

야구점퍼가 답답한 표정을 지었다.

"뭐, 상황 봐서 맘에 안 들면 쏴버리던지."

가죽 재킷이 구형 H&K MP5 기관단총의 총열을 만지작거리며 미소 지었다.

"워워. 영철아 제발 우리 사람은 죽이지 말자. 응?"

"알았어. 알았다고."

가죽 재킷이 능글맞게 웃으며 대답했지만, 야구점퍼는 얼핏 그의 얼굴에서 살의를 본 것 같았다. 설마 하는 심정이었지만 별일 없을 거로 생각하며 그냥 넘기기로 했다.

* * *

"저 좀 도와주십시오."

은서 바퀴벌레가 필사적으로 바퀴벌레들에게 소리쳤다.

"여러분들의 도움이 있어야 그 사람을 살릴 수 있습니다. 제발 부탁드립니다."

하지만 바퀴벌레들의 반응은 시원찮았다. 간간이 원성이 빗발치기도 했다.

"우리가 왜 사람을 도와야 해?"

"그 사람이 우리에게 뭐라도 되나?"

"때려치워 우리도 먹고살기 힘든데. 무슨 바퀴벌레가 그런 말도 안되는 짓을 해."

모여 있던 바퀴벌레들이 기가 찬 표정으로 하나둘 돌아서기 시작했다. 그런 반응은 은서에겐 충격으로 다가왔다. 희망을 지닌 불꽃이 모조리 사그라들고 있었다. 어떻게 하면 저들의 마음을 돌릴 수 있을까. 시간이 얼마 남지 않았기에 어떻게든 저들의 마음을 돌려야 했다. 정당한 대가 없이 승리를 바라는 건 파렴치한 사치에 불과했다. 1차원적인 설명이 아닌 진실한 이야기를 전부 털어놓기로 했다. 결국엔 진심은 통할 것이다. 은서 바퀴벌레는 호흡을 가다듬은 후 그들을 향해 소리쳤다.

"저는 사람과 사랑했습니다!"

오전 10시 49분

캔 커피를 놓고 간 할아버지가 윤주와 대화를 마치고 은행 문을 나서자 바로 옆 창구에 앉아있던 노처녀 텔러가 시샘 어린 표정으로 윤주에게 비꼬듯 말을 건넸다.

"와 진짜 좋겠다. 일하면서 남자한테 프러포즈도 다 받아보고."

"부러워요. 언니?"

윤주가 웃으면서 말했다.

"부럽기는 나도 눈이란 게 있어! 그래도 저분 돈 좀 있어 뵈던데. 확 낚아채서 취집이나 가버려."

"언니, 그렇게 사람 가려가면서 받으면 결혼은 언제 하시게요?!"

"뭐?! 너 지금 뭐라 그랬어?"

당황한 노처녀 텔러가 자리에서 벌떡 일어났다. 그러자 은행 안 사람들 모두 그녀를 쳐다봤다.

"아니요. 저는 그냥 언니 빨리 결혼하시면 좋겠다고요."

반복되는 일상인 듯 크게 신경 쓰지 않으며 윤주가 대답했다.

"너 진짜 말조심해라."

"제가 나중에 아는 사람 있으면 하나 소개해드릴게요."

가볍게 던진 윤주의 말을 진지하게 받아들인 노처녀가 화색 도는 얼굴로 자리에 앉았다.

"어, 진짜?"

"그러니까 빨리 손님이나 받으세요."

그 말에 기분 좋은 노처녀 텔러는 무심코 대기 번호를 눌렀다.

"74번 손님."

대기 번호를 부르고 곧바로 고개를 들어보니 은행 안은 휑할 정도로 텅 비어 있었다. 30대 초반의 청원경찰은 여전히 보험사 여직원과 노닥거렸고 다섯 개의 창구에는 고작 1명의 손님만 앉아있었다. 노처녀 텔러의 앞에 까칠해 보이는 중년 부인이 다가왔다.

"야, 너 죽는다. 진짜."

노처녀 텔러가 윤주를 돌아보며 눈에 쌍심지를 켰다.

윤주는 미소로 화답해준 뒤 자신의 장부를 만지작거렸다.

그때 은행 문이 열리고 두 명의 남성이 들어왔다. 둘은 운동선수들이 메고 다닐법한 커다란 스포츠가방을 각자 하나씩 어깨에 메고 있었다. 윤주는 그들을 보는 순간 직감적으로 뭔가 심상치 않은 일이 벌어질 거 같은 생각이 들었다. 하지만 그건 생각일 뿐이었다. 언제나 확률이 낮은 게임은 의심이 부풀려지기 마련이었다. 단지 경계만 할 뿐 어떤 조치도 취할 수 없다는 걸 누구보다 잘 알았다. 그저 단순한 의심이었기를, 자신의 직감이 틀렸기를 바랐다. 평소엔 대부분이 그랬으니까. 하지만 오늘만큼은 틀리지 않았다.

대기석 위에 전자시계가 10시 51분을 가리켰다.

* * *

태생이 바퀴벌레가 아니었던 은서에게 진짜 바퀴벌레들을 설득하는 건 어쩌면 무리였는지도 몰랐다. 그들의 언어부터 습관, 그리고 문화를 포함한 모든 것들을 단기간에 그것도 사람의 사고방식으로 바퀴벌레의 몸뿐인 자신이 그들의 모든 것을 이해하기엔 시간이 턱없이 부족했다. 아니 처음부터 불가능에 가까웠는지도 몰랐다. 하지만 세상에 모든 만물이 존재하는 이유가 있듯이 모든 만물을 존재하게 만드는 방법 또한 존재했다. 그것은 서로를 믿을 수 있는 신뢰였다. 믿음과 신뢰가 존재하지 않았다면 어떤 만류(挽留)도 살아남지 못했을 것이다. 불신은 파멸을 가져올 뿐 생존을 위한 본능도, 후대를 위한 번식도, 사회를 이룩하는 이념도 모두가 신뢰에서 비롯되었다. 믿어야 하는 주체가 신뢰를 잃어버린다면 결국 모든 것은 한순간 걷잡을 수 없이 무너져 내리게 되어 있었다. 그렇다면 신뢰를 회복하기 위해서 무엇이 필요한가. 그 답은 간단했다. 진실만이 유일한 답이었다.

"제 얘기는 여기까지입니다. 부디 제 간절한 부탁을 외면하지 마시고 도와주십시오. 부탁드리겠습니다."

자신의 이야기를 모두 마친 은서 바퀴벌레는 콜로세움 안에 모인 바퀴벌레들의 표정을 훑어보았다. 이야기는 진실하되 최대한 간결하고 그러면서도 작가로서의 덕목을 최대한 발휘할 수 있는 논리 정연함을 잃지 않으려 노력했건만 그들에게 어떻게 들렸을지는 지레짐작조차 불허했다. 그러나 이내 그들의 표정을 둘러본 은서 바퀴벌레의 얼굴에는 엷은 미소가 드리워지고 있었다.

숨죽인 정적이 흘렀다. 콜로세움 안의 바퀴벌레들은 너무 몰입한 나머지 멍한 얼굴로 완벽한 영화 한 편을 막 끝낸 표정들을 짓고 있었다. 무리 중 어딘가에선 훌쩍거리는 소리도 들려왔다. 대부분 바퀴벌레가 넋이 나가 있었고 연인처럼 보이는 바퀴벌레들은 서로 부둥켜안고 달래주었으며 몇몇 여성 바퀴벌레들은 손수건까지 꺼내 들고 흐르는 눈물을 닦고 있었다.

좋은 징조였다. 한숨 트인 은서 바퀴벌레는 그들에게서 느낀 감정이 곧 자신에게 표출되리라 믿었다. 하지만 간절함과 설렘으로 기다린 시간은 수십 초가 지나도 도무지 깨어날 줄 몰랐다. 그들은 멍하니 서서 고개만 숙인 채 애꿎은 6개의 발과 두 개의 더듬이만을 괴롭히고 있었다. 순간적으로 눈물이 핑 돌았다. 커다란 실망감이 사납게 변하여 마음을 갈기갈기 찢어대기 시작했다.

"제발 좀 도와주십시오. 저에겐 누구보다 여러분들의 힘이 필요합니다."

다시 한번 절실한 호소에도 불구하고 누구 하나 선뜻 나서지 못했다.

"제발 부탁드립니다. 제가 이렇게 빌게요. 부탁드립니다."

은서 바퀴벌레가 바닥에 무릎을 꿇고 부들부들 떨리는 목소리로 말을 이었다.

"부디 넓은 아량을 베풀어 주시길 바랍니다. 한 번만 도와주십시오. 제발. 부탁드립니다."

바퀴 똥만 한 눈물이 바닥으로 뚝뚝 떨어졌다.

오전 10시 55분

야구점퍼와 후드티는 대기석에 앉아 조심스럽게 주변을 둘러보았다. 은행 안은 생각보다 사람이 많지 않았다. 험상궂게 생긴 중년 부인, 배불뚝이 남자, 호리호리한 체형의 키 큰 사내, 그리고 임산부 한 명 정도였다. 이건 좋은 징조였다. 인원이 많으면 많을수록 원치 않는 사고가 발생할 수 있다는 걸 고려하면 이 정도의 인원은 이상적이었다. 생각보다 청원경찰이 젊다는 게 살짝 걸리기는 했지만 일하는 태도나 표정으로 보아 그리 열성적인 사람 같아 보이지는 않았다. 현재도 여직원과 노닥거리는 게 가장 급선무인 듯 보였다. 은행 내에 설치된 CCTV 개수는 10대 정도였고 아마 안 보이는 사각지대에 CCTV까지 더하면 좀 더 있을지도 몰랐다. 하지만 그건 중요한 게 아니었다. 시간 내에만 탈출할 수 있다면 잡힐 일이 없었다. 오후에는 이미 비행기 안에 있을 테니까.

"밖이 꽤 덥죠? 시원한 차 한 잔 드시면서 기다리세요."

한 여직원이 갑자기 그들에게 다가와 말을 걸었다. 한참 일을 벌일 생각에 정신 팔렸던 야구점퍼는 여자의 목소리를 듣고 깜짝 놀랐다. 순간 자칫하면 불안감을 얼굴 밖으로 드러낼 법했지만 이내 빠른 평정심을 되찾고는 온화한 얼굴로 답했다.

"네, 상당히 덥네요. 고맙습니다."

음료가 담긴 종이컵을 건넨 그녀가 상냥한 미소를 지어 보였다. 종이컵 안에선 홍차 향기가 풍겨왔다. 그사이 야구점퍼는 슬쩍 청원경찰을 흘겨봤는데 어찌 된 일인지 그가 자신을 빤히 쳐다보고 있었다. 순간적으로 움찔 놀라 자세히 봤더니 자신에게 향해 있는 눈빛이 아니었다. 살짝 빗나가 등 뒤에서 고개를 내밀고 있는 멍청한 후드티와 눈싸움을 하고 있었다. 홍차를 갖다준 여직원이 떠나자 야구점퍼는 고개를 숙인 채 후드티에게 낮은 목소리로 속삭였다.

"야, 너 지금 뭐 해. 쳐다보지 마. 병신아. 미쳤어. 일 망칠 일 있어?"

여전히 청원경찰에게 시선을 떼지 않은 채 독화술에 가까운 목소리로 후드티가 으르렁거리며 말했다.

"저 새끼가. 먼저 컨티뉴하게 노려보잖아."

"지랄하지 말고, 눈깔아 병신아. 쳐다보지 말라고."

야구점퍼도 그 못지않게 으르렁거렸다. 잠시 씩씩거리는 소리가 들리더니 후드티가 청원경찰에게서 눈을 돌렸다.

* * *

그 무렵 SUV 안에 혼자 남아있던 가죽 재킷은 기관단총을 자기 무릎 위에 올려놓고 손끝으로 쓰다듬고 있었다. 금속의 차디찬 강렬함이 희열을 가져다주었는지 살짝 기분이 달아오르는 것을 느꼈다. 그때 핸드폰 알림이 울렸다.

"들어와."

* * *

야구점퍼가 단답형으로 지령을 하달한 뒤 다시 핸드폰을 주머니에 넣었다. 이어 후드티를 보며 고개를 끄덕이자 둘은 동시에 자리에서 일어나며 스포츠가방을 어깨에 짊어지고 화장실 쪽으로 방향을 틀었다. 그때 누군가 갑자기 말을 걸어왔다.

"저기요. 잠깐만요."

청원경찰이 그들을 불러 세웠다. 그는 그들이 은행에 들어온 직후부터 줄곧 그들의 행동을 주시하고 있었다. 한 달 전 당했던 치욕을 다시는 당하지 않겠다는 각오로 이상한 사람들이 들어오면 꼼꼼히 살피는 버릇이 생겼다. 게다가 더욱 확신할 수 있었던 건 삐쩍 곯은 양아치 같은 한 놈이 아무 이유 없이 자신을 노려봐서이기도 했다. 분명 뭔지 몰라도 기분 나쁜 기운을 풍긴 것만은 확실했다.

"좆 됐노. 하우?"

후드티가 뒤돌아서지 않은 채 쥐 죽은 듯한 목소리로 말했다.

"미친 새끼야. 이게 다 네가 뻘짓해서 그런 거 아냐."

야구점퍼가 으르렁댔다. 갑자기 후드티가 씩 웃었다.

"메이비 더 잘된 일인지도 모르잖아. 우리가 저 자식 캡처하기엔 더 이지해졌어."

야구점퍼는 잠시 후드티의 말을 생각해봤다. 그를 포획해야 한다면 그편이 나을 수도 있었다. 어차피 이렇게 된 이상 그 방편이 훨씬 나아 보이기도 했다.

"이봐요. 거기."

청원경찰이 다시 불렀다. 그사이 야구점퍼가 후드티에게 무언가 쑥덕였다.

"왜 그러시죠?"

갑자기 돌아선 야구점퍼의 얼굴에 화색이 돌았다.

"저기, 죄송한데요?"

그들 앞에 다가온 청원경찰이 야구점퍼를 쳐다보는데 옆에 있던 후드티가 갑자기 끼어들었다.

"저기 토일렛이 어디죠? 제가 지금 스토먹이 너무 아파서. 아! 아! 쌀 거 같아요. 레알 급해. 급해서 빨리 토일렛 가야 한다고."

다리를 비비 꼬며 오만상을 찌푸리는 혼신의 연기를 선보인 후드티였다. 당황한 청원경찰이 쭈뼛거리며 손을 들어 방향을 가리켰다.

"저기요."

말이 끝나기가 무섭게 후드티가 화장실로 냅다 줄달음쳤다. 순식간에 청원경찰은 말 한마디 걸어보지 못하고 그를 보내줬다. 막상 의심이 간다고 무작정 어떻게 할 수 있는 일도 아니었으니까. 그가 포기하고 돌아서려는데 야구점퍼가 다시 말을 걸어왔다.

"저기요. 왜 그러시는데요?"

야구점퍼가 도전적인 얼굴로 물어오자 순간 청원경찰의 얼굴에 당혹
감이 비쳤다.

"아니, 그게 아니라. 죄송합니다. 그 가방 안에서 뭔가를 본 거 같아
서요."

청원경찰이 야구점퍼가 매고 있는 스포츠가방을 가리키며 말했다.
뜨끔했지만 이럴 때를 대비해 미리 준비해온 게 있었다. 가끔은 한방
골탕 먹여주는 것도 즐거운 일이었으니까.

"저기 무슨 근거로 그런 말씀을 하시죠? 제가 당신에게 가방을 보여
줄 이유는 없는 거 같은데요."

야구점퍼가 의기양양하게 표정으로 말했다.

"죄송합니다. 고객님. 제가 실례를 범했네요."

청원경찰이 미안한 듯 고개를 숙여 사과했다.

"좋습니다. 뭐 까짓거 보여드리죠."

야구점퍼는 허리를 꼿꼿이 세우고 청원경찰을 노려보며 매고 있던
스포츠가방을 바닥에 내려놨다. 그 모습을 지켜보던 청원경찰의 얼굴
에는 팽팽한 긴장감이 고무줄처럼 당겨졌다.

* * *

무릎 위에 올려놓았던 H&K 기관단총을 잠시 내려놓고 복면을 꺼내
든 가죽 재킷은 룸미러를 자기 얼굴 쪽으로 맞췄다. 그리고 한동안 룸
미러를 바라보던 그는 거울에 비친 자신의 눈빛이 맘에 들었는지 비릿
한 미소를 지어 보였다.

낯익은 얼굴. 거울 속에 비치는 폭력의 그림자. 야비한 인상.

가죽 재킷이 룸미러를 바라보며 조심스럽게 복면을 얼굴 위로 뒤집어썼다. 덮인 복면 사이로 매서운 눈빛에서 차디찬 살기가 독처럼 뿜어져 나왔다.

* * *

시곗바늘이 57분에서 58분으로 넘어갔다. 은행 안 모든 시선이 야구점퍼의 행동 하나하나에 집중되어 있었다. 야구점퍼는 왠지 자신이 9회 말 투아웃 만루 상황에서 적의 4번 타자를 막기 위해 마운드로 올라온 특급 소방수 같다는 생각이 들었다. 하지만 전혀 긴장되지 않았다. 4번 타자의 약점을 이미 알고 있었으니 그저 담담하게 모든 시선을 즐기면서 차후에 일어날 희열을 만끽하면 됐으니까. 야구점퍼가 청원경찰 앞에서 스포츠가방을 확 열어젖혔다. 그러자 가방 안에 들어있던 축구공 세 개가 밖으로 흘러나와 은행 바닥에 데굴데굴 구르기 시작했다. 일순간 적막한 분위기가 흐르고 청원경찰의 표정에는 혼이 빠져나간 사람처럼 멍해 보였다.

"됐습니까?"

야구점퍼가 고개를 쳐들고 청원경찰의 얼굴을 빤히 바라봤다. 이미 청원경찰의 얼굴은 뻘겋게 달아오른 상태였다. 청원경찰이 말을 더듬으며 사과부터 했다.

"죄송합니다. 제가 착각한 거 같습니다."

"아니지요. 뭐 살다 보면 그럴 수도 있는 거 아니겠습니까."

야구점퍼가 살짝 비꼬며 말했다. 풀이 죽은 청원경찰이 다시 한번 사과를 건네고는 원래 자리로 돌아가려 했다. 그때 야구점퍼가 그를 다시 불러 세웠다.

"잠깐만요."

* * *

바퀴 콜로세움에 있는 바퀴벌레 대부분은 방관자효과에 빠져 있었다. 그들은 도움을 줄 수 있는 상황임을 인지하고 있음에도 불구하고 서로의 눈치를 살피며 책임감 분산에 열을 올리고 있었다. 게다가 상황의 애매함을 판단함으로써 관조자의 표정으로 은서 바퀴벌레를 쳐다볼 뿐이었다. 바로 그때 무대 아래서 누군가 걸어 올라왔다. 절망감에 휩싸인 채 주저앉아 있던 은서 바퀴벌레에게 한 가닥 희망의 빛이 보였다. 동시에 쥐 죽은 듯 조용하던 콜로세움이 다시 술렁대기 시작했다.

은서 바퀴벌레는 무대 위로 올라오는 바퀴벌레의 얼굴을 봤는데 어딘가 낯이 익은 얼굴이었다. 올라오는 내내 은서 바퀴벌레의 시선을 피하며 수줍은 듯 똑바로 바라보지 못했던 그 바퀴벌레는 무대 중앙에 도착하자 언제 그랬냐는 듯 전혀 다른 모습으로 바뀌었다. 모든 바퀴벌레의 시선이 그에게 고정됐다.

"여러분들, 이러고 있을 겁니까!"

그의 목소리는 결의에 차 있었다. 누구였지?!

"이런 감동적인 이야기를 듣고도 이러고 있을 거냐고요!"

번뜩 기억이 났다. 마트로 향하던 길에 배수구에서 만났던 바퀴벌레, 바로 청년 바퀴벌레였다.

"에이, 그건 바퀴벌레로서의 도리가 아니지요. 제 생각에는 우리가 그녀를 도와줘야 한다고 생각합니다!"

"옳소!"

갑자기 무리 중의 누군가가 큰 소리로 외쳤다. 은서 바퀴벌레의 가슴

속에서 등불 하나가 밝혀졌다. 동시에 봉인되었던 절망의 등이 차례차례 희망으로 밝혀 나갔다.

"나도 돕겠소."

무리 앞쪽에 있던 덩치 큰 중년 바퀴벌레 하나가 앞발을 들었다.

"그럼. 나도 빠질 수 없지."

바로 옆에 있던 키다리 바퀴벌레도 그를 따라 앞발을 들었다.

"내가 빠지면 또 섭섭하지 않겠어? 나만 한 바퀴벌레가 어디 있다고. 나도 동참하지."

조금씩 거대한 무리 속에서 용기 있는 몇몇이 발을 들기 시작했다. 그러나 아직도 대다수 겁 많은 바퀴벌레들은 망설임이 깃든 관조자의 얼굴로 나서기를 두려워했다.

"우리가 누구지요!"

청년 바퀴벌레가 큰 소리로 외쳤다.

"바퀴벌레!!!"

무리 안에서 웅성거리는 소리가 듬성듬성 들렸지만, 아직도 그들의 반응은 미비했다.

"맞아요! 우리는 바퀴벌레입니다. 지구상에서 가장 오랫동안 살아남은 종이기도 하고요. 우리 선조의, 선조의 선조들은 암모나이트의 배설물도 맛보았고 무시무시한 공룡들 발바닥도 피해 다녔으며 춥디추운 빙하기를 거치면서 우리만의 방식으로 땅속 깊숙한 곳에서 어둠을 벗 삼아 살아왔습니다. 고작 몇천 년의 역사 가지고 있는 원숭이 같은 두 발 달린 동물들 따위가 지상을 지배했을 때도 우리는 우리 나름의 방식을 찾아 지금까지 이렇게 생존해왔습니다. 어떤 일이 닥쳐지더라도 우리 종족보다 오랜 역사를 가진 종족은 없습니다. 그 어떤 종보다도 무궁한 역사를 지닌 우리는 순수혈통을 자랑하는 위대한 종족입니다. 그런데 우리가 자존심이 있지! 쪽팔리게! 어떻게 우리와 같은 옷을 입고 같은 형체를 지닌 우리의 동족을, 그것도 불쌍한 한 여인이 이렇게 간곡히 도움을 청하는데 어찌 우리가 모른체하고 수수방관한 자세로 보고만 있을 수 있습니까! 이런 어영부영한 태도가 우리 종족과 맞습니까! 우리가 누굽니까! 우리는 바로 바퀴벌레입니다! 전통과 역사의 종으로써 화끈하게 보여줍시다! 아니면 같은 동족이 시름시름 아파서 죽어가는 걸 그냥 지켜보던지요! 그러지 않을 거면 제대로 우리의 저력을 보여줍시다!!!"

청년 바퀴벌레의 감동적인 연설에 몇몇이 발을 더 들었다.

"보이시죠? 여러분의 그런 용기가 우리 종족을 더욱 위대하게 만드는 겁니다. 까짓거! 이렇게 된 거! 제대로 해보자고요! 바퀴벌레 동지 여러분!!!"

다시 한번 묘한 정적이 찾아들었다. 이번 정적은 폭풍전야의 기운처럼 거셌다.

은서 바퀴벌레는 좀 전보다 훨씬 강렬하게 두근거리는 심장을 부여잡고 초조하게 기다렸다. 잠시 후 고요에 잠겼던 군중들 틈에서 하나둘씩 올려지는 발들이 보이기 시작했다.

"우리 까짓것 합시다! 우리가 누군데! 그거 하나 못 도와주겠소!"

순식간에 하늘 위로 치켜든 바퀴벌레의 발 수가 기하급수적으로 늘어났다.

"보여주자고요! 우리가 누군지!"

어느덧 함성으로 변한 바퀴벌레들의 목소리가 콜로세움 안에 가득 채웠다.

"엄마, 나도 하면 안 돼?"

성인 바퀴벌레들 틈에 끼어 있던 아이 바퀴벌레가 엄마 바퀴벌레의 날개를 잡아당기며 말했다.

"나도 할래. 어. 엄마, 우리도 동참했으면 좋겠어!"

아이 바퀴벌레를 들어 품에 안은 엄마 바퀴벌레가 미소 지으며 고개를 끄덕였다.

은서 바퀴벌레는 도저히 이 상황을 믿을 수 없었다. 조금 전까지만 해도 조용하던 바퀴벌레들이 마치 축제의 장이 된 것처럼 흥분을 감추지 못하고 있었다.

"자! 그럼 갑시다. 주변에 있는 친지부터 지인들까지 모두 불러 모아 우리가 얼마나 무서운 종족인지 보여줍시다! 바퀴벌레가 얼마나 대단한 종족인지 그들에게 똑똑히 보여주자고요!"

청년 바퀴벌레가 불끈 쥔 주먹을 앞으로 뻗으며 군중들을 선동했다. 그러자 군중들은 엄청난 호응과 더불어 열렬한 환호로 화답했다.

그 모습에 감동한 은서 바퀴벌레는 자리에서 일어나 청년 바퀴벌레에게 다가갔다.

"고마워요. 이렇게 나서줘서 정말 고맙습니다."

은서 바퀴벌레가 악수를 청했다.

"아니에요. 쑥스럽게 시리."

좀 전에 용맹함과 달리 볼이 시뻘겋게 달아오른 청년 바퀴벌레가 조심스레 발을 내밀었다. 은서 바퀴벌레는 맞잡은 두 발에서 미묘한 떨림을 느낄 수 있었다. 왠지 쑥스러워하는 청년 바퀴벌레의 모습을 보고 있자니 귀엽다는 생각이 들기도 했다. 하지만 이내 시간이 촉박함을 깨닫고 그 생각을 바로 떨쳐버렸다.

"어서 가시죠. 시간이 별로 없어요. 지금 바로 출발해야 해요!"

잠시 혼미해졌던 정신을 가다듬은 청년 바퀴벌레가 대답했다.

"그럼 빨리 가시죠."

청년 바퀴벌레는 군중에게 사실을 공표한 뒤 은서 바퀴벌레의 손을 잡고 은행으로 내달리기 시작했다.

* * *

"손들어! 모두 꼼짝 마."

총을 든 은행 강도 하나가 갑자기 문을 박차고 뛰어 들어왔다. 워낙 순식간에 일어난 일이라 사태 파악이 안 된 사람들은 모두 어리둥절한 표정으로 그를 쳐다봤다.

"거기 움직이지 말라고! 이런 시발것들이. 이 총이 호구로 보이나. 죽고 싶어?"

흥분한 가죽 재킷이 총을 이리저리 휘둘러댔다. 그제야 상황이 파악된 사람들이 허둥지둥 소리 지르기 시작했다.

그 순간 야구점퍼에 굴욕당하고 자리로 돌아가던 청원경찰은 갑자기 등장한 은행 강도에 적잖이 당황했다. 하지만 이번만은 다시 굴욕을 당할 수 없다는 신념 아래 신속한 동작으로 허리띠에 차고 있던 가스총 손잡이를 그러쥐었다. 그런데 그때 등 뒤에서 차가운 금속 물체가 등판 한가운데를 쿡쿡 찌르는 게 느껴졌다. 식은땀이 등줄기를 타고 흘러내렸다. 겁을 잔뜩 집어먹은 청원경찰은 최대한 상대를 자극하지 않는 선에서 조심스럽게 뒤를 돌아봤다. 그가 돌아선 자리에 또다시 야구점퍼가 미소 짓고 있었다.

"손 떼시지."

그 말에 청원경찰은 가스총에서 천천히 손을 뗐다. 그동안 화장실에서 검은 복면을 뒤집어쓴 후드티가 총을 들고 뛰쳐나왔다.

"오예! 에브리바디, 풋져 핸즈 업! 돈 무브! 쏜다!!!"

허겁지겁 뛰쳐나오는 후드티의 모습이 약간 어설퍼 보였다. 아니나 다를까 뛰어나오던 후드티가 바닥으로 철퍼덕 나자빠지며 처절한 외마디 비명을 질렀다.

"으악!"

총이 앞으로 데굴데굴 굴러갔다. 그 모습을 본 야구점퍼가 땅이 꺼지도록 한숨이 내쉬었다. 곧바로 일어선 후드티는 엉거주춤 총을 다시 집어 들고 야구점퍼 옆으로 다가왔다.

"자, 받아."

한심한 표정으로 자기 총을 받아든 야구점퍼는 청원경찰에게서 뺏은 가스총을 후드티에게 넘기며 말했다.

"이건, 네가 가지고 있어. 가방은 이리 주고. 그리고 제발 뻘짓 좀 그만해. 한 번만 더 웃기려고 했다간 내가 진짜 가만 안 둔다. 알았어? 빨리 가서 인질들이나 한쪽으로 몰아. 어서!"

"오케이. 오케이. 아, 근데 니(knee)가 졸라 식(sick)하네."

"니? 나?"

"아니, 유 말고 니. 니! 케엔이이! 무릎!"

"아유 진짜, 헛소리 말고 빨리 시작해!"

야구점퍼의 말에 무릎을 문지르며 사람들 쪽으로 걸어가던 후드티는 바로 옆에 서 있는 청원경찰과 눈이 마주쳤다. 그러자 뜨겁게 불타오르는 적대감으로 청원경찰의 눈을 노려봤다. 이에 질세라 청원경찰도 같이 눈을 부라렸다.

"왓 더. 이런 개 같은 새끼가 얻다 대고 데어(dare) 아이를 부라리니."

흥분한 후드티가 총을 치켜들며 그를 치려 하자 야구점퍼가 버럭 화를 냈다.

"그만하라고! 미친 새끼야. 지랄하지 말고 시간 없으니까. 빨리 가서 인질이나 몰아!"

자존심 상한 후드티였지만 알았다는 듯 고개를 끄덕인 뒤 움직였다.

"잠깐만."

야구점퍼가 다시 후드티를 불러 세웠다.

"이놈은 네가 데려가야지."

청원경찰을 건네받은 후드티는 다시금 음흉한 미소를 지어 보이며 그를 거칠게 끌고 갔다. 이제야 후드티가 맡은 바 임무를 수행하는 듯 보였다. 은행 안에 있던 몇 안 되는 인질들을 통유리로 되어 있는 구석으로 몰기 시작했다.

조금 늦은 감이 있었지만, 사람들이 창구에서 물러나자 야구점퍼는 바로 복면을 꺼내 쓰고(으레 써야 할 것 같아서) 행동을 개시했다. 당시 따분하게 기다리던 가죽 재킷은 다가오는 야구점퍼를 보자마자 곧장 창구로 달려갔다. 둘은 거의 동시에 창구를 훌쩍 뛰어넘어 직원들이 있는 은행 안쪽 영업장으로 들어섰다. 그들의 계획은 이랬다. 야구점퍼가 창구 쪽 서랍에 들어있는 돈을 전부 쓸어 담고, 그 사이 가죽 재킷이 직원한 명을 위협해 금고에 있는 나머지 돈을 가방에 챙기는 것이었다. 가죽 재킷이 다소 과격한 면은 있었지만, 사람을 겁주는 데는 타고난 인재였다. 금고를 터는 이유는 이미 수많은 영화에서 터득해왔던 대로 은행 내 대부분 돈은 금고 안에 있었기 때문이었다. 이왕 은행을 털기로 한 거 통 크게 털어보자는 것이 그의 지론이었다.

창구를 넘어오자마자 가죽 재킷은 자신이 해야 할 일부터 찾았다. 금고를 열어 줄 인질을 선택하는 것으로 그는 주변을 탐색했다. 그의 시야에 엎드려 있던 몇몇 직원들이 눈에 들어왔지만 대부분 맘에 들지 않았다. 그런데 그때 그가 서 있는 책상 바로 밑에서 겁에 질린 여자의 숨소리가 새어 나오고 있었다. 그 숨소리를 듣는 순간 가죽 재킷의 얼굴에 야릇한 미소가 번졌다.

그 무렵 나는 인계받은 TM 목록과 2주 동안 연체된 고객들의 서류를 정리하고 있었다. 그런데 갑자기 등장한 은행 강도 때문에 들고 있던 서류뭉치들을 몽땅 바닥에 떨어뜨렸다. 자연스레 나는 서류뭉치를 줍기 위해 몸을 수그렸다. 그사이 은행 안은 순식간에 아수라장이 되었고 이어 또 다른 강도가 등장하며 욕과 함께 고함을 질러대기 시작했다. 나는 서류를 줍다 말고 강도의 말에 따라 그 자리에 엎드렸다. 그러면서도 조심스럽게 고개를 들고는 그들의 동태를 유심히 살펴보았다. 이번에는 진짜 은행 강도처럼 보였다. 지난번처럼 분윳값 때문에 은행 강도인 척했던 겁 많은 아저씨와는 확연히 달라 보였다. 일단 인원수부터 역할분담까지 상당히 체계적이어서 만약 저번처럼 섣불리 나섰다간 심각한 타격을 입을 수도 있다는 생각이 들었다. 주변을 둘러보니 나처럼 대부분 사람이 엎드려 있었다. 반대편 앞쪽에는 석진과 팀장이, 옆 책상 아래에는 김 과장과 이 대리도 보였다. 그들은 서로의 얼굴을 쳐다보며 두려움과 공포를 나누고 있었다.

얼마 지나지 않아 의욕적인 은행 강도 두 명이 동시에 창구를 뛰어넘어왔다. 그다음 은행 강도 중 하나가 곧바로 창구 쪽 책상 서랍을 마구 뒤지기 시작했다. 그러자 겁먹은 창구 여직원들이 간헐적인 비명을 질러댔다. 같이 넘어온 은행 강도 중 나머지 하나는 윤주가 앉아있던 책상 앞에 서서 잠시 주변을 두리번거리고 있었다. 그 책상 아랜 겁에 질린 채 떨고 있는 윤주의 모습이 보였다. 그때 이리저리 둘러보던 은행 강도의 뒤통수가 책상 아래로 고정됐다. 이내 몸을 완전히 돌린 은행 강도 때문에 윤주의 모습이 시야에서 사라졌다.

"야, 거기 밑에! 너!"

머리 위에서 들려오는 목소리였다.

"네? 저요?"

살며시 고개를 든 윤주는 자신을 빤히 내려다보고 있는 은행 강도와 눈이 맞았다.

"그럼. 시발. 여기 너 말고 또 있냐?"

당황한 윤주가 잠시 머뭇거렸다. 그러자 곧바로 응징의 대가가 이어졌다. 은행 강도가 손을 뻗어 그녀의 머리채를 휘어잡고는 억지로 끄집어내 일으켜 세웠다. 윤주의 입에선 비명에 가까운 신음이 터져 나왔다.

"이런 씨발 년이! 귀에 좆 대가릴 처박았나? 왜 이렇게 말길을 못 알아먹어!"

머리카락이 죄다 뽑힐 것 같은 고통에 윤주는 울음을 터트릴 뻔했지만 이를 악물고 참았다. 그때 반대편에서 다른 은행 강도가 시재 서랍을 뒤져 가방에 돈을 담는 것이 보였다.

"가자고 어서! 네년은 그냥 금고로 가서 문만 열어주면 돼. 알았지?"

가죽 재킷이 그녀의 머리채를 휘어잡고 금고 쪽으로 끌고 갔다.

순간 윤주의 눈에 은행 강도의 급소가 눈에 들어왔다. 총을 가지고 있음에도 불구하고 직접 신체접촉을 하는 건 분명 위험한 행동이었다. 하지만 그러고 싶은 강한 충동을 가까스로 참았다. 만약 성공하지 못한다면 자신이 다치는 건 불 보듯 뻔했다. 게다가 총을 가진 강도가 셋이었다. 수적으로도 불리한 게임이었다. 또 은행 돈은 이미 보험에 들어있어서 무리하게 사수하기보다는 인적 피해를 줄이는 게 현명하다는 교육도 받아왔다. 굳이 강도를 자극할 필요가 없었다. 순순히 그들의 요구를 받아주고 경찰이 올 것에 대비해 최대한 시간을 끄는 쪽을 택했다.

나는 바닥에 엎드려 채 그 모습을 지켜봤다. 순간 지난번처럼 나설까도 생각해봤지만 바로 생각을 접었다. 그때와 다르게 지금은 정신이 멀쩡했다. 그리고 분명 은행 안에 누군가는 재빠르게 경찰과 보안업체로 연결되는 벨을 눌러놓은 상태였을 것이다. 매일 교육받은 내용대로 경거망동한 행동만 하지 않는다면 인명피해 없이 잘 마무리될 수 있었다.

가죽 재킷의 얼굴에는 짜증이 가득했다.

그때 인질을 관리하던 후드티가 초조했는지 창구 너머에서 소리쳤다.

"헤이! 허리 업! 노타임. 노타임. 얼마 안 남았어."

"몇 분 지났는데?"

돈을 담던 야구점퍼가 고개를 들고 창구 너머로 물었다.

"포미닛! 4분 30초! 벌써 11시 4분이야!"

짜증이 솟구친 가죽 재킷이 윤주의 머리카락을 더욱 거칠게 잡아당겼다.

"이런 미친년이. 빨리 안 가!"

윤주는 최대한 자극하지 않는 선에서 침착함을 유지하려 애쓰며 말을 꺼냈다.

"저기…. 죄송한데요. 저는 열쇠가 없어서 금고를 못 열어요."

그 말을 듣자 가죽 재킷의 얼굴에 당황하는 기색이 역력했다.

"시발, 장난해? 그럼. 열쇠는 어디 있는데?"

"저, 지점장님이 가지고 계신 데. 잠시 출타 중이시라…."

윤주는 최대한 또박또박 말하려고 노력했다.

"하, 이 미친년이 이젠 헛소릴 하네."

어이없다는 듯 그가 히스테리 하게 웃었다.

"아니. 진짜 출타…."

그 순간 가죽 재킷의 머릿속에 번쩍 스치는 게 있었다. 그것은 왠지 돈이 주는 쾌락보다 더 재밌을 거 같은 작은 희열감 같은 것이었다. 그 생각이 행동에 미치자 가죽 재킷은 윤주의 머리를 인정사정없이 추켜올렸다가 다시 바닥으로 내팽개치듯 집어던졌다.

윤주는 그의 갑작스러운 행동에 미처 대비하지 못한 채 그대로 나가떨어졌다. 곧바로 옆에 툭 튀어나와 있던 커다란 복합기 하단 모서리 부분에 얼굴을 부딪친 뒤 바닥으로 쓰러졌다. 정신을 잃은 그녀의 이마에서 피가 흘렀다.

* * *

은서 바퀴벌레는 은행으로 향하고 있었다.

그녀 뒤로는 상상도 못 할 만큼의 어마어마한 바퀴벌레군단이 떼를 지어 맹렬히 달려오고 있었다. 아무리 지구상에 바퀴벌레가 그렇게 많다고 한들, 정말 이렇게 많을 줄은 꿈에도 생각지 못했다. 전국도 아닌 한 도시의 외곽일 뿐인데 추정되는 숫자만으로도 경악스러울 정도였다. 이 좁은 터널 전체를 장악하고도 그 뒤로 20m는 족히 되는 행렬이 끝도 없이 이어졌다. 더욱 놀라운 건 자신도 달리고 있지만 바퀴벌레들의 무지막지한 속도에 혀를 내둘렀다. 그 속도는 과히 폭발적이었다. 어디선가 본 적이 있는데 위기에 처하면 시속 150㎞까지 낸다는 실험도 있었는데 지금 체감속도로 보아 정말 가능하리라 느껴졌다. 게다가 이렇게 거대한 무리 속에 모여 달리다 보니 상대적으로 그 위압감은 몇십 배에 달했다. 그리고 은서 바퀴벌레가 안심할 수 있는 또 한 가지 이유는 그녀를 이끌어주는 청년 바퀴벌레 때문이었다. 그는 마치 독립투사처럼 열정적으로 앞에 나서서 무리를 이끌었고 은행으로 가는 지름길을 찾아 그들을 안내하는 가이드 역할도 도맡아 하고 있었다.

청년 바퀴벌레는 은서 바퀴벌레에게 4분 안에 은행에 도착할 수 있다고 말했지만, 은서는 2분 안에 도착해야 한다고 되돌려 말해주었다. 3분은 7분의 마지노선이었고 4분이 넘어가면 8분이 되기 때문에 늦는다고 짤막한 설명도 곁들여주었다. 그래서 그는 평소보다 더 바퀴벌레들을 재촉하고 있었다. 불가능을 실현하기 위해 시작한 일이었지만 자신들의 위대함을 보여주기 위해서라도, 그리고 개인적으로 은서 바퀴벌레에게 잘 보이기 위해서라도, 청년 바퀴벌레는 누구보다 열성적으로 달렸다.

* * *

쿵! 소리와 함께 윤주가 바닥에 쓰러졌다. 당시 책상 뒤에 숨어있던 나는 그 광경을 지켜보며 치밀어 오르는 분노와 함께 수많은 내적 갈등에 휩싸였다. 멍하니 앉아 무력감에 분을 삭이며 비겁해져야 하는지 아니면 불편한 마음의 짐을 조금이나마 덜어내고 위험을 감수해야 하는지를. 물론 두 가지 다 스스로에 있어 불합리한 처사이긴 했지만, 또다시 후회한다면 그건 도저히 용납되지 않을 거 같았다. 그렇게 마음이 정리되자 바로 실행에 옮긴 나는 자리를 박차고 은행 강도 쪽으로 달려나갔다. 그사이 다른 쪽 방향에서 같은 곳을 향해 달려 나오는 석진도 보였다. 순간적으로 그가 나만큼이나 아니 나보다 더 심한 충격을 받았을 것 같다는 생각이 들었다. 하지만 이런 상황은 그리 좋은 징조는 아니었다. 내가 석진보다 조금 먼저 도착해 윤주의 상태를 살폈는데 생각보다 심각해 보였다. 그녀의 이마에선 피가 흐르고 있었고 그 양은 생각보다 많았다. 아직 정신을 완전히 잃지는 않았지만, 시름시름 앓는 소리를 내는 걸로 봐서 충격도 상당히 큰 듯싶었다. 그때 식겁한 토끼 눈을 하고 달려온 석진이 내 옆에 바짝 붙어 앉았다. 순간 윤주를 바라보는 석진의 얼굴에 분노가 일었는데 그 위에 얹어진 슬픔이 형언할 수 없는 울분을 표출해냈다. 그때 은행 강도의 날카로운 웃음소리가 내 귓속을 파고들었다.

"뭐야 이건 또? 시발, 참 재밌는 광경이구면. 일하라고 직장 보내놨더니 연애질이나 하고 말이야. 여자 하나 던졌다고 남자 새끼 둘이서 쪼르르 달려드는 꼬락서니 하고는! 귀엽구면. 시발."

가죽 재킷이 히죽거렸다. 나는 그 말을 무시한 채 옆에 있는 석진에게 집중했다.

"석진아, 네가…. 야! 강석진!"

내가 소리쳤다. 혼이 빠진 듯 경황없어하던 석진이 흠칫 놀라며 나를 쳐다봤다.

"윤주 데리고 저쪽으로 가. 어서!"

"하지만, 지금…."

뒤쪽에서 다시 은행 강도의 목소리가 들려왔다.

"막장이야, 막장. 남자 둘에 여자 하나. 삼각관계야? 쓰리썸이야? 아니면 서로 배다른 이복형제 이야기인가?"

자기 말이 꽤 만족스러웠는지 가죽 재킷이 낄낄대고 웃었다.

그때 내가 고개를 홱 돌려 그의 얼굴을 노려봤다. 그러자 그의 얼굴에 웃음기 가셨다. 딸깍! 시곗바늘이 5분에서 6분으로 바뀌었다.

"오메, 무서운 것. 꼬나보면 어쩔 건데? 어?"

태연한 척하며 가죽 재킷이 말했다.

나는 석진에게 다시 고개를 돌려 노골적으로 그를 무시했다.

"빨리 가라고! 어서!"

잠시 내 얼굴을 빤히 쳐다보던 석진이 윤주를 안고 자리에서 일어섰다. 동시에 나도 그를 따라 일어났다. 그 모습을 지켜보던 가죽 재킷이 슬슬 흥분하기 시작했다.

"뭐 하는 짓이야! 앉아! 앉으라고! 뭐야. 이 새끼들. 지금 장난쳐! 죽고 싶어!"

그 말을 다시 한번 아작아작 씹어 먹은 나는 석진이 출발하자 고개를 돌려 은행 강도의 복면 쓴 얼굴을 뚫어지게 쳐다봤다. 뒤늦게 그가 내 뒤쪽을 향해 소리쳤다.

"이런 시발, 거기 안 서. 이런 시발것들이 미쳤나!"

"이봐, 나랑 얘기하지."

내가 다시 그의 시야를 가로막았다. 일순간 철컥! 장전되는 소리와 함께 흥분한 가죽 재킷이 총을 들어서 내 얼굴을 겨냥했다.

"이런 미친 새끼가 있나! 오호라 잠깐만 이 째기 그 동영상에서 봤던 미친 새끼구먼. 그럼 그렇지. 알겠어. 네가 원하는 대로 해줄게."

현수의 얼굴을 알아본 가죽 재킷의 얼굴에 알 수 없는 묘한 미소가 스쳤다.

나는 순간 움찔했고 싸늘한 바람이 목덜미를 훑고 지나가는 것을 느꼈지만 시선을 굽히지는 않았다. 되도 안 되는 승리욕인지 모르겠지만 이미 엎질러진 물이었다.

막 돈을 다 퍼담은 야구점퍼가 슬쩍 시계를 보며 창구 앞으로 다가갔다.

"그만 가자! 늦었어. 빨리 떠야 해! 늦었다고!"

야구점퍼가 가죽 재킷에게 소리쳤다. 그러나 그 말은 쇠귀의 경 읽기였는지 아무런 반응이 없었다. 어쩌면 그는 일부러 듣지 않고 있는지도 몰랐다.

"이봐, 형님이 한번 봐줄 테니까, 어서 눈 깔아라. 이 개 좆만 한 새끼야!"

가죽 재킷이 소리쳤다.

"야! 가자니까. 금고는 포기해. 이미 늦었어. 당장 가야 한다고!"

창구를 넘어선 야구점퍼가 다시 한번 재촉했다. 흥분한 후드티도 뒤에서 호들갑을 떨며 소리쳐댔다.

"허리 업! 빨리. 바스타드. 빨리 폴리스 뜬다고!"

그 순간 또다시 가죽 재킷의 입기에 섬뜩한 미소가 떠올랐다. 나는 찰나의 순간 미소가 의미하는 바를 깨달았다. 그 안에는 살기가 서려 있었다. 그리고 보니 이놈은 돈을 목적으로 온 강도는 아닌 듯싶었다. 상당히 폭력적인데다가 눈빛은 사람을 죽이는 일에 더욱 어울릴법했다. 그의 눈엔 살의가 가득했다. 갑자기 그런 생각이 온몸에 퍼지자 심장이 널뛰고 몸 전체가 냉동 창고에 들어가 있는 듯한 전율이 일었다. 문득 죽음이 가까워지고 있음을 직감했다. 언젠가는 은서를 보내지 못해 죽고 싶었고 또 언젠가는 되돌아온 은서를 다시 떠나보내야 하는 마음에 죽고 싶었다. 하지만 이젠 희망을 품고 다시 살아가야 함을 느끼기 시작했는데 이렇게 예고 없이 죽음을 맞이하게 될 줄은 꿈에도 몰랐다. 갑자기 운명이 참으로 얄궂다는 생각이 들었다.

그때 복면이 답답했는지 은행 강도가 복면을 눈썹 바로 위까지 끌어

올렸다. 그러자 은행 강도의 적나라한 얼굴이 드러났다. 야비하고 비열한 어딘가 낯이 익은 듯했다. 정확히는 모르겠지만 왠지 은서와 관련이 있을 것 같다는 불길한 생각이 들었다. 그러자 알 수 없는 감정이 분노로 바뀌어 끓어오르기 시작했다.

"야, 그만하고, 빨리 가자고!!"

그렇게 외치긴 했지만, 야구점퍼는 더는 그가 떠나지 않을 거란 것을, 앞에 있는 은행원을 죽일 거란 사실을 확신하고 있었다. 분명 가죽 재킷이란 놈은 친구였지만 훨씬 폭력적이었다. 이미 복면을 제거하고 다시 얼굴을 드러냈다는 것 자체가 자신은 은행 강도가 아니라는 것을 증명한 것이나 다름없었다. 그럼 나머지 답은 뻔했다. 살인이었다.

"아 쉣 더 펵! 저 새끼 완전 크레이지 모드야. 시발!"

후드티가 방방 뛰며 정문 앞에서 소리쳤다.

딸깍! 운명의 시계가 6분 59초를 지나 7분으로 넘어갔다.

여전히 가죽 재킷의 얼굴엔 살의 가득한 희열감이 감돌았다. 시커먼 총의 몸체가 그의 단단한 손에 붙잡혀 있었다. 팔뚝에 힘이 들어가는 것이 보였고 작은 실핏줄이 툭 불거졌다. 그런데 갑자기 그의 팔뚝 위로 물방울 하나가 뚝 떨어져 솜털 사이에 맺히는 게 보였다. 그리고 머리 위로 뭔가 윙윙거리는 소리도 들렸다. 가죽 재킷이 슬쩍 위를 올려다봤다. 그곳엔 환풍구가 있었다. 나도 그가 시선을 돌릴 때 똑같이 환풍구를 흘겨봤지만, 아무것도 보이지 않았다. 단지 저번에 물막이로 붙여놓았던 테이프가 조금 떨어져 있어 그 틈새로 물방울이 맺히고 있을 뿐이었다.

가죽 재킷이 다시 내 얼굴로 고개를 돌렸다. 이제는 쾌락이 직접 얼굴 밖으로 표출되고 있는 듯했다. 미소가 상당히 비릿했다. 드디어 뭔가를 결심한 듯 고개를 비스듬히 까닥이더니 방아쇠를 잡고 있던 검지가 뒤로 반쯤 당겨졌다.

"너 같이 나대는 새끼는 내가 꼭 죽이고 간다. 알겠냐?"

그리고 탕! 총이 발사됐다.

* * *

요란한 총소리와 함께 환풍구가 와르르 무너지면서 엄청난 수의 바퀴벌레들이 가죽 재킷의 머리 위로 와장창 떨어지기 시작했다. 마치 수문을 연 댐처럼 그 사이로 갈색 물결이 폭포처럼 쏟아져 내려와 그를 마구 때려댔다.

"으악! 뭐야 이거!"

어마어마한 바퀴벌레들이 그의 머리 위로 쏟아지면서 중심을 잃은 가죽 재킷이 바닥에 총을 떨어뜨렸다. 순식간에 은행 안을 장악하기 시작한 수천 마리의 바퀴벌레들이 사방으로 퍼져나갔다.

그 사이 야구점퍼와 후드티는 처음 총소리를 들었고 그것 때문에 깜짝 놀라 자리에 멈춰 섰다. 그다음에는 말도 안 되는 바퀴벌레 폭포수를 넋 나간 표정으로 바라봤다. 그런데 자세히 보고 있으니 바퀴벌레들의 행동에 특이한 점이 있었다. 마치 은행 강도들만 따로 골라내는 능력이라도 있기라도 한 듯 가죽 재킷만 단독으로 공격했고 곧이어 바퀴벌레들이 자신들을 공격하러 올 것이라고 직감적으로 알아차렸다. 그것은 사실이었다. 가죽 재킷의 머리 위로 떨어진 바퀴벌레들이 방향을 꺾어 자신들에게 달려오고 있었다.

같은 시각 갑작스러운 총소리에 화들짝 놀란 윤주가 번쩍 정신을 차렸다. 놀람과 동시에 눈을 뜨고 옆을 돌아봤는데 그녀 옆엔 석진이 앉아있었다. 하지만 석진의 얼굴은 이미 영혼이 빠져나간 사람처럼 얼빠진 표정으로 어딘가를 뚫어지게 바라보고 있었다. 윤주는 그의 시선을 따라 눈길을 돌렸다. 그런데 시선이 닿자마자 질겁하며 대뜸 소리부터 질렀다.

은서 바퀴벌레는 환풍구에서 떨어지자마자 그의 존재부터 찾았다. 먼저 그의 책상으로 시선을 돌렸다가 바로 자신의 눈앞에 쓰러져 있는 그를 발견했다. 순간적으로 눈물부터 핑 돌았다. 너무 늦었다는 생각에 엄청난 절망감이 밀려왔다. 은서 바퀴벌레는 그 자리에 풀썩 주저앉아 버렸다.

나는 암흑 속에 잠겨 있었지만 아직은 죽지 않았다는 걸 알고 있었다. 어떻게든 목구멍을 틀어막고 있는 숨을 토해내야 했다. 어둠 속에서 희미하게 은서의 모습이 아른거리는 듯했다. 암흑이었지만 분명 은서였다. 숨을 내쉬어야 한다. 은서가 와 있기 때문에라도 살아야 한다. 나는 온 신경을 목젖 바로 아래에 집중시켜 밀어 올려 보았다. 서서히 밀려 올라가는 게 느껴지더니 순식간에 피가 솟구치듯 뻥 뚫리며 차츰 정신이 돌아오는 것을 감지했다.

절망에 빠진 은서 바퀴벌레에겐 늦었다는 미안함이 괴로움으로 바뀌고 있었다. 자신만이 느끼는 불온한 정적 속에 씁쓸함을 동반한 고통의 시간이 흘렀다. 그런데 갑자기 심폐소생술에 성공이라도 한 듯 참았던 모든 숨을 한꺼번에 토해내는 그의 모습이 눈에 들어왔다.

"오, 하나님, 부처님, 신령님, 염라대왕님, 옥황대제 님 전부 감사합니다. 정말 감사합니다."

삽시간에 달려든 감정 앞에서 은서 바퀴벌레는 또다시 눈물을 흘렸다.

나는 잠시 몽롱한 정신 상태였지만 조금 숨을 가다듬고 나니 몸이 빠르게 회복되는 게 느껴졌다. 곧바로 몸 구석구석을 살펴봤다. 다행히도 총상의 흔적은 발견되지 않았다. 어찌 된 일인지 기억이 가물가물했다. 분명 총이 발사됐고 순간 뭔가 시커먼 것들이 은행 강도를 덮쳤는데…. 바로 그때 자신의 주변에 수천 마리의 바퀴벌레들이 득실거린다는 걸 알아챘다. 그러자 나를 암흑에서 꺼내 준 은인이 바로 은서였다는 사실도 깨달았다. 곧바로 주변부터 살폈다. 분명히 어딘가에 은서가 있을 거라는 확신이 들었다. 그리고 그 확신은 너무나도 당연하게 나를 좌절시키지 않았다. 바로 앞 1m 전방에 은서 바퀴벌레가 나를 바라보면서 웃고 울고 있었다.

은서 바퀴벌레는 주변에 있는 바퀴벌레들이 자신을 지나쳐 정문 쪽으로 향하는 것을 노골적으로 무시했다. 그들은 분명히 또 다른 은행 강도를 잡으러 갔을 것이다. 분명 바퀴벌레 중 누군가 '은행 강도가 도망친다!'라고 외쳤고 모두가 그쪽으로 향하고 있었다. 하지만 은서 바퀴벌레에게 지금 중요한 건 그 일이 아니었다. 어차피 3㎝짜리 바퀴벌레 한 마리 부족하다고 해서 지금의 판세가 뒤집히지는 않았다. 은서 바퀴벌레는 그의 얼굴을 뚫어지게 쳐다봤다.

갑자기 모든 상황이 그들에게 맞춰진 듯 시간이 무뎌졌다. 오로지 지금, 이 순간 그들만이 이 세상에 존재하는 듯했다. 나는 은서 바퀴벌레를 애타게 바라봤고 그녀 또한 나를 애틋하게 바라봤다. 서로의 시간이 멈추어 둘만을 붙잡을 수 있다면 그건 바로 지금일 것이다. 눈물을 글썽이는 은서 바퀴벌레가 앞발을 들어 거수경례했다. 그러자 문득 그런 생각이 들었다. 인생을 살면서 바퀴벌레가 귀여워 본 적이 있었던가. 아마 평생을 살아도 그런 꼴은 꿈도 못 꿀 일이었다.

그 무렵 윤주가 바라본 은행 안의 풍경도 별반 다르진 않았다. 사위에는 온통 혐오스럽고 징그러운 바퀴벌레들 천지였다. 하지만 그 모든 걸 제쳐두고라도 그녀의 시선을 사로잡고 있는 또 다른 광경이 있었다. 그것은 멀리 현수와 바로 그 앞에 서 있는 바퀴벌레 한 마리였다. 그 바퀴벌레는 분명 다른 바퀴벌레들과는 조금 달라 보였다. 오롯이 현수를 애절한 눈으로 바라보고 있었다. 그리고 둘 사이에서 애틋한 기운이 감도는 것을 감지할 수 있었다. 그것 또한 분명 부정할 수 없는 사실이었다. 순간 문득 떠오르는 장면이 있었다. 불현듯 그의 집에서 그가 바퀴벌레를 보고 '은서'라고 외치던 모습이었다. 분명 말이 안 된다는 건 알았지만 저 바퀴벌레는 은서라는 인물과 직간접적으로 연관이 있지 않을까 하는 확신이 들었다.

후드티는 거대한 갈색 물결이 달려오는 것을 보고 곧바로 유리문을 열고 줄행랑쳤다. 하지만 다소 대응이 늦은 야구점퍼는 문 앞에 다다랐을 때 결국 바퀴벌레들에게 둘러싸이고 말았다. 급하게 한두 마리 정도는 발로 밟아 죽였지만, 그 이상 무리였다. 이렇게 많은 바퀴벌레를 어찌 상대해야 할지 두려웠다. 더럽고 불결하기까지 한데다가 온몸에 수천 마리가 달라붙어서 떨어지지도 않았다.

청년 바퀴벌레는 환풍구에서 떨어진 직후 첫 번째로 가죽 재킷을 공격하다 하마터면 바닥으로 쓰러지는 그의 몸에 깔려 죽을 뻔했다. 하지만 작렬이 전사하는 다른 바퀴벌레들과 달리 다행스럽게도 그의 겨드랑이 틈에 끼여 간신히 목숨을 건졌다. 별안간 안도의 한숨을 내쉬며 힘겹게 기어 나온 그는 나머지 바퀴벌레들이 정문 쪽으로 달려가는 것을 보았다. 어디선가는 바퀴벌레들의 외침 소리도 들을 수 있었다. 젊은이의 혈기 왕성한 회복력으로 빠르게 바이오리듬을 끌어올린 청년 바퀴벌레는 이제 다른 바퀴벌레들을 도우러 가기로 위해 용감무쌍 바퀴벌레의 정신으로 다시 재무장했다. 마음을 다잡고 돌아서려는데 갑자기 자신의 눈앞에 서 있는 은서 바퀴벌레의 모습이 보였다. 그녀는 어딘가를 뚫어지게 바라보고 있었는데 그녀의 뒷모습만 봐서는 정확히 뭘 하는지 감이 잡히질 않았다. 하지만 확실한 건 하나 있었다. 바로 그녀의 바퀴벌레 뒤태만큼은 정말 아름다웠다는 것이었다. 정신이 혼미할 정도로 아름다워 잠시 몽롱한 정신을 가다듬은 청년 바퀴벌레는 곧바로 은서 바퀴벌레에게 달려가 거수경례하는 그녀의 앞발을 잽싸게 낚아챘다.

"갑시다. 빨리요. 여기 있으면 위험해요."

청년 바퀴벌레가 말했다. 눈 깜짝할 사이에 청년 바퀴벌레에게 잡힌 은서 바퀴벌레는 뭐라 대꾸할 틈도 없이 바퀴벌레 대열에 휩쓸려 창구 너머로 딸려가고 말았다. 그런 와중에 청년 바퀴벌레가 조심스럽게 물었다.

"뭘 보고 있었던 거예요?"

그 말에 은서 바퀴벌레는 어리둥절했지만 웃음이 나는 건 어쩔 수 없었다. 그녀는 아무 말 없이 그에게 미소만 지어주었다.

나는 갑자기 사라진 은서 바퀴벌레의 형체가 그 자리에 그대로 남아 있는 것만 같아 한동안 같은 자리를 바라봤다. 분명히 뭔가 와서 그녀를 잽싸게 낚아채 갔는데 정확하진 않았지만 분명 같은 종류의 바퀴벌레였던 것 같았다. 뭐 그녀가 데려온 바퀴벌레였을 거로 생각하니 나쁜 쪽은 아닐 거란 생각이 들었다. 나는 조심스럽게 일어나 창구 쪽으로 걸으며 주변을 살펴보았다. 그 당시 눈에 들어온 은행 안의 풍경은 그야말로 바퀴벌레들 천국이었다. 이제 은행 강도 사건은 온데간데없어지고 수천 마리의 바퀴벌레들부터 피해 다녀야 하는 형국이 되었다. 인질이었던 사람들은 벽 쪽으로 달라붙어 모두 대기석 위에 올라가 빽빽

소리를 질러댔다. 한 중년 부인은 자기 핸드백을 사용해 바퀴벌레들을 몰아내고 있었고 양복 입은 남자들은 의자 위에 올라가 다가오는 바퀴벌레들을 발로 밟아 죽여야 했다. 곳곳에서 뿌직뿌직 바퀴벌레 터지는 소리가 간간이 들려왔다. 그런 상황은 영업장에 안에 있는 은행원들에게도 마찬가지였다. 모두 책상, 의자, 컴퓨터 할 거 없이 올라갈 수 있는 모든 곳에 올라서서 바퀴벌레들을 털어내고 있었으며 객장에 있던 보험사 여직원은 자신이 들고 있던 팸플릿을 말아 두더지 잡기라도 하듯 사방팔방에 널린 바퀴벌레들을 내려치고 있었다.

야구점퍼에게 덤벼들었던 바퀴벌레 무리가 그의 몸 전체를 자신들의 몸으로 칭칭 감았다. 손에 들려 있던 돈 가방은 그에게서 분리해 다른 바퀴벌레가 그 가방을 지키고 있으라고 말했다. 그러자 동시에 세 마리의 바퀴벌레가 자신이 보초를 서겠다며 싸우기 시작했다. 그러다 끝내 한 마리만 남아서 돈 가방을 지키는 보초병처럼 가방 옆에 우두커니 서 있었다. 바퀴벌레들은 야구점퍼를 들고 청원경찰 앞으로 데리고 갔다. 그 또한 어쩔 줄 몰라 하며 자기 모자를 벗어 근처의 바퀴벌레들을 때려잡고 있었다. 그런데 그 앞에다 바퀴벌레 무리가 야구점퍼를 털썩 내려놓았다. 그리고 몸을 뒤집어 팔이 뒤로 꺾이게 만든 후 손과 손목 부분의 바퀴벌레들만 해산시켜 야구점퍼의 맨살이 드러나게 했다. 바로 그때 야구점퍼가 저항하듯 소리쳤지만, 바퀴벌레들이 다시 입을 틀어막았다.

그 당시 바퀴벌레들을 때려잡고 있던 청원경찰은 처음 접하는 상황에 적잖이 당황했다. 그런 그가 어떻게 해야 할지 난감해하고 있자 옆에 있던 바퀴벌레 한 마리가 갑자기 귀뚜라미 소리 비슷하게 그를 향해 뺙 소리를 질렀다. 추가로 몸짓 발짓을 다 해가며 보디랭귀지까지 해대자 그제야 뜻이 이해됐다. 그들은 손목을 묶으라고 말을 하는 것 같았다.

"뭐로 묶어?"

청원경찰이 감는 모양 한 번을 해 보이고 곧이어 모른다는 표시로 양손을 들어 올리는 시늉까지 했다. 그러자 이미 준비해 온 것처럼 또 다른 바퀴벌레 근위대가 늠름한 표정으로 어디서 가져온 지도 모르는 주황색 노끈 아래 줄줄이 붙어서 들고 오고 있었다. 기가 막히고 코가 막히는 상황에 청원경찰은 알았다는 제스처를 취한 뒤 노끈을 받아들고 야구점퍼의 손목을 평소보다 더 세게 묶었다.

나는 최대한 바퀴벌레들을 밟지 않는 선에서 은서 바퀴벌레를 찾아다녔다. 막상 소리치고 싶었지만 지금 같은 아수라장에서 소리치는 건 왠지 상황에 맞지 않는 것 같아 그냥 눈으로만 찾기로 했다. 창구 안쪽 영업장에는 은서가 없는 듯했다. 그래서 창구 너머 객장으로 나가보기로 했다. 나는 발을 딛고 창구를 넘어가려 했다. 그런데 바로 그 순간 손 하나가 내 발목을 확 낚아채더니 바닥으로 끌어당겼다. 나는 그 자리에서 중심을 잃고 이끌리는 힘의 방향을 따라 바닥으로 곤두박질쳤다. 바닥에서 바퀴벌레 터지는 소리가 끔찍하게 들려왔다. 곧바로 정신을 차리고 일어서려 했지만 이미 나를 덮친 가죽 재킷이 배 위에 올라타 있었다. 나는 팔을 뻗어 그의 몸을 힘겹게 밀쳐냈다. 그러자 둘은 영업장 바닥에서 떼굴떼굴 굴렀다. 우리가 구르는 자리마다 미처 피하지 못한 수십 마리의 바퀴벌레들이 뿌직뿌직 터지는 소리를 내며 작렬하게 전사해나갔다. 마음이 쓰리고 동정심이 일었지만 어쩔 도리가 없었다. 갑자기 나와 은행 강도 사이에 엄청난 혈투가 벌어졌다. 서로 주먹을 주고받으며 몸싸움을 벌였고 나는 살기 위한 몸부림으로 필사적인 방어를 해댔다. 하지만 싸움을 전문으로 하던 내가 아니었기에 조금씩 밀리는 형국이었다. 우선 힘에서부터 밀렸다. 게다가 싸움에는 소질이 없어서 주먹엔 주먹으로 갚아줘야 했지만, 막상 허공에다 대고 헛손질만 휘둘러댔다. 그러다 갑자기 제대로 된 카운터 펀치 한 방이 내 오른쪽 옆구리를 강하게 파고들었다. 나는 순간적으로 숨이 턱 막히고 극심한 통증에 털썩 주저앉고 말았다. 그 모습에 이때다 싶었는지 은행 강도가 다시 한번 온몸을 날려 나를 덮치려 했다. 나는 날아오는 그의 육중한 몸을 간신히 피하면서 팔꿈치를 이용해 어렵사리 은행 강도의 몸을 옆으로 밀쳐냈다. 그러자 은행 강도가 바닥으로 나가떨어졌고 그사이 나는 급한 숨을 골랐다. 타격을 입은 은행 강도가 주저앉아 입술에 난 피를 닦았다. 잠시 서로를 주시하는 소강상태가 이어졌다. 우리는 서로를 노려보며 2차 공격 타이밍을 골랐다. 그런데 그때 2m도 채 떨어지지 않은 곳에 은행 강도가 사용하던 검은색 H&K MP -5 기관단총이 바닥에 떨어져 있는 게 보였다. 나는 최대한 들키지 않으려고 눈동자만 굴렸지만 그걸 눈치챘는지 은행 강도가 기회를 놓치지 않고 바로 달려들었다.

한편 자신에게 다가오는 모든 바퀴벌레를 필사적으로 막아주는 석진의 철벽 방어 덕택에 윤주는 다른 사람들보다 한층 여유롭게 은행 안 광경을 바라볼 수 있었다. 그런 그녀의 눈앞에 펼쳐져 있는 은행의 모습은 마치 세상에 이런 일이에나 나올 법한 황당한 사건들의 연속이었다. 그런 일말의 사건들 가운데 윤주의 간담을 서늘케 만드는 진짜 사건 하나가 시야에 포착됐다. 그것은 책상 사이에서 떼굴떼굴 구르며 위험천만하게 싸우고 있는 두 남자의 모습이었다. 그리고 그들이 누군지 윤주는 육감적으로 알아차렸다. 현수와 은행 강도! 순간 덜컥 겁부터 나더니 심장근육이 팽팽하게 조여드는 것을 느꼈다.

내 손에 거의 총이 들어오려던 찰나 가죽 재킷이 슬라이딩하듯 발로 내 손목을 걷어찼다. 나는 손목 부분을 정확하게 얻어맞고 극심한 고통에 외마디 비명도 지르지 못한 채 바닥에 쓰러졌다. 그 틈을 노려 가죽 재킷이 총을 집으려 했다. 나는 고통을 되삼키며 젖 먹던 힘까지 끌어올려 전력을 다해 자리에서 박차고 일어났다. 이젠 죽기 아니면 까무러치기 식이여서 필사적으로 은행 강도를 향해 몸을 내던졌다. 그런데 의욕이 너무 앞선 것인지 가죽 재킷이 옆으로 살짝 피하더니 반동을 이용해 무릎으로 내 옆구리를 강하게 가격했다. 나는 욱! 하는 소리와 함께 옆으로 벌러덩 나가떨어졌다. 총이 다시 그의 손에 들어갔다.

그 광경을 바라보며 어떻게 대처해야 할지 몰라 안절부절못하던 윤주는 총을 집어 드는 은행 강도의 모습에 기겁하고 말았다. 하지만 동시에 불현듯 또 다른 생각이 머릿속을 번쩍 스쳐 갔다. 조금 전까지 현수와 애틋한 눈빛을 주고받았던 바퀴벌레의 모습, 집에서 그 바퀴벌레를 보고 '은서'라고 소리쳤던 모습, 그리고 눈앞에 보이는 수많은 바퀴벌레까지, 지금의 여러 정황을 맞춰봤을 때 그 생각이 정확하게 맞아떨어지고 있었다. 불현듯 불쑥 떠오른 생각이었지만 지금 은행 강도를 막을 방법은 이게 유일한 것 같았다. 아무리 생각해봐도 다른 대안은 떠오르지 않았다. 모험을 걸어봐야 했다. 즉시 자리를 박차고 일어난 윤주는 창구 쪽으로 한걸음에 달려 나갔다. 뒤에서 바퀴벌레에게 둘러싸인 석진이 뭐라 했지만, 신경 쓰지 않았다. 단번에 창구 앞에 도착한 윤주는 바퀴벌레 대부분이 모여 있는 정문을 향해 큰 소리로 소리쳤다.

그가 총을 집어 들자 이젠 진짜 죽음이 목전에 임박한 걸 느꼈다. 앞뒤 어느 곳으로도 도망갈 곳이 없었다. 이렇게 된 바에야 이제는 이판사판이었다. 나는 앞뒤 안 가리고 무작정 덤벼들었다. 그래도 다행히 그것이 효과가 있었는지 총을 겨누기 직전에 은행 강도의 몸에 약간의 타격을 줄 수 있었다. 나는 그와 함께 다시 한번 바닥에 나뒹굴었다. 또다시 아래로는 불쌍한 바퀴벌레들이 뿌직뿌직 터져나가는 소리가 작렬했지만, 이번에도 그들의 아픔조차 헤아려 줄 여유가 없었다. 최대한 총과 거리를 두며 이판사판 달려들기는 했다. 그러나 양상은 크게 달라지지 않았다. 결과는 여전히 밀리는 중이었고 총을 쥔 은행 강도의 위협은 더욱 거세졌다. 어느새 구르기가 멈추고 내가 은행 강도 밑에 완전히 깔린 채로 얼굴을 맞댄 상황이 되었다. 간신히 양손으로 총을 쥔 그의 팔을 붙잡아 버렸지만, 힘에서 밀리자 손이 안으로 점점 굽혀져 들어왔고 총도 그의 손을 따라 안쪽으로 조금씩 꺾여 들어오기 시작했다. 그와 동시에 갑자기 세상이 노래지는 고통이 찾아들었다. 손에 모든 힘을 기울이고 있을 때 가죽 재킷이 무릎을 쳐올려 내 중심부를 걷어찬 것이다. 예상치 못한 극심한 타격에 많은 양의 힘이 한꺼번에 온몸에서 유체 이탈하듯 빠져나갔다. 곧바로 기회를 포착한 가죽 재킷의 손이 안쪽으로 오그라졌다. 그러면서 그의 손을 따라 총도 안으로 굽어져 들어왔다.

"은서 씨! 이은서 씨!"

윤주가 소리쳤다.

그 소리에 창구 밖 객장에 있던 모든 바퀴벌레의 시선이 그녀에게로 쏠렸다.

"은서 씨! 빨리요. 현수 선배가 위험해요!!!"

바퀴벌레들 사이에 껴있던 은서 바퀴벌레도 놀라기는 마찬가지였다. 더욱이 그녀가 소리친 이야기의 내용은 섬뜩하리만치 두려운 것이었다. 그녀가 어떻게 자신의 존재를 알고 있는지도 신기했지만, 지금은 그런 걸 따질 시간이 없었다.

"시간이 없어요! 그자가 지금 총을 쏘려 한다고요!"

다급한 윤주의 표정에서 긴급함을 감지한 은서 바퀴벌레가 곧바로 방향을 창구 쪽으로 틀면서 모든 바퀴벌레를 향해 소리쳤다.

"여러분들, 저기 마지막 악당이 있어요! 여러분들의 힘을 보여주세요!"

은서 바퀴벌레가 앞발을 위로 올렸다 궁수를 지휘하듯 아래로 빠르게 내리며 창구 너머의 방향을 가리켰다. 그러자 주변에 있던 바퀴벌레들이 은서 바퀴벌레의 양옆으로 홍해가 갈라지듯 장관을 이루며 우르르 달려가기 시작했다.

그사이 가죽 재킷의 차디찬 총구가 내 입에 닿았다. 총 끝에서 비릿한 쇳덩어리 맛이 느껴졌다. 동시에 가죽 재킷의 오른손 검지는 이미 방아쇠를 당기려고 방아쇠울 안에 들어가 있었다. 죽음이 임박을 알렸다. 어떻게든 버텨보려 했지만 이제 도무지 힘이 나질 않았다. 그러는 사이 그가 순식간에 방아쇠를 당겼다. 딸깍!

"뭐야?"

딸깍, 갑자기 방아쇠가 당겨지지 않자 가죽 재킷은 당황하는 기색이 역력했다.

나는 힘을 모을 수 없어서 고작 오른손 새끼손가락을 급히 들어 올려 방아쇠울 뒤쪽 공간 사이에 잽싸게 끼워 넣었다. 그게 통할지 몰랐지만 어쨌든 시간을 버는 데 성공했다. 금세 그 사실을 알아차린 가죽 재킷이 쓴웃음을 지으며 내 오른쪽 어깨뼈 부위를 주먹으로 세차게 내리쳤다. 오른팔 전체에 묵직한 통증의 전류처럼 휩쓸고 지나가면서 새끼손가락에 힘도 빠졌다. 곧바로 방아쇠울에서도 스르르 미끄러져 내려왔다. 그러면서 손바닥 전체가 철퍼덕 소리를 내며 바닥으로 내동댕이쳐졌다.

"요거. 요거. 아주 귀여운 구석이 있어."

가죽 재킷이 씩 웃으며 뇌까렸다. 그리고는 다시 방아쇠에 검지를 가져다 대려는 순간 창구 너머에서 성난 파도가 방파제를 부수듯 거대한 바퀴벌레의 갈색 물결이 다시 한번 와르르 그의 등 위로 쏟아졌다.

"으악! 또! 미친 바퀴벌레 새끼들!"

가죽 재킷이 미친 듯이 소리를 질러댔지만 아랑곳하지 않는 바퀴벌레들은 그에게 모두 달라붙어 순식간에 사람 형체만 남은 바퀴벌레 인간으로 만들어버렸다. 그런데 너무 많은 양의 바퀴벌레들이 쏟아진 나머지 은행 강도를 뒤덮고도 남은 수천 마리의 바퀴벌레들이 내 몸으로도 우르르 달라붙었다. 워낙 순식간에 일어난 일이라 자세를 바꿀 시간도 없었다. 그 자세 그대로 거의 정지된 상태였다. 게다가 너무 덕지덕지 달라붙어 있어 사람들이 보기에도 누가 누군지 분간할 수 없을 정도였다. 그나마 바퀴벌레들이 우글거리는 가운데 총구의 방향이 여전히 아래쪽으로 향해 있는 것으로 추정해보면 밑에 깔린 바퀴벌레 인간이 현수일지도 모른다는 추측만 가능했다. 바퀴벌레들은 총의 몸체에도 우글우글 달라붙어 있어 총 또한 그 형체만 고스란히 남아있었다.

"야, 총구 반대로 옮겨. 빨리."

총 근처에 있던 바퀴벌레 한 마리가 말했다. 동시에 총 몸체에 근접해 있는 바퀴벌레들이 바글바글 자리를 이동하더니 총이 그들을 따라 서서히 위쪽으로 돌아가기 시작했다.

"좀 더. 좀 더. 좀 더. 좀 더. 에이. 너무 많이 갔잖아! 이 사생 충들아!"

다시 총구가 위쪽 가운데로 돌아왔다.

"좋아. 이제 아래로 좀 내려 봐."

"왜?"

다른 바퀴벌레가 물었다.

"내가 알고 있기론 요놈의 인간 놈들은 심장을 쏴야 바로 죽는대."

"그래? 그럼. 빨리 내려 봐."

총구가 느리게 아래로 움직였다.

"아이. 사생 충들아. 거기가 아니라고. 옆으로. 그래. 옆으로."

총구가 가슴 한가운데 멈춰 섰다.

"빨리 당겨. 당겨!"

처음엔 한 마리 바퀴벌레가 방아쇠를 발로 잡아당기려다 힘에 부치자 옆에 있던 대여섯 마리가 추가로 방아쇠울 안으로 들어가 직접 몸으로 밀었다. 그러자 방아쇠가 서서히 뒤로 밀리기 시작했다.

"좋아, 좋아. 아주 좋아. 좀 더, 좀 더, 좀 더. 아주 좋아."

"잠깐만, 근데 이놈이 악당인 게 확실한 거야?"

방아쇠를 밀던 바퀴벌레 하나가 물었다.

"잘 모르겠는데. 맞나?"

"나도 잘."

"멈춰! 그럼 이 멍청이들아!"

방아쇠를 밀던 바퀴벌레들이 반쯤 밀다 멈춰 섰다.

"아우, 정말 가지가지 한다! 빨리 확인해 봐. 거기 눈 주위에 있는 친구들 좀 비켜 봐. 어서!"

그 말에 위쪽 바퀴벌레 인간의 눈 주위에 몰려 있는 바퀴벌레들이 옆으로 퍼지면서 안경 모양을 만들었다. 그 사이로 살기가 번뜩이는 가죽 재킷의 눈빛이 바퀴벌레들을 잡아먹을 듯이 노려봤다.

"맞아. 저 새끼야! 눈 부라리는 거 봐. 부리부리한 게 딱 악당 눈빛이잖아!"

"빨리 당겨. 어휴, 무서워라! 저건 완전 악마의 눈깔이야!"

방아쇠울 안에서 부들부들 떨고 있던 바퀴벌레들이 다시 방아쇠를 힘껏 밀기 시작했다. 몇 초 뒤 실제로 탕! 하는 총소리가 은행 전체에 울려 퍼졌다.

총성이 어찌나 컸던지 주변에 있던 바퀴벌레들이 화들짝 놀라 구석진 곳으로 모두 흩어져버렸다. 가죽 재킷과 현수를 감싸고 있던 바퀴벌레들도 허물 벗겨지듯 순식간에 그들의 몸에서 벗어나 한쪽으로 모여들었다. 그러자 가죽 재킷의 몸이 내 몸 위로 고스란히 쓰러졌다. 이제 정말 모든 상황이 정리된 듯 남은 바퀴벌레들이 한자리에 모여 현수의 상태에 온 신경을 집중했다. 주변에 은행원들도 올라갔던 자리에서 내려와 그를 바라보고 있기는 마찬가지였다.

그들 사이에서 은서 바퀴벌레는 초조한 모습으로 그가 깨어나기만을 기다렸다. 곧 자리를 털고 일어날 걸 확신하면서도 그 짧은 찰나의 기다림은 설렘과 동시에 두려움을 일게 했다.

나는 내 위에 포개져 있던 무거운 몸뚱이를 옆으로 밀쳐냈다. 가죽 재킷이 가슴 한가운데 총상을 입은 채로 철퍼덕 옆으로 쓰러졌다. 나는 곧바로 상체를 일으켜 세운 뒤 뒤에 있는 책상에 몸을 기댔다. 그러는 동안 내 모습을 숨죽여 지켜보던 은행 안의 모든 생명체가 갑자기 엄청난 환호성을 내질렀다. 환호와 박수 소리가 합창처럼 들렸고 덩달아 신이 난 바퀴벌레들도 고주파에 가까운 소리를 찍찍댔다. 나는 책상에 기댐과 동시에 눈으로는 은서부터 찾았다. 그녀는 옆문으로 통하는 유리 앞 바퀴벌레 무리의 전면(前面)에 서 있었다. 우렁찬 환호 소리에 힐끗 나를 한 번 쳐다보고는 다시 그들에게 고개를 돌렸다. 주변에 남아있던 바퀴벌레들도 전부 은서 바퀴벌레 앞으로 모여들었다.

"감사합니다. 정말 고맙습니다. 여러분들이 없었다면 저는 아무것도 해내지 못했을 겁니다. 정말 여러분께 감사하단 말밖에 드릴 말씀이 없네요. 다시 한번 고개 숙여 감사드립니다."

은서 바퀴벌레가 인사말을 건네며 감사를 표했다. 바퀴벌레들은 대답 대신 웃음으로 화답했다. 그런 그들의 얼굴에는 뿌듯함과 자부심이 느껴졌다. 잠시 후 그들은 은서 바퀴벌레와 짧은 몇 마디 더 주고받고는 유리문 밖, 건물 바로 밑에 설치된 하수구를 통해 자기들의 세계로 돌아갔다. 그렇게 모두가 떠났다고 생각할 때쯤 은서 바퀴벌레의 눈앞에 아직 떠나지 못한 한 마리의 바퀴벌레가 있었다.

"할 말이라도…."

은서 바퀴벌레가 웃으며 물었다.

"아니. 저기 제가…."

청년 바퀴벌레의 얼굴이 벌겋게 달아올랐다. 그때 떠나려다 다시 돌아온 또래 청년 바퀴벌레들 대여섯 마리가 그의 어깨를 붙들고 무작정 끌고 가기 시작했다.

"죄송합니다. 애가 원래 분위기 파악을 좀 못해서요."

"이해 좀 해주세요."

그 상황을 지켜보던 은서 바퀴벌레는 웃음이 나려는 걸 억지로 참았다.

"아니, 잠깐만. 얘들아. 내가 할 말이 있다니까. 잠깐만. 저기…."

끌려가던 청년 바퀴벌레가 당황하며 말했다.

"잠깐만요. 잠깐만 멈춰봐요."

은서 바퀴벌레가 그들을 불러 세웠다. 우뚝 멈춰선 그들은 청년 바퀴벌레의 어깨를 놔주었다. 시선은 모두 다가오는 은서 바퀴벌레에게 향해 있었다. 은서 바퀴벌레는 청년 바퀴벌레에게 다가선 뒤 귀에다 대고 귓속말로 속삭여 주었다.

"정말 고마웠어. 그리고 멋있더라. 너."

그러고 나서 볼에다가 살짝 입맞춤도 해주었다. 순식간에 청년 바퀴벌레의 볼이 홍당무처럼 붉게 달아오르더니 눈에서 하트가 쏟아질 듯 초롱초롱 빛이 났다.

은서 바퀴벌레는 돌아가는 그들을 향해 손을 흔들어주었다.

"꼭 놀러 오세요. 제가 나중에 오물 주스, 아니 폐수 음료라도 대접해…."

또다시 친구들에게 입막음을 당한 청년 바퀴벌레는 결국 자기 말을 끝맺지 못한 채 자신들의 세계로 끌려 돌아가고 말았다.

바퀴벌레들이 모두 떠나고 나자 은서 바퀴벌레는 기대하고 고대하던 그와 마지막 만남을 준비하기 위해 돌아섰다. 그녀의 먼 시야 끝에 그의 모습이 포착됐다. 그는 많이 지치고 피곤해 보였다. 그런데도 여전히 자신을 바라보는 사랑스러운 눈빛만은 변함없었다. 은서 바퀴벌레는 조심스럽게 발걸음을 뗐다. 강렬한 이끌림이 그녀를 재촉하게 했다. 설렘과 두근거림이, 그 끝에는 행복을 결정짓는 아름다운 결말이 있었다. 비로소 레드카펫 위에서 신부로 입장하는 것 같았다.

내 시야에 들어온 은서는 바퀴벌레가 아닌 은서 본연의 모습으로 나에게 다가오고 있었다. 그리고 그 모습은 낯이 익었다.

'새하얀 웨딩드레스를 입고 하객들의 부러움 섞인 시선을 한 몸에 받으며 나를 향해 걸어오던 그녀가, 순백의 날개를 달고 영광의 빛을 발하며 신조차도 질투할 아리따운 모습으로 나에게 다가오고 있었다.'

웨딩드레스만 입진 않았을 뿐, 꿈에서 본 모습 그대로였다. 감격에 겨워하는 것도 잠시 현실로 돌아와 보면 이젠 정말 끝이라는 걸 실감할 수 있었다. 내 바로 앞에는 살인 충동에 못 이겨 비극적인 최후를 맞은 은행 강도가 쓰러져 있었고 은행원들을 포함한 주변 사람들은 이 황당한 사건에 대해 이미 설왕설래하며 피해 없이 끝났다는 것에 대한 안도감을 표하고 있었다. 대신 바닥에 짓이겨진 바퀴벌레들의 사체를 치우는 데에만 온 하루를 다 보내게 생겼지만 말이다.

은서는 그에게 다가가면 다가갈수록 만감이 교차하는 다채로운 감정에 휩싸였다. 평화로움과 안락함, 포근함 등을 일컫는 양(陽)적인 것부터 걱정, 불안, 불평 등을 일으키는 음(陰)적인 것에 이르기까지 그 가짓수가 끝도 없이 꼬리에 꼬리를 물었다. 하지만 이 모든 것은 단순한 기우일 뿐 해피엔딩의 마지막을 장식할 순 없었다. 결국 마지막 정착지에 도착하게 되면 모든 과정을 까맣게 잊어버린 채 언제 그랬냐는 듯 행복을 노래하게 될 테니까.

은서 바퀴벌레는 그와의 거리를 1m 정도 남기고 걸음을 멈췄다. 그자리에 멈춰 서서 잠시 서로의 시선을 교환했다. 마치 다음에 벌어질 일을 예측하듯 입맞춤을 나누기 바로 직전에 짧지만 오묘한 교감이 그들 사이에 전류처럼 흘렀다.

그런데 그때 은행 강도의 몸이 살짝 꿈틀거리는 게 보였다. 순간적으로 스쳐 간 아주 짧은 찰나였지만 나는 그 모습을 보고 말았다. 그래서 막아야 했다. 절체절명의 위기의 순간 나는 그걸 막아야 했다. 하지만 실패하고 말았다.

갑자기 은서 바퀴벌레의 머리 위로 거대한 손바닥이 절구질처럼 강하게 내리쳐졌다. 엄청난 속도로 날아온 은행 강도의 육중한 손바닥에 그녀는 미처 피하지 못한 채 당하고 말았다. 온몸이 짓눌리는 짧지만 극렬한 고통이 번쩍이더니 이내 깜깜한 어둠 속으로 사라졌다. 그 이후 은서는 아무것도 보이지 않았다. 아무것도 기억나지 않았다. 모든 것이 아득해져만 갔다. 단지 확신할 수 있는 건 육체의 생명이 꺼져가고 있다는 것만 절실히 느낄 수 있었다.

"안 돼!!!"

내가 소리쳤지만 목소리는 공허한 메아리처럼 은행 안을 맴돌았다. 나는 이번에도 은서를 지켜내지 못했다. 바로 눈앞에서 또다시 그녀를 차디찬 죽음으로 내몰았다. 아무것도 하지 못한 채 멍하니 쳐다볼 수밖에 없었다. 그 순간 가슴 깊은 곳에서 용암처럼 들끓는 격렬한 분노가 치솟았다. 머릿속은 이성을 잠시 접어둔 채 행동하라고 명령할 뿐이었다. 내 시야엔 오로지 히죽이고 있는 살인마의 비릿한 미소밖에 보이지 않았다. 나는 그를 향해 미친 듯이 달려들었다.

가죽 재킷이 내려친 손을 슬쩍 들어보았다. 찝찝하고 끈적한 노란 액체가 손바닥에 걸쭉하게 들러붙어 불결했지만 희한하게 얼굴엔 화색이 돌았다. 더욱이 자기 입에서 흘러나오는 웃음소리는 본인이 느끼기에도 소름 끼칠 정도로 날카로웠다.

"은서야!!! 이은서!!!"

나는 곧바로 가죽 재킷의 상체 위로 올라타고 그의 얼굴을 향해 사정없이 주먹을 휘둘러댔다. 그의 얼굴이 이리저리 휘둘리며 입에선 계속 피를 토해냈다. 하지만 입가에서 흘러나오는 야릇한 미소는 멈추지 않았다.

"으아 아!! 개자식! 죽여 버리겠어!"

나는 미친 사람처럼 괴성을 질러댔다. 은행 안 모든 사람이 놀란 얼굴로 나를 쳐다봤다. 그중 유일하게 팀장과 석진만 내게로 달려와 나를 말리려 했다. 그 틈에 어느샌가 도착한 경찰들도 나를 향해 달려들었다. 은행 강도의 의식은 이미 사라진 지 오래였다. 그러나 나는 상관하지 않았다. 두개골이 부서지고 광대뼈가 함몰돼도 상관없었다. 어쩌면 그걸 바라고 있는 건지도 몰랐다. 지금 당장 내가 할 수 있는 건 오로지 내가 저지른 실수를 감추려는 처절한 몸부림뿐이었으니까. 이성을 잃어버린 과격한 행동에 은행 안은 다시 아비규환 상태에 빠져들었다. 경찰 두 명이 달려들었고 석진과 팀장도 나를 말려보려 했지만 나를 진정시키는 일은 쉽지 않았다.

그사이 윤주는 다른 것에 정신이 팔렸었다. 그녀의 시선이 머문 곳은 다름 아닌 은서 바퀴벌레의 사체였다. 그녀의 시야에 반딧불 같은 푸른빛이 아른거렸다. 그 빛은 바퀴벌레의 사체에서 번쩍하더니 아비규환의 은행을 뒤로하고 공중으로 떠올랐다. 공중에서 푸른빛은 잠시 자신의 시체를 애처롭게 내려 본 뒤 다시 고개를 돌려 주위를 살폈다. 그러고는 건물 옆 철문 쪽으로 방향을 잡고 날아가기 시작했다. 푸른빛이 철문 쪽으로 다가와 유리문 바로 앞에서 멈춰 섰다. 일순간 그렇게 머물러 있던 푸른빛의 주변에서 알 수 없는 미묘한 공기의 흐름이 주위를 에워 쌌다. 잠시 후 그 속에서 검은 도포를 입고 갓을 쓴 창백한 남자가 불쑥 나타났다. 그 모습을 지켜보던 윤주는 어렵지 않게 검은 남자를 짐작할 수 있었다. 우리가 익숙히 아는 모습과 크게 다르지 않은 저승사자였다.

그때 옆에 머물러 있던 푸른빛도 순식간에 소복 차림의 여자로 변했다. 윤주는 그 여자 또한 누군지 알 것 같았다. 그리고 그 순간 그 여자와 눈이 마주쳤다.

은서는 웃고 있었다. 잠시 시선을 거둬들여 이성을 잃은 현수에게 잠깐 눈길을 보냈다. 안쓰러웠지만 이젠 보내줘야 할 때였다. 운명에 맞서 지켜낸 목숨이었기에 남은 내 몫까지 행복하게 살아주길 빌었다. 은서는 다시 시선을 돌려 윤주의 얼굴을 봤다. 그리고 눈이 마주친 그녀에게도 고개를 끄덕여줬다.

윤주는 여자가 자신에게 고개를 끄덕인 이유를 알지 못했다. 그저 멍하니 멀어져가는 여자와 저승사자의 뒷모습만 지켜볼 뿐이었다. 그런데 자신도 모르게 눈에서 눈물이 흘렀다. 지금도 그때 흘린 눈물이 의미를 알지 못했지만, 당시에는 그저 하염없이 흐르도록 내버려 두었다.

은서는 저승사자의 동행 아래 윤주의 시선에서 서서히 멀어져갔다.

/ 에필로그 /

다음날 새벽녘, 동트기 직전에 안개 핀 저수지를 바라보며 마음속으로 은서를 그려보았다. 지금 내가 서 있는 이곳은 은서를 떠나보냈던 바로 그 저수지였다. 이제는 정말 마지막이었다. 죽음으로 되돌아간 그녀의 마지막을 배웅하기 위해 밤새 달려왔다. 그리고 마지막 길에 윤주도 함께 왔다. 은서가 은행을 떠나던 순간 그녀가 마지막으로 선택한 사람이 윤주였다. 어떤 이유에서 건 은서는 윤주에게 자신의 마지막 메시지를 남기고 떠났다. 윤주의 말에 의하면 은서의 마지막 모습은 행복해 보였다고 한다. 나는 그 말이 사실일 거라 믿었다. 아니 원래부터 그 말이 사실이라는 것을 알았다.

어둑했던 새벽이 점차 밝아오면서 수많은 안개 사이로 어렴풋이 저수지가 보이기 시작했다. 얼핏 보면 검어 보이지만 저수지의 색깔은 초록빛이었다. 게다가 묘한 분위기를 자아내는 안개 속에서 오롯이 홀로 서 있는 소나무 또한 여전했다. 지금 봐도 저 나무는 은서 나무를 그대로 옮겨놓은 판박이가 틀림없었다. 그 나무 때문에라도 이 장소가 정말 실재하는 장소일까 하는 의문이 다시금 들기 시작했다. 물론 눈에 보이는 것을 모조리 믿기에는 이미 너무 많은 일을 겪어왔기에 모든 게 모순처럼 느껴졌다. 이미 세상에는 우리가 존재해왔던 것처럼 모든 것들이 다른 방식으로 공존해왔으며 어딘가에는 다른 것들이 또 다른 방식으로 살아가고 있을 거라 믿었다. 그러므로 이제 믿고 안 믿고는 개인적인 판단일 뿐 그 이상 이하도 아닌 것이 돼버렸다. 가장 중요한 건 자신의 믿음이었다.

희뿌연 안개를 뚫고 저수지 쪽에서 밀려온 시원섭섭한 바람이 불어왔다. 나는 문득 그 바람의 의미를 깨달았다. 보내줘야 할 시간이 다가왔음을 느꼈다. 마음속 깊이 심호흡을 내뱉은 후 저수지로 다가갔다. 그러나 저번처럼 슬프지만은 않았다. 처음 떠나보낼 때보다 훨씬 발걸음이 가벼웠고 마음은 한결 편안해져 있었다. 저수지로 걸어가면서 미리 준비해온 종이배를 꺼내 들었다. 이번 배는 저번 것보다 훨씬 크고 단단한 달력 종이로 만들었다. 내 뒤를 따라 윤주가 차분하게 다가왔다. 그녀의 손에는 새하얀 국화꽃 두 개와 그 아래 갈색에 무언가가 담겨 있는 플라스틱 어항이 들려 있었다.

나는 다가선 물가 앞에 쭈그리고 앉았다. 잠시 희미한 안개 너머로 출렁이는 물결을 바라보았다. 초록빛이 출렁일 때마다 새하얗게 반짝거렸다. 저 위를 은서와 함께 걸을 수 있다면 무척 아름다울 것 같았다. 물론 불가능하다는 걸 알았지만 역시나 그건 중요하지 않았다.

나는 다시 양복 안주머니에 손을 집어넣어 알록달록한 무언가를 한 움큼 끄집어냈다. 손가락사이로 그것이 삐죽 삐져나왔다. 그것은 색종이로 만든 꽃잎이었다. 알록달록한 꽃잎을 달력 용지로 만든 종이배 안에 야트막한 높이로 골고루 뿌려줬다. 순간 하얗기만 하던 종이배가 형형색색의 아름다움을 덧입기 시작했다. 나는 물 위에 종이배를 얹어놓듯이 조심스럽게 띄웠다. 그렇지만 아직 끝부분을 놓아주지 않은 채 붙들고 있었다. 그 이유는 가장 중요한 순간이 다가오고 있음을 직감해서였다. 나는 고개를 돌려 윤주를 바라봤다. 그러자 그녀는 아무 말 없이 내 곁으로 다가와 앉았다. 이어 들고 있던 플라스틱 어항의 파란 뚜껑을 열고 어항을 내 쪽으로 내밀었다. 나는 종이배를 잡고 있지 않은 손을 플라스틱 어항에 집어넣고는 국화꽃 아래 묻혀있던 갈색 물체를 밖으로 끄집어냈다. 서서히 완연한 그것이 모습을 드러냈다. 갈색의 그것은 종이접기였다. 바퀴벌레 모양의 종이접기였다. 나는 그 종이접기를 등이 보이게 삼각형 돛대 옆에 기대고는 꽃잎 위에 살포시 얹어 종이배에 태웠다. 자세히 보면 바퀴벌레 모양의 종이접기 머리 위로 상장(喪章)이라 불리는 검정 리본이 삼각형으로 매어져 있었고 등판 한가운데에는 검은 글씨로 '故 이은서'란 이름이 쓰여 있었다. 한동안 아쉬움에 빌붙어 운구 범선을 놓아주지 않던 나는 이내 조심스럽게 손끝에 힘을 풀었다. 잠시 후 은서의 마지막 분신을 태운 종이배가 느린 속도로 천천히 물가에서 멀어져갔다. 나는 마음속으로 은서의 영면을 빌어주었다.

플라스틱 어항에서 국화꽃을 꺼내든 윤주는 두 개 중 하나를 나에게 건넸다. 나는 국화꽃을 받아들고 떠나가는 종이배를 향해 던졌다. 윤주도 나를 따라 국화꽃을 던졌다. 초록빛 물결 위로 새하얀 국화꽃이 살포시 내려앉으며 잔잔한 파동이 일었다. 나는 엄숙한 침묵을 붙잡고 안개 속으로 사라져가는 종이배를 향해 마음속으로 외쳤다.

고마웠어, 사랑했고. 잘 가, 내 사랑, 은서야

다시 한번 안개구름을 뚫고 온 산들바람이 내 얼굴을 매만졌다.

내 사랑, 바퀴벌레

1판 1쇄 발행 2023년 8월 14일

저자 이상문

편집 김다인   **마케팅·지원** 김혜지

펴낸곳 (주)하움출판사   **펴낸이** 문현광

이메일 haum1000@naver.com   **홈페이지** haum.kr
블로그 blog.naver.com/haum1000   **인스타그램** @haum1007

ISBN 979-11-6440-401-8(03810)

좋은 책을 만들겠습니다.
하움출판사는 독자 여러분의 의견에 항상 귀 기울이고 있습니다.
파본은 구입처에서 교환해 드립니다.